LA CARTHAGINOISE

MICHEL CYPRIEN

LA CARTHAGINOISE

roman

du temps d'Hannibal

Cette édition de *La Carthaginoise*
est publiée par Profrance/Maxi-Livres
avec l'aimable autorisation des Éditions François Bourin

A mes parents.

Agunt volentem fata, nolentem trahunt.
(Le destin mène celui qui accepte,
mais il entraîne celui qui refuse.)

SÉNÈQUE

1.

La belle Thanubra

On était au début de nisan*, le mois des fleurs. Cette nuit-là, Thanubra, que chacun à Carthage appelait « la belle Thanubra », fut tirée de son sommeil par des cris venus de la rue. Elle était encore imprégnée d'un songe étrange aux couleurs de feu mêlant à d'imprécises clameurs les noms de Scipion, de Syphax, d'Asdrubal et de Massinissa.

Elle sauta hors de son lit, couvrit sa nudité d'une tunique passée à la hâte et se précipita à l'aveuglette dans le sombre escalier qui montait à la terrasse. Dehors régnait le noir d'une nuit sans lune, les faibles lampes à huile placées à l'angle des rues servaient de repères plus qu'elles n'éclairaient. Mais bien que l'aube ne donnât encore aucun signe visible, la belle Thanubra sentit que ses premières lueurs ne tarderaient pas. Elle inspira profondément, reconnaissant les prémices piquantes de l'air du matin qui montait du large pour s'engouffrer dans le dédale des ruelles, se répandre avec lenteur vers la Grande Place et les hauteurs sacrées de Byrsa, comme si son souffle humide devait rappeler pour l'éternité l'indélébile union de Carthage et de la mer. Et puis, si Thanubra avait l'intuition que la nuit touchait à sa fin, c'est simplement qu'elle n'éprouvait plus le besoin de se recoucher pour parfaire son repos. Habituée comme la plupart de

* Les mots suivis d'un astérisque font l'objet d'une définition dans le glossaire en fin de volume.

ses concitoyens à se lever au chant du coq, elle n'avait plus sommeil.

Du brouhaha informe de la rue elle distingua quelques phrases qui revenaient, toujours les mêmes, et exprimaient à la fois la panique et l'indignation.

— Ils ont incendié les camps ! hurlaient des voix.

— Le traître Massinissa en est la cause ! Maudit soit-il ! répondait-on en écho.

— Oui, que soit maudit le perfide Massyle sans qui Scipion aurait déjà quitté notre sol !

— Mort à Massinissa !

— Et honte à Asdrubal !

Sans tout saisir des commentaires bruyants exprimés par les hommes sortis des hautes maisons du quartier, Thanubra sut qu'un événement terrible, cette nuit même, venait d'avoir lieu. Mais lequel ? En ces premiers jours printaniers, après l'affolement qu'avait suscité six mois plus tôt le débarquement des légions de Scipion sur le sol africain, l'espoir était revenu à Carthage. L'enlisement du Romain près d'Utique et les négociations de paix menées par le roi numide Syphax avaient redonné espoir à une population qui haïssait la guerre. Asdrubal lui-même n'avait-il pas claironné que Scipion finirait par accepter des conditions honorables pour chaque partie ?

De la terrasse d'en face, la silhouette obèse d'Elnathan le marchand hébreu l'apostropha. Elle leva les yeux vers la forme ronde qui se dessinait sans qu'on distinguât les traits du visage, crut voir un fantôme et sursauta, puis se ravisa et, curieuse de savoir ce qui secouait la ville, écouta Elnathan.

— Les Romains ont incendié les camps d'Asdrubal et de Syphax, dit-il de sa voix douce dont le tremblement trahissait une intense angoisse. Ça s'est passé au milieu de la nuit, par surprise.

— Tu es fou, Elnathan, c'est impossible, tes oreilles sont encore plongées dans quelque tourment nocturne. Allons, réveille-toi ! Hier encore tout Carthage louait les efforts de Syphax pour qu'Asdrubal et Scipion trouvent un compromis. Il s'est sans doute passé quelque chose de grave, mais pas cela.

— Tu crois ce que ton cœur a envie de croire, belle Thanubra, reprit le marchand sans élever le ton, et je sais que ton cœur de Carthaginoise tout autant que mon cœur de Juif n'aspire qu'à un monde sans soldats. Mais comment peux-tu encore te fier à la parole d'un Numide, à la bonne volonté d'un Romain, et aux augures du plus pitoyable général que Carthage ait connu ?

— Regarde, Elnathan, on allume des torches le long de toutes les maisons. On dirait que les gens montent vers la Grande Place.

— Les suffètes* vont parler sans même attendre la pointe du jour. Allons-y tout de suite si nous voulons pénétrer sur la place.

À ces mots, le gros Elnathan disparut de sa terrasse, comme si sa masse grise était avalée par l'obscurité. Incrédule mais inquiète, Thanubra redescendit dans sa chambre et raviva la lampe dont elle ne laissait jamais expirer la flamme. D'une cruche en céramique, elle versa dans une vasque d'argent, posée au centre de son petit autel domestique, l'eau des ablutions rituelles du matin, adressant ses prières à Tanit, la grande déesse, et à la divine Elissa, la fondatrice de la cité. Puis elle but d'un trait une coupe de cette eau qu'on lui avait appris, toute petite, à respecter comme un don des dieux, tant rares étaient les sources dans le sous-sol de Carthage.

Elle fixa ses sandales, se drapa dans un himation* de style grec et jeta sur ses cheveux roussis par le henné un châle sombre. Elle entra sans bruit dans la chambre de sa fille Sibboleth, qui donnait sur la cour intérieure. La jeune fille plaçait toujours une lampe en veilleuse sur la table près de son lit, car la lumière interdisait aux mauvais esprits de s'approcher. Son visage endormi, cuivré par la faible lueur rougeoyante, surgissait de l'espace opaque de la pièce. Il eût fallu davantage que toute la population de Carthage descendant dans la rue pour la distraire de ses rêves. Thanubra ne la réveilla pas et dévala l'escalier jusqu'à l'étage inférieur où les esclaves s'étaient levés.

— Maîtresse, dit le vieux Sarchos, si ce que l'on dit est vrai, Carthage n'a pas couru un tel danger depuis la guerre inexpiable.

— Restez tous ici, ordonna Thanubra sans relever la

remarque de son esclave. Ne quittez la maison qu'en cas d'urgence. Mazérès ! prends une torche et éclaire-moi jusqu'à la rue.

Répondant à son appel, un jeune esclave parut, les yeux lourds et gonflés, puis disparut dans une pièce d'où il ressortit avec une torche que Sarchos alluma à l'aide d'une lampe. Mazérès passa ensuite devant sa maîtresse et ils descendirent jusqu'au rez-de-chaussée l'étroit escalier. Au bout du long couloir se trouvait la rue du Levant, bordée de ses hautes maisons à quatre, parfois six étages, et ainsi nommée parce qu'au solstice d'été elle ouvre une faille dans le prolongement exact des rayons du soleil levant qui la pénètrent sans obstacle du rempart de Mer jusqu'aux soixante marches de l'escalier menant au parvis du temple d'Eshmoun, sur le sommet de Byrsa. Beaucoup de monde se pressait comme en plein jour, dans ce vieux quartier populaire et commerçant vers lequel le noyau de Carthage s'était étendu cinq siècles auparavant, quittant les abords immédiats des ports et du tophet* où la cité primitive s'était d'abord implantée.

— Veux-tu que je t'accompagne, maîtresse ? demanda le jeune esclave. La peur peut rendre méchant et la foule a peur, elle sera peut-être dangereuse sur la Grande Place.

— Non, Mazérès, remonte aux appartements. Je ne serai pas longue. Dès que les suffètes auront parlé je reviendrai ici avant d'aller au port, comme d'habitude.

Thanubra glissa le long des murs comme une ombre sans adresser la parole à quiconque. Elle n'habitait pas très loin — environ trois stades* — de la Grande Place où d'ordinaire des grappes de citoyens s'adonnaient à des conversations aussi diverses que passionnées, et où les magistrats suprêmes instruisaient la population des événements d'exception. C'est là, il y avait presque treize années, que Magon Barca avait annoncé aux Carthaginois en liesse que son frère Hannibal avait écrasé l'armée romaine à Cannes sur les bords de la mer Adriatique. Qui donc à cet instant aurait douté que la grande guerre contre Rome ne prît fin avec cette victoire qui avait retenti jusqu'aux confins du monde ? Mais c'est là aussi, quelques années plus tard, que tout Carthage apprenait la perte de l'Espagne, puis la mort d'Asdrubal Barca à la bataille du Métaure, enfin à peine six mois auparavant le débarquement de l'ambitieux Scipion sur les côtes puniques. Les bateaux romains avaient accosté sur une plage déserte. Des paysans atterrés à la vue des légionnaires en armes avaient emporté tout ce qu'ils pouvaient charger, traînant avec eux leur bétail et leurs provisions. Ils étaient arrivés aux portes de la capitale en pleine nuit pour s'abriter derrière ses murailles épaisses et rassurantes. L'envahisseur romain pensait enlever Utique, la vieille cité située à deux cents stades au nord de Carthage, pour y passer ses quartiers d'hiver, mais au bout de quarante jours infructueux il dut y renoncer. Scipion fit bâtir un camp fortifié à quelque distance, sur un promontoire d'où il pouvait observer la nombreuse armée qu'Asdrubal et Syphax avaient levée et qui stationnait dans la plaine.

Thanubra se souvenait de tous ces moments glorieux ou tragiques qui avaient engagé la vie de sa cité. Elle était née trente-sept ans auparavant, aux premières horreurs de la guerre inexpiable gagnée par Amilcar Barca contre les mercenaires révoltés. Elle appartenait à la génération de l'humiliation et de la revanche, humiliée à cause des traités imposés par Rome, mais qui se reconnaissait dans la grandiose entreprise de conquêtes menée par ce même Amilcar au pays de Tarshish, dans cette Espagne où Carthage meurtrie avait reconstruit un empire digne d'elle.

Thanubra fut vite à l'angle de la rue des Orfèvres, laquelle débouchait sous les colonnades de la Grande Place déjà grouillante. Le soleil était encore dissimulé à l'horizon mais le ciel avait pris cette couleur gris sombre qui s'éclaircit à vue d'œil à l'approche de l'aube et diffuse une lumière mate comme lorsque, même en plein jour, les nuages descendent jusqu'à caresser le sol. Thanubra avança sous les portiques que soutenaient tout autour de la place colonnes et arcades.

— Scipion n'est pas retourné dans son camp, dit une voix affolée. Il n'a pas repris le siège d'Utique. Il marche droit sur Carthage. Nous sommes perdus !

Jamais Thanubra n'avait vécu une telle situation. La terreur se propageait dans les esprits aussi vite que le feu qui venait d'emporter une cabane après l'autre, dans les camps transformés en un brasier que les soldats n'avaient pas même pu tenter de dompter. Elle tenait son châle serré autour de la tête comme pour se protéger autant de la violence soudaine qu'engendre la panique que du regard des hommes, dans une foule qui comptait bien peu de femmes lorsqu'il s'agissait de réunions publiques. Rares en effet étaient celles à qui les circonstances avaient permis d'échapper à la tutelle d'un époux ou, si celui-ci était mort, d'un homme de la famille.

Thanubra était seule pour diriger sa maison et son affaire commerciale. Elle ne dépendait de personne depuis la tempête qui avait englouti son mari lors d'un retour de la Nouvelle Carthage. C'était seize ans plus tôt et Hannibal régnait en Espagne. Il s'apprêtait à défier les Romains et à entreprendre le siège de Sagonte dont Rome tirerait argument, avec son habituelle mauvaise foi, pour déclarer la guerre à Carthage. À cette époque, Hillesbal était un tout jeune armateur qui avait hérité au décès de son père une flottille de commerce. Il aimait commander lui-même l'un de ses bateaux, quitte à s'absenter de longs mois. Cette fois, il avait cinglé vers la capitale espagnole d'Hannibal, apportant céréales et tissus, et devait revenir à Carthage chargé de ballots de sparte, mais aussi de minerai d'argent extrait des montagnes de Tarshish.

Hillesbal avait quitté la Nouvelle Carthage par un matin d'automne et l'on n'avait plus jamais entendu parler ni de lui, ni de son bateau, ni de sa précieuse cargaison. Sans doute avait-il été surpris, dans la longue étape de pleine mer qui sépare le rivage espagnol de l'Afrique, par une de ces brutales et courtes tempêtes dont la Méditerranée a le secret ; sans doute avait-il disparu avant même d'avoir en vue Iol ou Icosium, comptoirs puniques de la côte africaine installés depuis des siècles en terre masaesyle, et d'où les bateaux peuvent enfin caboter jusqu'à Carthage, se réfugiant dans un port ou dans une crique si les dieux marins menacent de se déchaîner. On n'excluait pas non plus que le navire eût croisé des pirates ciliciens et fût tombé entre leurs griffes. Il était rare d'en rencontrer dans cette partie de la Méditerranée, très éloignée de leur sphère de prédilection, mais qui sait si leur audace sans limite ne les avait pas poussés à quelques incursions fructueuses autant que meurtrières sur la mer Punique ? Comme Hillesbal n'avait ni frère ni proche parent masculin, pas plus d'ailleurs que la belle Thanubra, celle-ci avait repris l'affaire, seule et avec courage, menant son monde avec fermeté et assurance tout en élevant les deux fillettes nées de son éphémère mariage. La deuxième, nommée Sibboleth, Hillesbal était parti sans même savoir qu'il lui avait donné la vie la veille de son ultime départ. Depuis ce temps-là, Thanubra avait refusé toutes les propositions de remariage. Nombreux étaient les bons partis qui avaient passé devant sa maison ou même dans sa cour des nuits d'attente, guettant un signe d'elle. En vain. Le surveillant des mœurs s'en était même mêlé plusieurs fois, sans doute sur l'intervention de mauvaises langues ou de postulants dépités, car il n'était pas convenable qu'une femme si jeune et mère de deux enfants restât sans mari ou tuteur. Mais Thanubra, imperturbable, opposait toujours la même réplique : « J'attendrai Hillesbal jusqu'à mon dernier souffle. Quelle trace de sa mort pouvez-vous donc me montrer pour que je me donne aujourd'hui à un autre que lui ? » Et la belle eut toujours gain de cause. Son attente fidèle lui garantissait l'indépendance et il lui arrivait parfois de se persuader du retour futur d'Hillesbal.

Un premier rayon de soleil caché par les maisons rasa les terrasses et buta sur la colline de Byrsa contre la masse des temples aux façades bardées de plaques d'or. L'énorme temple du bienveillant et généreux Eshmoun, le dieu guérisseur, scintillait comme une nuée d'étoiles dans un ciel déjà clair. Des esclaves finissaient d'installer la tribune et les deux suffètes Zakarbal et Mattanon apparurent dans leur vêtement de deuil. Zakarbal avait été élu suffète pour la huitième année consécutive et appartenait à la famille politique d'Hannon le Grand, le plus virulent ennemi du clan Barca depuis la première guerre contre Rome. Il s'était acharné contre Amilcar Barca, puis contre Hannibal, avec le même fiel. Maintenant trop vieux, Hannon le Grand ne paraissait plus aux réunions de l'Assemblée, mais de sa maison de la rue de Déméter dont la terrasse permettait au regard d'embrasser la baie de Carthage, il exerçait sur le clan oligarchique une influence sans relâche. D'abord élu en compagnie d'Hannon lui-même, Zakarbal, à la retraite de son protecteur, exploita les ennuis d'Hannibal en Italie pour que continue l'emprise de l'oligarchie. Il fit ainsi élire avec lui Mattanon, l'un de ses plus proches amis. Lorsque Scipion débarqua en Afrique, ils portèrent à la direction de l'armée le richissime Asdrubal qui, quelques années plus tôt, avait perdu l'empire d'Espagne devant les légions de ce même Scipion. En dépit de sa défaite, Asdrubal avait accédé à cette haute fonction parce qu'il était le fils du vieux Giscon, mort aujourd'hui, mais ami le plus ancien et le plus intime d'Hannon le Grand en personne !

— Citoyens et habitants de Carthage, commença Zakarbal, je vous fais part dans toute sa brutalité et son horreur de la nouvelle apportée il y a une heure à peine par un groupe de nos cavaliers. En cette six cent onzième année depuis la fondation de notre cité par la divine Elissa et en cette sixième nuit du mois de nisan, le malheur s'est abattu sur nous, sur notre sol punique, comme jamais auparavant. L'expédition d'Agathocle et l'audace de Regulus autrefois jugulées par nos aïeux n'étaient rien à côté du désastre qui nous frappe aujourd'hui. Alors que les pourparlers de paix semblaient engagés entre Asdrubal et Scipion par l'entremise de Syphax, l'armée romaine a profité de ce climat de confiance pour nous tromper par une ruse indigne. Les légionnaires se sont introduits par surprise dans les camps endormis de notre armée et de nos alliés numides. Quarante mille hommes sont morts dans ce traquenard infâme, sans combattre, brûlés vifs ou égorgés par la traîtrise du glaive romain...

— ... ou la gorge tranchée par les hommes du perfide Massinissa, hurla une voix dans la foule.

— Oui, Massinissa ! reprirent d'autres voix. Massinissa le traître, mort à Massinissa !

— Et Scipion est en route pour Carthage ! cria un homme en se tordant les mains. Et vous êtes là à parler quand il faut organiser la défense de nos murs...

— Oui, renchérit quelqu'un avec une violence déchirée, Scipion marche sur nous, Scipion sera à nos portes avant le coucher du soleil ! Qui va protéger nos enfants ? Asdrubal ? Syphax ? Ô Carthaginois, pourquoi avez-vous négligé vos dieux ! Aujourd'hui est venu le temps de payer.

On entendit alors comme une sourde lamentation envahir le ciel de Carthage. Des chants funèbres montaient vers la

Grande Place et couvraient les voix. De toutes les rues surgissaient les lents cortèges des femmes carthaginoises devant qui l'on s'effaçait en faisant silence. Elles portaient toutes un voile rouge et leurs pas convergeaient vers la rue des Suffètes parallèle aux ports qu'on laisse sur la gauche quand on regarde midi. Elle conduit, à hauteur du port marchand, aux temples de Ba'al Hammon et de Tanit. Lorsqu'elles furent toutes parties vers le tophet, ce lieu sacré où autrefois, comme le prétendaient quelques fanatiques du parti religieux, l'on immolait de jeunes enfants selon l'antique rituel du molek*, le suffète Mattanon profita du calme étrange dont elles avaient enveloppé la Grande Place pour prendre la parole.

— Citoyens et habitants de Carthage, dit-il, ne vous laissez pas gagner par les fausses rumeurs. Je vous l'affirme, Carthaginois, Scipion n'a pas pris le chemin de nos murs ! Qu'y ferait-il d'ailleurs, à part nous narguer ? Il sait très bien qu'il se heurterait à nos trois barrières de remparts qui sont imprenables ! Alors ayez confiance en nos dieux et dans le destin de notre cité, Carthaginois...

— Confiance ! ah oui, confiance ! interrompit un colosse barbu qui répondait au nom de Bodastaroth. (Figure très populaire des quartiers du port, il était le chef des maîtres charpentiers de l'arsenal.) Comment peux-tu nous parler de confiance, Mattanon, poursuivit-il, quand nos armées sont anéanties par la perfidie et le mensonge, justement parce que nous avons fait confiance à notre gouvernement et à nos généraux !

— Oui, cria-t-on un peu plus loin avec du mépris à l'encontre des suffètes, Bodastaroth a raison, la confiance a disparu des murs de notre cité...

Malgré les roulements de tambour qui réclamaient le silence et l'agitation stérile des suffètes qui semblaient se livrer à une pantomime à la tribune, la Grande Place ne fut plus qu'une immense confusion. Tout le monde parlait et y allait de son commentaire, les invectives fusaient contre le prince massyle, contre Scipion, contre Asdrubal et Syphax, ces incapables, les lamentations se répandaient à l'encontre des dieux qui avaient abandonné Carthage. Plus personne n'avait envie d'écouter plus longtemps ces suffètes de malheur. Tout près d'elle, Thanubra entendit une conversation où revenait sans cesse le nom d'Hannibal.

— Seul Hannibal pourrait chasser le Romain, disait l'un.

— Hannibal ? c'est par sa faute que nous en sommes là ! disait un autre.

— Mensonges ! mensonges ! si Hannibal n'avait pas pris pied sur le sol italien, le Romain nous aurait étranglés depuis bien longtemps. Si le gouvernement avait envoyé en Italie l'argent et les renforts dont notre armée avait tant besoin, Scipion n'aurait pas eu le loisir de mener ses légions jusqu'ici, de ravager nos campagnes, de réduire nos forces à néant et de menacer nos villes.

L'incommensurable crainte qu'avait suscitée l'incendie des camps refit surface, donnant aux suffètes l'attention que leur autorité avait été incapable de rétablir. Ils décidèrent que la ville entière observerait trois jours et trois nuits de sacrifices et de prières. L'Assemblée haute fut convoquée en une réunion extraordinaire, qui devait avoir lieu à la troisième heure du jour, non pas dans son édifice habituel de la Grande Place, mais dans le monumental temple d'Eshmoun, comme c'était le cas lorsque des circonstances tragiques frappaient la cité. Son accès était interdit aux femmes, mais les portes en seraient largement ouvertes afin que la voix des tribuns pût parvenir jusqu'aux oreilles de la foule dont les premiers rangs se chargeraient de transmettre derrière eux la substance des interventions oratoires. Ainsi les deux cent cinquante mille habitants que comptait alors Carthage, citoyens, femmes, enfants, étrangers, esclaves et affranchis confondus, recevraient-ils où qu'ils fussent dans l'enceinte des murs le message des sénateurs.

Thanubra quitta la Grande Place dès qu'elle se rendit compte que les suffètes n'en diraient pas plus pour le moment. Il fallait attendre cette réunion au temple d'Eshmoun pour avoir plus de détails sur le massacre et connaître les intentions de l'Assemblée haute. Le soleil dépassait le niveau des terrasses mais un léger vent de septentrion venant d'Utique roulait vers la baie de Carthage un amas de gros nuages de pluie. Tandis que les suffètes descendaient de la tribune et s'apprêtaient déjà à monter vers le sommet de Byrsa où l'on allait s'activer à préparer le temple d'Eshmoun, Thanubra se fondit dans la foule et reprit en sens inverse le même chemin vers la rue du Levant. Elle rejoignit le gros Elnathan, qui passait pour l'un des citoyens les plus sages et qu'elle n'avait pas aperçu pendant le discours des suffètes. Lui aussi il rentrait, de son pas pesant qui le faisait osciller de gauche à droite comme un dindon.

— Tu avais raison, Elnathan, lui dit Thanubra en se portant à sa hauteur. Je crois bien que mes oreilles ne voulaient pas entendre. Et le ciel, tu as vu ? ce Scipion incendie nos camps et nous envoie la tempête !

Les nuages venaient en effet de rattraper le soleil dans son ascension et les ruelles furent aussitôt plongées dans une triste grisaille, comme si la nuit à peine chassée était déjà de retour. De grosses gouttes commençaient à tomber et l'aquilon sifflait en se forçant un passage dans les étroits boyaux de la vieille ville. En quelques instants l'averse se déchaîna et le caniveau, au milieu des pavés inégaux de la rue du Levant, se changea en un ru furieux qui repoussa les passants contre les murs des maisons. L'eau dévale de la colline, et même si aux abords de chez Thanubra la pente est devenue imperceptible, sa vitesse n'a pas le temps de décroître. L'ouverture des puisards qui jalonnent la rue et dans lesquels se déversent les eaux domestiques s'engorge lorsqu'il y a trop de pluie, et celle-ci court alors à même le sol pour finalement se jeter dans la mer à moins d'un stade de là, charriant avec elle toutes les saletés qui ont échappé aux services de la voirie.

— Mmm..., marmonna Elnathan, à quelques heures près, Scipion n'aurait pas pu incendier les camps gorgés d'eau ! Mmm...

Thanubra et son voisin pressèrent le pas et chacun se réfugia dans le couloir d'entrée de sa maison encombré de monde fuyant la pluie. Thanubra remarqua que la porte de la petite boutique de tissus du rez-de-chaussée, d'ordinaire ouverte à cette heure, était restée close. Paltibal et son épouse cyrénéenne Ladicé n'avaient pas attendu que les crieurs parcourent la ville en tous sens pour y interdire toute activité autre que la dévotion aux dieux et la discussion politique.

Thanubra prit l'escalier et le vieux Sarchos l'accueillit. Dès qu'il lui eut retiré son himation et son châle si trempés qu'elle en avait les cheveux et la tunique mouillés, Thanubra monta dans sa chambre, suivie d'Aryana l'esclave libyenne qui la sécha, la frictionna et l'aida à se changer et à se recoiffer.

— Sibboleth ? appela Thanubra.

— Ta fille est sortie, maîtresse, dit Aryana qui ajouta en baissant la voix, comme si elle voulait se montrer complice de Sibboleth et prendre sur elle les éventuels reproches de sa maîtresse : Je crois qu'elle est allée au palais Barca retrouver son ami Abdeshmoun.

— C'est bien le moment de courir à Megara quand chaque instant peut nous apporter le pire, maugréa Thanubra. Quelle écervelée cette Sibboleth ! Pense-t-elle au danger qui nous guette ? Et pense-t-elle seulement à sa réputation ? Que dira-t-on encore ? Quant à toi, tu n'as pas plus de plomb qu'elle dans la tête pour la laisser faire ainsi !

— Pardonne-moi, maîtresse, c'est ma faute, ne gronde pas Sibboleth. Elle avait tellement envie de voir Abdeshmoun après avoir appris l'affreuse nouvelle que je n'ai pas eu le courage de la retenir ici.

— Bon, bon ! dit Thanubra en se radoucissant, car elle était d'une grande bonté qu'elle masquait derrière un tempérament sec et autoritaire. Retourne donc à tes affaires !

Dehors la pluie redoublait.

— Ce Scipion nous envoie la tempête, se répéta Thanubra maintenant seule dans sa chambre, mais au moins nos citernes se remplissent !

Elle entendit alors un crieur déclamer son texte de sa voix puissante. On maintenait l'heure de la réunion de l'Assemblée haute dans le temple d'Eshmoun et les trois journées de deuil consacrées à la prière et aux sacrifices. On annonçait que les prêtres et les prêtresses de Ba'al Hammon, de Tanit et de Melqart entamaient leurs rituels. Elle souleva le rideau bleu azur parcouru de frises vives qui fermait la fenêtre et se pencha : elle ne vit que le crieur descendre vers le rempart de Mer, seul ; tout le monde était rentré chez soi. Le mauvais temps décourageait jusqu'à la multitude de faux mages qui arpentaient à longueur de journée les rues de la ville, disant la bonne aventure au passant tout en fuyant les vigiles dans le grouillement diurne des marchés. Thanubra caressa l'un des nombreux masques en terre cuite accrochés tout autour de la pièce, comme pour attirer en elle quelque force cachée, et s'assit à sa table. Là, dans le secret de ses murs protégés par ces figures dont les grimaces chassaient démons et mauvais esprits, malgré l'interdiction de s'adonner à une quelconque activité laborieuse autre que la routine domestique, elle déroula ses registres de comptes et se mit au travail. Comme la plupart des Carthaginois, elle était très pieuse mais tâchait souvent de trouver des accommodements avec les puissances divines.

Elle n'irait pas au port durant ces trois jours et invoqua tout haut Dame Tanit la grande déesse et Sakkôn le protecteur du commerce pour que ses bateaux aient quelque retard. Elle craignait qu'ils n'aient à souffrir du désordre inévitable qui embouteillerait le port marchand et les vastes quais de la chôma* où l'on déchargeait les marchandises sans avoir à emprunter le canal d'entrée au cothon*. Un bateau devait arriver bientôt de Lixus, antique comptoir phénicien qui regardait le grand Océan et auquel les Carthaginois avaient redonné une solide vigueur deux siècles et demi auparavant à l'époque du périple d'Hannon le Navigateur. On pouvait lire gravé sur une épaisse plaque de bronze dans le temple de Ba'al Hammon le récit énigmatique de son voyage sur la face atlantique de l'Afrique, jusqu'au Char des Dieux et à la Corne du Midi. Thanubra attendait aussi deux gros navires d'Orient, l'un en provenance des vieilles cités phéniciennes Tyr et Sidon, l'autre de l'opulente Alexandrie et de Cyrène, ville qui avait été bâtie à distance du rivage et du port.

Elle n'eut guère le temps de travailler. Des voix lui parvinrent de l'extérieur, qui transmettaient l'essentiel de ce qui se passait à Byrsa. La longue chaîne sonore se mettait en place. Thanubra se pencha à nouveau à la fenêtre, constata que le vent avait cessé et qu'il ne tombait plus qu'une maigre bruine. Nisan, premier mois du printemps, et même parfois la première décade d'iyar sont coutumiers de ces caprices du ciel. Elle se couvrit d'une lourde cape à capuchon comme en mettent les marins et monta à la terrasse après avoir ordonné à toute la maisonnée de la suivre. De là, à moins de trois stades, on distinguait nettement la foule qui emplissait le parvis du temple et débordait sur les soixante marches, véritable tapis humain de têtes et de bras qui se déroulait jusqu'à l'extrémité de la rue du Levant. Les trois cents sénateurs, à quelques exceptions près comme Hannon le Grand, entendait-on, avaient pénétré dans le temple d'Eshmoun, suivis de tout ce que la ville comptait de magistrats et d'aristocrates. La séance allait s'ouvrir quand une surprise d'importance en modifia les données : Asdrubal fils de Giscon s'était présenté à la porte occidentale de la ville, il avait réussi à se soustraire au massacre avec quelques cavaliers.

— Dieux tout-puissants ! pesta Thanubra. Est-ce là ce que vous voulez pour Carthage ? Toute notre armée périt, et lui, dont la carrière de général n'est qu'une suite de défaites et de catastrophes, il s'en sort encore une fois !

Pendant qu'Asdrubal traversait dans le faubourg de Megara la vaste partie qui s'étend derrière Byrsa du côté du couchant, la pluie cessa mais le ciel demeura gris et bas, comme cela arrive quelquefois en cette saison, et le sol commença rapidement à se ressuyer. L'arrivée d'Asdrubal soulevait l'indignation populaire et beaucoup regrettaient le temps pas si lointain où les généraux vaincus payaient de leur vie leur infortune. Il y avait un siècle, Asdrubal aurait été crucifié sans pitié dès la déroute de son armée en Espagne. Pour échapper à l'humiliation du supplice, il eût été contraint au suicide. Jamais Carthage ne lui aurait accordé une nouvelle occasion comme celle qu'il venait encore de gâcher. Les mœurs s'étaient adoucies sous l'influence de la civilisation grecque qui imprégnait de nombreuses familles de l'aristocratie, et, de plus, Asdrubal possédait un argument qui fléchissait les responsables politiques : Safanbal, sa propre fille. La jeune femme était la beauté incarnée, elle possédait la finesse et l'intelligence, la sensualité et le charme auxquels nul ne résiste. Asdrubal n'avait rien trouvé de mieux que de s'en servir comme monnaie d'échange. Alors qu'elle avait d'abord été promise à Massinissa lorsque celui-ci combattait avec vaillance aux côtés des Carthaginois en Espagne, Asdrubal l'avait finalement donnée à Syphax qui avait aussitôt rangé du côté de Carthage sa nombreuse armée. Pour Massinissa, dont le royaume massyle avait été annexé par le royaume masaesyle de Syphax, c'était une innommable trahison. Pour avoir servi avec loyauté et courage cette Carthage où il avait passé les meilleures années de sa jeunesse, le prince numide se retrouvait sans terre et la femme qu'il aimait était l'épouse de son rival. Aussi beaucoup de Carthaginois qui connaissaient bien Massinissa pour l'avoir fréquenté lorsqu'il étudiait à Carthage savaient au fond d'eux-mêmes qu'Asdrubal était responsable de son passage dans les rangs de Scipion. Le bouillant Numide espérait faire du Romain l'instrument de sa vengeance.

— Asdrubal descend de cheval, annonça une voix à quelques terrasses de chez Thanubra. Il entre dans le temple sous les huées d'une foule que doivent contenir les vigiles. « Crucifiez-le ! À mort le fossoyeur de notre cité ! » crie-t-on un peu partout.

Asdrubal fils de Giscon était un homme de quarante-sept ans, la barbe grisonnante, grand et sec, le regard sans relief. Il possédait un palais qui dépassait en trésors et en splendeurs celui des Barca, lequel avait été le plus beau de la cité du temps d'Amilcar. Il avait longtemps vécu en Espagne punique. Au moment d'entreprendre son héroïque conquête de l'Italie, Hannibal avait confié l'Espagne à son frère cadet Asdrubal Barca. Son autre frère Magon, le plus jeune, revint de la bataille de Cannes en messager triomphant mais ne resta que peu de temps à Carthage. Magon reprit le chemin de l'Espagne et l'Assemblée haute envoya avec lui Asdrubal fils de Giscon qui découvrit ainsi le fabuleux empire espagnol bâti par Amilcar et ses successeurs sur la légendaire terre de Tarshish. Asdrubal Barca le mit à la tête d'une armée, tout en sachant qu'on l'avait envoyé ici à l'instigation de l'influent Hannon le Grand, chef de file de l'opposition au clan des Barca. Sur place, Asdrubal fils de Giscon se comporta en effet en opposant politique, sans pour autant briller comme général. Au contraire. Nommé commandant de l'empire d'Espagne lorsque Asdrubal Barca fut appelé en Italie par son frère Hannibal, il connut la déroute. Battu par Scipion, il perdit à jamais la terre de Tarshish, abandonnant à son vainqueur la Nouvelle Carthage et tous les trésors accumulés par les Barca. Réfugié chez les colons phéniciens de Gadir, il avait attendu plusieurs mois avant d'oser reparaître à Carthage. Aujourd'hui, il n'avait pas même attendu une journée !

— Il a du courage de revenir si vite, lança Elnathan depuis sa terrasse.

— Du courage ? s'indigna Thanubra, du courage ? du toupet plutôt, un toupet monstrueux même ! Non mais, qu'est-ce qu'il s'imagine ? Que son argent, ses protections et ses intrigues vont le tirer éternellement d'affaire ?

— Mère ! mère ! entendit alors Thanubra, qui, avançant son buste au-dessus du muret de la terrasse, aperçut sa fille aînée Batnaamat qui levait la tête vers elle en faisant de grands signes. Une esclave noire tenait un enfant par la main et de son autre bras serrait un bébé contre sa poitrine. Ils s'engouffrèrent dans la maison à la suite de Batnaamat.

— Vous voilà, dit Thanubra, deux étages plus bas, à la porte d'entrée des appartements. J'avais tellement peur pour vous, avec tout ce qui se passe ! Tu as bien fait de venir ici, car Aris doit être sur les dents.

— C'est l'horreur, mère, c'est l'horreur, fit-elle avec des sanglots étouffés dans la voix, ses grands yeux reflétant le gouffre effrayant des lendemains sans espoir. Comment sauverons-nous nos enfants, mère ? Quelle issue Carthage peut-elle aujourd'hui trouver pour qu'ils ne deviennent pas les esclaves de Rome !

Sans excès d'effusion mais avec une gravité qui inspirait un sentiment de sécurité et de réconfort, la belle Thanubra embrassa sa fille — plus petite, plus boulotte qu'elle, bien qu'elle n'eût que vingt ans — et ses deux petits-enfants, deux garçons. Le premier s'appelait Hillesbal comme son grand-père maternel. D'habitude, on donnait au premier-né le nom du grand-père paternel, mais le lieutenant de vigiles Aris, époux de Batnaamat, avait accepté de déroger à ce principe pour rendre hommage à l'armateur disparu, malgré les protestations de Thanubra qui continuait de soutenir qu'il reviendrait un jour. Ce petit Hillesbal aurait trois ans l'été prochain, au milieu du mois d'abu. Son frère Naamel portait le nom de son autre grand-père et ne marchait pas encore.

— Les esclaves sont à la terrasse ? interrogea Batnaamat avec plus de fermeté, étonnée que personne ne soit là pour lui laver les pieds.

— Oui, je les ai fait monter là-haut avec moi. Il n'y a que ta sotte de sœur qui ne soit pas à la maison.

— Abdeshmoun, ah ! dit Batnaamat en ébauchant un maigre sourire. Elle a l'air d'en être folle, la petite sœur... Ce serait un beau mariage.

— Ah ! non, grogna Thanubra. Ce n'est pas le moment de parler de cet Abdeshmoun. Tu vois un garçon comme lui, fils de l'aide de camp du grand Hannibal, épouser Sibboleth ? Ne rêve pas, ma fille. Moi, ce que je veux pour elle, c'est un mari, pas un amoureux qui sait que son avenir est ailleurs. Et dans cette ville où l'on ne peut pas faire un geste sans être épié et où on répète tout, je ne veux pas que ta sœur ait une réputation de fille légère !

— Mais non, mère, fais confiance à Sibboleth, elle voit ce garçon mais elle ne fait rien de mal avec lui.

— Qu'on la voie entrer au palais Barca ou marcher en ville avec ce garçon, ma pauvre fille, c'est suffisant pour que les langues crachent leur venin. Je les connais, moi, les mauvaises langues de Carthage ! J'en ai assez souffert depuis le départ de ton père...

— Mère, tu reviens toujours à tes vieilles histoires...

— Tais-toi ! coupa Thanubra d'un ton agacé. Viens donc à la terrasse écouter les nouvelles de la réunion, Aryana descendra aider ton esclave à s'occuper des enfants.

Aux fenêtres, aux terrasses ou dans les rues que l'animation avait à nouveau gagnées, tout le Vieux-Carthage avait le nez dehors. La voix de ceux qui transmettaient, fidèles à ce qu'ils avaient entendu, la teneur des débats se confondait parfois avec les éclats bruyants des commentaires et des cris excédés de ceux qui voulaient les faire taire. Mais Carthage connaissait un de ces moments rares où toute une population vit à l'unisson et rassemble son attention et ses énergies que d'ordinaire elle disperse dans la fourmilière des tâches individuelles et des intérêts particuliers.

Asdrubal avait pris la parole. Il expliquait qu'il était venu en bravant le mépris de ses concitoyens pour leur éviter de commettre une erreur irréparable sous l'empire de la terreur qu'avait causée le massacre de l'armée.

— Rien n'est perdu, dit-il, ce grand malheur n'est pas une épreuve insurmontable pour Carthage. La flotte est intacte, prête à appareiller dès que l'ordre lui en sera donné, et mon gendre Syphax, loin de renoncer à la guerre, s'acharne déjà à reconstituer une armée.

— Asdrubal ! l'apostropha un sénateur de son propre parti, n'en as-tu pas assez d'être vaincu ? À quoi bon rassembler de nouvelles troupes ? Croyez-vous être enfin capables, toi et ton Numide, de mener nos forces à la victoire ? Non, je demande à tous les sénateurs de cette Assemblée d'envoyer à Scipion une ambassade de paix. Que peut-on espérer d'une bataille de plus contre ce Romain auquel les dieux semblent accorder leurs faveurs ?

— Tu te trompes, Hiram, répondit le général. À moi de poser une question : quelle paix espères-tu obtenir d'un ennemi qui aspire à un triomphe total ? Carthage n'est pas à genoux pour implorer la paix. Ses murs ne sont même pas menacés !

— Oui à la poursuite de la guerre, clama un autre sénateur, mais sans toi, Asdrubal ! Qu'on nous désigne un général apte à forcer la victoire !

— Hannibal ! Hannibal Barca ! lui seul peut renverser le cours du destin, lança le géronte Himilkat, pourtant du même clan qu'Asdrubal mais dont le grand âge et la longue barbe blanche imposaient le respect. Il faut rappeler Hannibal.

À son intervention, une clameur immense recouvrit Carthage comme les rouleaux d'une invisible vague déferlant sans obstacle de Byrsa jusqu'aux remparts. Au seul nom du vainqueur des Alpes et des légions romaines s'allumait cette minuscule étincelle d'espoir qui sommeillait au plus profond de chacun.

— C'est la dernière chose à faire, vociféra Asdrubal. Au moins, tant qu'Hannibal reste en Italie, retient-il loin d'ici des légions qui ne manqueraient pas d'apporter à Scipion un renfort fatal à Carthage.

— Asdrubal dit vrai, enchaîna alors le jeune sénateur Gereshmoun, et tout Carthage poussa un cri d'étonnement, car Gereshmoun représentait le clan des Barca, fer de lance du parti démocratique hostile à cette oligarchie dont Asdrubal était l'un des hérauts. Oui, je le répète, il dit vrai, citoyens et habitants de Carthage. Ne vous laissez pas aveugler par votre admiration pour notre grand Hannibal. Son retour signifierait l'abandon de tous nos espoirs sur le sol ennemi. Cela signifierait l'échec total de quinze années de lutte, un trait tiré sur tant d'exploits qui font notre fierté. Quelle amertume que ce renoncement ! Oui, Asdrubal a raison quand il vous dit que nous avons encore les ressources et l'énergie pour obliger Scipion à se rembarquer.

— Je te remercie, Gereshmoun, poursuivit Asdrubal soudain plus sûr de lui, car au moment où ses propres amis étaient près de le lâcher il trouvait dans le clan politique adverse un secours inattendu. Le combat de Carthage pour l'intégrité de son territoire et la liberté de ses citoyens continue ! N'oubliez pas une chose, Carthaginois, quelle que soit votre rancœur envers moi. C'est un incendie allumé par ruse qui a provoqué le désastre, ce n'est pas une bataille. Or, sachez qu'à la guerre on n'est inférieur que si le verdict des armes en décide ainsi.

— Qu'est-ce que je te disais, ricana Thanubra à l'adresse du gros Elnathan, tu vois bien que ce bon à rien trouve encore moyen de faire bonne figure. C'est un comble ! Enfin, si Gereshmoun croit qu'il faut mettre notre destin entre ses mains, il doit avoir ses raisons.

Quand ce fut l'heure du vote, l'Assemblée haute se rangea à l'avis d'Asdrubal et du clan des Barca. Les mains levées furent de loin les plus nombreuses. Avant que les sénateurs quittent leur place, le kohen* Abdelim, grand prêtre de qui dépendait tout le clergé de Carthage, rappela que tous les temples de la cité accueillaient offrandes, sacrifices et prières. Les prêtres qui l'accompagnaient avaient revêtu habits et ornements sacerdotaux et s'apprêtaient à officier.

On pouvait distinguer derrière le voile gris des nuages un pâle soleil qui s'éloignait déjà du zénith et amorçait sa courbe vers Byrsa.

— Dans quelques heures il fera nuit, s'aperçut Thanubra, et nous n'avons même pas mangé !

À l'étage inférieur où se trouvaient, juste sous les terrasses, les chambres et la pièce de réception, les deux fils de Batnaamat dormaient sur le lit de Sibboleth, calés par d'énormes coussins. Thanubra, sa fille et les deux esclaves

Sarchos et Mazérès descendirent encore d'un étage. Aryana, que personne n'avait vue s'éclipser pendant les discours de l'Assemblée haute, avait préparé des daurades à l'ail avec une purée de pois chiches. La maîtresse de maison décida qu'on mangerait à la cuisine, assis sur les bancs à la table des esclaves. Il était trop tard pour perdre du temps à faire le service dans la salle de réception et s'allonger sur les lits qui bordaient les lourdes tables de cèdre.

Après le repas absorbé à la hâte, les deux femmes se rendirent au sanctuaire d'Elissa, juché lui aussi au sommet de Byrsa. Elles remontèrent la rue du Levant et gravirent les soixante marches qui la prolongeaient, et d'où partait à mi-hauteur la rue de Déméter. Il fallait presque jouer des coudes pour s'y frayer un passage. Plus elles montaient, plus il y avait d'hommes qui continuaient de palabrer. Ils n'avaient sans doute pas quitté la marche où ils stationnaient depuis la réunion du temple d'Eshmoun. Elles croisaient des femmes aussi, mais comme elles ces femmes marchaient sans s'attarder. Parler dans la rue ailleurs que dans les échoppes ou sur les marchés restait le privilège des hommes. Thanubra se souvenait que très jeune, encore petite fille, elle s'était étonnée, innocente, de cet état de choses et s'en était ouverte à son père.

— Que veux-tu donc, Thanubra ? répondit-il en riant aux éclats. Parler politique sous les portiques de la Grande Place ? À quoi donc cela te servirait-il ? Tu es une femme, tu n'es pas un citoyen !

Jamais plus elle n'avait songé à remettre en cause une telle évidence.

Sur le parvis du temple d'Eshmoun qui regardait l'orient, des orateurs improvisés s'agitaient et refaisaient l'Histoire. Des centaines d'hommes étaient montés sur le toit du temple couvert de terrasses et éternisaient la discussion comme s'ils craignaient, en rentrant chez eux, l'annonce d'un nouveau malheur. Tant qu'ils bavardaient et se chamaillaient sur l'événement de la nuit passée et sur ses conséquences immédiates, ils avaient l'impression de suspendre le cours des choses. Les deux femmes prirent sur la gauche du parvis et contournèrent l'enceinte du temple en suivant la rue du Couchant qui traversait la colline et plongeait ensuite vers les quartiers sud de Megara. Le sanctuaire d'Elissa se dressait à moins d'un stade du temple d'Eshmoun avec lequel il contrastait d'emblée par sa taille, très modeste. Il était entouré de petits jardins séparés par des bosquets de myrte et des cyprès taillés, et un petit bois d'oliviers le jouxtait, rempli de singes trop habitués aux êtres humains pour faire seulement mine de fuir à leur présence. Il perpétuait le souvenir de la fondation de la cité six siècles plus tôt, lorsque la princesse Elissa, à l'instigation du gouvernement de Tyr, avait quitté la Phénicie menacée par les Assyriens depuis les règnes conquérants du cruel Assurnazirpal et de son fils Salmanasar. Malgré les guerres civiles qui quelques années plus tard avaient ensanglanté l'Assyrie, des bandes de pillards armés comme des guerriers dévastaient les régions frontalières sans crier gare. Elissa, prévoyant que Tyr risquerait un jour le pire, s'était embarquée pour l'Occident afin de fonder sa Ville neuve : Qart Hadasht, Carthage. L'avenir devait lui donner raison, car au cours des siècles suivants les cités phéniciennes perdirent leur autonomie, passant sous contrôle étranger. Aujourd'hui, dans les jardins, des marchands vendaient toutes sortes d'objets, des statuettes de terre à l'image d'Elissa, des amulettes et des gris-gris à tous les prix, et des oiseaux, parfums, gâteaux ou cruches de vin de Rhodes à présenter comme offrandes. L'entrée du sanctuaire était marquée par deux colonnes cannelées dont les chapiteaux présentaient têtes d'Hathor de style égyptien et palmettes de Chypre. Une frise aux motifs récents de style grec reproduisait une suite de croissants lunaires et de disques solaires, et surmontait l'architrave ornée de rosaces orientales, tandis que le tympan figurait la princesse flanquée à sa droite des hommes et à sa gauche des jeunes vierges qui assureraient la descendance de la Ville neuve. Sur chaque battant de la porte en bois de cèdre était sculptée une tête de cheval, pour rappeler qu'Elissa et ses compagnons n'avaient fixé le site exact de la cité qu'après avoir fouillé le sol pour en déterrer un crâne de cet animal, symbole d'ardeur et de force que Carthage avait choisi de frapper sur l'avers de ses pièces de monnaie. En s'immolant sur un bûcher afin d'échapper aux propositions de mariage d'Hiarbas, roi du peuple libyen des Maxitani, Elissa avait sanctifié le sol de sa ville. L'héroïsme de son sacrifice avait placé la princesse au rang des dieux, la faisant accéder au panthéon divin qui protégeait Carthage, et ses compatriotes lui avaient élevé ce sanctuaire sur la colline de Byrsa.

Thanubra et Batnaamat rejetèrent sur leur visage un pan de châle, de façon qu'on ne vît plus que leurs yeux. Elles se mêlèrent à un groupe de fidèles, pour la plupart des femmes qui comme elles accordaient à Elissa des faveurs particulières. L'autel en or massif recouvert de candélabres était dominé par la statue élégante et sereine de la déesse. Un voile bleu sur la tête, la robe bleue elle aussi et parcourue de longues bandes d'or, une prêtresse entourée de joueurs de lyre et de porteurs de lampes sacrées et d'encensoirs offrait des libations et des parfums. Quand la musique s'arrêtait, elle prononçait des incantations rituelles pour implorer Elissa de ne pas abandonner ses enfants, et ses mots étaient repris comme une antienne par le chœur des fidèles prosternés. Comme tous les actes religieux à Carthage, celui-ci dépendait d'un règlement très précis édicté par la loi et qui fixait le montant dû par chaque fidèle. Thanubra et sa fille donnèrent trente shekels chacune, ce qui était une belle somme. Puis elles sortirent du sanctuaire et reprirent la rue du Couchant dans l'autre sens, mais au lieu d'aller vers le parvis du temple d'Eshmoun toujours bondé, elles descendirent de Byrsa sur la droite par la rue du Cothon qui mène, quatre stades plus bas, droit au port militaire en croisant la longue rue des Suffètes qu'elles suivirent jusqu'au temple de Ba'al Hammon, derrière le port marchand. Le temple de Ba'al Hammon cachait à moitié celui de Tanit, où elles voulaient se rendre pour offrir un agneau. Mais elles n'eurent pas le loisir de s'approcher plus avant. Elles furent en effet happées par une foule hystérique qui débordait de l'enceinte des jardins et du tophet, et encombrait la petite place que la rue forme à cet endroit. On encourageait un orateur gesticulant sur le stylobate du temple de Ba'al Hammon. C'était Akboram, l'un des sénateurs les plus virulents du petit clan des religieux qui prônaient le retour à la religion d'autrefois, telle du moins que ces conservateurs l'entendaient et auraient voulu l'imposer.

— Citoyens de Carthage, disait-il d'un ton enflammé, nous payons aujourd'hui parce que nous avons trahi nos dieux. Nos dieux se vengent et ils ont raison ! Le malheur fond sur nous, car l'abolition du molek a irrité Ba'al Hammon, le Maître du Brasier, et Dame Tanit, la Féconde Mère. Pourquoi voudriez-vous que nos dieux les plus puissants, à qui nous refusons de sacrifier notre premier fils nouveau-né, protègent encore notre cité ? Nous avons détourné le tophet de son usage sacré. Au lieu d'accueillir les cendres des enfants immolés, il est devenu la nécropole des enfants morts que les mères en larmes viennent faire incinérer en implorant Tanit de leur accorder la joie d'une autre naissance. Croyez-vous que nos dieux puissent se contenter de ce subterfuge ? croyez-vous que Ba'al Hammon et Tanit soient assez aveugles pour se laisser abuser par des lamentations et l'offrande d'un enfant mort de mort naturelle ?

— Oui, Akboram, tu as raison, lança une voix forte, seul le respect des vraies lois de notre religion apaisera nos dieux courroucés.

— Rappelez-vous, Carthaginois, le passé de notre cité. Rappelez-vous ce temps où Agathocle, tyran de Syracuse, débarquait ses soldats sur le sol punique et dévastait nos terres. Carthage alors tremblait. Déjà elle avait renoncé au molek qui exige que l'on sacrifie les plus nobles de nos fils. Leurs pères achetaient de jeunes esclaves dans le plus grand secret, les nourrissaient comme leurs propres enfants et les sacrifiaient à leur place. Déjà Carthage trichait avec le Maître du Brasier, elle négligeait de le servir en le trompant. Qu'advint-il alors, Carthaginois ? que firent nos aïeux pour réparer leurs fautes ? Ils choisirent deux cents tout jeunes garçons parmi les meilleures familles de la ville et les sacrifièrent au nom de la patrie. Oui, et l'on vit même cent autres familles amener leur nouveau-né de peur qu'on les accusât de tricher encore. Au total, ils furent trois cents à être égorgés par les prêtres et, un à un, à être déposés dans les mains de bronze de Ba'al Hammon qui les précipitait dans les flammes !

— Et Carthage fut sauvée, citoyens, Agathocle fut repoussé !

— Je vous en conjure, Carthaginois, poursuivit Akboram, exigeons du gouvernement le respect que méritent nos dieux ! Chassons une fois pour toutes de chez nous toutes ces pratiques venues de Grèce. Elles éloignent notre peuple des rites sacrés de nos ancêtres. Les responsables de ce malheur, vous connaissez tous leurs noms ! Ce sont Amilcar Barca et son gendre Asdrubal le Beau, tous deux corrompus par les mœurs grecques et corrupteurs de nos propres mœurs. Les anciens qui m'écoutent ont en mémoire le souvenir de leur liaison scandaleuse. Ce sont eux qui ont poussé Carthage à adopter des usages que nous réprouvons car ils signifient la décadence morale de la cité et la trahison envers nos dieux ! Et Hannibal, Carthaginois ! qu'est donc Hannibal sinon le fils de son père et son continuateur en toutes choses ?

Les deux femmes n'osaient pas bouger au milieu de ce groupe de fanatiques déchaînés qui portaient maintenant Akboram en triomphe. Comme à l'intérieur du sanctuaire d'Elissa, elles ne laissaient percer du secret de leur châle que l'anonymat de leurs yeux noirs, redoutant d'être reconnues par l'un de ces exaltés qui, les prenant à partie, aurait pu dans un accès de violence montrer Batnaamat à la foule et clamer : « Regardez Batnaamat, elle a deux beaux petits garçons à offrir au Maître du Brasier ! Allons, Batnaamat ! de quoi as-tu donc peur ? N'es-tu pas fière de donner tes fils en holocauste pour sauver ta patrie ? »

Elles se firent toutes petites et essayèrent, discrètes, de quitter la placette en glissant le long des murs de la bibliothèque de Tanit, de l'autre côté de la rue des Suffètes, tandis que le soleil de la dernière heure se dégageait enfin des nuages et dispensait sur la ville une clarté rassurante. Au moment où elles s'échappaient enfin, la voix haineuse et qui se voulait prophétique d'Akboram retentit encore.

— Je vous le dis et je vous le répète, Carthaginois. Par la faute de quelques-uns d'entre nous, nos dieux autrefois bienveillants nous ont maudits !

2.

Abdeshmoun et Sibboleth

La propriété des Barca était en étendue la plus vaste de Carthage, elle en avait été longtemps aussi la plus opulente. L'extension punique en Espagne avait permis à la capitale de payer le lourd tribut exigé par le vainqueur à l'issue de la première guerre contre Rome, une quarantaine d'années plus tôt. C'était le temps où Amilcar Barca effrayait par sa stature et son génie la classe politique et militaire. Ce général autoritaire mais juste, coléreux mais respectueux des décisions de son gouvernement, était tenu à l'écart par les membres de l'oligarchie carthaginoise qui voyaient dans son intégrité un danger pour leurs privilèges et leurs intrigues. Et cependant, comme eux, Amilcar Barca était très riche. Il possédait d'immenses domaines agricoles autour d'Hadrumète, en Byzacène, et tirait de gros revenus des multiples affaires commerciales dont il était l'héritier et qu'il patronnait. Il était à la tête d'une des plus anciennes fortunes de Carthage, amassée par ses ancêtres avec opiniâtreté au cours des siècles de prospérité et de paix qu'avait traversés la cité de sa fondation jusqu'à l'invasion d'Agathocle. Les riches qui refusent d'entrer dans le jeu des intrigues et des machinations financières sont toujours regardés par leurs pairs avec méfiance, et l'on se méfiait donc d'Amilcar. Pourtant, lorsque les généraux appartenant à l'oligarchie eurent accumulé les défaites sur le sol sicilien que convoitait l'ennemi romain, il fallut se ranger à l'opinion du peuple qui réclamait Amilcar à cor et à cri.

Dès lors qu'il prit la direction des troupes carthaginoises, l'espoir reconquit les cœurs. Le fougueux Amilcar, Barca le bien nommé puisque ce surnom désigne la foudre, entraîna ses hommes à la victoire, faisant peu à peu céder les légions romaines dont il devint la hantise. Mais sur mer, un amiral sans habileté mena la flotte punique à la déroute au large des îles Égates. Par ce désastre, Carthage subissait soudain la loi de Rome sur ces eaux qu'elle avait dominées pendant des siècles. Le gouvernement de Carthage, affolé, préféra traiter, même si sur terre la pression d'Amilcar obligeait les Romains à puiser dans leurs ultimes forces.

Amilcar enragea, d'autant que c'est lui, l'invaincu, qui fut chargé au nom de Carthage de négocier la paix avec le pourfendeur de la flotte, le consul Caius Lutatius Catulus. Il fallait abandonner la Sicile, les îles Égates et Lipari, il fallait aussi payer la somme de trois mille talents, répartie sur une période de dix années. Quelques mois plus tard, on appela encore Amilcar, retiré dans son domaine agricole de Byzacène, pour mater la révolte des mercenaires revenus de Sicile et dont le gouvernement tardait à payer le solde. Ce fut la guerre inexpiable, qui marqua la conscience des Carthaginois d'une cicatrice sanglante et indélébile. Aussitôt après, en s'appuyant sur l'Assemblée du peuple, Amilcar tenta bien d'amorcer des changements, d'insinuer dans le fonctionnement des institutions un tour plus démocratique, à la manière grecque. Il s'y cassa les dents. Écœuré autant par l'oligarchie en place que par la perfidie de Rome qui avait profité de la crise pour annexer la Sardaigne, la Corse et augmenter la dette de guerre carthaginoise, Amilcar réunit une armée et quitta Carthage pour tailler dans le fabuleux pays de Tarshish un empire à sa mesure, loin de l'œil avide du sénat romain. À Carthage, beaucoup n'étaient pas fâchés de le voir s'éloigner. Ses intentions de réformes, malgré le soutien ardent du peuple, n'étaient pas du goût de rivaux politiques préoccupés avant tout par la sauvegarde de leurs privilèges.

En Espagne certes, Amilcar travaillait pour lui-même, mais il assurait, par ses fréquents envois de métal précieux extrait des mines de la Morena, de nouvelles richesses à la capitale africaine, bienvenues car elles couvraient la dette de guerre et même bien au-delà. Mais aujourd'hui, en raison des victoires que Scipion avait obtenues en Espagne, cette source de revenus s'était tarie avec la même soudaineté que celle avec laquelle Amilcar l'avait fait jaillir. Lors de la prise de la Nouvelle Carthage par l'ambitieux Romain, le palais espagnol des Barca fut pillé de tous les trésors qu'il contenait. Deux cent soixante-seize coupes d'or pesant au moins une livre chacune, des centaines de coupes d'argent, près de vingt mille livres d'argent ciselé ou en pièces de monnaies passèrent entre les mains des nouveaux conquérants, tout cela s'ajoutant à une immense fortune en lingots, perdue à jamais.

Aujourd'hui que cet empire s'était effondré, le palais Barca du quartier de Megara témoignait encore des temps de la splendeur, mais plus jamais il n'avait connu les fastes et l'animation qu'aimait y voir Amilcar. Son fils Hannibal n'y était plus revenu depuis l'âge de neuf ans, occupé à mettre en œuvre ses vastes desseins ; Asdrubal le Jeune et Magon, ses deux autres fils, avaient rejoint leur frère en Espagne. Pendant ces longues années, Arishatbal, leur mère, avait tenu le palais, tandis que les intendants assuraient la bonne marche des affaires. Elle en avait maintenu l'activité qui régnait au départ de son mari et de son fils aîné. Mais lorsque à leur tour Asdrubal le Jeune et Magon furent partis, Megara plongea dans le silence. Arishatbal veilla à ce que subsiste dans les appartements le décor exact de l'époque d'Amilcar, leur donnant les allures étranges d'une demeure gagnée par le calme d'un éternel sommeil et que seul un prodige aurait pu ramener à la vie. Arishatbal mourut deux mois avant le débarquement de Scipion, du moins échappa-t-elle ainsi à l'horreur qui menaçait Carthage. La princesse espagnole Imilcée, qu'Hannibal avait épousée en Espagne et envoyée vivre au palais de Megara lorsque lui-même entreprenait la conquête de l'Italie, le dirigeait désormais dans le même esprit de pétrification respectueuse du passé. Quant à la vieille maison que les Barca possédaient au cœur de Carthage dans la rue de Déméter, elle était restée inhabitée depuis le départ d'Asdrubal le Jeune pour l'Espagne.

C'était par un délicieux après-midi printanier, une dizaine de jours après le désastre subi par Asdrubal fils de Giscon et par Syphax. Le général humilié ne désirait pas s'attarder dans la cité et avait fait décréter la mobilisation immédiate de tous les Carthaginois aptes à porter les armes. En fait, dans une ville où aucun service militaire obligatoire n'était institué pour le peuple, cela équivalait à recruter des volontaires. Asdrubal avait l'intention de quitter Carthage au plus vite avec eux pour installer un camp retranché dans la région des Grandes Plaines. Syphax, quant à lui, s'était d'abord réfugié dans la petite bourgade d'Abba, non loin de Sicca où autrefois les mercenaires, lassés d'attendre leur solde, avaient sonné le départ de la guerre inexpiable. Puis Syphax avait fui à Cirta, au cœur des terres numides, où son épouse Safanbal s'ingénia à le convaincre par les moyens les plus doux de reprendre le combat dès que possible.

Le jeune Abdeshmoun avait attiré Sibboleth dans les profondeurs des jardins d'Hannibal, ombragées par des oliviers centenaires, à l'abri des regards indiscrets. Ils s'étaient assis contre le tronc noueux d'un de ces arbres légués au genre humain par la bonté des dieux.

— S'il te plaît, Sibboleth, ferme les yeux. J'ai pris dans la nuit une décision que je ne puis te cacher. Je pars dans trois jours avec les autres volontaires à la suite d'Asdrubal...

Sibboleth demeura les yeux clos, comme si elle n'avait rien entendu et savourait le plaisir de sentir sous sa joue l'épaule rude du garçon. Elle se cabra lorsque celui-ci fit glisser sa main le long des plis de sa tunique pour la hasarder sur ses hanches.

— Non, Abdeshmoun, dit-elle en ouvrant les yeux, tu as promis de ne jamais essayer. Tu bouleverses mon cœur en m'assenant brutalement ta décision d'aller te battre, et voilà à quoi tu penses. Oublies-tu le risque que je prends déjà si l'on nous voyait seuls ensemble ?

— Justement, murmura-t-il, tu ne peux pas refuser ce que j'attends depuis le premier jour où tu m'as laissé caresser ta main.

— Ne dis donc pas de bêtises, Abdeshmoun. Toi-même, que penserais-tu d'une fille qui se donne alors que les noces ne sont pas encore annoncées ?

— Mais ce ne sont pas des circonstances ordinaires, je vais combattre le Romain ! Si je ne reviens pas, si je meurs au combat, pense que jamais nous n'aurons connu l'union parfaite à laquelle j'aspire. Je mourrai sans que jamais tu m'aies appartenu et rien ne t'empêchera alors de t'unir à un autre que moi.

— Pourquoi veux-tu partir, se révolta la jeune fille, quand tant de Carthaginois vont rester chez eux, sourds à l'appel d'Asdrubal ?

— Que les lâches qui comptent toujours sur les autres pour les sauver restent à Carthage si ça leur chante, par Melqart ! Si j'agissais ainsi, je ne pourrais pas regarder mon père en face lorsqu'il reviendra d'Italie, lui qui a été de toutes les grandes batailles de notre maître Hannibal.

— Mais, insista Sibboleth, on a annoncé hier que quatre mille mercenaires celtibères avaient quitté l'Espagne pour renforcer notre armée. Ce sont des guerriers qui sont restés fidèles à Carthage et n'ont pas accepté que leur pays passe sous la domination de Rome. Dans quinze jours ils seront aux côtés d'Asdrubal. Tu ne vas pas partir Abdeshmoun, tu n'as que dix-sept ans et je...

— À mon âge, interrompit Abdeshmoun d'un air important, le grand Hannibal était le meilleur soldat de l'armée de son père. Il y a une foule de gens ici pour te le confirmer, des marchands et des marins qui faisaient la liaison avec l'Espagne, ou de vieux combattants qui ont participé à la conquête.

Sibboleth soupira et des sanglots silencieux emplirent sa gorge, des larmes coulèrent sans retenue sur ses joues brunes. Elle reposa la tête sur l'épaule du garçon qui, hésitant, caressa ses cheveux noirs.

— Si tu m'aimes, lui glissa-t-il dans l'oreille avec douceur, tu dois comprendre que je te veux avant mon départ. Oui, si tu m'aimes, tu dois te donner à moi maintenant, car ainsi, si je ne reviens pas, tu ne pourras plus te donner à personne d'autre et tu continueras d'être à moi pour toujours. Et puis, qu'est-ce qui pourrait me porter plus de chance que le souvenir de mon amour gravé en toi ?

— Au contraire, se récria-t-elle, je crois que si je commettais maintenant cette faute, cela ne pourrait qu'irriter nos dieux et te porter malheur. Non, mon adoré, je t'attendrai pure comme je le suis aujourd'hui, et je prierai Tanit et Melqart de te garder du glaive romain.

Elle détacha de son cou un de ses nombreux pendentifs et le tendit à Abdeshmoun. C'était un magnifique petit médaillon d'or à l'effigie d'Alexandre le Grand. Beaucoup de Carthaginois en possédaient, qu'ils avaient toujours sur eux comme une amulette.

— Tiens, c'est un alexandre que mon père tenait de son grand-père, un des tout premiers fabriqués à Carthage.

Elle porta ses lèvres sur la tête du conquérant de Babylone, apposa le médaillon contre la bouche charnue d'Abdeshmoun et le suspendit à son cou. Puis elle se leva, féline, et, relevant sa tunique au-dessus du genou, elle se mit à courir à travers les oliviers, faisant fuir l'un des nombreux singes qui folâtraient en liberté dans les jardins, et gagna l'allée principale bordée de cyprès qui menait aux bâtiments. Le garçon prit un instant pour réagir et se lança à sa poursuite. Il la rattrapa devant la cour des éléphants, autrefois fierté d'Amilcar. Mais aujourd'hui seuls deux vieux pensionnaires y promenaient leur masse grise. Tout à côté il en était de même des fosses d'où montait autrefois le rugissement d'une multitude de fauves. Un couple de panthères dormait sur la pierre, dans une posture figée qui semblait celle de la mort. À travers ses grilles épaisses et serrées sur lesquelles on marchait en longeant le palais, l'ergastule* aussi paraissait vide, comme s'il n'y avait plus d'esclaves à punir. La production des ateliers et des boulangeries, des pressoirs et des fabriques d'armes n'avait pourtant, elle, jamais cessé. Les règnes successifs de deux femmes avaient-ils adouci la discipline militaire qu'Amilcar infligeait à Megara ?

Le jeune Abdeshmoun et sa mère Batnoam occupaient l'une des nombreuses dépendances du palais. Batnoam était une femme de quarante ans, grande, droite et nerveuse, le visage toujours fardé sans avarice. Elle organisait le travail des suivantes d'Imilcée, après avoir dirigé celles d'Arishatbal lorsque son époux Iddibal avait été appelé en Espagne par Hannibal. Elle les avait d'abord maudits tous les deux. Elle tenait autant Hannibal qu'Iddibal responsables de la laisser seule avec un enfant, si jeune qu'il serait incapable de reconnaître son père à son retour. « S'il revient... », soupirait-elle en se prenant parfois à douter. Mais sa malédiction avait été de courte durée, elle s'en était très vite repentie auprès de Tanit, et surtout de Melqart parce qu'il était le dieu protecteur des Barca. Ces quinze années d'absence, Batnoam les avait vécues dans l'attente des lettres d'Iddibal. Les dépêches arrivaient, irrégulières mais préservant le lien entre les deux époux. Hannibal en effet soignait son service de messagers. Ses soldats carthaginois aussi bien que ses mercenaires, beaucoup plus nombreux et venant de tous les horizons, en bénéficiaient, car son réseau s'étendait à tous les pays qui bordaient la Méditerranée. Selon les obstacles qui s'érigeaient devant l'envoi des messagers, Batnoam ne recevait rien pendant des mois, puis soudain deux, trois ou même quatre papyrus enroulés à son nom lui parvenaient en bloc, et leur lecture comblait ce temps d'ignorance, écoulé comme le trou noir d'une lacune. Souvent, lorsqu'une nouvelle lettre lui était apportée par le dernier messager de la longue chaîne, elle ne la lisait pas avant d'avoir repris les rouleaux au premier et d'avoir tout relu. Il lui fallait ce rituel secret pour ajouter vraiment une pierre de plus à cette longue histoire. Cette continuité des mots lui donnait l'impression d'englober toutes ces années, comme si le fil reconstitué sous ses yeux lui permettait de les raccourcir, de les réduire et de rapprocher l'instant présent de celui si ancien de la séparation, comme pour se dire : « c'était hier ».

Abdeshmoun et Sibboleth marchèrent côte à côte jusqu'à l'entrée du palais. La jeune fille, depuis qu'elle était sortie du coin isolé des oliviers, avait voilé le bas de son visage, prévenant le risque de rencontrer quelque œil indiscret.

— Je passe au port voir ma mère, dit Sibboleth.

— Je t'y rejoindrai.

Elle cligna les yeux et s'éloigna d'un pas assuré, on l'aurait prise pour n'importe quelle suivante d'Imilcée se rendant en ville avec le plus parfait naturel.

Abdeshmoun se dirigea vers l'enclos des chevaux, près duquel étaient rangés des chars de toutes sortes, de ville, de parade ou de combat. Des esclaves s'activaient, les uns autour des chevaux, d'autres réparant des roues abîmées. À l'écart, une rangée de chars alignés à la perfection brillait, comme s'ils étaient neufs. Ils n'étaient pourtant pas très récents, mais ils étaient ceux sur lesquels on avait vu défiler le grand Amilcar Barca et ses fils Asdrubal le Jeune et Magon.

Celui d'Abdeshmoun était d'un jaune très pâle. Un esclave lui attela un cheval balzan à la robe grise. Le jeune homme aimait à s'attarder près des écuries, bavarder avec les palefreniers. Quand il jugea que Sibboleth avait atteint les vieilles rues de la ville, il monta sur son char et au son bref de sa voix le cheval avança au trot sur les petits cailloux blancs qui crissaient. Il remonta la grande allée de cyprès jusqu'à l'entrée principale du domaine où grognaient des molosses placides et affalés, puis tourna à gauche sur la route qui menait au sud vers le centre de Carthage. Le quartier de Megara était une mosaïque de riches propriétés aristocratiques entourées d'enceintes parfois très hautes, et, plus on allait vers le nord et loin du centre, de jardins potagers, de luzernières et de vergers s'étalant autour de demeures beaucoup plus modestes, séparées par de simples haies ou par de petits canaux d'irrigation. On croisait des hommes conduisant des bourricots efflanqués croulant sous leur charge, des chiens jaunâtres au regard fuyant et quelques chars d'aristocrates. Deux ou trois siècles après sa fondation, la cité avait débordé de son emplacement primitif et ces faubourgs de Megara avaient peu à peu avalé l'espace qui s'offrait au nord et à l'ouest des remparts de la vieille ville. Aussi le gouvernement avait-il décidé, afin de protéger les populations hors les murs devenues nombreuses, de construire les triples remparts monumentaux qui fermaient tout l'isthme de Carthage, du lac de Tunês aux plages du nord.

Cinq stades séparaient le domaine Barca de la porte de la vieille ville. Abdeshmoun longea la nécropole. Autrefois, les Carthaginois avaient réservé à leurs morts, loin des maisons et sans limitation, ces étendues escarpées que domine le cap Punique. Puis la dilatation des faubourgs avait enserré la nécropole, en avait immobilisé les contours. Passé l'enceinte, la route de terre battue de Megara devenait rue pavée de larges dalles de pierre. Le bruit des quartiers surpeuplés succédait au calme de la campagne urbaine. Toutes les rues n'étaient pas accessibles aux chars, soit qu'elles fussent trop étroites, soit que leur pente trop forte fût coupée d'escaliers. Abdeshmoun suivit la lisière de la nécropole jusqu'au rivage et emprunta la rue du Rempart de Mer jusqu'au cothon. Celui-ci se composait de deux ports autrefois creusés dans une lagune naturelle, à l'origine pas assez profonde pour accueillir les bateaux.

Le char prit derrière le port militaire, circulaire, fermé sur lui-même avec ses loges capables d'accueillir plus de deux cents navires de guerre, et avec en son centre l'îlot de l'Amirauté et sa tour, d'où l'œil de l'amiral embrasse l'horizon du côté du levant. Un chenal le reliait au port marchand, rectangulaire et dans lequel on pénétrait par un canal large de soixante-dix pieds lorsqu'on venait de la mer. Les bateaux militaires traversaient ainsi le port marchand, mais les étrangers débarquant à Carthage, commerçants ou voyageurs, n'avaient qu'une vue limitée du port circulaire dont les arsenaux étaient protégés par une double muraille.

Abdeshmoun rangea son char sur une petite place qui s'ouvrait le long des quais. En échange de menue monnaie, quelques chalques de cuivre ou un tiers d'obole en argent, il y avait toujours quelqu'un pour abreuver et nourrir les bêtes.

Ce n'était ici que piaffements de chevaux trop serrés les uns contre les autres, voix fortes de pêcheurs, ou de matelots vêtus de pagnes et à la peau tannée, excitation de gens qui ont travaillé tout le jour et sentent venir l'heure du repos. On se lève avec le soleil et on commence à travailler très tôt à Carthage ; c'est avant midi que se déploie l'essentiel de l'activité. Cette animation varie selon l'époque de l'année. Pendant la deuxième moitié de l'automne et en hiver, les bureaux commerciaux tournent au ralenti, consacrant leur temps aux bilans et aux projets, et sont même parfois désertés ; on ne continue à trimer tout le jour que dans les ateliers et sur les chantiers, car on profite de la morte-saison navale pour construire ou réparer les bateaux, tandis qu'au plus fort de l'été, quand le port est engorgé depuis l'aube, la torpeur s'abat, brutale, pendant la moitié de l'après-midi ; chacun tente de se préserver de la chaleur et la vie ne reprend qu'une heure avant le repas du soir.

Les odeurs de mer et de poisson, de bois mouillé et de cordages, se mêlaient aux relents d'huile des beignets frits que l'on vend dès l'aube. En face du bâtiment à la façade en arcades où les plus grosses fortunes de Carthage avaient leur office, de longues tables étaient montées sur des tréteaux et protégées autant du soleil que de la pluie par de la toile épaisse dont on fait les voiles. C'était le quartier où se traitaient les affaires ; s'y pressaient armateurs et commerçants, artisans et banquiers. Le visage découvert, Sibboleth se tenait auprès de Thanubra qui faisait de grands gestes pour montrer au loin un bateau se préparant à l'atterrage. Elle avait reconnu l'un des siens.

— Mère, cria Sibboleth, c'est le *Tarshish* qui revient d'Alexandrie !

— Non, ce n'est pas le *Tarshish*, regarde bien le rapiéçage de la grande voile, c'est l'*Hillesbal*, ma fille, c'est l'*Hillesbal* et sa cargaison de Tyr !

Baigné par les rougeurs du soleil faiblissant, le navire approchait du chenal dont l'ouverture regardait midi. Abdeshmoun et Sibboleth se mirent à courir ensemble — mais que deux jeunes gens se montrent ainsi dans la foule n'a rien de suspect, c'est au contraire de se cacher et d'être découvert qui rend la culpabilité évidente — aussi vite qu'on le pouvait au milieu de tant de monde affairé, jusqu'à l'extrémité du quai où venait mourir le rempart sud. L'*Hillesbal* amorçait sa courbe face au lac de Tunês pour virer de bord, franchir le musoir, puis longer l'estacade et s'engouffrer dans le passage au bout duquel attendait une nuée de haleurs prêts à saisir les cordes que les matelots leur jetteraient. Abdeshmoun gravit les escaliers du rempart où veillaient nuit et jour guetteurs et soldats.

— Vous allez voir ce que vous allez voir ! leur dit-il en riant.

Et il se posta tout au bout du rempart, à l'angle où celui-ci plonge son pied dans le chenal. Lorsqu'en contrebas le pont du navire engagé dans le goulet fut à sa hauteur, il s'élança dans un cri strident et continu et s'échoua dans les cordages. Sur le rempart, les soldats s'esclaffaient, tandis qu'en bas le long du chenal, Sibboleth restait comme pétrifiée en voyant Abdeshmoun un moment suspendu entre mur et corde.

— Tu te prépares pour le saut en longueur aux jeux d'Olympie ? lui cria l'un d'eux.

— On verra ça quand on aura maté le Romain ! répondit le garçon. Pas avant.

— Abdeshmoun, tu es fou ! s'exclama alors Sibboleth devant qui le bateau passait maintenant en glissant encore sur son élan dont profitaient les haleurs avant de fournir leur effort, tandis que le garçon atteignait le mât et glissait par saccades jusqu'au plancher du pont, tel un grand singe.

Elle suivit le bateau en marchant sur le quai de plus en plus encombré, au fur et à mesure qu'elle revenait à son point de départ, d'hommes et de ballots de marchandises au milieu desquels les haleurs, en haletant, se frayaient un chemin qu'on eût cru impossible à percer. Il n'y avait jamais beaucoup de place pour accoster dans le port de Carthage, c'est pourquoi l'on avait construit la chôma, débarcadère à même le rivage, à l'extérieur et au pied des remparts. C'était une sorte de terre-plein, un large quai où les bateaux qui ne pouvaient pas pénétrer dans le bassin étaient soulagés de leur cargaison. Thanubra avait de la chance aujourd'hui, car les trompettes de l'Amirauté avaient permis à l'*Hillesbal* d'aller se ranger dans une loge du bassin marchand en face de son étal. Deux haleurs s'employèrent à l'arrimer en passant l'un des cordages dans le trou de la borne de pierre la plus proche.

— Sibboleth ! Thanubra ! cria Abdeshmoun en ouvrant son large sourire, bonjour ! j'arrive de Tyr notre ville-mère.

Il sauta sur le quai et se précipita vers elles.

— Ça suffit ! dit Sibboleth, tu ne me fais pas rire.

— Tu crois que j'ai vraiment envie de rire, se rembrunit le garçon. Dans trois jours, ce ne sera plus la fête, alors...

— Nous déchargerons demain au chant du coq, ordonna Thanubra. Ce n'est pas fini vos enfantillages, vous deux ?

Elle porta sur Abdeshmoun un regard sévère. Puis elle se tourna vers son jeune esclave qui finissait de rédiger les formalités d'entrée au port sur un grand livre de parchemin que lui tendait un vigile de l'Amirauté.

— Mazérès ! dit-elle, dès que tu as terminé, cours prévenir tous ceux pour qui nous avons rapporté des produits de Tyr afin qu'ils soient présents au déchargement.

— Mère, demanda Sibboleth, crois-tu qu'il y ait des étoffes de soie ?

— Je ne sais pas encore. Cela dépend des caravanes d'Orient qui assurent la liaison avec les empires de l'autre bout du monde. Il n'y a que notre ami Elnathan pour en avoir commandé, sans garantie d'être satisfait, comme à chacun de nos atterrages.

Thanubra apposa son sceau sur le grand livre et donna encore quelques ordres aux gens du bateau. Puis elle rangea les registres dans un petit coffre de bois précieux qu'elle mit entre les mains de Mazérès et, rajustant son châle sur son himation, elle quitta le port avec lui, suivie à quelque distance de Sibboleth. Derrière la jeune fille, Abdeshmoun marcha jusqu'à la rue des Tanneurs.

— Dans trois jours, à l'heure où cesse le travail, lui souffla-t-il. Les volontaires se rassembleront sur la Grande Place pour être armés, puis notre colonne quittera la ville au début de la nuit par la porte du Midi.

Sibboleth se retourna et s'arrêta, incapable de dissimuler son inquiétude. Son regard erra, impuissant. Abdeshmoun avait disparu.

Le garçon avait rebroussé chemin. Il marcha vers les arsenaux du port militaire où il reconnut la voix puissante de Bodastaroth, qui donnait des ordres à ses charpentiers. Il était une figure de Carthage, l'un des rares Carthaginois à avoir non seulement participé aux jeux grecs d'Olympie, mais à être revenu avec les lauriers du vainqueur. C'était neuf ans plus tôt aux jeux qui ouvraient la cent quarante-deuxième olympiade, et Bodastaroth avait à cette époque vingt-six ans. Déjà à dix-huit ans, il était l'homme le plus fort de Carthage. Sa carrure en imposait. Un jour qu'il s'amusait à remuer sur les quais des troncs de cèdre pour épater les autres charpentiers, un citoyen d'origine grecque qui fréquentait assidûment le seul gymnase public de la ville le vit et, très impressionné, lui manifesta son admiration et le persuada de l'accompagner. Là s'entraînaient en majorité des Grecs de Carthage, souvent des architectes ou des artistes, des pédotribes aussi qu'employaient des aristocrates qui voulaient que leurs garçons fussent éduqués à la manière grecque. Les Carthaginois d'origine punique étaient ainsi fort peu nombreux à se retrouver au gymnase, mais Bodastaroth s'était aussitôt senti dans son élément. Les Grecs l'avaient initié à des spécialités qui correspondaient à sa monumentale carcasse, au lancement du disque, à la lutte, au pugilat et au pancrace tels qu'on les pratiquait dans le pays où l'exercice physique de compétition était roi. Bodastaroth avait en un rien de temps stupéfié ses initiateurs par ses dons exceptionnels. Le bruit s'était vite répandu que le colosse de l'arsenal n'avait aucun rival, et sa popularité avait drainé vers les installations une jeunesse avide de spectacles, dans une ville où les amusements étaient rares. Du haut de ses sept pieds, Bodastaroth dépassait de deux bonnes têtes la plupart de ses concitoyens et pesait presque, tout de muscle, le poids de deux hommes déjà râblés. Il n'avait guère fallu déployer d'efforts pour l'inciter à entreprendre le voyage à Olympie. Son départ à la tête d'une délégation carthaginoise avait été digne d'un général. Tout Carthage alors était en liesse, car l'on était sous le coup de nouveaux succès dans la guerre d'Italie, où Tarente et les cités voisines avaient ouvert leurs portes à Hannibal. Le peuple ne doutait pas que son général et son athlète, chacun de son côté, fouleraient bientôt en vainqueurs le sol natal.

En revanche, quand Bodastaroth revint de Grèce quatre mois plus tard, on venait d'apprendre que Syracuse était perdue pour Carthage. Hannibal n'avait jamais pu courir le risque de quitter l'Italie pour l'aller défendre, et toutes les machines inventées par Archimède n'avaient pu emporter la décision. Le vieux savant avait été massacré et le proconsul Marcus Claudius Marcellus avait fini par prendre la courageuse cité. Mais à la narration des exploits de son colosse, à la vue des lauriers glanés à Olympie et qu'il brandissait à travers la ville depuis sa descente du bateau, le peuple carthaginois oublia les déboires de l'interminable guerre et fêta son héros comme il le méritait. Les suffètes et le grand kohen présidèrent à des cérémonies en son honneur, on remercia les dieux comme s'il s'agissait d'une victoire sur l'ennemi. Bodastaroth s'était présenté aux épreuves de lutte, de pugilat et de pancrace. Il les avait toutes gagnées avec une déconcertante facilité. De tous les lutteurs en lice, aucun n'avait été capable de lui résister. À Olympie, on évoquait les temps lointains du fameux Milon de Crotone, faute de retrouver dans la mémoire des vivants un homme doté d'une force aussi prodigieuse que celle dont ce Carthaginois faisait étalage. On raconte que Milon, la tête ceinte d'une corde, rompait celle-ci par le seul gonflement des veines du front et des tempes ; ou que, tenant dans la main et sans la presser avec ses doigts une grenade — fruit que les Romains appelaient d'ailleurs « pomme punique » —, il défiait quiconque de la lui soustraire. Fasciné par ces histoires mais gardant la tête froide, Bodastaroth déclina toutes les offres de relever le défi. Il accepta en revanche de renouveler un autre exploit dont Milon était gratifié. Il se fit amener un jeune taureau qu'il maîtrisa et chargea lui-même sur ses épaules, parcourut toute la longueur du stade sous les encouragements et les ovations ; puis, ayant posé l'animal à terre, il ne lui laissa pas le temps de bouger et l'assomma d'un coup sur la nuque, son poing terrible s'abattant telle une massue de chêne. Mais le rusé Punique avait beau avoir bon appétit, il savait bien qu'il ne pourrait suivre jusqu'au bout de son exploit ce Milon qui avait ensuite dévoré seul et en une seule journée toute la viande de sa victime. « En l'honneur du grand Milon de Crotone et du souvenir qu'il a laissé, lança-t-il d'autorité, que tous les lutteurs qui ont eu l'infortune de rencontrer mon bras viennent avec moi ce soir partager ce festin ! » Ainsi Bodastaroth échappa-t-il à l'humiliation de s'incliner devant un taureau rôti à la broche et à point.

L'ancien lutteur auréolé de gloire avait maintenant trente-cinq ans. Il traînait toujours derrière lui une nuée de gamins et quelques jeunes gens que le voyage victorieux à Olympie faisait rêver. Abdeshmoun était de ceux-là depuis que, au gymnase qu'il fréquentait comme tous les garçons du clan Barca, il avait lié connaissance avec le colosse qui semblait prendre plaisir à sa compagnie. Il lui rendait souvent visite à l'arsenal où les charpentiers de Carthage, si renommés dans tous les ports de la Méditerranée, partageaient leur chantier entre la construction de nouveaux navires et le radoub. Dans l'odeur de bois et de poix, dans le bruit des scies, des haches et des rabots, des coques prenaient forme, des rames s'empilaient. Là, dans l'antre où se perpétuait la puissance navale de Carthage et le souvenir du temps où elle avait été la Reine des Mers, se transmettaient les plus vieux secrets de la corporation. N'y pénétrait pas qui voulait.

— Salut à toi, Bodastaroth.

— Salut à toi, Abdeshmoun. Alors, tu t'es décidé ? Tu choisis le bois de l'arsenal ou les chevaux des Barca ? Il va bien falloir te mettre un jour au travail !

— Pour le moment, ni l'un ni l'autre. J'ai répondu à l'appel des suffètes pour rallier Asdrubal. C'est ça que je venais te dire...

— Alors tu pars dans trois jours ! Ça par exemple ! Si je m'y attendais...

Il parut un instant décontenancé, comme pris de court, et dodelina de la tête avant de reprendre dans un souffle :

— Allons, je t'invite à l'auberge d'Alexandrie pour fêter ça !

Le jour déclinait et les chantiers navals se vidaient. Les vigiles de nuit se préparaient à prendre leur tour de garde. Bodastaroth et Abdeshmoun gagnèrent les quais du port marchand où l'activité fébrile du jour laissait peu à peu la place à l'animation du soir, si différente. Tandis qu'au loin le brasier du cap Punique commençait à montrer son rougeoiement sacré au sommet de la nécropole, une lampe, cinq lampes, puis une multitude percèrent la nuit qui tombait sur les bateaux immobiles où dîneraient et dormiraient des marins. Au coin des rues qui aboutissaient au port, les vigiles de la ville montés sur des échelles remettaient de l'huile avant de rallumer les mèches qui s'éteindraient d'elles-mêmes vers le petit matin.

En bordure du port, les maisons étroites et hautes étaient pour la plupart des hôtelleries, c'est là au rez-de-chaussée que se trouvaient les auberges où l'on mangeait et les cabarets où l'on servait du vin et de la bière, certaines tavernes mal famées où l'on jouait aux dés et qui au cours de la nuit proposaient des spectacles dont raffolait la foule bigarrée. C'était la même chose au Pirée, à Alexandrie ou à Cos, c'était l'univers des matelots et des travailleurs du port. L'auberge d'Alexandrie, ainsi nommée parce qu'y dansaient des filles venues du grand port d'Égypte, était la plus fréquentée. On y mangeait et buvait jusqu'à une heure avancée de la nuit, et il y avait tant de monde que l'on pouvait sans peine se dérober aux regards et se retirer dans les étages avec une fille en échange de quelques pièces. Le bruit courait que les tavernes du port étaient protégées par de très hauts personnages de la cité qui en tiraient profit et y plaçaient des espions, car ces lieux étaient propices à toutes les indiscrétions.

Bodastaroth ne passant jamais inaperçu, ceux qui l'accompagnaient étaient sûrs de se faire remarquer.

— C'est pas un endroit pour les gamins, lança un vieux marin à Abdeshmoun en le raillant. Faut rentrer à la maison à cette heure ! Ah ! ah !

— Regarde-le bien ce gamin, dit Bodastaroth en se campant devant l'homme déjà bien aviné. Tel que tu le vois, il sera dans quelques jours les armes à la main dans les rangs d'Asdrubal, pendant que toi tu continueras à noyer ta raison dans le vin. Regarde-toi, s'esclaffa-t-il en prenant à témoin toutes les tablées, de quel secours serais-tu pour Carthage si le Romain plaçait sa tente sous nos murs ? Remercie les dieux, ceux de chez nous et ceux d'ailleurs, que des gamins comme celui-là courent risquer leur peau !

Le vieil ivrogne s'attira aussitôt force quolibets et Abdeshmoun, suivant le colosse vers une table du fond, reçut au passage quelques tapes amicales sur l'épaule.

— D'accord, gamin, hoqueta le vieux, si tu vas te battre pour défendre ma vieille couenne, tu as le droit de venir trinquer et rigoler avec les hommes, ah ! ah !

Bodastaroth fit un signe à l'aubergiste. Un esclave en pagne et au corps adipeux et glabre apporta une amphore de vin de Rhodes et deux coupes. Abdeshmoun se sentait tout timide en ce lieu qu'il n'avait jamais entrevu que du quai. À l'intérieur, l'odeur de poisson l'emportait sur les autres. Les produits de la pêche étaient en effet avec les bouillies de céréales la nourriture la moins chère, donc la plus répandue. On s'aventurait certes en mer pour pêcher le thon, la daurade ou la sole, mais le lac de Tunês pullulait de mulets, de congres et de pieuvres, c'était un vivier naturel à portée de main des pêcheurs.

— Méfie-toi d'Asdrubal autant que de Scipion, dit Bodastaroth à voix basse, car autant ce Romain a déjà prouvé combien il était dangereux, autant notre Asdrubal a révélé quel piètre stratège il faisait. Alors pense à te réserver toujours une issue, un moyen de prendre la fuite si le combat est sans espoir.

L'esclave revint avec une énorme platée de bouillie recouverte de morceaux de mérou, de grosses crevettes et d'une forte sauce à l'ail. Il y en avait pour six ! mais on connaissait l'appétit du maître charpentier.

— Tu vas en laisser un peu au gamin ! s'exclama le vieil ivrogne qui déambulait, le buste proclive, d'une table à l'autre, une amphore à la main et se mêlant aux conversations qui fusaient de tous les coins de la taverne.

La peau tannée de ses bras maigres était tatouée de croissants de différentes tailles, avec dans chacun le nom d'un port où il avait bourlingué. Sa voix éraillée était étouffée par des chansons et des éclats de rire, et à vrai dire, plus personne ne l'écoutait. Il faisait partie du décor.

Bodastaroth remplit et vida son écuelle trois fois avant de dire un mot. Il n'avait émis un son que pour redemander de cette sauce à l'ail dont il raffolait. Il étira ses bras immenses au-dessus de sa tête gonflée de cheveux longs et de barbe, semblable à un lion apaisé après la repue.

— Alors tu abandonnes Sibboleth pour prendre les armes ?

— Sibboleth ! par Melqart ! j'étais seul avec elle sous les oliviers des Barca, elle était si belle, je voulais... enfin tu comprends, je croyais qu'en lui annonçant mon départ elle accepterait...

— Ah ! ah ! elle est comme sa mère, rigoureuse, obstinée. Depuis le temps que je l'attends, moi, la belle Thanubra... J'ai tout essayé pour la convaincre, en vain. Des années qu'elle met son défunt en travers de ma route, son Hillesbal que j'ai d'ailleurs bien connu. Il était un peu plus âgé que moi. Oui, des années que je suis aussi obstiné qu'elle. Elle devrait bien s'en apercevoir, par tous les dieux, que je suis le seul à ne vouloir personne d'autre qu'elle. Les autres essuient un refus, deux refus, parfois trois, et puis ils renoncent, ils en épousent une autre. Moi je suis resté seul. Tu vois, je lui suis aussi fidèle qu'elle l'est à la mémoire d'Hillesbal.

— Mais elle prétend qu'Hillesbal reviendra un jour...

— Rraaa ! elle joue sa Pénélope, mais son Hillesbal n'avait rien d'un Ulysse ! S'il était en vie, il aurait trouvé le moyen de reparaître à Carthage depuis longtemps, donc il a bien été englouti dans les flots ou a été victime des pirates. Et suppose même qu'il soit en vie : dans ce cas, s'il ne revient pas, c'est qu'il ne veut pas revenir, ah ! ah ! ah !

Le colosse fit un signe et le gros esclave rapporta une amphore pleine. C'était l'heure où l'on poussait quelques tables afin que les filles d'Alexandrie pussent commencer à danser au son de la cithare et du gingras*. À moitié nues, elles avaient le corps couvert de bijoux, des bracelets sonnaient à leurs bras et à leurs chevilles comme des tympanons ou des cymbales. Les hommes un peu éméchés et excités accompagnaient la musique d'onomatopées qui en soulignaient le rythme. Certains se levaient et imitaient les filles dans leurs contorsions après qu'elles avaient sous leur nez tortillé de la croupe ou frémi du nombril. L'une d'elles avait remarqué d'Abdeshmoun sa jeunesse, et surtout son regard, perdu dans la chair des femmes exposée à tous ces hommes sans femme, dans la lumière chaude des lampes. Elle s'approcha en frétillant, lascive, fixant les yeux du garçon jusqu'à ce qu'ils rencontrent les siens. Abdeshmoun se raidit un peu avant de sourire de toutes ses dents, sous l'œil amusé de Bodastaroth qui donna deux drachmes d'argent à la danseuse. Celle-ci prit alors la main d'Abdeshmoun qui se leva comme un automate égyptien et, gauche, se joignit aux danseurs. Mais la belle Orientale tirait peu à peu Abdeshmoun vers le fond de la taverne, où l'on devinait dans la pénombre la porte qui montait aux étages. On ne les vit bientôt plus. Sauf Bodastaroth qui était complice, personne n'avait prêté attention à cette manœuvre trop fréquente en ce lieu pour être remarquée.

À l'étage, des pièces sans porte, juste fermées d'un lourd rideau d'étoffe grossière, se succédaient dans un corridor qui faisait le tour de l'immeuble. Sur un lit bas s'amoncelaient des coussins mous aux tissus doux au toucher. Une faible lampe brûlait dans une vasque pendue au plafond, dans un angle, de l'autre côté du mur où s'ouvrait une petite fenêtre cachée par une étoffe épaisse. Sur une table basse et étroite à gauche de l'entrée, une pile de linge de toilette était posée à côté d'une cuvette d'albâtre, d'amphores pleines d'eau, et d'une multitude d'objets, pinces à épiler, peignes, vases à parfum en pâte de verre colorée, verseuses en céramique contenant des huiles de massage aux senteurs enivrantes, des miroirs ronds en métal poli et aux manches d'ivoire sculptés. Au bout de la table, une statuette aux formes grecques pointait vers le lit un phallus hors de proportions.

Abdeshmoun entendait comme dans un rêve les halètements et les gémissements qui traversaient les minces cloisons de brique auxquelles étaient suspendus des masques puniques dont les sourires effrayants semblaient autant de regards indiscrets. Tout chavirait dans sa tête, la fille nue qui dégageait une forte odeur de musc et le déshabillait devenait floue. À mesure qu'il s'y perdait, il tenait dans ses bras le corps vierge de Sibboleth.

Quand il redescendit, Bodastaroth avait à sa table l'un des nombreux mages et devins que comptait Carthage. Celui-ci s'appelait Kiddinos et prétendait avoir étudié avec Achinopoulos, disciple du fameux Bérose le Babylonien, prêtre de Mardouk et fondateur dans l'île de Cos d'une école qui avait révélé aux Grecs les secrets de l'astrologie chaldéenne. Kiddinos donnait l'apparence d'un vieillard vénérable, et avait meilleure réputation que ses confrères, parmi lesquels abondaient les diseurs de bonne fortune. Même s'ils préféraient la lecture des entrailles pour prédire l'avenir, les Carthaginois, en cette période de troubles et de dangers, étaient enclins à accepter toutes les voies susceptibles de révéler les intentions des dieux. Kiddinos ne cessait de vanter les mérites de ses maîtres. Il rappelait que les Athéniens eux-mêmes, d'abord incrédules, avaient fini par ériger une statue à la gloire de Bérose le Babylonien, en l'affublant d'une langue en or. Bodastaroth et d'autres Carthaginois qui s'étaient attardés à Athènes pouvaient le confirmer.

— Ceux qui ont décidé de ne pas rappeler Hannibal, dit Kiddinos, seront les premiers à implorer son retour.

— Tu veux dire que les nouvelles troupes de Syphax et d'Asdrubal ne suffiront pas à expulser les Romains ? s'enquit Abdeshmoun, inquiet.

— Les astres prédisent des heures graves pour Carthage...

— Parce que les heures que nous vivons ne le sont pas

assez ? s'enflamma Bodastaroth. Je t'ai fait venir à cette table pour donner confiance à mon jeune ami, pas pour l'accabler en jouant les oiseaux de mauvais augure.

— Ne te fâche pas, glorieux vainqueur d'Olympie, je ne connais pas le destin particulier de ton ami. C'est du destin de Carthage que je te parle. Et ce destin est sombre. Seul Hannibal me semble pouvoir le conjurer, à condition qu'il soit obéi sans réserve à son retour et ne soit pas trahi.

— Tu insinues que je pars tête baissée pour la défaite, dit Abdeshmoun d'un air découragé, puisque si nous battions Scipion, Hannibal n'aurait aucune raison impérieuse de quitter l'Italie. Dis-le-moi, vieil homme, faut-il que je reste à Carthage si me joindre à Asdrubal est un sacrifice inutile ?

— Je ne puis te donner de conseil aussi précis, mon garçon, car cet appel qui t'a poussé au fond de toi à prendre cette décision courageuse est l'appel de ton destin. Si la Fortune — le Gad comme vous dites ici — est avec toi, elle te préservera même au plus fort des pires malheurs. Si elle t'est hostile, peu importe que tu partes ou non, elle te rattrapera où que tu sois.

— Alors je maintiens mon choix, déclara Abdeshmoun. Dans trois jours, je chevaucherai aux côtés d'Asdrubal.

3.

L'emprise de Scipion

Le recrutement dans la population de Carthage avait été beaucoup plus autoritaire et rigoureux que de coutume, sans toutefois donner pleine satisfaction à Asdrubal fils de Giscon. Il n'avait réussi à rassembler, avec beaucoup de peine, que deux mille hommes, dont la plupart n'étaient guère entraînés au maniement des armes et ne possédaient aucune expérience de l'armée au combat. Pour rester sous la protection de leurs murs, les citoyens adultes avaient souvent allégué qu'ils seraient beaucoup plus utiles à l'intérieur de la cité où leur habileté manuelle servirait au renforcement des remparts, à la fabrication des armes et à l'armement des navires. Certains prétendaient que ce serait folie de vider Carthage de tous les hommes aptes à porter les armes. Que Scipion se joue une fois encore d'Asdrubal et la cité ne pourrait plus compter que sur la furie des femmes, le courage désespéré des enfants et le sacrifice des vieillards. Aussi les volontaires étaient-ils presque tous des jeunes gens décidés à se dévouer pour leur patrie.

Bien que Scipion eût abandonné ses positions près de Tunês après avoir mesuré l'erreur d'une attaque trop hâtive de Carthage, et quitté les abords de l'isthme pour reprendre le siège d'Utique, Asdrubal conserva par précaution son plan initial. À la tête de sa jeune troupe de cavaliers, il quitta la ville de nuit, non par la porte du Couchant qui s'ouvre sur l'isthme, mais par la porte du Midi dont les lourds battants ferment l'extrémité de la rue des Suffètes, passé les temples de Ba'al Hammon et de Tanit. Par cet itinéraire, l'on empruntait la mince langue sablonneuse qui fait office de littoral parfois mouvant entre la mer et le lac de Tunês. À une vingtaine de stades au sud de Carthage, ce cordon est noyé par les eaux, aussi Asdrubal avait-il pris ses précautions en ordonnant à de nombreux bateaux de pêche de s'attarder dans ce secteur afin de faire traverser ses hommes sans encombre. L'on contournait ainsi le lac avant de s'enfoncer dans les terres, en évitant les regards d'un éventuel avant-poste ennemi.

Abdeshmoun avançait comme dans un brouillard, noyé parmi les autres cavaliers dont le flot semblait le soutenir. La précipitation qui avait gouverné les journées de préparatifs avait contrarié son espoir d'ultime rencontre avec Sibboleth. Même le moment solennel du rassemblement sur la Grande Place n'avait pas été favorable. Tant de monde se pressait pour applaudir et encourager les vaillantes recrues que jamais Sibboleth n'avait pu s'approcher assez près, ni seulement capter l'œil d'Abdeshmoun de l'endroit où elle pleurait de dépit. Tandis que la colonne s'éloignait de Carthage, le garçon se perdait dans le remords de sa nuit de débauche que la vue du visage de Sibboleth eût suffi, se disait-il, à effacer. Mais il ne se doutait pas que la jeune fille, venue se dissimuler dans l'ombre, avait observé la troupe des cavaliers pendant qu'ils franchissaient la porte du Midi. Elle invoquait la protection des dieux comme si chaque soldat — ou même comme si la troupe entière — eût été Abdeshmoun.

Les Carthaginois rejoignirent la vallée du Bagradas, seul véritable fleuve du pays, qui naît dans les profondeurs numides et s'écoule jusqu'à la baie d'Utique. Ils le traversèrent le plus loin possible de l'embouchure, à quelque trois cent cinquante stades de la mer, à une hauteur où les riches cultures de la rive gauche avaient été épargnées. Les légions n'avaient pas poussé leurs dévastations jusque-là. Au lieu dit des Grandes Plaines, les survivants du camp incendié une quinzaine de jours plus tôt, environ huit mille hommes pour moitié mercenaires et pour moitié Carthaginois, avaient construit un camp fortifié non loin de la bourgade d'Anda où ils s'étaient d'abord réfugiés. Ils y attendaient les renforts de

Carthage conduits par leur général, ceux de Syphax ainsi que les mercenaires celtibères. Ceux-ci arrivèrent deux jours après Asdrubal. Ils avaient suivi depuis les colonnes d'Héraclès la voie de terre, longeant d'abord la côte hostile du royaume maure du roi Baga, puis la côte amie du royaume masaesyle de Syphax par la route qu'avait empruntée, trente-cinq ans plus tôt et en sens inverse, l'armée d'Amilcar Barca marchant vers la gloire. Leur entrée dans le camp provoqua un enthousiasme éphémère, car loin des dix mille que la rumeur avait annoncés à Carthage, ils n'étaient que quatre mille.

— Ils ne sont pas nombreux, commenta Asdrubal, mais au moins, on peut être sûr qu'ils se battront comme des lions ! S'ils se débandent, ils savent bien qu'ils n'ont aucune faveur à espérer des Romains qu'ils ont trahis en se ralliant à nous. Dommage qu'un plus grand nombre de leurs congénères ne les aient pas imités dans leur refus du joug romain en Espagne !

Syphax en revanche tardait. Les caresses de la brûlante Safanbal avaient-elles perdu de leur pouvoir de persuasion ? L'empire que la fille d'Asdrubal exerçait sur l'inflammable chair du Numide s'effritait-il comme tombait en lambeaux l'empire de Carthage ? Il fallait convaincre Syphax de lever des troupes au plus vite. Asdrubal donna l'ordre à l'un de ses fidèles qui connaissait les chemins de la terre numide de chevaucher vers Cirta, et fit rechercher pour l'accompagner trois garçons qui fussent à la fois athlétiques et bons cavaliers. Abdeshmoun et deux autres soldats furent désignés. Ils étaient tous les trois du clan Barca et Asdrubal ne l'ignorait pas, mais aujourd'hui son intérêt était dans la réussite de cette mission, et non dans la poursuite des querelles politiques de la cité jusque dans les préparatifs de bataille.

— Du succès de votre ambassade dépend l'avenir de notre cité, dit Asdrubal d'une voix pompeuse, deux rouleaux de papyrus scellés à la main. Voici une lettre pour Syphax, en voici une autre pour ma fille Safanbal. Si cela ne suffit pas, à vous de persuader le roi !

Les quatre soldats reçurent de leur général tous les conseils et écoutèrent, attentifs, les arguments qui devaient fléchir le Numide. Le devin qui accompagnait toujours Asdrubal entra alors sous la tente.

— Seigneur, dit-il en s'inclinant, les dieux protégeront tes cavaliers et nous ramèneront Syphax. Mais...

— Je n'en veux point savoir plus, coupa Asdrubal en se levant, congédiant le devin d'un signe sans appel. Vous l'avez entendu comme moi, continua-t-il, les dieux nous sont favorables, ne perdez pas de temps et profitez de leur concours.

Cirta était depuis six ans sous le contrôle de Syphax qui régnait ainsi sur les deux royaumes numides. Le souverain masaesyle, alors ennemi de Carthage et allié des Romains, avait profité sans scrupule de ce que son rival massyle servait dans l'armée carthaginoise d'Espagne pour lui ravir son pays. L'hostilité d'un vaste empire numide représentait un grave danger, et il fallut la beauté de Safanbal pour que Syphax changeât de camp, quitte à ce qu'elle trahisse Massinissa à qui elle avait été promise. Avec quelques dizaines de cavaliers qu'il avait pu réunir dans un pays, le sien, où il était hors la loi, le Massyle dépossédé de tout rejoignit donc Scipion, non en raison d'une amitié soudaine pour son ennemi d'hier, mais par dépit et soif de revanche.

Cirta offrait l'aspect d'une presqu'île au cœur des terres, prise dans une boucle du Rhumel qui coule au fond de gorges abyssales. De son palais maintenant occupé par Syphax, Massinissa avait fait une réplique de palais punique. Dans la vaste maison entourée de jardins il avait introduit le luxe qu'il avait appris à goûter à Carthage et Syphax préférait vivre ici plutôt que dans sa lointaine capitale de Siga, proche du royaume des Maures.

Les messagers d'Asdrubal y parvinrent après deux jours et mille cinq cents stades de chevauchée. Syphax les reçut sans plaisir, allongé sur un long sofa aux tissus orientaux comme pour signifier sans avoir à le dire que les douceurs de Cirta ne le poussaient pas à repartir en campagne. C'était un homme de cinquante ans, petit et grassouillet, mais aux gestes d'une rare vivacité, comme ses minces yeux sombres ornés d'épais sourcils gris. Ses cheveux frisés avaient pâli eux aussi et, assez longs, se mélangeaient à l'or de ses boucles d'oreilles. Sa barbe courte était peu fournie. Deux esclaves vêtues d'un immense voile bleu laissant deviner leurs formes l'éventaient en cadence. De petites fontaines coulaient dans de larges vasques de porphyre rose et des parfums de ciste crétois brûlaient dans leurs récipients à trous. Syphax claqua des doigts et des adolescents à moitié nus apportèrent boissons, fruits et gâteaux sur des plateaux d'argent ciselé. Il lut la lettre d'Asdrubal en hochant la tête avec nonchalance, tout en se délectant de quelques pâtisseries melliflues, tandis qu'un esclave s'éloignait en emportant la lettre destinée à Safanbal.

— Mais que croit-il donc ? ricana-t-il en langue punique, qu'il avait adoptée à la cour. Que les Numides doivent être éternellement les pourvoyeurs de Carthage ?

— Seigneur, dit le fidèle d'Asdrubal en baisant les pieds du roi, ne vois-tu pas que dix mille Celtibères sont arrivés d'Espagne ? Ce sont les meilleurs fantassins du monde, les plus âpres au combat...

— Oui, oui, soupira Syphax d'un air fatigué qui contrastait avec ses yeux pétillants, dix mille Celtibères prêts à se faire tuer plutôt que d'être pris... Mais Asdrubal s'imagine qu'en claquant des doigts, là comme ça, ppfuit ! des cavaliers numides surgiront de terre comme mes esclaves des corridors ?

— Ton peuple est puissant et nombreux, ô grand roi. Et en secourant Asdrubal, tu détruis dans l'œuf les manœuvres de Massinissa qui se sert du Romain pour reconquérir son royaume.

— Qu'ai-je besoin de me protéger de Massinissa ? répondit-il, soudain nerveux. Dois-je craindre de le voir entrer dans Cirta ? Veut-il m'assiéger et me réduire avec ses deux cents cavaliers ?

Il éclata de rire et but à petites gorgées dans une coupe d'or du vin à la cannelle.

— Pas lui, seigneur, interrompit Abdeshmoun en se prosternant à son tour, mais Scipion et ses légions...

— Ah ! ah ! ah ! si tu n'étais pas si jeune, donc ignorant, je pourrais croire que tu te moques de moi et t'envoyer tâter du bâton pour ton audace. Scipion a les yeux rivés sur Carthage, pas sur moi, sache-le bien.

— Et tu veux abandonner Carthage ? lança alors une voix de femme, déchirante, à l'entrée du corridor.

Les Carthaginois se retournèrent et Syphax porta son regard vers celle qui approchait, posant à peine le pied sur le sol tant son pas était léger. Elle portait une tunique pourpre serrée à la taille, qu'elle avait fine, et des chaussures en cuir rouge vif évasées aux chevilles. Ses longs cheveux d'un noir profond étaient relevés sur la tête en un savant édifice. Ses yeux immenses étaient rehaussés de fards bleutés et l'or de ses bijoux illuminait sa peau parfaite.

— Safanbal, ô Safanbal mon adorée..., murmura Syphax, subjugué une fois encore par l'ensorcelante beauté de sa jeune épouse.

— Et tu veux abandonner Carthage ? répéta-t-elle en s'asseyant près de lui, tandis que ses compatriotes baisaient le bas de sa tunique en signe de muette soumission.

— Je n'ai pas dit cela, sourit Syphax, non. Tu sais que je ne laisserais pas la cité de ton père, ta cité, courir un péril de mort sans jeter toutes mes forces dans la bataille... Mais là, Carthage ne risque rien, Scipion ne possède pas le nombre pour inquiéter ses puissants remparts.

— Mais mon père, ô mon roi ! penses-tu à mon père ? se lamenta Safanbal en plongeant son visage dans la poitrine de Syphax et en posant les mains sur ses épaules.

Puis elle releva lentement les yeux vers lui.

— Mon père, sanglota-t-elle, vas-tu l'envoyer au suicide ? À l'heure où je t'implore, il se prépare à affronter Scipion dans les Grandes Plaines. Sans le renfort de tes cavaliers, il est perdu ! Oublies-tu qu'à travers moi il a fait de toi un Carthaginois ? Oublies-tu que Carthage te considère grâce à lui comme un de ses fils ?

Elle se détacha alors de lui d'un mouvement brusque et changea de ton, brutale et cassante.

— Que dois-je penser ? siffla-t-elle, les narines pincées, les lèvres vibrantes. Que mon époux est un lâche et un ingrat ? Dois-je regretter aujourd'hui que mon père m'ait retiré des bras de Massinissa ?

Abdeshmoun et ses compagnons n'osaient regarder le roi, craignant de lui quelque légitime violence. Eux-mêmes étaient conquis par Safanbal, à la fois terrorisés par les mots de défi qu'elle venait de prononcer et pleins d'admiration pour le talent avec lequel elle plaidait la cause de l'armée carthaginoise.

— Qu'il en soit selon tes désirs, beauté punique, murmura Syphax en fermant les yeux, tandis qu'il prenait les mains de Safanbal et l'attirait tout contre lui, saisi d'un ravissement qui lui faisait oublier la présence d'Abdeshmoun et de ses compagnons.

Blottie dans les bras de son époux, face aux envoyés de son père immobiles comme des statues se fondant dans le décor, la jeune femme chantonna un air avec douceur. Puis elle broda sur la tendre mélodie des vers amoureux, adaptés d'une ode célèbre de Sappho, car rien de ce qui touchait la musique, la poésie et les autres arts ne lui était étranger.

Tu es pour moi l'égal des dieux,
Toi qui près de moi prends place,
Goûtant le miel de ma voix
Et les délices
Du rire qui fait fondre mon cœur
Et mène ses battements jusqu'à mes lèvres.
À peine ton visage m'apparaît,
Ma voix se brise,
Un feu enivrant traverse mon corps
Ruisselant de sueur,
Je tremble comme l'herbe verte
Sous le vent,
Je crois mourir.

Un long silence s'ensuivit, insupportable et voluptueux. Syphax semblait prolonger le bercement des mots en balançant lentement de gauche à droite sa tête figée par un sourire extatique. Puis il ouvrit les yeux, son visage exprimant apaisement et sérénité.

— Retournez auprès d'Asdrubal, dit-il, et annoncez-lui que son gendre Syphax, roi de tous les Numides, lève d'urgence une armée de cavaliers et de fantassins. Dans quinze jours, au milieu du mois de sivan, je le rejoindrai dans les Grandes Plaines.

Il claqua trois fois des doigts et un scribe fut aussitôt à ses pieds pour transcrire le message officiel, tandis que sur les lèvres de Safanbal impassible se dessinait un étrange sourire.

Syphax et Asdrubal tenaient conseil. Le Numide avait recruté dans la hâte quinze mille hommes, la plupart parmi une population de paysans qui portaient les armes pour la première fois.

— Ils savent à peine monter à cheval ! tonna Asdrubal, furieux. Ils ne pèseront pas lourd devant la cavalerie romaine... Est-ce là tout le renfort dont tu gratifies ton beau-père et Carthage ?

— Où sont donc tes dix mille fantassins celtibères ? rétorqua Syphax sans se départir de son calme. Je n'en compte guère ici plus de quatre mille. Est-ce là la phalange indestructible qui va enfoncer les légions de Scipion ? Quatre mille hommes...

— Encore aurais-tu pu armer ces paysans d'autre chose que de leurs piques et de leurs faux ! poursuivit Asdrubal avec colère. Combien d'entre eux sont-ils même seulement pourvus de boucliers ?

— Il fallait aller très vite, si j'ai bien entendu ton message et les supplications de ta fille... En si peu de temps, et quand mon armée a été décimée par le feu et le glaive il y a deux mois à peine, à quoi t'attendais-tu ? à voir renaître des cendres du camp incendié des fantômes de chair et d'os déferlant dans la plaine au secours de Carthage ?

— J'envoie sur-le-champ des hommes aux ateliers de Carthage. Dans moins de huit jours ils seront revenus avec des chariots remplis d'armes et de boucliers pour tes Numides.

— Voilà qui est mieux que de nous quereller, conclut Syphax. Maintenant il est trop tard pour modifier nos plans. Prions les dieux que Scipion ne hâte pas les siens !

Les deux alliés s'employèrent alors à donner à ces troupes hétéroclites un semblant de cohésion. Les combattants les plus expérimentés, même simples soldats, ou bien ceux qui, sans être allés à la guerre, possédaient quelque qualité guerrière furent promus chefs de compagnie. On s'était vite aperçu qu'Abdeshmoun, s'il était vierge de toute bataille, maniait l'épée avec force et dextérité, lançait le javelot plus loin et plus sûrement que bien des vieux troupiers. L'art de monter à cheval n'avait pour lui aucun secret, et dans le corps à corps, il était rompu aux prises les plus retorses de la lutte et du pancrace.

— C'est bien toi qu'on voit toujours avec Bodastaroth le maître charpentier ? lui demanda un garçon de son âge.

— Oui, c'est moi ! Abdeshmoun fils d'Iddibal, de la maison d'Hannibal Barca.

— Tu as été à bonne école, cela ne fait aucun doute... Je crains en revanche que trop d'entre nous soient incapables de résister au premier choc...

— L'ardeur doit compenser nos faiblesses, répondit Abdeshmoun. Chaque jour de répit que nous accorde Scipion joue en notre faveur. Chaque heure est précieuse, ne les gaspillons pas à palabrer ou à nous lamenter sur notre sort, mais apprenons plutôt à nous battre et à défendre nos vies.

Lorsque les chariots reparurent dans le lointain, le camp tout entier fut soulevé par un mouvement unanime d'exaltation. C'était comme si une armée de renforts approchait.

— Regarde mes Carthaginois, Syphax, dit avec fierté Asdrubal. Je leur avais demandé de revenir avant huit jours, les voilà au camp cinq jours et demi après nous avoir quittés !

Le lendemain, peu avant que le soleil atteigne le zénith, des hommes placés en avant-poste pour surveiller la plaine du Bagradas en aval se présentèrent devant Asdrubal.

— L'armée de Scipion est en route, dit l'un d'eux avant même d'être descendu de cheval. Massinissa chevauche à la droite du Romain, ils sont à une journée de marche.

— Ce sont donc eux qui viennent à nous, murmura Asdrubal entre ses dents. Combien sont-ils ?

— Nos forces en nombre semblent égales. Ils sont trente mille, tout au plus, mais leurs armes rutilent...

— Qu'on sonne le rassemblement, ordonna Asdrubal. Et Syphax, où est-il ? Je l'attends au plus vite.

Pendant la nuit l'on vit au loin des feux qui s'allumaient. D'abord isolés, ils embrasèrent à l'horizon tout le flanc d'une colline.

— Ils nous narguent, dit Syphax, tandis qu'Asdrubal faisait réunir sous sa tente ceux qu'il avait choisis pour encadrer la troupe.

— Scipion nous signifie clairement ses intentions, voulut plaisanter Asdrubal. Il n'est pas venu pour observer mais pour se battre sans délai. Triplez les sentinelles, surveillez sans relâche, même au cœur de la nuit, là, partout, maintenant. Que chacun regroupe ses hommes et les maintienne prêts à intervenir. Relayez-vous dans le repos nocturne, je ne veux pas plus d'un homme sur deux endormi jusqu'au lever du soleil.

Les brasiers de Scipion ne tombèrent qu'au petit matin. La hauteur sur laquelle il avait dressé le camp romain ne formait, à une trentaine de stades des Puniques, qu'un surplomb faiblement renflé, mais qui dans le paysage plat des Grandes Plaines pouvait offrir un avantage de position. Dès la première heure du jour, sa cavalerie quitta la butte et commença de harceler les avant-postes carthaginois, en une tempête de flux et de reflux successifs, comme des vagues érodent, inlassables, les pointes rocheuses trop avancées dans la mer.

— Ils nous provoquent, ils nous cherchent, pesta Asdrubal. Scipion est-il si sûr de lui ? Nous allons fondre sur ses cavaliers.

— Ne vois-tu pas que c'est ce qu'il désire ? dit Syphax.

— Eh bien ! n'est-ce pas ce que nous désirons, nous aussi ? Ce n'est plus un jour ou deux désormais qui changeront le cours des choses. Nous sommes enchaînés lui et nous, la bataille est inévitable, alors livrons-la !

— Il va s'essouffler sur nos avant-postes, tenta Syphax. S'il continue ainsi à épuiser ses chevaux, les nôtres auront la partie meilleure.

— Soit ! je t'accorde deux jours encore.

Et par deux fois, demain fut comme hier. Massinissa en tête, le glaive tournoyant, les cavaliers romains répétèrent leurs escarmouches. Dans le camp punique, l'exaspération montait.

— Nous laisserons-nous harceler longtemps encore sans riposter ? s'indigna tout haut Abdeshmoun alors qu'il était convié avec les autres chefs improvisés à une nouvelle réunion sous la tente d'Asdrubal.

Tous se tournaient vers le jeune homme lorsque entra le devin d'Asdrubal. On avait procédé au sacrifice pour interroger les dieux, et ceux-ci avaient parlé dans le dessin gluant des chaudes entrailles ovines. Le devin murmura quelques mots dans l'oreille du général.

— Le délai que je t'ai accordé, Syphax, proclama alors Asdrubal, à toi et à tous ceux qui craignent le combat, expire cette nuit. Le jeune Abdeshmoun, à qui je confierai demain un escadron de Numides, a exprimé ce que nous, Carthaginois, ressentons tous au fond du cœur. Et j'apprends que les dieux ont à l'instant confirmé leur soutien.

— Qu'ils nous donnent la force de vaincre, ajouta Syphax, puisque le sort en est jeté !

Asdrubal proposa aussitôt son plan de bataille à Syphax et à tous les officiers.

— Nos alliés celtibères feront face aux légionnaires, eux seuls peuvent en supporter le choc. Toi Syphax, soutenu par Abdeshmoun et les jeunes officiers de Carthage, tu conduiras la cavalerie numide contre la cavalerie romaine, tandis que moi-même, à la tête de mes cavaliers carthaginois, je m'opposerai à ceux de Massinissa.

— Pourquoi ne me laisses-tu pas Massinissa ? demanda Syphax.

— Trop de tes Numides fraîchement recrutés sont des Massyles qui risqueraient de changer de camp en voyant Massinissa. Tous n'ont pas l'honneur d'une Safanbal à défendre !

Le lendemain à l'aube, lorsque les cavaliers romains descendirent de leur colline comme ils étaient habitués à le faire depuis trois jours, l'armée punique se déployait déjà dans les Grandes Plaines. Au centre marchaient en rangs serrés les quatre mille fantassins celtibères, vêtus de leur tunique blanche bordée de rouge. Armés d'un javelot, ils portaient au côté un mince coutelas et une épée tranchante d'un seul bord, mais la lame en était acérée comme un rasoir et subulée comme une alène. Leur petit bouclier rond et léger, de couleur bleue, formait en son centre un mamelon doré sur lequel glissent les coups ennemis.

La légion avançait. De loin ses oriflammes semblaient une nuée d'oiseaux fendant le vent. Se montraient en premier les hastats protégés par leur cotte de mailles, leur casque couvrant les joues, et le grand bouclier derrière lequel un homme accroupi peut s'abriter. Soudain de part et d'autre surgissent Laelius et le Massyle, leur cavalerie lancée à toute allure sur les ailes puniques qui ploient, qui plient et qui reculent, submergées, enfoncées, écrasées, massacrées. Le cheval d'Abdeshmoun a mordu la poussière, pris entre deux Romains. Le garçon gît à terre, comme mort, à peine a-t-il eu le temps d'essayer son épée sur les bras nus des ennemis. Laelius a vu Syphax, Massinissa rageur poursuit Asdrubal qui tente de rassembler ses hommes débandés. Les Celtibères au centre ne cèdent pas un pouce, ils tombent, mais les hastats tombent aussi. Alors survient Scipion, l'armure étincelante. Il pousse devant lui les triaires, et les Celtibères abandonnés de tous ont beau opposer leur farouche énergie, ils ne peuvent plus faire face au nombre, car les cavaliers romains, maintenant que les ailes puniques sont vaincues, renforcent leurs fantassins. La phalange espagnole ne baisse pas les bras mais rétrécit puis disparaît sous les coups, exterminée tandis que la nuit tombe.

— Pas au palais Barca, ne m'emmenez pas au palais Barca, balbutiait Abdeshmoun.

On l'avait couché dans l'ancienne chambre de Batnaamat, vide depuis son mariage avec le lieutenant de vigiles Aris. Penchés au-dessus de lui, il reconnaissait Bodastaroth et Thanubra, et les sanglots qui lui parvenaient, n'étaient-ils pas ceux de Sibboleth ?

— Que s'est-il passé ? interrogea Thanubra.

— Il se traînait le long du fleuve, évitant d'être vu, expliqua le colosse. Toute la nuit il a marché, puis il s'est écroulé, et des paysans en fuite l'ont découvert. Ils ont bien remarqué que c'était un soldat carthaginois et l'ont ranimé. Ils ne pouvaient pas le ramener dans leur village dévasté où rôdait peut-être encore le Romain. Il a insisté pour qu'on l'aide à regagner Carthage, mais il ne voulait pas rentrer chez lui, il ne cessait de répéter qu'on l'emmène ici, chez toi. Trois paysans ont alors suivi le fleuve, puis emprunté des chemins hors d'atteinte des fantassins romains qui avaient passé toute la journée à piller la campagne, Scipion lui-même à leur tête. Un charpentier de village, le lendemain, a reconnu Abdeshmoun pour l'avoir vu avec moi au port. Il s'est joint aux trois paysans pour le ramener chez moi. Ils sont arrivés cette nuit, m'ont expliqué qu'il ne cessait de prononcer le nom de Sibboleth, alors je l'ai porté jusqu'ici et j'ai fait chercher Jessé avec sa médecine.

— Il est blessé, murmura Sibboleth, le visage noyé par les larmes.

Et elle invoqua aussitôt Eshmoun, le dieu guérisseur, promettant, puisqu'il ne lui était pas permis de pénétrer en son temple, qu'elle y enverrait un homme pour offrir un sacrifice.

— Il a été touché au flanc et à la tête, dit Bodastaroth, et il a perdu beaucoup de sang. Remercions les dieux qu'il soit encore en vie et qu'il ait pu rejoindre Carthage avant l'arrivée de Scipion.

— L'arrivée de Scipion ? interrogea Thanubra d'une voix rauque.

Elle était partagée entre l'émotion face à la brutalité des événements et l'agacement, car pour la première fois depuis la disparition d'Hillesbal elle avait fait entrer chez elle non seulement un homme, mais son prétendant le plus obstiné.

— Hélas ! dit Bodastaroth, la rumeur qui a couru dès avant-hier après l'annonce de la nouvelle défaite d'Asdrubal aux Grandes Plaines est fondée. Légionnaires et cavaliers romains se dirigent sur Tunês. Le temps qu'ils perdent en route, ils l'emploient à ravager le pays...

L'entrée de Jessé l'interrompit. Il était aussi sec que son cousin Elnathan était obèse. Comme lui, il approchait les cinquante ans. Il était l'un des rabbins de la plus ancienne synagogue de la cité, dans la rue des Hébreux qui prenait trois maisons plus bas que celle d'Elnathan, perpendiculaire à la rue du Levant. Les descendants des premiers immigrants juifs étaient restés dans la rue de leurs ancêtres, mais avec l'extension de la ville au-delà des nécropoles, la communauté israélite, dont les hommes avaient acquis pour la plupart la citoyenneté carthaginoise, avait aussi fondé un foyer animé dans un quartier de Megara, sur les pentes du cap Punique. N'eussent été parfois les propos virulents de quelques fanatiques de son parti religieux qui faisaient des adeptes lors des heures graves, Carthage avait toujours respecté les autres religions qui jouissaient toutes de la liberté du culte.

— Merci à toi d'avoir accouru aussi vite en pleine nuit, Jessé, dit Bodastaroth.

— Pour les amis d'Elnathan, je suis toujours là à toute heure, répondit le médecin, qui s'avança pour examiner le corps couvert de sang sec et noirci d'Abdeshmoun. Pose-le plutôt sur la table, dit-il à l'adresse du colosse. Sibboleth, il me faut plus de lumière, rassemble plusieurs lampes, et toi, Thanubra, va me chercher de l'eau tiède et de la pierre de kimolée. Il faut lui ôter cette tunique incrustée dans la chair puis laver les plaies.

Avant que Thanubra apporte l'eau, Jessé se pencha tout près de la tête blessée, puis, exigeant le plus profond silence, posa son oreille sur la poitrine du garçon et plissa les yeux comme si cela forçait aussi son ouïe. Il ébaucha ensuite un hochement rassuré, puis commença à palper jambes et pieds, épaules, bras et mains.

— Jusque-là rien n'est cassé, pas de blessure interne qui aurait affecté les poumons, pas de fractures, il n'y a que des contusions, marmonna-t-il en tirant de sa boîte de soins des ciseaux, avec lesquels il tailla dans la tunique jusqu'à ne laisser que les parties de tissu collées au flanc du garçon. Sa tête a dû heurter une pierre lorsqu'il est tombé, ce n'est pas la blessure d'une arme. Il s'est assommé et il est resté assez longtemps sans connaissance. Cela lui a sauvé la vie, et je ne crois pas qu'il ait perdu autant de sang que tu le suggérais, Bodastaroth.

Puis il humecta le tissu et peu à peu le retira, tandis qu'Abdeshmoun serrait les dents. Il palpa le torse autour de la plaie.

— Pas de fracture ici non plus. La lame d'un glaive a glissé le long des côtes gauches, seules les chairs de surface ont été atteintes et la tunique s'est transformée en pansement de fortune. Ça lui a aussi sauvé la vie, car on peut imaginer qu'en le voyant inanimé avec cette énorme tache de sang autour du cœur, les Romains l'ont laissé pour mort sans s'acharner sur lui.

— Mais il paraît tellement faible, murmura Sibboleth.

— Il est faible c'est vrai, mais il est sous l'effet de son choc à la tête et de l'immense fatigue de sa marche pour quitter le champ de bataille. Il est jeune et vigoureux, je te promets qu'il aura retrouvé ses forces avant cinq jours. Je vais déterger la plaie et faire le premier pansement. Donnez-lui de l'eau et du miel et laissez-le dormir. Je reviendrai demain soir avant mon shabbâth.

Abdeshmoun fut ramené dans la chambre de Batnaamat, enveloppé dans une couverture.

Le lendemain, l'alarme fut donnée partout dans la cité et l'on crut revivre l'affreuse journée qui avait suivi l'incendie des camps. Devant l'imminence du danger, il y eut beaucoup moins de discours. Cette fois, chacun était persuadé que Scipion mettrait le siège devant les remparts et tenterait un coup de force, profitant de la déroute totale d'Asdrubal et de Syphax, poursuivis par les cavaliers de Laelius et de Massinissa, et mis dans l'incapacité de lever avant longtemps une autre armée.

— Carthaginois ! proclama le suffète Zakarbal après deux jours de débats, dans le temple d'Eshmoun pour l'Assemblée haute et sur la Grande Place pour l'Assemblée du Peuple. Carthaginois ! après les nouvelles épreuves que le destin vient de nous imposer, l'heure n'est ni aux lamentations ni au découragement. L'ennemi n'a plus désormais d'autre obstacle que nos murs. Nous ne pouvons plus que lui opposer l'armée d'Hannibal et de Magon. Une ambassade partira demain à l'aube pour l'Italie afin de rappeler Hannibal. Pendant ce temps, que tous les hommes valides de la cité courent la campagne et rapportent toutes les provisions qu'ils pourront trouver avant l'arrivée de Scipion : blé, huile, moutons et bœufs, bois et fourrage. Peut-être allons-nous devoir soutenir un long siège. Que les vigiles de la ville renforcent dès cette nuit la garnison des remparts !

Sibboleth profitait des sorties de sa mère et du travail des esclaves pour pénétrer dans la chambre de sa sœur. Elle s'agenouillait près du lit et commençait à passer sa main dans les cheveux d'Abdeshmoun qui émergeait alors de son engourdissement. Dans la pénombre au silence brisé par les bruits de la rue, il guidait la main de Sibboleth qui osait les gestes interdits, comme si le regard des dieux demeurait assoupi. Elle consentait à tout pourvu qu'elle restât pure.

Abdeshmoun refusait toujours de se montrer au palais Barca. Jour après jour, ses forces lui revenaient, bien que le rabbin Jessé eût craint un instant quelque complication devant une partie de la plaie qui était devenue sanieuse. Mais le régime résomptif qu'il lui avait prescrit éloigna tout risque de voir empirer le mal.

— On ne parle plus que du retour d'Hannibal, dit Bodastaroth, qui ne savait plus très bien s'il visitait son jeune ami ou s'il se complaisait à pénétrer chez la belle Thanubra.

— Alors tout le monde semble s'être accordé ? fit le garçon. Quelle honte pour Carthage !

— Peut-être as-tu une solution meilleure ? sourit Bodastaroth.

— Certes non ! mais il n'empêche que le rappel d'Hannibal est la preuve de l'impuissance de Carthage. Il confirme les défaites d'Asdrubal et signifie que la cité est indigne de la gloire qu'elle doit à Hannibal.

— Je suis allé à l'Assemblée du peuple, dit Bodastaroth d'un ton qui semblait celui de l'aveu, et quand j'y ai proclamé haut et fort que le rappel d'Hannibal n'était pas nécessaire, on m'a ri au nez, certains m'ont même insulté. Sans la crainte que mes muscles ne leur administrent une bonne correction, quelques excités m'auraient sans doute provoqué et frappé avec grand plaisir !

— Mais, fit Abdeshmoun éberlué, tu crois vraiment que nous pouvons encore nous passer d'Hannibal ?

— Comment mon garçon, tonna le colosse, appartiens-tu toi aussi à cette masse de Carthaginois imbéciles qui ont oublié la puissance de leur flotte ? Le suffète Zakarbal lui-même, que je ne porte pas dans mon cœur, n'a-t-il pas dit il y a quelques décades que nos forces navales étaient intactes et prêtes à appareiller ? Qu'attendent donc nos gérontes pour passer à l'action ! Tandis que Scipion assiège Utique depuis neuf mois avec ses bateaux, nos centaines de galères restent dans nos ports, ici à Carthage, ou à Hadrumète, à Thapsus, et jusqu'à Sabratha.

— Abdeshmoun, tu as l'air d'aller beaucoup mieux, interrompit Thanubra qui rentrait. Tu ne peux plus rester ici maintenant.

— Plutôt mourir que de...

— Ah non ! dit Thanubra avec fermeté. Cette comédie a assez duré. Si les dieux t'ont épargné au milieu d'un si grand massacre, c'est qu'ils te réservent un autre sort, sans doute moins banal que celui de mourir là où tout le monde meurt !

— Thanubra dit vrai, approuva Bodastaroth d'une voix qui trahissait la docilité. Hannibal va revenir, ton père Iddibal sera fier de voir ce fils qu'il ne connaît pas. Comment pourrais-tu rester caché au moment où ton père va bientôt fouler les dalles de nos rues ?

— Fier de moi ? s'indigna le garçon. Survivant d'une armée vaincue sans honneur, quelle fierté vais-je lui inspirer alors que j'ai honte de moi-même ?

— Hannibal aura besoin de toutes les forces encore en état de servir Carthage, répondit Thanubra. Seul Asdrubal fils de Giscon doit supporter la honte de ses défaites, pas les soldats qui ont eu le malheur d'être conduits par un tel chef.

Abdeshmoun baissait la tête en silence. Il avait sans conviction tourné et retourné ce genre d'arguments dans sa tête douloureuse, tout au long de ces journées passées chez Thanubra. La soudaine détermination de l'armatrice était si forte qu'Abdeshmoun en subit l'ascendant, à l'instar de Bodastaroth quelques instants plus tôt.

— Crois-moi, Abdeshmoun, dit le colosse, tout le monde au palais Barca sera soulagé et heureux de te voir vivant.

— Heureux de te voir tout simplement, coupa Thanubra. Soulagés, ils le sont depuis le premier jour. Je les ai moi-même avertis qu'on te soignait chez moi à cause de ta peur enfantine.

— Non, Thanubra, tu n'as pas fait ça ! s'étrangla le garçon, tandis que Bodastaroth s'esclaffait :

— Quelle femme ! ah quelle femme !

— Quant à toi, Bodastaroth, poursuivit Thanubra d'un ton dont on ne savait plus s'il était encore sévère ou s'il cachait quelque malice, il n'y a désormais plus de blessé à visiter dans ma maison !

Occupé à piller partout où ses légionnaires vainqueurs posaient le pied, Scipion ne parvint à Tunês que quinze jours après la bataille des Grandes Plaines, faisant conduire dans son camp près d'Utique les prisonniers et le butin. Il n'eut aucun mal à pénétrer dans Tunês, car à son approche la garnison punique avait abandonné la petite cité pour se réfugier à Carthage, où elle intégra aussitôt les rangs de défenseurs en alerte sur les remparts.

Mais à peine se fut-il installé dans Tunês que des navires de guerre carthaginois quittèrent le cothon, se regroupèrent dans la baie et suivirent la côte vers le nord. Ils mettaient le cap sur Utique. La vieille colonie phénicienne était assiégée sur terre mais aussi sur mer par la flotte romaine qui stagnait sous ses murs, ses navires cataphractes* encombrés d'énormes machines de guerre qui leur interdisaient tout mouvement. À Carthage, on avait en toute hâte rassemblé les galériens, esclaves ou condamnés purgeant leur peine, et donné le commandement de la flotte à un autre Asdrubal, dit le Chevreau, qui était aussi un ami politique d'Hannon le Grand. Le bruit courait que l'on s'était décidé à lancer enfin les galères parce que des messagers venus d'Italie avaient transmis la colère d'Hannibal.

— Mais que fait Carthage de nos navires de guerre ? s'était-il indigné. Ce gouvernement incapable veut-il les mettre en conserve dans les loges du port comme des salaisons de thon bien à l'abri dans leurs amphores ? Il y a longtemps que la flotte romaine, beaucoup moins nombreuse, aurait dû être harcelée, attaquée et détruite ! Au lieu de cela, au lieu d'isoler et d'affaiblir le Romain au moyen de nos meilleures armes, nos stratèges de pacotille mènent au massacre des jeunes gens sans expérience et, enfin convaincus de leur impuissance, implorent mon retour.

Le gouvernement avait distribué des commandements aux citoyens qu'il jugeait les plus compétents. Ainsi Bodastaroth conduisait-il un navire noyé dans le gros de l'escadre à laquelle le Chevreau imprimait son allure.

— Si nous voulons les surprendre, s'enflamma-t-il, il faudrait peut-être augmenter la cadence des rameurs. Ce n'est pas une partie de pêche, par Melqart !

Lorsque les Carthaginois furent à la moitié du chemin, une barque quitta le rivage et s'approcha d'eux. Tandis que deux hommes ramaient, un autre se tenait debout en faisant de grands signes. La barque fut dirigée vers la pentère* du Chevreau après que les deux cents bateaux, toutes rames immobiles, eurent interrompu leur avancée. Ces hommes étaient des paysans puniques des terres dévastées entre Carthage et Utique : ils avaient vu les légions de Scipion progresser à marches forcées vers la ville assiégée. De Tunês, de l'autre côté du lac, à quelque cent stades à vol d'oiseau de Carthage, le Romain avait donc observé la manœuvre des galères quittant le port, et à peine avait-il commencé d'organiser l'occupation de la petite cité qu'il avait eu la mauvaise surprise d'en devoir sortir. Il avait cependant tenu le pari d'arriver le premier à Utique pour attendre l'ennemi. La nouvelle fit le tour des galères.

— Scipion est partout ! constata Abdeshmoun, qui avait réussi à embarquer dans la pentère de Bodastaroth.

— Ce n'est pas ça qui va redonner du cœur à des êtres abattus par tant de revers, maugréa le maître charpentier.

— Nous avons pourtant un avantage numérique qui devrait rassurer notre camp. Les défaitistes devraient se dire que c'est Scipion le plus inquiet !

— Mais il est inquiet ! affirma Bodastaroth. S'il ne l'était pas, se serait-il ainsi précipité vers Utique ? Seulement voilà, l'inquiétude ne l'empêche pas d'être résolu, lui. Au contraire, elle le stimule, elle excite sa lucidité et son esprit d'initiative.

Le soleil baissait et le Chevreau ordonna d'aborder dans le petit port de Ruscinon, à moins de trente stades d'Utique.

— Te rends-tu compte ? ricana Bodastaroth assez fort pour être entendu de nombreux Carthaginois de sa pentère. Le Romain a toute la nuit pour nous préparer une belle réception. Notre expédition était censée le surprendre, à nous demain de découvrir quelle surprise il nous réserve.

Le Chevreau pensait attirer à lui la flotte romaine, aussi de bon matin fit-il ranger au large d'Utique ses galères en ordre de bataille. Sous les murs de la ville, les bateaux romains semblaient un autre mur, épais et sombre, immobile comme la pierre. Scipion avait placé face à la mer ses lourds vaisseaux de transport sur quatre rangs, les reliant les uns aux autres avec des câbles, jetant entre eux des ponts de planches sous lesquels des barques pourraient aller et venir afin de harceler la flotte carthaginoise. Le Chevreau dut se plier à l'évidence : le Romain attendait qu'il prît l'initiative de forcer ce rempart de navires.

— Si nous n'avions pas perdu hier ce temps précieux, fulmina Bodastaroth, nous les aurions laminés avant que Scipion n'imagine ce stratagème.

— Oui, fit Abdeshmoun déçu, nous les aurions surpris en

plein dans leurs préparatifs de défense, à un moment où ils n'étaient guère en position de résister à l'assaut.

L'amiral carthaginois se résolut à briser cette insolite muraille flottante et ordonna que les rames se missent en branle. Au début les Romains perchés sur leurs cargos submergent l'assaillant de centaines de traits jetés de haut en bas. Ceux des Carthaginois, dirigés vers le haut, perdent de leur puissance, mais les frêles esquifs taquinant les galères heurtent leurs éperons, s'empêtrent dans leurs rames, obligent les lanceurs à freiner leur ardeur de peur de sacrifier les occupants des barques. Les Puniques profitent de l'accalmie et harponnent un premier cargo romain qui, accroché à une galère comme par une main de fer, est arraché à la ligne romaine frontale. D'autres galères carthaginoises imitent la manœuvre. Les passerelles de planches, qui relient les gros bateaux les uns aux autres de pont à pont et les poupes de la première rangée aux proues de la deuxième, cassent et tombent à la mer.

— Cette fois on les tient ! exulte Abdeshmoun.

Mais, tandis que les galères emmènent vers le large six cargos ennemis, le Chevreau attentif au soleil qui décline fait sonner le repli.

— Mais il ne fait pas nuit ! s'enflamme le garçon. Les Romains sont touchés, ils ne sont pas vaincus. Par Melqart ! nous pourrions démanteler leur seconde ligne, la couler, ou plutôt la brûler et la pousser sur eux ! Qu'importe le soleil si le brasier nous guide !

Bodastaroth se taisait, les mâchoires serrées, résigné en apparence, mais son œil mauvais suggérant au fond de lui des torrents de violence et de révolte. Les hommes ne semblaient pas se poser tant de questions. Ils estimaient qu'Asdrubal le Chevreau les avait conduits à la victoire puisqu'on revenait à Carthage non seulement sans avoir été vaincus mais en traînant avec soi six bateaux ennemis remplis de machines de guerre, de flèches, de javelots et de vivres.

On espérait à Carthage que cette incursion inciterait Scipion à moins d'audace. Avec ce simulacre de victoire et l'ordre envoyé à Hannibal et Magon de quitter l'Italie, la population avait deux motifs de reprendre confiance.

Trois décades s'écoulèrent jusqu'au milieu du mois de tamouz, dans la chaleur du début de l'été, sans que Scipion revînt menacer la ville. On restait vigilants, on poursuivait les efforts de défense par un travail continu de restauration et d'amélioration des remparts. Sans tomber dans l'insouciance, on s'offrit une respiration, jusqu'à ce que des nouvelles de Numidie deviennent le sujet de conversation général à Carthage.

« Cela a commencé avec la poursuite de Syphax et d'Asdrubal fils de Giscon par Laelius et Massinissa, après la déroute des Grandes Plaines », apprit-on.

Tandis que Massinissa, le chef déchu, était accueilli en triomphe par ses compatriotes massyles au fur et à mesure qu'il avançait dans des espaces qui redevenaient ses terres, Syphax reculait vers Cirta. Menacé directement par ce rival qu'il avait dépossédé, il n'entendait pas renoncer à ses conquêtes. Aussi envoya-t-il ses lieutenants lever des troupes loin à l'ouest en territoire masaesyle, mais ceux-ci ne purent rassembler qu'une armée de paysans, nombreux mais aussi inexpérimentés que ceux qui avaient combattu aux Grandes Plaines. À la tête de cette troupe, Syphax partit au-devant de l'ennemi. Ce déferlement de Numides hurlants ne fut qu'un feu de paille très vite maîtrisé. S'efforçant de redonner du courage à ses hommes qui se débandaient, Syphax fonça au cœur de la mêlée en poussant son cri de guerre, mais son cheval blessé le renversa.

— La capture de Syphax est une catastrophe pour Carthage, commentait-on un peu partout.

— Moins que la mort de Safanbal, s'entendait-on répondre dans les lamentations.

Sur les remparts ou dans les maisons, dans les tavernes ou dans les rues, chacun voulait paraître en savoir plus que l'autre, détenir un détail inédit, jusqu'à connaître quelqu'un qui aurait surpris les paroles de Scipion ordonnant à Massinissa de lui livrer Safanbal, ou quelqu'un d'autre qui aurait même vu la belle Carthaginoise avaler le fatal poison. L'histoire tragique de Safanbal naissait dans la bouche des Carthaginois, curieux mélange d'événements graves et de suppositions qui devenaient certitudes. N'eût été l'horreur du moment présent, on se la fût racontée avec le même naturel que l'épopée de la divine Elissa s'achevant dans les flammes du sacrifice.

Massinissa avait déployé tout son talent de beau parleur pour que Laelius accepte de le laisser filer à bride abattue vers Cirta à la tête d'une troupe de cavaliers. Une seule idée le hantait, revoir enfin Safanbal, maintenant que Syphax devait les fers aux pieds être mené dans les prisons de Rome. Au palais de Cirta, la Carthaginoise ne joua pas un seul instant les épouses éplorées. Dès qu'elle vit Massinissa, bel homme de trente-trois ans au regard perçant et volontaire, elle dénoua ses longs cheveux noirs et se jeta aux pieds du vainqueur. Au contact sur sa jambe de cette chevelure tant haïe mais tant désirée, le Massyle fut envahi d'un désir effréné qui étouffa sa haine.

— Je t'appartiens, Massinissa, dit Safanbal. Garde-moi comme esclave si tu le veux, car si tu as vaincu mon père et mon époux, c'est à toi que je suis, et non pas à Scipion. Ne me livre jamais aux Romains, plutôt mourir...

Dans cette capitale qu'il retrouvait et où avait régné son père Gaïa, Massinissa voulut marquer qu'il était le seul maître, et épousa sur-le-champ la Carthaginoise, persuadé qu'ainsi ni Scipion ni Laelius n'oseraient la lui enlever. Mais à son arrivée, l'ami fidèle de Scipion lui signifia sa totale désapprobation.

— Gagnons le camp où stationnent nos légions, dit Laelius, et emmenons Safanbal. Je doute qu'une cérémonie nuptiale aussi hâtive soit du goût de Scipion.

Au camp, Syphax enchaîné avait accusé sans vergogne Safanbal de l'avoir envoûté, rendu fou au point de trahir Rome qui avait été son alliée. Il fut dès lors facile à Scipion d'imposer à Massinissa sa volonté, comme à un enfant qui a commis une faute et doit la réparer.

— Cette femme est très belle, lui dit Scipion d'un ton amical et protecteur, trop belle même si j'en juge par les ravages qu'elle a provoqués dans l'esprit de ce pauvre Syphax. Et toi aussi, à peine en face d'elle, tu laisses ta raison vaciller et se perdre, au risque de réduire à néant tous tes efforts pour reconquérir ta place et ton royaume. D'ailleurs, au nom du sénat et du peuple romains, je te déclare seul roi de Numidie. Rome t'offre ce titre, son alliance, et moi Scipion je t'offre ces présents.

Le Romain, dans un geste théâtral, souleva un grand drap

qui recouvrait une couronne et une coupe d'or, un bâton d'ivoire et une chaise curule, la sienne, magnifique siège réservé aux grands magistrats de Rome, et pour finir une toge bordée de pourpre et une tunique à palmes, splendides vêtements que seul un ami de Rome pouvait mériter.

Forcé de livrer Safanbal, le Massyle usa du seul moyen qui lui restait pour qu'elle ne tombât pas aux mains de Scipion.

— J'ai présumé de mon pouvoir en croyant te sauver, ma Safanbal, dit-il en lui prenant les mains et en regardant le sol. Mais j'avais promis que tu ne serais jamais captive, et cette promesse-là, je peux la tenir.

Sur quoi il tourna les talons et s'esquiva, rejoignant un esclave de confiance dans une autre pièce de sa tente. L'esclave fut chargé de ce que Massinissa était incapable de faire lui-même, et présenta à Safanbal une coupe de poison.

— Tu remercieras mon nouvel époux, dit-elle dans une attitude royale. Explique-lui cependant que j'aurais préféré qu'il se passât un peu plus de temps entre mon hyménée et mes funérailles !

Et fixant dans les yeux l'esclave terrifié, elle leva la coupe et la vida, d'un trait.

Sibboleth avait les larmes aux yeux en écoutant ce récit qu'elle connaissait déjà en partie et que venait de conter son beau-frère Aris. Celui-ci occupait avec Batnaamat, leurs deux très jeunes enfants et deux esclaves de vastes appartements réservés aux officiers dans la caserne des vigiles municipaux. En poste sur les remparts depuis que se précisait le danger romain, Aris rendait une brève visite à sa famille tous les cinq ou six jours, partageait avec elle une bouillie de céréales ou du poisson arrosé de sauce à l'ail ou de garum*, et rejoignait sa garnison à la première heure de la nuit. C'était un homme peu liant quoique bavard du moment qu'il restait secret sur lui-même. Abdeshmoun ne l'aimait guère. Il n'était venu ici aujourd'hui que pour voir Sibboleth, car Thanubra interdisait les rencontres dans la maison de la rue du Levant, comme elle interdisait désormais à sa fille cadette ses escapades au palais Barca. Batnaamat était moins sévère et, heureusement, Aryana, esclave dévouée de Thanubra mais si indulgente pour Sibboleth, s'arrangeait toujours pour indiquer à Abdeshmoun les sorties de la jeune fille.

— Et Asdrubal fils de Giscon, demanda Abdeshmoun après avoir entendu pour la dixième fois dans la journée la triste histoire de la courageuse Safanbal, qu'est-il devenu ? A-t-on de ses nouvelles ?

— On dit qu'il erre dans l'intérieur des terres avec une troupe de survivants, répondit Aris à qui sa qualité de lieutenant des vigiles permettait d'accéder à des informations non encore publiquement dévoilées. Sans doute est-il revenu sur les lieux de la bataille des Grandes Plaines pour donner aux nôtres la sépulture qu'ils méritent.

— La mort de Safanbal lui retire la seule arme dont il se soit jamais bien servi, lança Abdeshmoun d'un ton méchant.

— Pour le malheur de Carthage, rétorqua Aris avec froideur. Car tant que Safanbal régnait sur le Numide, elle sauvait son père sans doute, mais elle préservait aussi Carthage tout entière. Avec sa mort, il ne nous reste hélas plus que le retour d'Hannibal !

— Il n'a pas encore affirmé qu'il rentrait, dit le garçon.

— Il rentrera. Hannibal et Magon ont été rappelés, ils rentreront.

— Carthage enfin pourra se battre sans crainte ! jubila Abdeshmoun, écraser et expulser d'Afrique Scipion et ses légions, et mater Massinissa le traître !

— Ce n'est pas pour se battre qu'Hannibal doit revenir, dit Aris. Puisse Scipion comprendre que le retour d'Hannibal n'est pas un signe de guerre mais la preuve qu'en lui ordonnant de quitter l'Italie Carthage veut la paix.

4.
Hannibal Barca

Le suicide de Safanbal et la capture de Syphax réduisirent à néant l'euphorie de la modeste victoire navale obtenue devant Utique. Cette cité avait repris espoir en voyant monter les galères carthaginoises à l'assaut de l'assiégeant, mais sa ténacité dans la résistance ne fut point un exemple pour le gouvernement de Carthage, que le marasme politique minait dans ses profondeurs. Alors que l'heure imposait l'ordre, la discipline et le discernement, jamais peut-être les luttes entre les clans n'avaient été aussi touffues et stériles. Au sein même de chaque clan se formaient des factions aussi intransigeantes que mouvantes. Les Carthaginois emportés dans un tourbillon affirmaient aujourd'hui ce qu'ils avaient combattu la veille, donnaient raison à celui qu'ils clouaient hier au pilori, quitte à l'abandonner demain pour un autre beau parleur. Les gérontes du Conseil des anciens eux-mêmes, quoique réputés sages, avaient du mal à garder la tête froide devant le spectacle désolant de leurs concitoyens écartelés, tiraillés dans tous les sens comme dans une fourmilière déréglée et devenue folle. Dans les rues, on annonçait la chute imminente de Carthage, car ainsi le voulaient les dieux ; les fanatiques religieux prédisaient dans des diatribes illuminées que la ville entière vouée au sacrifice brûlerait bientôt comme une torche, immense brasier livré au courroux de Ba'al Hammon.

À quatre-vingts ans, alors qu'il n'était plus apparu en

public depuis les défaites en Espagne de son protégé Asdrubal fils de Giscon, Hannon le Grand sortit de sa retraite. Le vieillard impotent et obèse demeurait l'âme de l'opposition au clan des Barca. Déjà à l'époque de la guerre de Sicile et de la guerre inexpiable contre les mercenaires révoltés, il menait un combat politique sans merci contre Amilcar. Sa ligne de conduite n'avait pas varié d'un pas, quarante années plus tard. Il ne quittait plus sa belle maison de Byrsa, qui s'accrochait au flanc de la colline dans la même rue que celle des Barca, dans ce quartier où les riches et anciennes familles s'étaient installées avant de construire dans le faubourg de Megara des palais dignes de leur rang. Mais toutes avaient gardé leurs maisons au cœur de la cité, situation commode lorsque les affaires politiques exigeaient une présence assidue aux réunions des assemblées.

Le vieil Hannon n'avait cessé cependant d'exercer un pouvoir occulte sur ses partisans. Le bruit avait beau courir parfois qu'il était mort, ses proches continuaient à se réclamer de ses ordres et de ses conseils. Au milieu de la confusion qui régnait aujourd'hui, son apparition aussi inattendue que soudaine provoqua dans la population un choc bref et brutal, qui permit à l'Assemblée haute de se ressaisir et de prendre enfin une décision. La rumeur selon laquelle Hannon franchissait le pas de sa porte fit le tour de la ville aussi vite que les voix pouvaient se répandre. Le vieillard enveloppé de son large manteau d'ancien général était allongé sur un lit porté par six hommes vigoureux. Il ne dévoilait que ses petites mains grasses et son énorme tête ronde recouverte d'un bonnet sombre. Il gardait la lippe pendante dans une sorte de rictus et ses yeux étaient deux fentes plissées qui ne clignaient pas à la lumière extérieure, au point que certains disaient : « Il ne marche plus, il ne voit plus, est-ce là le sauveur qu'il nous faut ? »

Mais Hannon le Grand inspirait le respect. Sur le trajet qui le conduisit au temple d'Eshmoun, par la rue de Déméter qui donnait au milieu du grand escalier montant jusqu'au parvis, la foule s'était amassée, silencieuse, comme si elle voyait passer un mort ressuscité. À l'Assemblée dans le temple d'Eshmoun, les sénateurs se levèrent d'un seul mouvement et le vieux tribun prit la parole. Sa voix était sûre, rien de ce que Carthage venait de vivre ne lui avait échappé, il parlait comme si jamais il n'avait quitté la tribune.

— Nous pouvons tous mesurer aujourd'hui le malheur qui pèse sur notre cité, un malheur immense. Il est le fruit de l'ambition conquérante d'une famille qui nous a tous entraînés à partager son destin chargé de malédiction. Amilcar et son gendre Asdrubal, cet Asdrubal le Beau — il ricana, méprisant — avec qui il affichait ses mœurs scandaleuses, et à leur suite Hannibal son fils aîné, ont détourné Carthage de sa vocation commerçante et africaine. Lorsque des hommes, simples mortels, entreprennent des actions que seuls les dieux peuvent accomplir, ils s'exposent à des désillusions sans appel. Le grand Alexandre de Macédoine lui-même n'a-t-il pas été fauché en pleine gloire, au moment où il croyait être né pour que rien sur terre ne lui résistât ? Tout descendant des dieux qu'il fût, ceux-ci n'ont pas supporté que le mortel qu'il était resté vînt ternir leur éclat. Amilcar et Hannibal ne prétendent-ils pas eux aussi détenir de Melqart une origine divine ? Leurs succès les ont grisés, et ont quelque temps entretenu leur vanité. Passe encore si leur folie avait limité ses ravages à leurs propres personnes, passe encore s'ils avaient gardé pour eux et pour eux seuls la part maudite de leur destin. Mais ils ont embrasé le monde, ils ont joué avec la sécurité de Carthage comme ces matelots qui jouent une fille aux dés dans les tavernes du port. Vous avez déjà voté le rappel des deux frères Barca et vous avez voté dans le bon sens. Cependant, cette marque de bonne volonté de la part de Carthage ne suffit pas. Il ne suffit pas qu'Hannibal et Magon quittent le sol italien pour prouver nos intentions pacifiques. Nous devons demander la paix, une paix solide et durable, à celui qui menace non plus seulement nos intérêts les plus essentiels, mais aussi la vie de nos familles. Oui, Carthaginois, je propose d'envoyer sans plus attendre à Publius Scipion une ambassade des membres les plus vénérables de notre Assemblée. Permettez-moi maintenant de me retirer.

Personne ne répliqua, pas même dans les rangs des sénateurs du clan Barca, pourtant si durement attaqué. Les porteurs reprirent leur position et Hannon le Grand traversa la vaste salle du temple. Sa bouche offrait un sourire satisfait, et n'eussent été ses légers hochements de tête et sa main droite agitée de minuscules mouvements de salut à ses fidèles qui l'applaudissaient, on eût dit la statue d'un dieu sortie de sa niche et que l'on menait à une procession.

L'on désigna donc dans l'instant trente gérontes, avec pour mission de convaincre Scipion de mettre un terme au conflit. On profita de ce que l'apparition théâtrale d'Hannon avait provisoirement calmé les querelles pour exécuter dès le lendemain cette démarche de paix. Vêtus de blanc, la tête couverte d'un simple bonnet, les représentants de Carthage franchirent la porte du Couchant et se rendirent à Tunês où Scipion s'était installé. Ils lui baisèrent les pieds, selon l'usage des peuples d'Orient, le flattèrent mais sans excès, firent peser sur le seul Hannibal toutes les responsabilités, répétant que le gouvernement de Carthage n'avait jamais décidé cette guerre et même au plus fort des succès, au moment des retentissantes victoires de la Trébie, du lac Trasimène et de Cannes, n'avait jamais accepté les exigences du conquérant lorsque celui-ci réclamait des renforts. Ces réticences n'étaient-elles pas la preuve qu'Hannibal agissait en son nom personnel et que Carthage, depuis longtemps, l'avait désavoué ! Aujourd'hui, Carthage se déclarait prête à payer le prix du repos et de la paix, et se plierait aux conditions imposées par Rome.

La proposition que Scipion formula en guise de réponse fut acceptée par l'Assemblée haute avant même que le suffète Zakarbal en donne connaissance au peuple de Carthage. C'était le troisième jour de la troisiède décade du mois d'abu, sur la pente descendante de l'été.

— Carthaginois, dit le suffète du haut de sa tribune dominant la Grande Place, Publius Scipion n'a point refusé la paix à nos ambassadeurs. Voici point par point les conditions qu'il nous impose et que l'Assemblée haute, réunie à huis clos hier jusqu'à une heure avancée de la nuit, a acceptées à la majorité requise. L'Assemblée du peuple n'aura donc pas à intervenir dans ce débat. En premier lieu, les prisonniers, esclaves et transfuges de guerre détenus sur le sol punique seront rendus à Rome. En deuxième lieu, Carthage retirera toutes les troupes actuellement stationnées en Italie et en Gaule. En troisième lieu, Carthage renoncera à l'Espagne, ainsi qu'à toutes les îles situées entre l'Italie et l'Afrique qui seront évacuées. En quatrième lieu, Carthage livrera ses vaisseaux de guerre à l'exception de vingt, nécessaires pour protéger des pirates notre flotte marchande. En cinquième lieu, Carthage fournira dans l'année suivant la signature du traité cinq cent mille mesures de blé et trois cent mille mesures d'orge. Enfin, Carthage devra verser la somme de cinq mille talents d'or. Telles sont, Carthaginois, les conditions de la paix. Elles peuvent vous paraître dures, peut-être même exagérées ou injustes, mais il y a un moment où le sacrifice d'une partie de nos biens évite la douleur d'un sacrifice plus grand encore. Vient le moment où la cité tout entière doit payer pour effacer les fautes de quelques-uns de ses fils...

Il fut interrompu par des vociférations populaires, car dans le peuple, nombreux étaient ceux pour qui le nom d'Hannibal était intouchable, avait presque un caractère sacré.

— ... fussent-ils les plus prestigieux, continua le suffète. Une ambassade ira annoncer à Scipion que ses conditions sont acceptées et que Carthage demande à conclure une trêve, pendant qu'une autre ambassade se rendra devant le sénat romain pour demander officiellement la paix. Carthage, pour montrer sa bonne volonté, rendra dès maintenant une partie des prisonniers, esclaves et transfuges. Puissent nos efforts aboutir et Carthage sortir enfin de cette guerre maudite. Prions les dieux qu'ils nous accordent la paix. Des dévotions extraordinaires seront faites à Tanit notre déesse toute-puissante, protectrice de notre cité, et à la divine Elissa notre bien-aimée fondatrice. Les temples de Ba'al Hammon, de Melqart, de Ba'al Shamim, d'Eshmoun, de Déméter et de tous les autres dieux seront ouverts jour et nuit pour accueillir vos prières et vos offrandes.

Les fêtes religieuses ponctuaient tout au long de l'année la vie des Carthaginois. Pour la plus grande partie du peuple, seul le sacré, ou bien la célébration d'événements exceptionnels auxquels on associait toujours les dieux, donnait lieu aux manifestations de liesse. Les jeux et le théâtre n'avaient pas comme en Grèce ou à Rome une place officielle, et seuls ceux qui avaient adopté certains traits du mode de vie hellène ou fréquentaient la communauté grecque de Carthage goûtaient ce genre de loisirs. En temps normal et en privé, de grandes familles puniques invitaient des troupes de comédiens grecs qui jouaient pour elles et leurs amis les pièces du répertoire, comédies d'Aristophane et même tragédies d'Eschyle, d'Euripide et de Sophocle. On faisait venir des mimes, et des acteurs déclamaient odes et poèmes épiques. Sinon, l'on tombait dans le milieu glauque des tavernes du port où l'on jouait aux dés et où se produisaient des danseuses, ce que la rigide morale religieuse des Carthaginois était censée réprouver.

Pour l'heure, les cérémonies pieuses édictées par le gouvernement n'entraient pas dans le cadre de ces journées de liesse où l'on glorifie les dieux, mais dans celui de l'accablement sinistre des rituels de lamentations où on les implore. Pendant plusieurs jours, le travail cessa. Seuls les milliers de livreurs d'eau tirant leurs bourricots chargés d'outres continuaient leur nécessaire va-et-vient des sources aux maisons, et aux abords des temples les inévitables marchands d'amulettes et de médailles, de poules et d'agneaux destinés aux sacrifices profitaient de l'aubaine. Les rues furent parcourues de processions et de cortèges d'où montaient des litanies, les temples ne désemplirent pas, et la nuit la ville entière toujours animée brillait de dizaines de milliers de lumières parsemées sur l'étendue noire, comme la chaîne scintillante et fragile d'une multitude de vers luisants.

Pourtant, malgré le prestige retrouvé d'Hannon le Grand conjugué au fanatisme bruyant de quelques groupes religieux, le clan des Barca releva la tête. Un instant endormi par l'habile manœuvre du vieux politicien et bloqué par les journées de prières nationales qu'il était impossible de transgresser, le parti démocratique qui soutenait les Barca et possédait à l'Assemblée du peuple de nombreux affidés fit enfin éclater son indignation. « Ce traité est une infamie, disaient ses représentants, une ignominie, une insulte au peuple de Carthage. Et Asdrubal fils de Giscon, par la faute duquel notre cité rampe aujourd'hui devant l'occupant, ses amis de l'Assemblée haute ont-ils seulement évoqué son cas ? ont-ils déjà enterré sa culpabilité ? croient-ils que le peuple sera assez aveugle pour l'oublier ? Nous exigeons des suffètes qu'ils aillent porter devant le Conseil des Cent Quatre le procès du général Asdrubal fils de Giscon. Nous exigeons son remplacement immédiat et sa condamnation à mort : qu'il soit crucifié comme nos lois le commandent. »

Devant l'imminence d'une violence populaire qu'il eût fallu réprimer à un moment bien malvenu, les suffètes ne prirent pas même le temps de saisir la juridiction des Cent Quatre et l'Assemblée haute vota dans la hâte la destitution et la condamnation, par contumace puisqu'il n'avait pas reparu, d'Asdrubal fils de Giscon. On nomma à sa place Hannon fils de Bomilcar le Roi et neveu d'Hannibal Barca lui-même. Bomilcar le Roi avait trente ans lorsqu'il avait épousé la plus âgée des sœurs aînées d'Hannibal, et Hannon avait à peine vingt ans lorsqu'il avait rejoint son oncle en Espagne. Il était de ceux qui avaient vécu la grande épopée italienne. Hannibal lui avait confié l'avant-garde carthaginoise pendant la glorieuse marche sur l'Italie. Lors de la mémorable victoire de Cannes, il commandait l'aile droite de l'étau impitoyable qui avait broyé l'armée romaine. Trois ans auparavant, la mort de son père l'avait rappelé à Carthage. Il avait donc quitté le sud de l'Italie, cette région du Bruttium où les troupes carthaginoises s'essoufflaient, faute des renforts qu'Hannibal réclamait en vain.

En même temps que l'Assemblée haute votait ces mesures, une délégation de jeunes sénateurs partait pour Rome afin de discuter les termes du traité, une deuxième délégation proposait à Scipion une période de trêve aussitôt acceptée, et une partie de la flotte faisait voile sur l'Italie pour rapatrier Hannibal et Magon.

Abdeshmoun bouillait d'impatience. Qu'il fût dans les appartements et les dépendances du palais Barca, ou en ville auprès des amis de son âge, au port en compagnie de Bodastaroth, ou encore dans le secret de ses effusions avec Sibboleth, le garçon n'avait qu'une idée en tête.

— Hannibal rentre à Carthage, disait-il, c'est affaire de deux ou trois décades, un mois tout au plus. Hannibal rentre à Carthage et mon père est avec lui.

Il harcelait sa mère Batnoam.

— Mère, insista-t-il, vas-tu enfin me parler de lui ? me dire si je lui ressemble, si tu retrouves en moi aujourd'hui quelque chose de ce qu'il était lorsque tu l'as épousé ? Pourquoi ne m'as-tu même jamais lu quelques mots de ses lettres ?

— Mon fils, répondit Batnoam avec calme, dans chacune de ses lettres Iddibal ton père t'a toujours consacré quelques lignes par lesquelles il s'adresse directement à toi. Je t'ai lu ces lignes.

— Oui, mais c'est toujours pareil, s'emporta Abdeshmoun. « J'ai hâte de connaître enfin ce fils dont ta mère me dit tant de bien. Obéis-lui comme tu m'obéirais. Ton père qui pense à toi. » Voilà à quoi j'ai droit depuis des années, c'est peu par rapport à tout ce qu'il t'écrit et dont tu ne me dis jamais rien.

— Ne sois pas injuste, mon fils. Ne comprends-tu pas que je puisse te taire les mots que ton père adresse à son épouse, et non à ta mère, et qui sont de l'ordre de l'intimité ? Et s'il me parle aussi de toi, cela appartient encore à l'intimité de tes parents. Si ton père avait vécu toutes ces années avec nous, crois-tu sérieusement que nous t'aurions plus volontiers livré nos conversations à ton sujet ?

— Et la guerre ? et Hannibal ? ce n'est pas votre intimité. Pourquoi m'en as-tu laissé ignorant ?

— La guerre est sans cesse à l'ordre du jour, mon fils. Les nouvelles d'Italie circulent partout en ville et le nom d'Hannibal est sur toutes les lèvres. Je n'en sais pas plus sur lui que la majorité des gens, sauf peut-être les confidences que m'a faites notre maîtresse Imilcée. Songe que comme toi je n'ai jamais vu Hannibal.

Abdeshmoun regarda Batnoam s'éloigner et rejoindre les appartements de la princesse Imilcée. Il était déçu, mais admettait au fond de lui qu'il n'était pas tout à fait ignorant de la vie d'Hannibal. Il en savait même beaucoup plus sur lui que sur Iddibal. Il marcha jusqu'au bois d'oliviers où il aimait s'isoler tout au bout du domaine, et allant d'un arbre à un autre il tenta de reconstruire le parcours de son héros. Son départ à neuf ans dans l'armée d'Amilcar, la conquête de l'Espagne, la mort tragique d'Amilcar dans les eaux en crue du Sucro, puis la mort d'Asdrubal le Beau dans le palais de la Nouvelle Carthage plaçant Hannibal, alors âgé de vingt-six ans, à la tête de l'empire punique d'Espagne, la prise de Sagonte, cité alliée de Rome, et le départ soudain de l'armée d'Hannibal vers la Gaule, le Rhône, les Alpes et l'Italie, deux années de victoires foudroyantes qui firent trembler Rome, répandant d'un bord à l'autre de la Méditerranée, tel un prodigieux roulement de tonnerre inspirant le respect et la crainte, le nom des Barca, et enfin Capoue, puis toutes ces années stériles dans le Bruttium à guerroyer, toujours vainqueur mais en vain, jusqu'à ce retour imminent en terre carthaginoise, sans doute amer.

Abdeshmoun possédait la trame, le fil conducteur, mais Hannibal conservait pour lui tout son mystère, tel ces dieux et ces héros dont on raconte les lointains exploits et que l'on ne voit jamais en chair et en os. Comme eux, Hannibal semblait appartenir à un autre monde, on le voyait en effigie sur des monnaies venues d'Espagne, comme l'on voit dans les temples les visages divins. Il n'avait pas de corps, son nom lui suffisait pour imposer à tous ferveur ou jalousie, admiration ou haine. Assis contre un arbre et titillant les herbes qui frôlaient ses cuisses, Abdeshmoun faisait le compte de ses lacunes. « Finalement, se dit-il tout haut, tu avais d'abord l'impression de ne rien savoir, puis tu t'es aperçu que tu pouvais poser les principales bornes qui jalonnent le parcours d'Hannibal depuis son départ il y a trente-cinq ans, mais en lisant les livres à la bibliothèque du palais, tu en apprends beaucoup plus sur Périclès d'Athènes, Alexandre de Macédoine, Pyrrhus d'Épire, Ptolémée Philadelphe d'Égypte ou notre Hannon le Navigateur que sur le plus grand général en exercice. Et sur ton propre père, tu dois te contenter de savoir qu'il a rejoint Hannibal en Espagne l'année de ta naissance. »

— J'ai connu ton père autrefois, dit alors une voix douce derrière l'arbre. Il avait vingt-sept ans lorsqu'il débarqua à la Nouvelle Carthage.

Abdeshmoun avait, dès le premier mot prononcé, identifié cette voix à l'accent un peu rocailleux. Il n'eut pas le temps de se relever que la princesse Imilcée en personne, qui effectuait sa promenade de fin d'après-midi, fut debout devant lui. Il lui baisa le bas de la robe en mousseline de lin rose tyrien, couleur très prisée car elle rehausse les peaux les plus pâles et les rend éclatantes. Imilcée teignait ses cheveux pour en accentuer l'originelle blondeur, aussi blonde que les deux esclaves gauloises marchant à ses côtés.

— Iddibal a un an de moins que mon époux, poursuivit la princesse en s'asseyant sur l'herbe avec grâce. Hannibal m'a raconté que lorsqu'ils étaient enfants, ils étaient ici au palais compagnons de jeux, et même d'études. Car bien qu'Iddibal ne fût pas de condition noble, Amilcar avait accepté de l'associer aux cours du précepteur grec d'Hannibal, le pédotribe Sosylos que j'ai connu aussi en Espagne. Hannibal est l'ami d'enfance de ton père, c'est pour cela qu'il se l'est attaché comme aide de camp lorsqu'il a senti qu'était arrivé le moment de mettre à exécution le grand projet d'attaque de l'Italie qu'avait conçu et préparé Amilcar.

— Amilcar songeait donc déjà...

— Oui, Amilcar voyait très loin, et Hannibal a hérité de lui ce pouvoir d'embrasser l'avenir du monde, qualité qui fait la grandeur et le malheur des Barca... Oui, Amilcar avait compris très tôt qu'il ne servait à rien de miser sur la bonne parole des Romains, car le cours des événements passés apportait la preuve irréfutable qu'ils découvraient toujours un moyen de renier cette parole. Contre un tel peuple qui n'entend que le langage de la force armée, soutenait-il, il fallait se préparer à tout, et même prévenir le pire en étant capable, le jour venu, de le surprendre. Le monde entier a constaté que de ce jour, dix ans après la mort d'Amilcar, Rome a trouvé le prétexte avec l'affaire de Sagonte. Et ce jour-là, Hannibal était prêt.

— Et mon père ?

— Iddibal est arrivé quelques mois avant le siège de Sagonte par l'armée punique. Il quitta Carthage alors que tu n'avais pas même un an, mais jamais il ne s'est plaint d'être ainsi éloigné de sa famille. Je crois qu'il en souffrait mais il taisait ses sentiments. Quand on est l'ami d'un homme comme Hannibal Barca, il convient de faire figure, de masquer les faiblesses de l'âme. C'est une manière de les dominer, sinon de les guérir.

— Mais comment était-il ?

— J'ai le souvenir d'un homme vigoureux, comme toi assez grand, un peu moins cependant qu'Hannibal qui possède une bonne taille pour un Carthaginois. Mais je vois peu de ressemblance entre son visage et le tien, tu as plutôt les traits de ta mère Batnoam.

— C'est peut-être parce qu'il porte la barbe, dit Abdeshmoun avec un ton presque de regret.

— Non, répondit en riant la princesse, ton père n'a pas suivi Hannibal sur ce terrain, du moins à cette époque !

— Pourtant, maîtresse, les effigies des monnaies espagnoles montrent Hannibal le visage glabre ?

— Tu as raison, mais elles furent frappées les premiers temps qui suivirent l'assassinat d'Asdrubal le Beau. Ce n'est que lorsqu'il décida d'étendre l'empire vers le nord de l'Espagne qu'Hannibal se mit à porter la barbe. Cela le faisait ressembler presque trait pour trait à son père Amilcar, que les vieux soldats croyaient ainsi voir revivre. Par la suite, Hannibal n'a pas cru bon de modifier son effigie, comme s'il voulait abandonner à l'empire d'Espagne l'image de sa jeunesse.

Imilcée parut un instant se perdre dans son propre passé. Elle ne pouvait oublier qu'elle était née là-bas, en Espagne, et Carthage lui paraissait parfois, malgré le luxe et les égards, une manière d'exil.

— Il faut rentrer maintenant, dit-elle soudain en joignant les mains et en ébauchant un effort pour se relever.

— Pas encore, maîtresse, implora le garçon, j'ai tant de choses à te demander, tant de questions qui assaillent mon esprit comme mille javelots se croisant dans tous les sens. Je t'en supplie...

Imilcée soupira en le regardant avec bienveillance, presque maternelle, et trouva une autre position

— Que puis-je encore te dire ?

— Quand as-tu vu mon père pour la dernière fois ?

— Le jour où j'ai vu Hannibal lui-même pour la dernière fois. Sagonte était prise, et Hannibal savait que Rome en tirerait argument contre Carthage. Il décida de mettre en œuvre le vieux plan d'Amilcar et de surprendre Rome avant que celle-ci ait eu le temps de prendre pied en Espagne ou de menacer directement Carthage des ports siciliens où la flotte romaine était armée. Mais tandis que son frère Asdrubal le Jeune travaillait à organiser la grande armée punique, Hannibal fit un rapide voyage à Gadir pour honorer Melqart en son plus vieux temple d'Occident. Il emmena Iddibal. À leur retour, la grande armée était prête à s'ébranler : presque cent mille hommes je crois, Puniques et Espagnols, Numides et Baléares, mercenaires de toutes les régions du monde, de Grèce et d'Italie du Sud, d'Orient même, et près de quarante éléphants dressés pour le combat. Ayant prié Melqart, protecteur des Barca, Hannibal et ton père ne restèrent à la Nouvelle Carthage pas seulement dix jours. Hannibal avait le regard plus farouche que jamais. Sa cape d'écarlate tranchait sur le noir profond d'un cheval si fougueux que lui seul pouvait le maîtriser. À sa gauche Iddibal montait un cheval bai, et autour d'eux étaient les généraux : Magon Barca, Maharbal, Hannon fils de Bomilcar, Naravas le Numide, beau-frère d'Hannibal. De ma terrasse je voyais Hannibal donner à son frère Asdrubal ses derniers conseils pour diriger l'Espagne. Puis dans un bruit d'enfer, l'armée se mit en route, Hannibal à sa tête, pour sortir de la ville. Il se retourna et fit tournoyer son casque en direction du palais. S'adressait-il à moi, ou bien à Asdrubal... ? Et moi, trois jours plus tard, je quittai mon pays, sans doute pour toujours.

Elle fit mine encore de se lever, mais Abdeshmoun interrompit l'amorce de son mouvement qu'elle relâcha.

— Et Amilcar, maîtresse, l'as-tu connu, lui aussi ?

— J'étais alors très jeune. Avant qu'Asdrubal le Beau fonde la Nouvelle Carthage trois ans après la mort de son beau-père, celui-ci avait installé la capitale de l'empire à Akra Leuké, un peu plus au nord. Comme la plupart des peuples ibères qui avaient affronté les armées d'Amilcar, le mien avait été défait, et le roi mon père passa dans la grande alliance punique, qui profitait à tous. Amilcar ne voulait plus parler de peuples vaincus dès lors qu'on entrait dans son vaste projet d'empire commercial d'où toute guerre serait bannie. Il parlait de peuples amis, et faisait tout pour rendre invisible le poids de Carthage. Il commença de pousser ses soldats à épouser nos filles, ce qu'ensuite Asdrubal le Beau encouragera plus encore en donnant l'exemple... bien qu'il fût déjà marié à Carthage avec la propre sœur d'Hannibal. Oui, Amilcar tenait beaucoup à ce mélange des peuples. « Les peuples agissent comme les villages, disait-il de sa voix puissante, plus puissante encore que celle d'Hannibal. Regardez, dans les campagnes, ces petits bourgs où l'on ne se marie qu'entre soi se querellent sans cesse pour n'importe quoi. Que filles et garçons de l'un épousent en grand nombre garçons et filles de l'autre, et voilà les querelles qui disparaissent parce que les familles ont soudain des intérêts communs de part et d'autre. Pour ce qui est des peuples, il faut les mélanger aussi, car prétendre demeurer entre soi à la manière romaine favorise les incompréhensions et les haines. C'est le meilleur terrain pour la violence et pour la guerre. » Ainsi parlait le redoutable Amilcar, et ainsi fus-je admise au palais d'Akra Leuké à l'âge de onze ans pour y apprendre la langue punique et le grec... À Akra Leuké, tout le monde craignait et aimait Amilcar, moi je l'aimais aussi beaucoup, et l'annonce de sa mort affreuse... mais rentrons maintenant.

Avec une étonnante promptitude, la princesse se leva. Les deux esclaves gauloises passèrent leurs mains sur la robe rose tyrien afin d'en ôter les brindilles et en reformer les plis. Abdeshmoun se précipita pour en baiser le bas et elle s'éloigna vers le palais sans se retourner, le souffle chaud de la brise gonflant ses longs cheveux blonds.

Après un repas du soir pris à la hâte avec sa mère et où il avait avalé une bouillie d'orge mêlée de miel et d'œuf, et accompagnée de poulet rôti à la broche, Abdeshmoun quitta le palais Barca pour retrouver son ami Bodastaroth. Il n'était ni à l'arsenal, fermé à cette heure, ni chez lui rue des Verriers, où il occupait l'une des rares maisons à un seul étage de ce quartier central. Au rez-de-chaussée, donnant sur la rue, se trouvait la boutique d'un artisan verrier, tandis qu'un étroit couloir menait dans la cour intérieure où s'ouvraient les pièces du bas et d'où montait l'escalier de pierre de l'étage, partagé entre une chambre et une terrasse encaissée entre deux immeubles. Puisqu'il n'était pas là, le colosse devait bien traîner dans quelque taverne, comme il aimait à le faire malgré la mauvaise réputation accrochée à ceux qui fréquentent le port la nuit venue. Abdeshmoun se souvenait de sa nuit à l'auberge d'Alexandrie, mais il n'y était jamais retourné, craignant qu'une indiscrétion malveillante ne parvînt aux oreilles de sa mère, d'Imilcée, ou même de la belle Thanubra et de la douce Sibboleth. Ce que le glorieux et indépendant Bodastaroth pouvait se permettre, lui, jeune

Abdeshmoun de la maison Barca, jugeait plus sage de s'en abstenir. Il frémissait d'horreur à l'idée que le valeureux Iddibal son père pût un jour connaître son voluptueux secret de la nuit de nisan, ou que le grand Hannibal lui-même, dont les anciens combattants revenus d'Italie vantaient la vertu, en fût d'aventure informé.

Les paroles d'Imilcée, loin de le rassasier, lui avaient mis l'eau à la bouche. Son enquête ne faisait que commencer, se disait-il, et Bodastaroth saurait bien à qui l'envoyer ou même le recommander pour qu'il pût la compléter. Il se hasarda donc à rôder autour des tavernes d'où s'exhalait l'odeur forte des fritures à l'huile d'olive. Malgré la lune et les lampes qui brûlaient à l'angle des maisons, il était difficile de reconnaître quelqu'un marchant vite et la main sur le bas du visage. Abdeshmoun avança ainsi dès qu'il fut aux abords du quai marchand, lançant un œil à l'intérieur des auberges en s'efforçant d'y distinguer la carrure de son ami. Il croisa le vieux mage Kiddinos qui, comme tous les soirs, faisait le tour des tables du port pour discuter de l'avenir avec les uns et les autres. D'abord effrayé que Kiddinos se rappelât la soirée du mois de nisan, Abdeshmoun en désespoir de cause le prit par le bras et l'entraîna en face, vers les bateaux, où l'obscurité était plus dense.

— Kiddinos, je suis un ami de Bodastaroth le vainqueur d'Olympie. Je le cherche en vain depuis des heures. Il n'est pas chez lui, il ne semble pas non plus être ici...

— Ah oui, fit le vieillard d'un ton à la fois affable et narquois, tu es ce jeune homme qui partait pour les Grandes Plaines il y a quatre mois..., c'est bien toi, tu m'as demandé si tu reviendrais de la bataille. Je suis bien aise de te revoir vivant..., et entier.

— C'est moi, répondit Abdeshmoun sans cacher son agacement. Mais qu'importe ! sais-tu où je puis trouver Bodastaroth ? l'as-tu vu cette nuit ?

— Patience, mon garçon, patience... Tu le retrouveras ton colosse. Figure-toi que, depuis une bonne décade, on a dû le voir à l'auberge d'Alexandrie une paire de fois tout au plus. S'il n'est pas chez lui et s'il n'est pas ici, il est donc ailleurs.

— Cesse donc de railler, ne comprends-tu point qu'il me faut le voir au plus vite ? J'ai des questions à lui poser.

— Et il n'y a que Bodastaroth à Carthage pour te tirer d'affaire ? s'étonna Kiddinos. Par Cronos et par Zeus, pardon, par Ba'al Hammon et par Ba'al Shamim, je parie que si tu te confies à moi, tu peux te passer de sa science. Allons, marchons vers le rempart du Midi.

Abdeshmoun se sentit à la fois pris au piège du mage bavard, et curieux des paroles qu'il prononcerait. Ils laissèrent derrière eux à droite l'antre des tavernes, puis la placette où stationnaient chars et chevaux, et longèrent les bateaux à quai d'où émanaient des voix et des ronflements de marins ivres et fatigués. Parfois le bois d'une coque qui travaillait émettait un craquement sourd comme une plainte lugubre et grave. Abdeshmoun savait que Kiddinos lui tirerait les vers du nez, alors il choisit le parti de la sincérité. Le vieil astrologue était beaucoup trop malin pour qu'il tentât de jouer avec lui au plus fin.

— Comme Hannibal rentre à Carthage, dit le garçon en prenant les devants, l'envie m'est venue d'en savoir plus sur lui que la simple suite de ses exploits. Ma maîtresse Imilcée, son épouse, a eu la bonté de me livrer des détails de l'époque où elle l'a rencontré en Espagne, mais cela n'a fait que piquer un peu plus mon désir de savoir...

— On raconte tellement de choses sur Hannibal et sa famille, murmura Kiddinos. C'est le lot de tous les gens célèbres que d'être l'objet des conversations. Tu sais par exemple qu'Amilcar fut longtemps attaqué sur ses mœurs.

— J'ai entendu cela, dit Abdeshmoun en serrant les dents, les ennemis politiques d'Hannibal ne se privent pas de colporter encore ce genre de propos malveillants.

— Malveillants, oui, c'est vrai, mais fondés cependant. J'avais déjà près de quarante ans lorsque j'ai quitté l'île de Cos pour m'installer à Carthage. Un an après mon arrivée, la première guerre contre les Romains s'est achevée et Amilcar est rentré de Sicile. Il devait avoir trente-huit ou trente-neuf ans. Il a retrouvé un éphèbe d'environ vingt ans de moins que lui et qu'il avait connu presque enfant avant d'être nommé général de l'armée punique de Sicile. C'est cet Asdrubal qu'on surnommait « le Beau » et qu'Amilcar lui-même ne se privait pas d'appeler son « Apollon ». Ils avaient en commun d'avoir cultivé chacun de son côté l'amour de la

Grèce, terre de la philosophie et des arts. Asdrubal appartenait à la plus riche famille de marchands de la cité, celle qu'on surnomme « Tyr » parce qu'on la dit descendre de gros marchands de cette ville venus fonder Carthage avec la princesse Elissa. Les Grands Entrepôts tyriens qui sont là de l'autre côté du quai, comme tu le sais sans doute, c'est la famille d'Asdrubal.

— Mais Asdrubal est bien devenu le gendre d'Amilcar, donc le beau-frère d'Hannibal ?

— Le petit monde du gros négoce se méfiait d'Amilcar à cause de la popularité que lui avait procurée le métier des armes. Le jeune Asdrubal, qui avait au contraire parmi ces riches commerçants de l'aristocratie de solides appuis, devint son meilleur soutien politique. C'est lui qui se chargea de tout ce travail de coulisses qui répugnait à Amilcar, et il lui permit d'organiser son vaste projet de redonner à Carthage un empire commercial digne d'elle.

— Mais ce mariage ? s'impatienta Abdeshmoun.

— Amilcar ne cachait rien de sa passion pour son apollon, puisque Asdrubal vint même habiter au vu et au su de tout Carthage le palais Barca. Tu devines que les ennemis d'Amilcar, enflammés par le verbe virulent d'Hannon le Grand, profitèrent de l'aubaine et passèrent à l'offensive. Ils dénoncèrent ce scandale public, mais le peuple, qui soutenait en masse la politique d'Amilcar, ne sembla guère troublé par cette agitation. Hannon le Grand enrageait et multipliait les discours enflammés sur la décadence des mœurs de cette ville où, disait-il, « la luxure de quelques chefs n'empêche plus le citoyen de dormir ». Il tenta une dernière manœuvre en faisant intervenir le surveillant des mœurs pour obtenir qu'Amilcar et Asdrubal cessent de braver la morale. Le magistrat leur interdit désormais de se fréquenter. Mais Amilcar connaissait bien les lois de Carthage, et en particulier celle qui dispose qu'on ne peut pas séparer un beau-père de son gendre. Amilcar, dont la fille aînée avait été donnée au Numide Naravas, en avait deux encore à marier. L'une avait épousé Bomilcar le Roi, ainsi nommé parce qu'il descendait d'une vieille famille qui avait compté plusieurs rois à l'époque où la royauté existait à Carthage. La deuxième devint ainsi l'épouse d'Asdrubal le Beau, et il put suivre son beau-père en Espagne, où après sa mort, tu le sais, il lui succéda.

Ils avaient atteint le bout du quai et s'assirent sur le bord, les jambes ballant au-dessus de l'eau calme du port marchand, entre les proues silencieuses de deux bateaux amarrés. Abdeshmoun, songeur, jouait avec la corde à peine tendue qui reliait l'un des bateaux à la borne de pierre noire et lisse fixée dans la dalle du quai.

— Et Hannibal ! reprit le garçon, Hannon le Grand continue de lui reprocher cette histoire, il s'en sert encore d'argument politique...

— Il est difficile de reprocher quoi que ce soit à Hannibal quant à ses mœurs, expliqua Kiddinos. Certains, comme Hannon le Grand, ont bien essayé de propager la rumeur qu'après la mort d'Amilcar Asdrubal le Beau s'était consolé avec le fils ! Mais ce bruit n'a jamais été confirmé par les vétérans revenus à Carthage. Je vais te faire partager un secret, heu..., quel est ton nom déjà ?

— ...

— Ah, tu ne veux pas me le dire, tu as peur que j'ébruite tes visites dans le quartier des tavernes ! À ton aise... Je te dis quand même mon secret. Je travaille depuis exactement dix-huit ans à étudier le ciel d'Hannibal Barca, c'est-à-dire depuis le jour où l'assassinat d'Asdrubal le Beau par un jeune noble ibère l'a porté au pouvoir à la Nouvelle Carthage. Je n'ai vu Hannibal qu'une fois, lorsqu'il était enfant et qu'il chevauchait à la droite de son père, à la tête de l'armée en route pour l'Espagne. J'ai été émerveillé, fasciné par cet enfant de neuf ans dont la beauté gracile ne laissait filtrer que par ses grands yeux sauvages et ténébreux la détermination intraitable qui animait déjà tout son être. À admirer sans réserve cet enfant hors du commun, je voyais déjà un destin. Je m'efforçai aussitôt de savoir la date et l'heure exactes de sa naissance. Ce ne fut pas facile. Il me fallut me rendre à Hadrumète, où, grâce à la recommandation d'un esclave du palais Barca, je pus rencontrer l'esclave libyenne qui l'avait nourri et se souvenait avec précision de l'arrivée au monde du premier garçon d'Amilcar et d'Arishatbal. Je mis alors en œuvre tout mon savoir, je fis même un séjour à Cos pour y retrouver mon ancien maître en astrologie, l'illustre Achinopoulos, bien vieux mais de si bon conseil. J'avais appris avec lui que la date de conception de l'enfant permettait une étude plus juste, mais personne à Hadrumète n'avait pu me fournir d'indication rigoureuse. Il fallut s'en tenir à l'heure de naissance et, sans lui avouer le nom de l'enfant, je commençai mes calculs sous la direction d'Achinopoulos.

— Et ce ciel d'Hannibal, comme tu dis, t'a révélé des secrets ?

— J'y ai lu très vite certains traits de sa nature. Justement je m'étais aperçu qu'il n'était pas très intéressé par les plaisirs de la chair, à l'inverse de son père. Certes, il a épousé la princesse Imilcée, mais d'après mes renseignements, depuis qu'il l'a quittée pour accomplir sa mission en Italie, il n'aurait cédé, le temps de quartiers d'hiver dans une ville de Lucanie, ou de Campanie — mais pas Capoue —, qu'à une courtisane grecque dont la conversation plus que le corps l'aurait séduit. C'est bien peu pour exciter la malveillance d'Hannon le Grand !

Abdeshmoun fermait les yeux, comme plongé dans une rêverie, lorsqu'il sentit sur sa cuisse la main timide du vieillard. Il attendit un bref instant avant de lui saisir le poignet et de repousser d'un mouvement doux mais ferme cette main qui souhaitait ce qu'il ne désirait pas.

— Tu ne m'as tout de même pas raconté tout cela, vieil homme, pour me convaincre de succomber à tes avances ? Remercie cependant les dieux de t'avoir inspiré ce discours, car sans lui, en dépit de ton grand âge, quelque violence instinctive aurait peut-être paralysé ma raison.

Abdeshmoun laissa Kiddinos seul en ce lieu obscur du port et remonta le quai à grands pas. Au loin, à plus de vingt stades à vol d'oiseau, face à lui, il voyait le brasier sacré du cap Punique qui marquait le haut de la grande nécropole et unissait sa lumière à celle du phare tout proche, pour guider les bateaux égarés dans la baie. Il était tard. Des navires amarrés ne parvenaient plus que les ronflements tenaces des matelots, et seule l'auberge d'Alexandrie abritait encore quelques noctambules affalés autour des lampes moribondes. Abdeshmoun se félicita de n'avoir point pris son char ; à cette heure où plus rien ne bouge, il aurait attiré l'attention des gardes de nuit qui veillent sur le repos de la cité. Il rejoignit par la rue des Tanneurs aux odeurs puissantes la large rue des Suffètes, qui traverse la vieille ville de la porte du Midi à la Grande Place. À moins de trois stades sur sa droite, la rue des Verriers menait au rempart de Mer. Il eut la tentation de s'y engouffrer jusqu'à la maison de Bodastaroth, mais il y renonça. Le colosse devait ronfler à en faire trembler les murs. En quelques pas il fut ensuite sur la Grande Place où une poignée de bavards chuchotaient sous les portiques en compagnie d'un vigile dont le casque dispensait un sombre rougeoiement. Comme partout dans la cité, les lampes à huile vacillaient et il eût fallu s'approcher des visages jusqu'à sentir leur haleine pour en distinguer les traits.

Cinq stades plus loin, la rue des Orfèvres, qui prolongeait après la Grande Place la rue des Suffètes jusqu'à la porte de Megara, croisait la rue du Levant. Abdeshmoun songea à Sibboleth et s'engagea dans la rue déserte jusqu'à la maison de la belle Thanubra. Depuis la guérison de ses blessures, jamais ses rencontres avec la jeune fille n'avaient autant été contrariées ; Thanubra imposait sa loi. Il se dissimula en face un peu plus bas, sur le seuil de la maison qui jouxtait celle d'Elnathan le marchand juif, et tenta de percer l'obscurité. Il lui sembla entendre des murmures qui descendaient de la terrasse de Thanubra, mais il les mit au compte de son imagination. Il n'osa pas traverser l'étroite rue pour pénétrer dans le couloir qui conduisait à la cour intérieure, sur laquelle donnait la petite fenêtre de Sibboleth. Toujours en faction sur le seuil, il fut surpris dans ses douces pensées par des pas qui venaient du couloir de chez Thanubra. Il se ramassa sur lui-même et se colla dans l'ombre noire de sa cachette, sa joue chaude devinant dans la pierre le tracé du signe de Tanit, gravé à l'entrée de toutes les maisons afin de chasser les forces du mal et de les empêcher de nuire. Les pas parvinrent dans la rue et Abdeshmoun, les yeux exorbités et retenant son souffle, vit passer devant lui la silhouette énorme du maître charpentier. Il fit corps un moment encore avec le mur qui le protégeait et attendit que les pas de Bodastaroth s'effacent dans le silence de la nuit pour filer dans le sens opposé. Tandis qu'il courait vers Megara, il se sentit soudain dépositaire d'un pesant secret.

Le mois d'abu passa, écrasé par la chaleur torride du plein été, et l'on fut bientôt à la fin du mois d'elul, amenant avec elle l'équinoxe d'automne qui signifie pour les marins que la navigation s'endort jusqu'à l'équinoxe de printemps, à la fin du mois d'adar. Dans le Sud méditerranéen, les faveurs du ciel permettent souvent de grignoter quelques décades de part et d'autre de cette trêve maritime que l'on observe depuis la nuit des temps et qui abandonne la mer à ses démons déchaînés. Aussi navigue-t-on jusqu'au milieu du mois de tisri et relance-t-on les navires à l'eau une ou deux décades avant le printemps. Cela réduit l'inactivité commerciale ou guerrière à cinq mois. Parfois, des bateaux que l'on attend de Lixus ou Gadir au Couchant, ou de Tyr et Alexandrie au Levant, restent bloqués dans ces ports, victimes d'avoir arriéré leur embarquement pour Carthage : les marchandises qu'ils doivent charger peuvent en effet venir de plus loin, et leur retard se transmet au départ des bateaux.

Il ne restait donc que quelques jours avant la fin du mois d'elul, le dernier de l'été. Le peuple de Carthage manifestait une croissante anxiété, car ni l'ambassade de paix envoyée à Rome, ni les bateaux ramenant Hannibal et ses troupes n'étaient en vue. Une foule inhabituelle de curieux, les yeux rivés vers le cap Sakkôn, encombrait le rempart de Mer et le débarcadère de la chôma. Dès qu'une voile apparaissait à l'horizon, minuscule point clair et tremblant, les conversations redoublaient d'animation ; certains même engageaient des paris.

— Quels imbéciles ! dit la belle Thanubra à la cantonade.

Elle était occupée à faire l'inventaire de sa dernière cargaison de la saison avant le printemps, car son dernier bateau encore en mer était arrivé à midi de Gadir, où il avait recueilli des marchandises venues des contrées septentrionales, l'étain et l'ambre, le plomb et le lin.

— Ma pauvre Thanubra, dit Elnathan qui surveillait l'arrivage des produits qu'il avait commandés, ils sont comme des enfants. Ils savent pourtant qu'avant même que la flotte d'Hannibal soit en vue, le phare du cap Sakkôn recevra les signaux optiques de l'île de Pantelleria et les transmettra en un rien de temps au phare du cap Punique. Tout Carthage sera au courant.

— Quels imbéciles ! répéta Thanubra en secouant la tête.

Le lendemain en effet, aux premiers rayons du soleil, on annonça que les bateaux d'Hannibal passaient au large de Pantelleria, mais qu'ils ne se dirigeaient pas vers Carthage. Le général faisait voile vers le sud, sans doute sur Hadrumète, vers cette Byzacène où il était né. Les signaux étaient parvenus au plus noir de la nuit, heure favorable où le feu puissant des phares est visible, uniquement dans l'axe exact où on le dirige, à une distance de près de huit cents stades. Cette nouvelle provoqua dans la cité une grande émotion. Le peuple et les partisans du clan Barca ne savaient comment interpréter la volonté de leur héros. Les discussions politiques chères aux Carthaginois eurent ainsi pendant plusieurs jours un fait nouveau et imprévu pour les nourrir.

— Votre grand Hannibal a peur ! clama à l'Assemblée haute Asdrubal le Chevreau, en l'occurrence porte-parole du clan d'Hannon le Grand. Son gouvernement lui ordonne de rentrer à Carthage, son peuple le réclame, et que fait-il ? N'osant pas braver le jugement de ceux qui l'ont toujours considéré comme un aventurier, il se cache au plus profond de son terrier comme une bête traquée, que dis-je ? comme un coupable !

— Tel son père Amilcar au retour de Sicile, poursuivit Akboram, orateur du clan des religieux les plus fanatiques, Hannibal ne daigne pas revoir Carthage en obéissant à un ordre qu'au fond de lui il récuse. Tel Amilcar, Hannibal Barca mène la politique qui lui plaît et non celle que nos gérontes veulent lui imposer. Combien de fois, à cette tribune, ai-je dénoncé le danger que représente pour notre ville un militaire trop ambitieux... Il risque de devenir populaire, parce que ses succès flattent ce peuple grossier qui préfère adorer un général que se soumettre à la loi de ses dieux. Combien de fois ai-je dénoncé qu'une famille qui se vautre dans l'impiété et adopte les mœurs de la Grèce ne peut apporter à Carthage que le malheur !

— À vous tous, riposta le jeune sénateur Gereshmoun, orateur du clan Barca, qui critiquez avec tant de fiel depuis tant d'années une famille qui a versé déjà tant de sang pour sa patrie, je demande : qu'avez-vous donc fait de si grand, sinon de déposer tous les ans dans vos coffres les richesses d'Espagne ? En quoi Hannibal a-t-il gêné votre gouvernement, ou plutôt vos intrigues ? n'avez-vous pas assez contrôlé, à votre profit, les bénéfices de l'empire de Tarshish ? Dans cette situation, Hannibal a raison d'éviter Carthage, où le plaisir de retrouver un peuple qui le soutient serait gâché par votre présence malfaisante. Ce n'est pas la peur qui l'a poussé vers Hadrumète, mais une raison bien moins glorieuse pour vous : le mépris dans lequel il vous tient.

5.
Père et fils

Abdeshmoun chevauchait depuis le milieu de la nuit. Il avait franchi la porte du Midi, au bout de la rue des Suffètes, et avait repris le même chemin que cinq mois plus tôt, lorsqu'il s'était engagé parmi les volontaires. Connu comme l'un des survivants des Grandes Plaines, il n'avait pas eu de mal à convaincre les vigiles de le laisser sortir de la ville. Il avait doublé les nombreuses cahutes de pêcheurs qui bordent la langue de terre entre la mer et le lac de Tunês, confiant de trouver une barque assez grande pour lui et sa monture lorsqu'il s'agirait d'atteindre l'autre morceau de ce cordon littoral. Mais au lieu de garder le lac sur sa droite et de contourner Tunês en retrouvant la route du couchant, il fila sur la piste du sud, vers Hadrumète, vers son père Iddibal, vers Hannibal.

Le garçon voulait être le premier habitant de Carthage à rencontrer les héros des Alpes et de l'Italie. En chevauchant, il avait calculé qu'il prendrait de vitesse les ambassades que l'Assemblée haute et l'Assemblée du peuple ne manqueraient pas d'envoyer au général. Elles emprunteraient la voie maritime. D'ici à ce que les bateaux soient prêts, que les délégations soient au complet et qu'on n'ait rien oublié, il serait loin, en vue de cette Byzacène qu'il ne connaissait que pour en avoir entendu parler. La piste du sud coupait d'abord la base du cap Sakkôn avec ses hauteurs plantées de vignes fraîchement vendangées, puis elle longeait la côte, parfois au plus près, avec la mer courant à moins d'un stade, parfois aussi en s'en écartant de trente ou quarante stades ; elle traversait alors de vastes étendues de prairies où paissaient des troupeaux de moutons. Des chemins menaient à des fermes isolées, masses blanches et basses qui de loin semblaient à peine émerger au-dessus de l'herbe, comme si elles cherchaient à s'y dissimuler. « Les hordes romaines ne se sont pas aventurées jusqu'ici », remarqua-t-il. Il profita des relais autant qu'il le put, changeant de cheval à intervalles réguliers. Ainsi eut-il parcouru les huit cents stades qui séparent Carthage d'Hadrumète vers le début de l'après-midi.

Lorsqu'il distingua à l'horizon les remparts d'Hadrumète, son cœur se mit à battre. Il poussa son cheval fatigué au rythme de ses propres palpitations. Il imaginait le port noir de monde, population et soldats mêlés dans un tumulte de fête. Hannibal souriait et montait à la tribune de la Grande Place pour s'adresser à la foule en liesse. Il exposait avec émotion sa joie de respirer l'air de sa patrie au terme d'une si longue absence. Tout à ses pensées, Abdeshmoun entra dans la ville par la porte du Septentrion, où personne n'était en faction. Hadrumète lui parut soudain minuscule. Il imaginait autrement la ville où était né Hannibal et dont à Carthage même on vantait tant l'activité commerciale. Enserrée dans des remparts au crépi brunâtre et à l'aspect peu dissuasif, elle offrait un entrelacement de ruelles bordées de maisons à un ou deux étages, rarement trois ou plus, et avares en ouvertures. Quelque chemin que l'on empruntât, on butait sur un rempart, ou bien l'on échouait sur la place publique, ou encore sur le cothon où stagnaient côte à côte bateaux de guerre carthaginois et cargos ; le centre du quai était réservé aux barques de pêche, car, à Hadrumète comme à Carthage, les produits de la mer constituaient la base des plats quotidiens les plus communs. Il s'inquiéta qu'à cette heure où elle devait accueillir une flotte de milliers d'hommes, la ville fût si calme, si déserte, comme désertée plutôt. Il ne rencontrait que femmes et enfants, ou esclaves poussant charrettes ou bourricots pelés, pour la plupart des porteurs d'eau. Où étaient donc passés les soldats, et où étaient les hommes d'Hadrumète ? Il cherchait un vigile, et finit par aborder un petit groupe de vieillards assis dans le jardin du temple de

Ba'al Hammon, entre le lieu du culte et le tophet, et qui discutaient avec animation. Il leur demanda où se trouvait la maison des Barca.

— Laquelle, mon garçon ? répondit l'un d'entre eux. Les Barca possèdent la maison que tu vois là-bas, sur la place publique, à côté de l'édifice à colonnes où se tiennent nos réunions politiques. Mais ils possèdent surtout le plus vaste domaine de Byzacène, qui a pour nom Marthama et s'étend à perte de vue au sud de la ville. Ils en possèdent même un autre, plus modeste, loin vers le sud, au-delà de Thapsus.

— Je ne suis jamais venu ici mais je sais cela ! soupira le garçon.

— À te voir et à t'entendre, tu arrives tout droit de Carthage et tu es là pour le retour d'Hannibal.

— Oui, fit Abdeshmoun quelque peu déconcerté, nous avons appris dès hier soir que la flotte d'Hannibal approchait d'Hadrumète.

— Mais ce n'est pas ici qu'il a débarqué...

— C'est bien ce que j'ai constaté, répondit le garçon avec une vague inquiétude dans la voix.

— C'est à deux cents stades d'ici, à Leptis la Petite. Lorsqu'on a su la nouvelle ce matin, tout Hadrumète est parti à sa rencontre, car il ne fait aucun doute qu'Hannibal a aussitôt pris la route de son domaine de Marthama, dont le palais est à mi-chemin entre Leptis et ici. Je crains que tu ne sois pas le premier à lui faire bon accueil, mon garçon.

— Mais je serai le premier des Carthaginois ! rétorqua Abdeshmoun avec vivacité. Dis-moi donc, vénérable vieillard, quelle route il me faut maintenant suivre.

— Sors de la ville par la porte du Midi et suis la piste sans t'en détourner. Compte une vingtaine de stades et ton cheval martèlera le sol des Barca, compte ensuite soixante stades ou un peu plus et le palais t'apparaîtra sur la gauche, entre la piste et la mer. Sans doute rencontreras-tu des gens du palais qui te demanderont qui tu es et t'empêcheront d'aller de l'avant. Que Ba'al Hammon te vienne en aide !

Quelques instants après il chevauchait à nouveau vers le sud. C'est alors seulement qu'il songea à sa mère Batnoam à qui il avait laissé un papyrus afin qu'elle ne s'inquiétât pas à la vue de son lit vide ce matin. Il avait beau avoir été de la bataille des Grandes Plaines et parcouru en quelques jours des centaines et des centaines de stades pour accomplir sa mission à Cirta auprès de Syphax, il avait préféré ne rien dire à Batnoam de cette décision prise sur un coup de tête. Elle eût été capable de s'interposer et de contrarier son projet sous un motif péremptoire. Mieux valait être parti tant que le palais Barca dormait encore, avec la seule complicité des gardes de nuit qui l'avaient aidé à emmitoufler de linges les sabots du cheval, afin d'avancer sans bruit dans Carthage silencieuse. Il pensait à la joie de sa mère lorsque, triomphant, il ramènerait Iddibal à la maison.

Il jugea qu'il foulait à présent le domaine des Barca. À gauche de la piste ce n'était que terre brune où germent au printemps l'orge et le blé. À droite, vers le couchant, alternaient de grands espaces pour les troupeaux et d'étroites bandes de terre où poussait l'olivier. Abdeshmoun n'avait jamais vu pareille étendue appartenant à une seule famille, à un seul homme. De la poussière au loin le prévint d'une présence qui approchait. Deux cavaliers furent bientôt devant lui.

— Qui es-tu étranger ? Tu n'es point d'Hadrumète. Nous devons savoir si tu te rends chez notre maître Hannibal Barca ou si tu demandes seulement l'autorisation de traverser son domaine. Sache cependant que si tu es venu pour le voir, il est inutile de faire un pas de plus, le maître ne veut plus personne chez lui. La moitié du peuple d'Hadrumète campe déjà devant ses murs !

— Mais je viens de Carthage, dit fièrement Abdeshmoun.

— Carthage ! raison de plus pour rebrousser chemin, reprit le cavalier. Hannibal depuis son retour ne cesse d'enrager contre Carthage. Imagine sa fureur si tu parviens jusqu'à lui.

— Mais je suis de la maison Barca, répliqua Abdeshmoun.

— Oui, c'est ça, de la maison Barca. Allons, jeune étranger, il vaut mieux pour toi suivre mes conseils.

— J'habite le palais de Megara, vous dis-je, je suis le fils d'Iddibal, l'aide de camp d'Hannibal.

— Et nous, nous sommes les suffètes de Carthage, railla l'autre cavalier. N'insiste pas, nous risquerions de perdre patience.

— Eh bien accrochez-vous ! cria Abdeshmoun en lançant soudain sa monture au grand galop, surprenant les deux gardes qui, interloqués, se regardèrent avant de réagir et de se ruer à sa poursuite.

Ce cheval qu'Abdeshmoun avait échangé contre le précédent une centaine de stades avant Hadrumète était un excellent coursier, meilleur sans doute que les chevaux qui le poursuivaient. Mais, mis à rude épreuve par son cavalier, il donnait des signes de lassitude. En quelques stades les deux gardes revinrent sur lui, le pressant chacun sur un flanc puis le dépassant en l'enfermant comme dans des tenailles. Abdeshmoun retint brusquement sa monture qui se cabra et, confiant en ses talents athlétiques, il décida d'user de moyens plus efficaces. Il fit reculer son cheval pour se dégager de l'étau et fonça sur l'un des cavaliers qu'il crocheta au passage et renversa. Tandis que l'autre tirait son épée, il l'attendit pour l'éviter à l'ultime instant tout en faisant un demi-tour, de manière à l'avoir devant lui et le renverser aussi. Les deux gardes étant à terre, il ne lui restait plus qu'à éloigner leurs chevaux d'une violente tape sur la croupe, et laisser là les deux hommes à l'injurier.

— À bientôt auprès d'Hannibal, cria Abdeshmoun en jubilant.

— Tu ne sais pas ce qui t'attend, sale petit morveux, tu n'iras pas bien loin ! Tu goûteras bientôt de l'ergastule du palais Barca où tu croupiras jusqu'à demander grâce.

Abdeshmoun relança son cheval en ricanant. Il espérait voir surgir le palais campagnard, mais alors qu'il atteignait le croisement d'une mauvaise piste qui prenait vers le couchant, ce qu'il vit d'abord fut deux autres gardes qui l'interceptèrent.

— On ne passe pas, dit l'un d'eux. Si tu fais route vers Leptis et Thapsus, tu prends par là. Cette piste contourne le palais d'Hannibal et tu rejoindras la piste du sud un peu avant Leptis. Le détour n'est pas très long.

— Je suis le fils d'Iddibal, l'aide de camp d'Hannibal. Vos deux compagnons que j'ai rencontrés plus loin m'ont donné l'autorisation d'aller au palais revoir mon père.

— Mais il leur est interdit de laisser passer quiconque !

— Pourtant, si je suis là, c'est qu'ils ont cru bon...

— D'ailleurs, comment peux-tu prouver que tu es bien le fils d'Iddibal ?

Abdeshmoun enrageait contre lui-même de n'avoir pas pensé, avant son départ précipité de Carthage, à emporter avec lui un objet qui lui servît de preuve irréfutable. Son père lui-même ne le prendrait-il pas pour un imposteur ? Il regretta de ne pas avoir imploré la princesse Imilcée d'être sa complice en lui écrivant pour Hannibal quelques mots qui, marqués du sceau des Barca, eussent fait office de sauf-conduit. En désespoir de cause, il montra les bijoux qui pendaient à son cou et parmi lesquels figuraient l'alexandre offert par Sibboleth ainsi qu'une plaque en or gravée d'une sphynge ailée et qu'il portait depuis sa plus tendre enfance. Il y avait bien des initiales sur cette plaque, qui indiquaient A fils de I fils de A...

— Des A fils de I, il y en a beaucoup à Carthage, fit l'un des gardes, la voix méchante.

— Et tu voudrais en plus nous faire avaler que tous les A sont des Abdeshmoun, ajouta l'autre.

Le garçon pensa alors au tatouage de son cheval, qui était celui de la maison Barca, puis se rappela aussitôt qu'il en montait un autre. Mais il ne regretta rien, car ces hommes lui paraissaient tellement butés dans leur conviction d'avoir affaire à un menteur qu'ils auraient insinué que c'était un cheval volé. Et voilà que devant ces tergiversations, les deux gardes laissés sur la route rejoignaient leurs compagnons.

— Ne l'écoutez pas et arrêtez-le ! Il a forcé notre barrage en manquant nous tuer et égaré nos chevaux. Sa place est sous les barreaux de l'ergastule.

Abdeshmoun n'eut pas le temps d'hésiter entre son désir de fuir et celui de se battre encore qu'il fut cerné par les quatre hommes et jeté à bas de son cheval. Le garde qui avait été crocheté lui expédia un coup de pied dans les côtes et lui saisit les cheveux, les tirant en arrière de manière à l'immobiliser sous la douleur.

Les mains liées dans le dos et une corde au cou, tel un malfaiteur ou un esclave récalcitrant, Abdeshmoun marchait maintenant sous les quolibets, à demi étourdi par sa chute et les coups. Dans son imagination encore adolescente, il s'attribuait et décuplait même la force du colosse Bodastaroth, rompant ses liens, terrassant ses gardes et les traînant à sa suite. Il s'ouvrait un passage à travers la foule d'Hadrumète massée près des soldats dressant leur campement devant les murs fortifiés du palais. Puis il atteignait la porte où on le reconnaissait. Un groupe de soldats en armes le délivrait de son quadruple fardeau humain et leur chef l'invitait à le suivre pour s'incliner enfin devant Hannibal. Il s'étonnait à peine que la douce Sibboleth fût déjà à côté du maître, quand il sentit sur sa peau la fraîcheur humide de la terre battue, dont l'odeur était fétide.

— Sibboleth, murmura-t-il, où es-tu donc ? Je ne te vois plus.

— Tu n'as guère de chances de la rencontrer ici, dit une voix aussitôt suivie de gros éclats de rire.

Abdeshmoun leva la tête et distingua des silhouettes dont les yeux brillaient dans la pénombre. À la lumière du jour qui pénétrait au-dessus de lui par une forte grille, il comprit qu'il gisait dans l'ergastule. Ces hommes étaient des esclaves pris en faute et purgeant leur peine en ce lieu infamant. Il se rétablit sur son séant et sa vue s'habitua. La prison était vaste et bordée de paillasses pour dormir. Il y avait assez de place pour y coucher cinquante prisonniers. Il en compta huit. L'un s'approcha, celui sans doute qui avait parlé un instant plus tôt. En apercevant l'esclave tenant dans une main sa nudité obscène, Abdeshmoun d'un bond se mit debout et lui fit face, sur la défensive. L'esclave recula d'un pas, tandis qu'à nouveau les rires fusaient des profondeurs sombres de l'antre.

— On nous jette dans cette prison froide nus comme des vers, dit l'esclave comme pour se justifier. Je n'ai que la main pour me couvrir.

Et il éclata d'un rire gras.

— Toi, tu as la chance d'avoir gardé tes vêtements..., ajouta-t-il.

— Moi, je ne suis pas un esclave, siffla Abdeshmoun entre ses dents. Et je suis ici par erreur. Mais tu ne perds rien pour attendre.

— Crois-tu que les intendants du domaine reviennent sur leurs erreurs, pauvre naïf ? S'ils t'ont mis là, tu n'es pas près d'en sortir. Tu peux croupir dans ce trou infect toute ta vie, personne ne sait que tu y es, personne ne viendra t'y chercher.

On entendit alors marcher et parler tout autour de la grille de l'ergastule. Abdeshmoun supposa qu'elle devait donner dans la cour principale du palais. Une idée lui vint, peut-être folle, mais qu'il voulut tenter tant que le jour lui permettait d'agir, car l'heure avançait.

— Vous allez m'aider, toi et un autre là-bas, dit-il, à me hisser jusqu'à la grille. Vite !

L'esclave le moins robuste aida Abdeshmoun à grimper sur les épaules du plus fort et le garçon put s'accrocher aux barreaux, tirer sur ses bras et passer une partie du visage à l'extérieur, c'est-à-dire au ras du sol. Il apercevait des guerriers sans leurs armes, le visage buriné, le corps beaucoup plus sec que la plupart des hommes de Carthage. Ils avaient l'allure et la tenue des officiers, et Abdeshmoun se rendit compte soudain qu'il avait pénétré dans l'enceinte du palais à la faveur de cette arrestation. Il se mit à crier.

— Pitié pour les esclaves ! pitié pour les esclaves ! que le grand Hannibal accorde sa grâce pour fêter son retour dans la maison de son enfance !

— Tu es fou ! trembla l'esclave au-dessous de lui. Tu vas nous faire tous crucifier avant que la journée s'achève.

— Tais-toi ! ordonna le garçon d'un ton que les esclaves reconnurent être celui d'un maître. Je te promets la liberté pour ce soir.

Il se remit à crier et attira l'attention d'un groupe d'officiers dont certains se demandaient combien de jours ils camperaient ici avant de gagner Carthage.

— Nous restons à Hadrumète jusqu'à nouvel ordre ! trancha l'un d'entre eux, qui se tourna d'un seul mouvement vers la bouche de l'ergastule.

— Tu crois qu'Hannibal n'a pas autre chose à faire en ce moment que s'occuper des esclaves emprisonnés ? dit-il avec de la colère dans la voix.

— Moi, je ne suis pas un esclave ! je suis ici par erreur, je suis Abdeshmoun, fils d'Iddibal, l'aide de camp d'Hannibal, et je suis venu de Carthage pour voir mon père que je ne connais pas.

L'homme appela un garde.

— Où sont les clés de l'ergastule ? Va me chercher l'homme qui les détient.

Les pieds d'Abdeshmoun cherchèrent les épaules de l'esclave et il retomba sur le sol, l'air réjoui.

— Vous voyez, dit-il, l'officier qui m'a répondu, et qui n'est pas un imbécile du palais mais un guerrier d'Italie, prend au moins la peine de vérifier qui je suis. Je demanderai votre grâce, je vous l'ai promis.

Ils se précipitèrent vers lui et tour à tour lui baisèrent les pieds et les jambes, voulant toucher son corps comme s'il eût été imprégné de divinité. Leur odeur forte envahissait ses narines et il les repoussa.

On ouvrit alors la lourde porte souterraine de l'ergastule et l'officier accompagné de trois ou quatre soldats en armes et d'un intendant du palais entra.

— Tout le monde devant moi, clama l'intendant. Cinq, six, sept, huit, et toi, le Carthaginois, neuf... Très bien. Que le jeune Carthaginois nous suive !

— Je ne sortirai d'ici que si tu libères ces esclaves, dit Abdeshmoun avec fermeté. C'est aujourd'hui un grand jour.

L'intendant allait répliquer lorsque l'officier, en qui le garçon reconnut celui qui lui avait répondu à travers la grille, l'écarta et s'approcha. En silence, il regarda Abdeshmoun, puis le poussa sous le faisceau de lumière pour examiner les bijoux qu'il portait au cou. Il prit d'emblée dans sa main la plaque d'or gravée d'une sphynge ailée et poussa un cri de triomphe.

— J'ai moi-même accroché ce pendentif avant mon départ pour l'Espagne, dit-il avec une joie mêlée d'émotion. Cette sphinge ailée possède un signe particulier, unique, que tu as déjà dû remarquer et dont ta mère a dû te dire la signification quand tu étais enfant.

Comme pour vérifier qu'il n'avait pas été abusé par quelque tour de magie, il demeura un instant à observer, entre les plumes de la sphynge, gravées en minuscules traits, les initiales : A f I f A f P, ce qui voulait dire Abdeshmoun fils d'Iddibal, lui-même fils d'Abdeshmoun, lui-même fils de Paltibal. Il releva alors les yeux avec une lenteur religieuse et murmura :

— Toi-même, lorsque naîtra ton premier garçon, tu lui

suspendras au cou cette plaque à laquelle tu ajouteras son initiale devant la tienne, mon fils !

— Père ! mon père ! c'est bien vrai ! c'est donc toi ! Et c'était toi déjà qui daignais me répondre quand j'implorais clémence pour les esclaves.

Iddibal passa ses bras autour de son fils et ils restèrent ainsi un moment, sans un mot. Puis il se dégagea soudain. Abdeshmoun crut voir des larmes couler et se perdre dans sa barbe grisonnante.

— Soldat ! ordonna Iddibal en s'adressant à l'un de ses hommes, trouve-moi des pagnes pour ces esclaves.

— Mais, intervint l'intendant, ces crapules purgent une peine et la purgeront jusqu'au bout. Tu as retrouvé ton fils et tu l'emmènes avec toi, mais eux, ils restent là !

— Père, supplia Abdeshmoun, j'ai promis. Sans ces hommes, sans leur aide, je n'aurais pas pu faire entendre ma voix et qui sait combien de temps encore j'aurai moisi dans cette cave immonde.

— Qu'il en soit ainsi ! mon fils. Que ces esclaves fautifs regagnent leur lieu de travail. Au nom d'Hannibal, je les rends à la lumière du jour.

Ils remontèrent un long tunnel qu'éclairaient les torches portées par deux soldats. On passait encore une lourde grille noire et un escalier aux marches étroites accédait à l'air libre et débouchait dans une cour au sol sablonneux. L'intendant s'éloigna avec les esclaves, qui se retournèrent avec des signes de gratitude envers Abdeshmoun, qu'Iddibal emmenait vers le groupe d'officiers.

— Mes amis, dit Iddibal ému, ce jour n'est pas seulement celui de notre retour en terre punique. Il est celui où je peux enfin serrer dans mes bras mon fils unique Abdeshmoun, accouru de Carthage pour m'accueillir.

— Voilà donc ce fils dont tu nous as tant parlé, répondit l'un des hommes, la voix grave et puissante.

Abdeshmoun ne se rappelait pas l'avoir vu plus tôt avec le groupe, au moment où il avait crié sa détresse au travers des barreaux de l'ergastule. Sa courte cape rouge bordée de noir et d'or le singularisait des autres officiers, ainsi que son œil droit sans éclat, comme mort, la prunelle voilée par une tache blanche lui ôtant toute vie, alors que l'œil gauche luisait d'une flamme terrible, pénétrant, scrutatrice, au plus profond du cœur de ceux qu'il observait. Il dépassait Iddibal d'une demi-tête. L'on devinait sous le collier bouclé de sa barbe, noire comme ses cheveux épais, de beaux traits émaciés. Deux longues rides barraient de leurs sillons impeccablement nets la peau très brune de son front. Ses bras secs aux muscles longs et dessinés, ses jambes nerveuses et ses mains aux grosses veines apparentes appartenaient à un homme entraîné depuis l'enfance et rompu à tous les exercices athlétiques et guerriers.

— Mon fils, dit Iddibal, voici Hannibal Barca, notre maître à tous.

Le garçon eut l'impression que sa tête se vidait en même temps qu'un silence absolu l'entourait soudain, comme si les soldats et les gens d'Hadrumète avaient fait taire leurs milliers de voix bruyantes à l'extérieur des murs tout proches. Il se sentait absent et se mouvait comme un de ces automates fabriqués à Alexandrie et qui ornaient parfois à Carthage les corridors des très grandes maisons. Il se jeta aux pieds du maître en regardant le sol, et se sentit presque aussitôt saisi par un bras et remis debout. En face de lui, le visage tout près du sien, Hannibal lui souriait.

— Dehors, le peuple d'Hadrumète attend tes paroles, Hannibal ! risqua l'un des officiers. Ils sont cinq mille au moins, autant que tes soldats. Pouvons-nous les laisser ainsi à l'approche de la nuit ?

— Oui, je vais leur parler. Suivez-moi sur la terrasse au-dessus de la grande porte.

Ils traversèrent la cour où se pressaient des soldats et des chevaux. Derrière eux se trouvait le palais, devant eux les longs bâtiments de ferme sans étage où logeaient paysans et esclaves, à côté des écuries et des étables, des ateliers et des entrepôts. Toutes leurs ouvertures donnaient sur la cour et ils n'offraient à l'extérieur qu'une façade unie, rêche et blanchâtre. La terrasse leur tenait lieu de toit et franchissait la grande porte, après quoi elle recouvrait d'autres bâtiments du même type. Ces bâtiments formaient ainsi une sorte de rempart habité sur lequel pouvaient se poster des défenseurs. Hannibal monta seul l'escalier aux marches hautes et se campa face aux gens d'Hadrumète, debout sur le muret qui, s'il était resté à même le sol de la terrasse, l'eût caché à demi. Les rayons rouges et rasants du soleil vespéral donnaient à sa silhouette un relief impressionnant. Pour la foule massée en contrebas et qui levait les yeux, il se détachait, immense statue de cuivre incandescent absorbant la lumière, sur le ciel sombre et sans nuage du levant. « C'est lui ! murmura-t-on, c'est le héros de Cannes », et un silence grave enveloppa le lieu, les soldats qui dressaient un peu plus loin leur camp se tournant eux aussi vers le maître, sans bruit.

— Habitants d'Hadrumète, harangua-t-il, j'ai choisi d'accoster ici, dans la Byzacène de mon enfance, et non à Carthage dont le gouvernement aveugle supporte plus que moi la responsabilité de notre échec en Italie. J'avais neuf ans à peine lorsque je vous ai quittés pour m'en aller vivre à Carthage. Cela fait trente-cinq ans, presque une vie. Ce retour en terre punique signifiait d'abord pour moi l'abandon d'un vaste projet, ambitieux et vital pour Carthage. Il ne m'inspirait qu'amertume et regrets. Mais la surprise heureuse de votre présence, vous qui n'avez pas hésité à marcher en si grand nombre à ma rencontre, piétine mes tristes sentiments et transforme ce jour de deuil en jour de fête. C'est ici, parmi vous, que j'entends préparer l'avenir de Carthage, dont la prospérité et la puissance sont les garants de la paix du monde. Je m'installe en Byzacène, habitants d'Hadrumète, me revoilà des vôtres, et j'en suis fier. Rentrez maintenant dans vos maisons, mes cavaliers vous guideront de leurs torches si la lune se voile, et demandons tous sans relâche à nos dieux qu'ils servent et protègent les entreprises de Carthage.

Une immense ovation répondit à son bref discours. Deux hommes sortirent de la foule et se placèrent juste au-dessous d'Hannibal, devant l'entrée du palais fermée d'une lourde porte de chêne à deux battants. Chacun tenait dans ses mains un présent, l'un deux statuettes d'or représentant Ba'al Shamim et Melqart, l'autre un large bouclier de parade en or gravé, tendu au-dessus de la tête en direction d'Hannibal.

— Nous, suffètes d'Hadrumète, dit l'un d'eux, exprimons par notre bouche l'honneur ressenti par tous nos concitoyens. Ces présents signent la fidélité et l'amitié que nous te portons sans réserve. Que les dieux te protègent, ô Hannibal, et te soutiennent dans les combats qui t'attendent sur notre sol punique !

Après qu'Hannibal se fut incliné vers eux, ils déposèrent les cadeaux et intimèrent d'un geste l'ordre de reprendre le chemin d'Hadrumète. Au cri plein d'enthousiasme de « Les dieux gardent Hannibal ! » qu'elle répétait unie et en cadence, la foule obéissante s'ébranla dans le vent frais du crépuscule d'automne, et s'éloigna. Tant que l'on entendit le son de ses vivats, Hannibal resta là, sur le mur, immobile, brandissant un flambeau, l'œil rivé vers le nord.

La nuit était fort avancée quand Hannibal descendit de la terrasse. À l'extérieur des murs, les soldats avaient allumé des feux et les esclaves du domaine apportaient de quoi nourrir cinq mille bouches affamées. Des charrettes chargées de vastes récipients de bronze remplis de bouillie punique et de poisson, de plateaux couverts de fromages et de fruits, de coupes de garum et d'amphores de vin circulaient de part et d'autre du campement.

— Allons manger nous aussi, dit Hannibal aux officiers. Le repas ce soir sera frugal et rapide.

Il les emmena à l'intérieur du palais. Abdeshmoun, qui jusque-là était resté en retrait d'Hannibal avec son père et le groupe des officiers, en remarqua aussitôt la simplicité campagnarde, l'aspect presque rude qui tranchait avec le luxe raffiné, étalé sans réserve, du grand palais de Megara. La salle à manger, qui servait aussi de salle de réception, s'ordonnait autour d'un bassin ovale beaucoup plus petit que celui de Megara. Ici, point de hautes colonnes montant jusqu'au toit ni de gradins de marbre où s'étagent les lits pouvant, comme à Carthage, accueillir plus de trois cents convives. Non, le palais de Marthama était aux dimensions d'Hadrumète, la salle à manger n'offrait guère plus de quarante places, et ce soir, autour d'Hannibal, seuls Abdeshmoun et les trois intendants du domaine s'étaient joints à la fidèle garde de ses officiers, une vingtaine dont la plupart étaient des Carthaginois, les autres d'origine espagnole mais définitivement intégrés au clan des Barca, malgré la récente conquête de l'Espagne par Scipion.

— Notre repas sera celui de tous les soldats, dit Hannibal

en s'allongeant sur le lit central. Il est trop tard pour festoyer et je renvoie à demain matin, dès que nous aurons honoré les dieux, les questions domestiques.

Sur ces paroles, il se tourna vers les intendants avec l'intention de les congédier de cette table de soldats. Mais il se ravisa en se rendant soudain compte que depuis le moment où, aux premières heures de la journée, son bateau avait touché le rivage dans le port de Leptis, son esprit n'avait été occupé que par le débarquement de ses soldats et par la question de savoir s'il fallait rester en Byzacène ou envisager de gagner Carthage dans un futur proche. Cela le mit d'une méchante humeur qu'il déversa à la figure de ces intendants trop jeunes pour qu'il pût les connaître et qui se figèrent, glacés d'épouvante.

— Croyez-vous vraiment, vociféra-t-il, que j'éprouve du plaisir à dîner ici ce soir ? La noble et magnifique réception des Hadrumétains m'a certes réchauffé le cœur, et j'étais sincère en leur parlant, ému en les voyant s'éloigner. Mais maintenant la réalité de ce retour forcé refait surface avec mon exaspération de subir depuis trop d'années la politique, délibérément brimante à mon égard, des oligarques de l'Assemblée haute. Je me résigne depuis treize années, depuis les premiers quartiers d'hiver à Capoue, à partir desquels jamais le gouvernement ne m'a envoyé l'aide nécessaire que je demandais pour achever cette guerre. Je me résigne parce que c'est mon devoir, mais la résignation ne chasse de mon esprit ni la colère ni l'amertume.

Il frappa alors du plat de la main, comme d'une gifle cinglante, la table devant sa couche, et se leva d'un bond, commençant autour de la salle une marche nerveuse, les poings serrés derrière le dos, son œil gauche farouche semblant absorber toutes les lumières des lampes pour les renvoyer en une unique et terrible flamme.

Il passa devant sa table et, debout et sans un mot, avala son repas qu'il acheva par une coupe de vin. Puis il se tourna à nouveau en direction des intendants, soudain calmé, comme si pendant ce bref laps de temps passé à manger, il avait appliqué son esprit à contenir et maîtriser sa fureur.

— Conduisez mes officiers dans les appartements et distribuez les chambres, dit-il. Passez une bonne nuit, mes amis.

Moi, je vais dormir au campement avec les soldats. Soyez prêts demain matin pour venir avec moi offrir aux dieux libations et sacrifices afin que notre retour soit placé sous leur bienveillante protection. Joins-toi à nous, Abdeshmoun.

Il salua et quitta la salle, ce qui soulagea les convives d'une profonde respiration qu'ils avaient jusqu'alors maintenue dans une silencieuse attente.

Couché dans la même chambre qu'Iddibal, à quelques pas de lui, Abdeshmoun ne pouvait pas fermer l'œil. Mais c'est son père qui rompit le silence.

— Quelle étrange journée pour faire connaissance, mon fils, murmura-t-il. En vieillissant, Hannibal devient aussi coléreux que son père Amilcar qui faisait trembler les murs de Megara lorsque j'étais enfant. Pourtant, il sait bien que sa seule présence suffit à inspirer la crainte ! Jadis, il ne cédait jamais à ces accès de violence. Mais laissons Hannibal à ses colères. Parlons enfin de toi, mon fils, et de ta mère aussi.

Pendant des heures donc Abdeshmoun lui parla. De sa vie à Carthage, de sa fraîche expérience de soldat vaincu et blessé, de Batnoam sa mère lisant et relisant les lettres d'Italie. De son ami du port, le maître charpentier vainqueur à Olympie. Et puis de la belle Thanubra, dont il ne dévoila pas les secrets nocturnes et loua l'infrangible fidélité à son Hillesbal disparu. Et de la douce Sibboleth enfin.

— J'ai très peu connu Thanubra, confia Iddibal. Seulement de loin. Elle est à peine plus jeune que ta mère, un an ou deux il me semble, mais à l'époque où ni l'une ni l'autre n'était mariée, elles ne fréquentaient ni les mêmes lieux ni les mêmes gens. Tandis que Batnoam grandissait dans une famille de petits maraîchers sans histoires aux extrémités de Megara, Thanubra connaissait déjà la vie agitée des ports. Toute petite elle avait perdu sa mère et son père l'éleva avec l'aide d'une esclave, jusqu'à ce qu'il périsse lui-même dans un accident alors qu'elle avait huit ou neuf ans. Il avait glissé du bastingage d'un bateau au moment où celui-ci manœuvrait dans le port pour se caler entre deux autres déjà à quai. Ce fut une mort atroce, un accident qui fit frémir d'horreur tous les témoins. Son corps pendait hors de la coque et tandis qu'il essayait de se rétablir, il avait été broyé contre celle du bateau immobile à tribord. Le choc des deux bateaux lui fut fatal.

— Thanubra est toujours très mystérieuse sur son passé, interrompit Abdeshmoun. Je comprends mieux maintenant.

— Elle a dès l'enfance été jetée dans les filets d'un terrible destin... Son père travaillait pour un petit armateur dont le fils n'était autre qu'Hillesbal. L'armateur recueillit la fillette qui, comme tu le sais, devint pour son malheur la femme d'Hillesbal. Certains n'ont pas manqué de répandre le bruit que Thanubra avait un pouvoir maléfique. Mais devant sa beauté il y eut, je crois, maints prétendants prêts à braver la mort.

— C'est elle pourtant qui depuis la mort d'Hillesbal les a tous éconduits, dit Abdeshmoun songeur. Jusqu'à...

— Jusqu'à ?

— Non, personne, juste une impression qui flotte sans fondement dans ma tête.

— Alors tu fais bien de n'en rien dire, mon fils, et de réprimer au plus profond de toi cette impression. Tu pourrais me parler plutôt de cette jeune Sibboleth qui, si j'ai su écouter entre tes mots, a conquis ton cœur.

— Oui, père, mais Thanubra semble me repousser. Je suis sûr de l'amour de Sibboleth, mais je n'arrive pas à sentir les véritables sentiments de sa mère pour moi. Elle n'a jamais manifesté contre moi d'animosité, elle n'a pas protesté lorsque Bodastaroth m'a mené chez elle pour soigner ma blessure, mais elle s'est acharnée à empêcher Sibboleth de m'approcher, comme si elle se méfiait. Alors que moi, père, Sibboleth, je veux la prendre pour femme.

— Le moment venu, mon fils, je parlerai à la belle Thanubra...

Abdeshmoun ne répondit pas. Il adressa aux dieux des remerciements muets pour lui avoir ramené ce père qui paraissait capable de résoudre toutes les difficultés de l'existence. Il s'apprêtait à lui confier ce bonheur qui avait éclos en une poignée d'heures sous le ciel de Byzacène, quand la chambre s'emplit d'un grave ronflement. Iddibal s'était endormi.

Dehors les bruits du camp assoupi n'étaient plus que soupirs perçant la nuit noire comme des râles lointains. Abdeshmoun couché sur le dos ne pouvait fermer l'œil. Ses pensées couraient à travers un dédale de trop de choses qui se mélangeaient. L'arrivée de son père dans sa vie, telle une trombe, l'obligeait à réviser tous ses sujets de préoccupation. Il resta là inerte jusqu'au petit matin, fixant un point imaginaire dans l'obscurité. Il n'avait même pas la tentation de bouger, de se lever pour marcher un peu et tâcher de calmer ses esprits, éprouvant un étrange plaisir à se noyer ainsi en lui-même.

Hannibal avait fait porter les deux magnifiques statuettes en or offertes la veille par les suffètes d'Hadrumète dans le petit temple domestique où l'on pouvait invoquer les dieux à qui les Barca avaient donné une place privilégiée dans leur panthéon familial. Derrière l'autel les trois niches centrales abritaient les statues de Ba'al Shamim le Seigneur des Cieux, en qui les Grecs voulaient reconnaître Zeus le tout-puissant, de Tanit la Grande Dame de Carthage et de Reshep, l'Apollon punique. Puis à gauche se trouvaient les niches d'une deuxième triade divine. Melqart, cet Héraclès phénicien auquel les Barca vouaient un culte particulier, trônait entre Gad, dieu capricieux qui rend bons ou mauvais la fortune et le destin, et Iolaos, dieu guérisseur et ami des soldats qu'Amilcar déjà préférait à Eshmoun. À droite enfin, une troisième triade présentait Ba'al Saphon, dieu de la Guerre, avec à ses côtés Yam le dieu des Mers et des Fleuves flanqué d'un de ses fidèles cavaliers marins armé d'un trident et chevauchant un hippocampe.

Les lampes diffusaient une lumière ocre qui projetait partout dans le temple l'ombre colossale des hommes groupés au pied de l'autel, sur lequel brûlait le feu sacré. Hannibal s'était placé légèrement en avant, auprès de deux prêtres qui l'avaient accompagné tout au long de la campagne d'Italie. Les deux officiants étaient vêtus d'une longue robe blanche, la tête recouverte d'un bonnet ceint d'une couronne de laurier. Un bélier magnifique, les cornes peintes en or et enguirlandées de fleurs, fut conduit en laisse jusqu'à l'autel. Un prêtre saisit un tison ardent qu'il plongea dans une vasque d'albâtre remplie d'eau, consacrant ainsi le liquide dont il aspergea ensuite l'autel. L'autre prêtre jeta une poignée d'orge sur la tête du bélier, dont Hannibal coupa à l'aide d'un ciseau quelques poils de laine qu'il répandit dans le feu sacré. Iddibal, les autres officiers et enfin Abdeshmoun l'imitèrent. Le premier prêtre saisit alors le bélier par les cornes et lui fit lever la tête vers la statue de Ba'al Shamim, le dieu céleste, tandis que le second lui tranchait la gorge d'une oreille à l'autre du fil sec d'un poignard affûté comme un rasoir. La bête eut une convulsion rapide et, maintenue par les officiants au-dessus d'une large cuvette d'argent, se vida de son sang et s'écroula. Les participants se prosternèrent et ne se relevèrent qu'au commandement des prêtres, après que ceux-ci eurent prononcé leurs rituelles litanies. Puis quand ce fut le moment d'examiner les entrailles, Hannibal vint se placer entre les deux officiants. Amilcar avait voulu que son fils fût initié aux mystères de la divination. Hannibal avait assisté pour la première fois à un sacrifice sanglant à l'âge de neuf ans. C'était à la veille du départ pour l'Espagne. Lorsqu'il avait appris que son père avait décidé de rassembler son armée et de se mettre en route, autant pour fuir les politiciens et agir loin d'eux à sa guise que pour rendre Carthage à sa grandeur, il l'avait supplié de l'emmener avec lui. Amilcar n'y avait consenti qu'après des atermoiements qu'il se plaisait, par simple jeu, à prolonger. Il finit par accepter, à condition que le jeune garçon l'accompagnât dans le sanctuaire d'Elissa au sommet de Byrsa, afin de jurer, les mains plongées dans les entrailles encore chaudes de l'animal immolé, de toujours combattre sans pitié les ennemis de Carthage. « Les ennemis ? pensa l'enfant, quels ennemis Carthage a donc tant, si ce n'est Rome ? » Avant de prononcer ce serment devant son père, Hannibal avait assisté, les yeux écarquillés de curiosité mêlée de crainte, à tout le rituel du sacrifice et de la lecture des entrailles. Depuis lors, il n'avait cessé de progresser dans l'art de lire l'avenir dans les viscères des victimes, et dans l'organe le plus important, le foie. Aujourd'hui, scrutant dans les lobes brillants la volonté des dieux, il se raidit sans un geste, comme pétrifié. Abdeshmoun étonné porta son regard sur les prêtres dont le visage restait de marbre. Un courant glacé parcourut l'assistance lorsque Hannibal se tourna vers elle, les mains jointes au-dessus de la tête.

— Ces entrailles n'indiquent pas un événement à venir,

dit-il d'une voix sépulcrale, mais annoncent un sentiment de tristesse. Elles révèlent qu'un grand malheur vient d'avoir lieu sans rien préciser encore de sa forme réelle. Je n'en puis dire plus...

Il quitta le temple, laissant les officiants achever le rituel. Ils découpèrent un morceau de viande qu'ils déposèrent dans un brûloir placé sur l'autel et rempli de braises. On attendit que la viande fût réduite en charbon, puis en cendres. Les prêtres enveloppèrent enfin dans un linge blanc la poitrine et une cuisse du bélier qui leur revenaient de droit, le reste de l'animal fut partagé entre les membres de l'assistance, comme l'exigeait la tradition religieuse.

Hannibal ne voulait voir personne, et il passa la fin de la matinée seul dans ses appartements, plongé dans un livre de Chrysippe qu'il tenait de son ancien précepteur Sosylos. Ce dernier, avant de vivre à Carthage pour entrer au service d'Amilcar, avait fréquenté à Athènes l'école du Portique — *stoa* —, alors dirigée par Cléanthe, mais dont le disciple Chrysippe était plus brillant que le maître. Sosylos était imprégné de cette philosophie stoïcienne et en avait transmis la substance à son élève. Dans ses moments de doute ou de colère, lorsqu'il sentait que rien n'allait comme il le souhaitait, Hannibal trouvait dans les traités de Chrysippe un baume à ses tourments. Mais ce jour-là, rien ne semblait devoir calmer sa fureur, qui fut à son comble quand on lui apprit l'arrivée d'une pentère carthaginoise dans la petite crique qui faisait office de port. C'étaient les émissaires de Carthage. Abdeshmoun l'avait instruit du marasme politique que connaissait la cité, ce qui attisa la violence de ses sarcasmes. Il ne consentit à recevoir que Gereshmoun, parce qu'il était du parti des Barca. Mais le visage du jeune sénateur était sombre et fermé.

— Parle, ordonna Hannibal, mais parle donc. Le malheur que tu es venu m'apprendre est-il donc si grand qu'il t'empêche d'ouvrir la bouche ?

— Je ne peux pas, maître, je ne peux pas, dit-il en se jetant à ses pieds. Pardonne-moi..., nous avons tout expliqué à ton aide de camp et ami Iddibal...

Il repoussa Gereshmoun d'un coup de pied rageur, et le jeune sénateur, déjà à genoux devant lui, roula la face contre terre. Alors Hannibal sortit de ses appartements et s'avança, altier, vers le groupe des ambassadeurs qui discutaient avec ses officiers dans le jardin ombragé au bout duquel descendait le chemin de la mer. Quand il parut, le silence se fit. Seul Iddibal osait l'affronter de face, et il vint lentement à sa rencontre.

— La nouvelle est parvenue la nuit dernière, dit-il avec calme en regardant sans baisser les yeux son maître et ami. Elle a été transmise de l'île de Pantelleria où a mouillé la flotte de ton frère Magon... Magon est mort...

Hannibal demeurait étrangement impassible, son œil gauche grand ouvert fixait Iddibal sans ciller, mais son regard semblait capter d'invisibles images. Puis il se dirigea, passant à côté des émissaires et des officiers sans leur prêter attention, vers le chemin qui descendait vers la mer, et marcha le long de la plage, allant et venant, les mains derrière le dos, jusqu'à la nuit tombante.

— Il faut le laisser ainsi, dit Iddibal à son fils.

— Mais père, que s'est-il passé ?

— Au moment où lui était parvenu l'ordre du retour, Magon soignait une mauvaise blessure glanée lors d'une ultime bataille contre les légions romaines en Ligurie, une région où il avait débarqué quelques mois auparavant pour tenter d'y soulever, comme Hannibal quinze ans plus tôt, les Gaulois cisalpins. Dans le bateau qui cinglait sur Carthage, sa plaie s'est rouverte et s'est infectée. Il est mort alors que sa flotte dépassait la Sardaigne. Des Barca, aujourd'hui, ne reste qu'Hannibal.

6.
Les masques de la trêve

Avant de regagner Carthage, Abdeshmoun attendit que le corps de Magon parvînt en Byzacène pour y être inhumé. Hannibal n'avait pas hésité longtemps sur le lieu des funérailles, et sans consulter personne, il ordonna que la dépouille glorieuse de son frère reçût les honneurs funèbres dans les rues et dans la nécropole d'Hadrumète. Il renvoya à Carthage les ambassadeurs et émissaires, intraitable lorsqu'ils firent mine de protester.

— Votre présence ici n'est un honneur pour personne, leur signifia-t-il d'une voix cassante. Ni pour la mémoire de mon frère qui s'est comporté en héros pendant que vous vous gobergiez, ni pour moi que vous avez forcé à abandonner l'Italie afin de venir vous sauver d'un désastre dont votre incompétence et vos manœuvres politiques indignes sont la cause. Alors souffrez que je préfère me passer de vous. Appareillez sur-le-champ !

L'amiral de la flotte qui ramenait le mort et ce qu'il restait de son armée avait été informé à Pantelleria que les bateaux d'Hannibal avaient évité Carthage ; aussi prit-il la responsabilité d'en faire autant. La flotte arriva dans le cothon d'Hadrumète cinq jours après la tragique nouvelle, et Hannibal accourut aussitôt. Le corps de Magon, par précaution, avait été plongé dans le vinaigre afin d'être préservé de la décomposition jusqu'aux funérailles.

— Lorsque ses lèvres, qu'il tint le plus longtemps possible

serrées à mesure que la fièvre le terrassait, s'ouvrirent malgré lui pour laisser échapper le dernier souffle de vie, expliqua l'amiral, je ne savais pas combien de temps s'écoulerait jusqu'au jour de l'inhumation. Nous étions seulement au large de la Sardaigne et des bateaux romains croisaient au loin comme s'ils voulaient tenter de s'opposer à notre route. Si nous devions les affronter, celle-ci risquait d'être longue encore. C'est pourquoi j'ai fait aussitôt laver et épiler son corps avant de le plonger dans le vinaigre...

— Tu as eu raison, murmura Hannibal.

Alors l'on relava le corps selon le rite, avec des essences fortes de cèdre et de thuya, avec aussi du styrax d'aliboufier, afin non seulement d'en chasser l'odeur acide, mais de le préparer à entrer purifié dans sa demeure d'éternité. Ensuite il fut vêtu de ses habits de parade, couvert de ses bijoux les plus rares, le sceau en évidence. Puis il fut attaché à son lit funèbre que recouvrait un fin linceul rouge — rouge, couleur de vie, mais aussi couleur de deuil chez les Puniques —, exposé enfin dans le port d'Hadrumète, à l'abri du soleil, à l'intérieur du navire où la mort l'avait vaincu. Il resta là cinq jours, la tête reposant sur un mince coussin de lin. Au pied du lit étaient déposées ses armes qui, quelques semaines auparavant, goûtaient encore le sang romain. Pendant cinq jours, du matin jusqu'aux ultimes lueurs du couchant, Hannibal se tint debout à la tête du lit, dans l'attitude hiératique du soldat montant la garde. Il était immobile, sans boire ni manger, et devant lui passa le cortège interminable des soldats, les siens et les deux mille de l'armée de Magon, puis celui plus nombreux encore des habitants d'Hadrumète qui martelaient au-dessus de lui le pont de la pentère, descendaient l'escalier de bâbord pour remonter à tribord après avoir observé le cadavre embaumé. Il attendait la nuit pour prendre deux repas frugaux et solitaires, mais il ne dormait pas, il veillait près du corps. Vint le jour où eurent lieu les derniers honneurs.

Au petit matin, le lit funèbre fut descendu sur le quai du cothon et placé sur un char coiffé d'un baldaquin. Des milliers d'Hadrumétains, hommes et femmes, citoyens, étrangers et esclaves sortirent de la ville et se dirigèrent vers la vaste nécropole. La famille Barca y avait un caveau où étaient inhumés quelques-uns de ses membres, mais la plupart, depuis deux et même trois générations, reposaient dans le caveau de Carthage, à moins que ce ne fût en terre ennemie. Dès avant la première guerre contre Rome, les Barca avaient adopté la pratique de la crémation des corps, et ce fut donc le cas pour Magon. Le bûcher avait été dressé la veille. Hannibal retira du corps de son frère bracelets et colliers, boucles d'oreilles et anneaux dont il remplit un petit récipient en or. Le cadavre toujours dans ses habits de parade fut hissé sur le bûcher et Hannibal reçut des mains d'un prêtre la torche pour y mettre le feu. Au moment de l'approcher des brindilles qui devaient enflammer les lourdes bûches de chêne vert et de pin, il s'écarta soudain et regarda le ciel, le visage tendu, se souvenant qu'Achille avait dû implorer les vents de l'aider à allumer le bûcher de Patrocle. Quand le bois commença à fumer et que les premières flammes apparurent, il regarda à nouveau le ciel en signe de gratitude, et reprit place dans le premier rang de l'assistance, auprès d'Iddibal, d'Abdeshmoun, de ses lieutenants et des suffètes d'Hadrumète. Le foyer brûla presque jusqu'au soir, et l'on recueillit les os calcinés et les cendres de Magon dans un ossuaire de marbre en forme de sarcophage que l'on introduisit dans sa niche, au fond du puits du caveau, à dix pieds sous terre. Hannibal et les prêtres y descendirent afin de procéder aux ultimes offrandes. Le récipient à bijoux fut déposé à côté du sarcophage, ainsi que des statuettes de Melqart, de Ba'al Shamim et de Tanit. Hannibal arrangea tout autour de la niche des flacons d'odeur et des masques grimaçants, afin que les démons et les esprits mauvais ne pénètrent jamais dans la tombe. Puis il remonta et indiqua d'un geste de remerciements à la foule que celle-ci pouvait maintenant se disperser.

Hannibal et ses très proches fidèles, auxquels se joignirent les deux suffètes de la ville, gagnèrent la maison Barca d'Hadrumète, à la nuit tombante. Il avait ordonné qu'on y préparât le banquet de funérailles, où il prononça son discours funèbre.

— Mes amis, dit-il d'une voix grave et ferme, bien loin de nous est désormais le temps où mon père Amilcar se plaisait à répandre le bruit que mes deux frères et moi étions les « trois lionceaux » qu'il élevait pour faire trembler Rome. C'était au lendemain de la guerre inexpiable, si honteuse pour Carthage que les siècles n'en pourront jamais laver le sang versé. Magon n'avait pas deux ans, Asdrubal à peine trois ; moi seul qui avais neuf ans le suivis en Espagne, au pays de Tarshish où la mort l'emporta dans les eaux du Sucro rougies d'un sang glorieux. Il avait cinquante ans... De quels exploits eût-il encore été capable pour servir sa patrie, loin de ses oligarques ?... Quand Asdrubal le Beau, gendre qu'il chérissait, eut repris le flambeau, la mort revint, sournoise. Un jeune prince ibère, presque encore un enfant, qu'il avait accueilli au palais pour lui donner une éducation digne de son rang, arma sa main d'un poignard assassin. Asdrubal mon beau-frère succomba sous ses coups. Il avait quarante ans... De quels exploits eût-il encore été capable pour servir sa patrie, loin de ses oligarques ?... Tandis que j'assiégeais Sagonte, au sud de l'Èbre, Imilcée me donna un fils, un héritier du grand nom des Barca. Ce petit Amilcar — l'Ibère surnommé — jamais je ne le vis. Lui l'espoir des Barca, il mourut dans ses langes, âgé de quelques mois... De quels exploits eût-il un jour été capable pour servir sa patrie, loin de ses oligarques ?... Je conquis l'Italie, écrasant les légions, bravant le Capitole, fort de ma seule armée pour tenir le pays. Vainqueur et invaincu, je réclamai pourtant des renforts de Carthage pour asseoir ma victoire, prendre Rome peut-être... Las ! jamais je n'obtins ce que je désirais. Alors je fis savoir à mon frère Asdrubal, qui gouvernait Tarshish, qu'il devait me rejoindre, traverser lui aussi Pyrénées, Gaule et Alpes. Mais les Romains avaient appris à mon contact que la ruse est une arme parfois plus meurtrière que l'épée. Ils interceptèrent les messagers que m'avait envoyés Asdrubal et celui-ci, croyant que je venais à sa rencontre avec mon armée, se heurta aux légions réunies des deux consuls Livius Salinator et Claudius Néron. Asdrubal, qui stationnait dans le nord près du Métaure, fut surpris ; il voulait ménager ses troupes pour les unir aux miennes qui campaient dans le Sud, et non se battre seul en risquant d'entamer le renfort qu'il m'apportait. J'appris qu'il était en Italie en recevant sa tête enveloppée dans un linge et jetée dans mon camp par des cavaliers de Claudius Néron. Mort à trente-trois ans... De quels exploits eût-il encore été capable pour servir sa patrie, loin de ses oligarques ?... L'Espagne était perdue, Carthage me perdait en refusant toujours une guerre totale comme la pratiquait Rome, sur tous les fronts. L'Italie m'échappait, les Romains reprenaient leur sol partout où je ne dirigeais pas le combat. Magon alors débarqua avec ses mercenaires, dans ce pays ligure où il tenta avec succès de raviver chez les Gaulois d'Italie la flamme de la révolte contre l'oppression romaine. Magon, le plus jeune lionceau d'Amilcar ! Déjà il s'était couvert de gloire à mes côtés pendant les inoubliables batailles de la conquête, du passage des Alpes aux trompettes victorieuses de Cannes. Il est revenu à Carthage vous annoncer la bonne nouvelle avant de repartir guerroyer en Espagne et essayer de me rejoindre enfin. Mais les combats de Ligurie lui ont été fatals. Il avait trente-six ans... De quels exploits eût-il encore été capable pour servir sa patrie, loin de ses oligarques ?... Cinq Barca ont péri loin de la terre carthaginoise, cinq Barca...

Hannibal parcourut la salle d'un regard lent et large. Son silence proclamait haut et fort qu'il avait achevé son discours, mais il prononça encore quelques mots pour lui-même, et que seuls ceux qui étaient tout près de lui purent comprendre.

— Cinq Barca ont péri, sommes-nous donc maudits ?

Porteur d'un long message d'Hannibal pour la princesse Imilcée, Iddibal accompagna son fils à Carthage. Il redoutait, sans savoir précisément pourquoi, ses retrouvailles avec sa propre épouse Batnoam. Il ressentait une sorte d'appréhension à l'idée de la revoir, de lui parler, de la toucher après une absence aussi longue. Pendant toutes ces années de guerres lointaines, il s'était habitué, bon gré mal gré, à entretenir avec Batnoam un dialogue intérieur où les mots de son épouse formaient un doux mélange des nouvelles qu'il recevait à intervalles irréguliers et des paroles qu'il lui mettait d'autorité dans la bouche. C'était comme s'il la possédait à tout instant au plus profond de soi. La retrouver, c'était à la fois un suprême bonheur longtemps désiré et la gêne insolite d'avoir en face de lui une Batnoam autre que celle qu'il cultivait en lui. Il ne pouvait pas même se rassurer en pensant à sa rencontre avec Abdeshmoun, car elle s'était produite de manière si fortuite qu'il n'avait pas eu le temps de réfléchir, tandis que chaque heure, chaque instant, chaque pas qui le rapprochait du palais Barca de Megara annonçait l'imminence de la présence de Batnoam et d'un face à face inéluctable qui occupait son esprit telle une obsession. En se campant là devant lui, Batnoam cesserait de n'être qu'une partie de lui-même. Elle existerait soudain en chair et en os, et dix-sept ans après, cela lui faisait peur.

En cette troisième décade du mois de tisri, le retour d'Hannibal était encore suffisamment récent pour envahir les conversations des Carthaginois. Des orateurs prenaient la parole sur les places publiques ou en pleine rue, rameutant passants et badauds qu'ils enlevaient aux devins à bon marché. On accostait des sénateurs pour débattre avec eux et certains attroupements s'attardaient jusqu'à la nuit tombée. Abdeshmoun avait entraîné son père vers le port marchand dans l'espoir de lui faire rencontrer la belle Thanubra. Une foule inhabituelle dans ce quartier pourtant fort fréquenté était amassée à une centaine de pieds, c'est-à-dire tout à côté, du comptoir portuaire de l'armatrice. La voix du fanatique religieux Akboram retentissait du haut d'une estrade de fortune que quelques-uns de ses fidèles lui avaient improvisée à l'aide de tréteaux et de planches récupérés sur le quai.

— Cette trêve est une farce, clamait-il au moment où Iddibal et Abdeshmoun se mêlaient à la foule non pour stationner avec elle mais pour la fendre en direction de Thanubra. Il y a un an déjà, les légions de Scipion débarquaient sur notre sol ! Oui Carthaginois, un an. Tant qu'elles stationneront sur notre sol, nous serons en guerre ! Puisque Hannibal est en terre punique, qu'il se rachète de toutes les fautes commises par les Barca envers nos dieux en intervenant et en les chassant sans sommation. D'ailleurs, si le Romain voulait autre chose que la guerre, il ne se préparerait pas pour ses deuxièmes quartiers d'hiver. Pendant que nos diplomates sont à Rome pour négocier avec les sénateurs romains le traité de paix, que fait Scipion ? Il reçoit de Sardaigne, conduite par le préteur Cornelius Lentulus, une flotte de plus de cent navires chargés de provisions. S'il a besoin de tout ce ravitaillement, c'est qu'il prévoit que la paix n'est pas pour demain. Alors il s'installe !

— Et nos diplomates, Akboram, quand vont-ils rentrer ? dit un homme dans l'assistance.

— La mauvaise saison interdit aux bateaux de quitter leur port pour plusieurs mois, répondit Akboram. Nos ambassadeurs ne rentreront donc au plus tôt qu'au printemps..., s'ils rentrent. Je crois volontiers qu'ils sont retenus en otages dans les prisons romaines et que nous ne les reverrons jamais. C'est pourquoi je prétends haut et fort que cette trêve est une imposture destinée à nous abuser. Le seul et unique dessein de Scipion est de préparer une nouvelle attaque et de se donner les moyens de prendre Carthage. Il nous faut devancer ses plans, et convaincre, que dis-je ? obliger Hannibal à le provoquer tant qu'il est vulnérable.

— C'est malheureux d'entendre un tel mélange de mensonges et d'évidences dans la bouche de ce chien puant ! dit assez fort une voix féminine qu'Abdeshmoun reconnut être celle de Thanubra.

Elle n'avait pu s'empêcher d'exprimer ainsi son dégoût, sans s'apercevoir qu'en lançant cette remarque qui ne s'adressait à personne en particulier, elle avait commis une terrible imprudence.

— C'est toi, Thanubra, dit Akboram, qui oses proférer des insultes envers moi ? Toi qui prétends depuis des lustres attendre ton époux Hillesbal comme une vierge attendant celui qui va la déflorer, mais qui la nuit venue étales sans honte ton hypocrisie en recevant chez toi des amants ?

Au silence méprisant de Thanubra interloquée répondirent des quolibets et des sarcasmes qui incitèrent Akboram à persévérer dans sa diatribe.

— Ne dis pas le contraire, on les a vus et on les connaît. Ce sont des femmes comme toi qui déshonorent nos dieux et notre cité par leurs mœurs impies qu'elles pratiquent comme si elles se croyaient à Alexandrie. Tu t'es conduite en courtisane, toi qu'on surnomme belle Thanubra. À l'exemple de trop de Carthaginois gagnés à la dépravation des villes grecques et surtout de la honteuse capitale de Ptolémée, tu t'es vautrée dans tout ce qu'abominent Tanit et Ba'al Hammon. Les bons Carthaginois qui m'écoutent savent d'où viennent nos malheurs...

— Qu'attends-tu pour me traîner devant le surveillant des mœurs ? répliqua Thanubra en retrouvant sa superbe. Il ne suffira pas de déposer une plainte contre moi, encore faudra-t-il nommer les prétendus amants que tu me prêtes ! Et vous tous ! continua-t-elle en apostrophant la foule, cessez donc de boire les médisances de ce démagogue qui profite de l'infortune de Carthage pour grossir les rangs de son infâme faction ! Toutes ces vérités sur Scipion et sa trêve mensongère, nous les connaissons et n'avons pas besoin d'Akboram...

— Tu as raison, Thanubra, renchérit Abdeshmoun qui était parvenu à se rapprocher en poussant son père devant lui.

Le tranchant de son intervention déclencha dans la foule une cohue générale, car nombre de ceux qui écoutaient Akboram sans être du parti religieux prirent conscience de sa démagogie. Ils entreprirent de s'aheurter avec une rare violence verbale aux fidèles qui accompagnaient le sénateur pour l'applaudir et susciter les acclamations.

À la faveur de cette bousculade, Abdeshmoun et son père se frayèrent un passage jusqu'à Thanubra qui se tenait derrière ses livres de comptes, hautaine, toisant Akboram qui tentait de rassembler ses hommes, seule à côté de son jeune esclave Mazérès qui paraissait ahuri. Certains en venaient aux mains par hargne, par exaspération, ou par simple excitation, comme cela se passe toujours dans les rassemblements, lorsque les instincts bestiaux peuvent se donner libre cours. Quand elle aperçut Abdeshmoun, elle ne parut pas plus heureuse que cela.

— C'est toi qui as provoqué cet esclandre ? fit-elle sans sourire, alors que des vigiles à cheval, comme surgis du sol, calmaient les esprits du plat de leurs épées en ordonnant la dispersion.

— Voici mon père Iddibal ! expliqua le garçon sans que son visage accusât l'aigre sentiment de vexation qui l'avait envahi au ton brutal de Thanubra. Il est revenu d'Italie et je voulais qu'il te rencontre... au sujet de Sibboleth.

— Salut à toi, Thanubra ! dit Iddibal.

— Salut à toi, Iddibal ! répondit-elle avec fermeté.

— Je constate, continua-t-il en souriant et en la fixant droit dans les yeux, que tu n'as guère changé depuis le temps où, jeune fille, tu clouais déjà le bec aux importuns. Tu travaillais ici même auprès de ton futur beau-père qui te considérait comme sa vraie fille, je m'en souviens bien. Tu as toujours travaillé très dur, Thanubra, et la vie ne t'a épargné ni les efforts ni les peines, aussi te méfies-tu de beaucoup de monde à Carthage. Je le comprends...

— Cela n'a rien à voir avec ma fille !

— Tiens donc ! fit-il en repoussant un homme jeté contre lui par le désordre des gens fuyant les coups des vigiles. Si j'en crois mon fils, tu n'as pas confiance en lui et refuses qu'il prenne Sibboleth pour femme.

— Non, je n'ai pas confiance, bien qu'il soit sûrement un garçon courageux. Cela ne m'empêche pas de bien l'aimer, ton fils, je le lui ai d'ailleurs prouvé en le soignant comme s'il était le mien. Mais quand on est dans le sillage glorieux de la maison Barca, qu'a-t-on à faire avec la fille d'une petite armatrice de mauvaise réputation ?

— Que dis-tu là, Thanubra ? s'offusqua Iddibal. Je suis certes très proche d'Hannibal, mais il m'a choisi comme aide de camp parce que je partageais ses jeux et ses études dans notre enfance. Peu lui importait mes très modestes origines. Mon fils serait bien mal inspiré de prendre les tiennes comme argument pour se jouer un jour de Sibboleth.

— Tu mets beaucoup de cœur pour essayer de me convaincre, Iddibal. Je t'écoute avec patience et même bienveillance, mais sache que rien ne me fera fléchir.

— Je sais, moi, comment te faire fléchir ! lança Iddibal comme un défi. Oui, je le sais... Allons, viens, mon fils, rentrons.

— Mais, père ?

— Je te dis : rentrons... Salut à toi, belle Thanubra !

— Salut à vous...

— Nous reprendrons une autre fois cette discussion...

Iddibal ne resta à Megara que quelques jours. Le temps de remettre à Imilcée la longue lettre d'Hannibal, le temps de renouer en une nuit d'amour ses liens avec Batnoam. Il ne lui avoua qu'au petit matin les craintes qu'il avait nourries.

— Je tremblais comme un puceau devant son premier corps de femme, ma Batnoam ! Ah non ! je n'étais pas fier...

Et il la reprit dans ses bras, ivre soudain d'un plaisir que les femmes à soldats qu'il s'était offertes parfois en Italie ne lui avaient pas donné.

Au premier jour du mois de marchesvan, lorsque l'automne a couvert déjà son premier tiers en charriant avec lui les caprices du ciel, Iddibal quitta Batnoam et Abdeshmoun et regagna le camp d'Hannibal en Byzacène.

— Ces quartiers d'hiver ne seront pas de tout repos, dit-il à son fils avant de partir. Il faut assurer l'entraînement de l'armée, ou de ce qu'il en reste. Il faut envoyer des ambassades aux Numides qui ne se sont pas ralliés à Massinissa afin qu'ils nous rejoignent. Il faut dresser de nouveaux éléphants de combat, et cela demande un long travail. Oui, mon fils, il faut prévoir le pire...

Le peuple de Carthage supportait de plus en plus mal cette trêve romaine qui cachait mal les intentions réelles de Scipion. On craignait que la présence du Romain n'ait à court terme une incidence fâcheuse sur l'approvisionnement de la ville en nourriture. Carthage n'avait pas faim, mais elle avait peur de manquer. Aussi les amalgames démagogiques d'Akboram faisaient-ils leur chemin dans l'esprit d'un nombre croissant de Carthaginois. L'hiver passa, maussade. Une des rares occasions de rire vint d'un artisan futé qui eut l'idée de fabriquer des petites statuettes en terre cuite et tenant dans le creux de la main. Elles représentaient Scipion, le crâne chauve et le visage apeuré, dans une attitude de fuyard qui vient de recevoir un coup de pied au derrière.

Thanubra profitait des mois d'hiver pour faire remettre en état les bâtiments de sa flottille. Sur les conseils de Bodastaroth, elle résolut cette année-là de se débarrasser de l'un d'entre eux qui risquait de rendre l'âme et passa commande d'un cargo neuf pour le printemps. Elle refusait d'afficher publiquement sa liaison avec le maître charpentier, bien que le secret eût fini par transpirer, elle ne savait pas trop comment. Elle avait toute confiance en ses esclaves, même si elle redoutait parfois les bavardages d'Aryana. Mais celle-ci était si dévouée qu'elle s'interdit de la soupçonner. Quant à Mazérès, elle le savait trop taciturne et trop discret pour qu'il se laissât aller à souffler le moindre mot qui ne fût pas lié au travail ; le vieux Sarchos, lui, ne quittait jamais la maison.

Après les accusations portées par Akboram, elle se rendit compte que l'on murmurait sur son passage. De tous ses voisins, seul le gros Elnathan et sa famille continuaient comme par le passé à lui manifester leur amitié. Les autres se détournaient d'elle comme d'une pestiférée ou d'une femme de mauvaise vie.

Elle interdit à Bodastaroth de revenir et prit la décision de ne plus sortir de chez elle pendant plusieurs mois, comme si elle voulait se faire oublier. Elle espérait qu'au printemps, à la faveur de la reprise des activités maritimes, les gens seraient agités par d'autres préoccupations. Tout ce tapage ne serait plus qu'un triste et désagréable souvenir. Elle n'admettait pas qu'on la prît pour une femme légère. Quelques indiscrets avaient dû surprendre Bodastaroth se faufilant par nuit noire. Alors que personne n'avait paru offusqué lorsqu'il pénétrait chez elle en plein jour pour visiter Abdeshmoun blessé au lendemain de la bataille des Grandes Plaines, les langues s'étaient tout à coup déliées, émoustillées par la révélation de cette dissimulation nocturne. Seuls Thanubra, ses filles et ses esclaves avaient souffert de la rumeur, car qui donc aurait osé un seul mot en face du colosse ? Pendant quelques décades, le bruit s'amplifia, se déforma, l'ombre qu'on avait vue devint un défilé et l'on disait même que l'armatrice monnayait ses charmes dans sa maison de la rue du Levant. La rumeur produisit ses néfastes effets, car l'on y croyait dur comme fer. Loin des manières convenables d'autrefois, quand les prétendants à la succession d'Hillesbal faisaient le guet en bas de la porte en attendant un signe de la jeune veuve, les hommes aujourd'hui ne venaient arpenter la rue que dans l'espoir d'un plaisir qu'ils ne trouvaient plus dans leur lit conjugal. Un jour, il y en eut un pour se hasarder à monter l'escalier et frapper à la porte. Thanubra alors se déchaîna. Elle se rua comme une folle sur l'intrus qui dévala sans demander son reste. Puis, après avoir envoyé le jeune esclave Mazérès chercher Bodastaroth, elle grimpa sur sa terrasse et jeta dans la rue des amphores de vinaigre en hurlant.

— Qui de vous, de vos femmes ou de moi est le plus à blâmer ? Vous ne répondez pas ! alors écoutez bien... Je crache sur vos têtes le fiel de ce vinaigre, vous qui trompez vos femmes et me déshonorez... Je crache sur vos femmes qui vous croient innocents et me montrent du doigt comme si c'était moi qui appâtais vos sens de maris dévoyés... Tout cela parce qu'un œil malveillant et jaloux a vu entrer chez moi mon cher Bodastaroth ! Eh oui, Bodastaroth... Vous voilà satisfaits ? C'est l'homme à qui désormais vous aurez à répondre de vos infamies envers moi. En attendant, Carthaginois indignes, craignez que le malheur n'envahisse vos vies et vos maisons, car je vous maudis tous pour m'avoir fait subir autant d'humiliations.

En signe de malédiction, elle lança sur eux plusieurs des masques en céramique qu'elle avait accrochés dans son appartement. En se cassant en mille morceaux sur le sol, ils perdaient aussitôt leur pouvoir protecteur contre les mauvais coups de Gad, le fantasque dieu de la Chance. À la terreur physique qu'inspirait le nom de Bodastaroth s'ajouta la menace plus cruelle encore de la colère divine. On entendit au coin de la rue la voix puissante du colosse et ce fut dans l'autre sens une fuite effrénée de tous ces soupirants d'un soir. Thanubra se pencha, victorieuse, pointant son doigt vers les ombres qui s'effaçaient, et son rire vengeur résonna dans la nuit.

Elle entendit un bruit derrière elle, dans l'embrasure de la porte, et aperçut Bodastaroth.

— Tu m'as enfin appelé, dit-il, et je suis là.

Elle courut vers lui et se jeta dans ses bras. Elle se mit à sangloter contre sa poitrine, à sangloter comme si elle ne devait plus s'arrêter. Il ne bougeait pas et se taisait, posant seulement une main puissante derrière sa nuque et lui massant le cou, doucement, tandis que la nuit de Carthage retrouvait son calme. Puis elle leva la tête vers lui, les yeux brillants, apaisée, et dit :

— Il y a si longtemps que je n'avais pas pleuré ! j'en avais oublié jusqu'au goût de mes larmes.

— Tu ne pleureras plus, répondit-il. Quand tu n'as plus voulu me voir pour faire cesser les bruits — du moins croyais-tu qu'il en serait ainsi —, je t'ai obéi. Mais désormais je suis là, et je serai près de toi pour toujours.

Elle se serra plus fort encore contre lui et frissonna, heureuse. Un désir intense de vivre comme toutes les femmes, auprès d'un homme, la parcourut. Elle haïssait la solitude dans laquelle elle languissait depuis si longtemps. Elle savait bien au fond d'elle-même que les bonnes raisons de rester seule qu'elle invoquait d'un ton si fier n'étaient qu'une façade, dont elle sentait au fil du temps se lézarder le stuc. Elle s'abandonna avec frénésie à Bodastaroth, son corps tout entier gémissant sans qu'elle proférât un mot.

Ils étaient encore couchés à même le sol de la terrasse quand un vent froid surgit du cœur des ténèbres. La belle Thanubra comprit qu'ils avaient tous les deux plongé dans le sommeil, sans pouvoir estimer depuis combien de temps ils étaient ainsi assoupis l'un contre l'autre. Son compagnon ronflait et semblait insensible à la brusque morsure de l'air, tel un navire intrépide sur lequel Miskar, dieu des Mers et des Fleuves, n'eût pas de prise. Elle se leva et descendit dans sa chambre, ranima la flamme de la veilleuse, s'enveloppa dans une couverture de laine imprégnée d'une forte senteur de lavande, ce baccar* de Chypre ou de Lydie qui protège vêtements et linge des insectes parasites. Elle marcha de long en large, songeuse, ses yeux s'arrêtant avec effroi sur les vides laissés sur les murs par les masques qu'elle avait utilisés pour lancer sa malédiction. Qu'elle brave les dieux pour exprimer sa révolte ou qu'elle se répande en regrets pour dissiper leur courroux, elle y mettait la même force excessive et la même sincérité. Elle porta la main sous la couverture, saisissant l'amulette d'or qu'elle avait autour du cou, la serrant comme si elle voulait l'épreindre et en extraire le fin parchemin représentant la figure de Tanit. Elle s'allongea enfin sur son lit, les jambes sur une montagne de coussins de cuir et de laine bariolés, le dos calé contre des oreillers de lin au duvet moelleux, ses yeux grands ouverts fixant la bouche édentée d'un masque rescapé et qu'elle aimait par-dessus tout, car c'était l'un des rares souvenirs qui lui étaient parvenus de son père.

Ses pensées vagabondaient dans son malheureux passé lorsqu'elle entendit le pas pesant de Bodastaroth dans l'étroit escalier qui descendait de la terrasse. Il faisait encore nuit. Le colosse apparut, et avant même qu'il se fût approché du lit, elle lui dit à voix basse mais en décomposant ses mots pour être bien comprise :

— Pardonne ma faiblesse de cette nuit, Bodastaroth. Mais cette rumeur qui m'abattait, tous ces malotrus qui rôdaient dans ma rue depuis plusieurs décades, et cette nuit l'un d'entre eux qui s'aventure à monter jusque chez moi ! Je ne me sentais pas capable d'en supporter plus... Pardonne-moi de t'avoir mêlé à ça.

— C'est beaucoup mieux ainsi, répondit-il. Au moins, la rumeur va cesser puisqu'il n'y a plus de secret pour personne. Tu peux sortir de chez toi à nouveau la tête haute, ma belle Thanubra, car j'annonce dès ce matin notre mariage.

— Je vais te décevoir, Bodastaroth. Sans doute vas-tu me haïr, mais je ne puis accepter ton offre.

— Je ne comprends plus, fit-il, médusé.

Son air interdit contrastait avec la puissance de son corps. Il murmura :

— Tu m'as fait attendre si longtemps... J'ai tant espéré de toi en vain..., jusqu'à ces rencontres furtives que tu m'as accordées..., avant de me renvoyer à nouveau..., jusqu'à cette nuit que tu viens de me donner et à laquelle je ne croyais plus...

Il baissa la tête et il y eut un silence, seulement brisé par la respiration du maître charpentier qui brusquement tonna à en faire trembler les murs :

— Et après tout cela tu me repousses encore !

— Oui, je te repousse encore, et pour la dernière fois. Va-t'en, oublie ces instants où j'ai perdu la raison et ne reviens jamais ! plus jamais.

Il se rua vers elle, saisit la masse compacte qu'elle formait dans sa couverture et la secoua comme pour la disloquer.

— Tu t'es jouée de moi, perfide Thanubra, tu t'es moquée de moi...

— Oui, Bodastaroth, oui gros benêt, ah ! je me suis servie de toi. Je ne t'ai fait venir ce soir que pour me débarrasser de toutes ces sangsues et retrouver la paix. En te désignant, toi le colosse d'Olympie que pas un mâle de Carthage n'oserait affronter même par la parole, je classe cette affaire !

Il desserra son emprise, lâcha Thanubra et l'une de ses mains s'écrasa par deux fois sur ses joues, en deux gifles terribles qui la firent rouler au bas de son lit. Bodastaroth se calma alors et s'en fut, tandis qu'elle se tordait au sol dans des sanglots dont on n'aurait pu dire s'ils participaient d'un rire convulsif, de la douleur des coups ou du désespoir.

Au moment où Akboram reprenait de plus belle ses invectives à la fois contre le gouvernement de Carthage qu'il jugeait timoré, contre la stratégie attentiste d'Hannibal qu'il disait faire le jeu de Scipion, et contre la perfidie des Romains qui ne voulaient pas la paix et gardaient en otage la délégation de sénateurs envoyés à Rome pour négocier le traité de paix, celle-ci justement débarqua à Carthage dans l'enceinte militaire du cothon, à la nuit tombante. Avec le retour du printemps, sa flotte avait quitté le petit port d'Ostie dès les premiers jours du mois de nisan, mais sa manière presque camouflée de pénétrer dans Carthage ne présageait rien de bon pour la cité. Sans attendre le lendemain les révélations des suffètes, la population devinait que les négociations avec les patres* du sénat romain n'apporteraient que de nouvelles désillusions.

— Nous n'avons pas obtenu la paix, expliqua un délégué, mais seulement une trêve.

— Une trêve ? ricana Akboram. Mais depuis huit mois que vous avez quitté Carthage, nous la vivons cette trêve, nous la vivons déjà chaque jour. Et nous savons que ce n'est qu'une ruse pour nous endormir et mieux nous écraser.

— Le sénat romain, poursuivit le délégué d'un air accablé, s'en remet entièrement à l'appréciation et à la volonté de Scipion. Il faut que vous sachiez tous que nous avons été reçus non comme les ambassadeurs de la plus riche cité du monde, mais comme des espions. Rome nous a réservé dès le premier jour le traitement qu'elle accorde d'habitude aux indésirables. Pendant les huit mois que nous avons passés là-bas, une ferme de la République romaine nous a été assignée comme demeure, de l'autre côté du Tibre, loin des murs de la ville que nous n'avions pas le droit de franchir. Et croyez-vous que, pour parler de la paix, les patres nous aient enfin invités à les rejoindre dans Rome ? Non, à chacune des séances de cette interminable négociation, ce sont eux qui passaient la vieille enceinte du roi Servius Tullius. Ils ne nous convoquaient donc pas dans leur édifice traditionnel de la Curia Hostilia, mais dans le temple de leur déesse guerrière Bellone, au Champ de Mars qui se trouve hors les murs. De cet endroit pris entre les remparts et le Tibre, nous apercevions le sommet du Capitole...

— Tu disais, l'interrompit un sénateur du clan Barca, que vous avez été traités comme des espions.

— Nous n'avons fait qu'appliquer les directives du Conseil des Cent Quatre. C'est-à-dire que nous avons développé les mêmes arguments que nos trente gérontes lors de leur entrevue avec Scipion.

— Donc toute la faute rejetée sur les seules épaules d'Hannibal ! s'indigna Gereshmoun. C'est tellement plus facile. À vous écouter, toi et les tiens, Hannibal et ses partisans sont seuls responsables des malheurs de Carthage. Alors peux-tu m'expliquer pourquoi une délégation entièrement composée de sénateurs hostiles à Hannibal est reçue à Rome comme une bande d'espions auxquels on ne saurait se fier ? C'est pourtant afin de vous attirer les bonnes grâces des patres que vous nous avez d'office exclus de cette ambassade !

— N'était-il pas évident que Scipion désirait en finir ? qu'il était lui aussi en difficulté si la guerre se prolongeait ? Alors nous avons demandé, pour le bien de Carthage, de revenir au traité qui avait mis fin à la première guerre contre Rome et qu'au nom de Carthage Amilcar Barca avait signé. Puisque tout ce qui s'était passé ensuite en Espagne et en Italie n'était le fait que de la seule famille Barca, nous avons plaidé devant les patres que notre gouvernement n'en était pas responsable, et que le seul texte sur lequel l'on pouvait s'appuyer était celui qu'il avait effectivement approuvé, donc le traité de Lilybée.

— Ils ne vous ont pas crus, ironisa Gereshmoun.

— De vieux patres qui avaient connu cette époque ont voulu en débattre avec nous, mais le plus âgé d'entre nous devait avoir dix ans au moment du traité de Lilybée. Les Romains ont alors accusé notre gouvernement d'avoir envoyé une jeune délégation non pas, comme il le prétendait, pour éviter la fatigue du voyage à nos gérontes, mais sciemment, pour couper court à ce genre de discussion.

— Et c'est pour cela, clama Gereshmoun, que vous revenez à Carthage comme des chiens remplis de honte ! Vous avez brisé par vos prétentions absurdes l'espoir de voir

Scipion quitter notre sol sans avoir à recourir une fois de plus aux armes.

— De quoi as-tu donc peur, riposta Asdrubal le Chevreau, maintenant que ton invincible Hannibal est de retour ?

— Vous saurez sans doute bientôt ce qu'Hannibal pense de tout cela, conclut Gereshmoun en se levant et en traversant à vive allure le temple d'Eshmoun jusqu'à la sortie, suivi par tous les sénateurs du clan Barca.

7.
Le secret de Thanubra

Le temps passait mais Hannibal boudait toujours Carthage. On était au quatrième jour du mois de tamouz et, pour les Carthaginois, cela signifiait qu'à la fin de l'été qui commençait on fêterait un anniversaire désolant. Cela ferait alors deux ans que Scipion occuperait la terre punique. Cela ferait un an qu'Hannibal serait rentré, et une grande partie du peuple, excédée de cette trêve qui se prolongeait sans aboutir à un traité de paix, priait les dieux de provoquer l'intervention armée d'Hannibal. La démagogie du sénateur extrémiste Akboram avait porté ses fruits, non pas auprès de ses collègues de l'Assemblée haute, où l'on observait un accord tacite entre le clan Barca et le clan d'Hannon le Grand contre ses dangereuses idées, mais auprès des gens de la rue qui avaient du mal à comprendre que la politique de leurs gouvernants fût si prudente maintenant qu'Hannibal était revenu. Gereshmoun, représentant du clan Barca, exprimait son désarroi, car c'est sur le peuple que son parti s'appuyait depuis plusieurs décennies, rêvant de mettre un jour en œuvre les projets démocratiques qu'avait conçus autrefois Amilcar Barca. Aujourd'hui, Gereshmoun doutait de ce peuple si versatile qui n'écoutait pas la voix de la raison mais obéissait à ses instincts. Il fut effaré quand Asdrubal le Chevreau, fidèle d'Hannon le Grand, lui souffla en privé sous le portique de la Grande Place :

— Un jour ou l'autre, nous devrons céder aux désirs du peuple, sinon, je ne réponds plus de rien.

— Quoi ! tu veux dire que ton clan se rallierait aux idées d'Akboram ?

— Réfléchis un peu, Gereshmoun ! chuchota-t-il. Que pourront les suffètes, et que pourra l'Assemblée haute si le peuple soutenu à la fois par les sénateurs religieux et l'Assemblée populaire en appelle à la guerre ? Tout sera alors possible, la violence se répandra dans la ville tant que nous n'aurons pas ordonné à Hannibal d'entrer en campagne.

— La situation n'est pas encore extrême. Il nous faut gagner du temps, car tu sais aussi bien que moi qu'Hannibal n'est pas prêt. Il est persuadé depuis le début que cette trêve est une ruse de Scipion pour recevoir des renforts en hommes et en armes. C'est pourquoi, dès son arrivée en Byzacène il y a neuf mois, il s'est mis au travail pour reformer une armée. Le temps gagné profite peut-être à Scipion, mais il nous est plus utile encore.

— Prions les dieux que la violence qui couve dans nos murs ne trouve pas un imbécile prétexte pour éclater, conclut Asdrubal le Chevreau d'un air perplexe.

— Oui, prions les dieux de nous éviter ce nouveau malheur qui nous serait fatal.

Depuis la nuit dramatique d'automne où Bodastaroth avait été éconduit, la belle Thanubra n'avait plus daigné se montrer hors de chez elle. Elle réglait toutes ses affaires sans descendre jusqu'au port où elle déléguait le jeune esclave Mazérès, à qui elle avait adjoint un comptable juif recommandé par Elnathan et sa femme Haggith, avec lesquels elle avait pris l'habitude d'un rendez-vous quotidien de terrasse à terrasse, à la nuit tombée. C'était un homme d'apparence très effacée mais réputé intraitable dès qu'il s'agissait du négoce. Il était d'une discrétion absolue, ce qui d'emblée plut à l'armatrice. Elle ne regretta pas de l'avoir embauché, car il réussit à lui étaler sur cinq ans le remboursement des emprunts qu'elle avait dû effectuer pour l'achat de son nouveau cargo, ce qu'elle n'avait pu obtenir elle-même. En quelques décades, Josaphat fut considéré sur le port comme le nouveau patron de la flottille. Non seulement il conserva les anciens clients que Thanubra craignait de perdre après le scandale de l'automne, mais il donna à l'entreprise une impulsion qui aurait pu éveiller la jalousie de sa patronne si celle-ci avait connu ce sentiment.

La belle Thanubra cependant se morfondait. Sa vie de recluse ne convenait pas à son tempérament de femme active. Elle disputait entre son désir de renouer avec l'animation du port et cette fierté qui lui faisait se répéter en hochant la tête : « J'ai décidé de ne plus fouler les dalles de cette ville, je tiendrai bon ! » Elle avait dû s'inventer une autre façon de passer les journées. Le matin, elle se levait toujours très tôt, comme du temps où elle trônait au port derrière son comptoir, et donnait à Mazérès les instructions qu'elle avait méditées au cours de la nuit pour qu'il les transmît à Josaphat. Celui-ci n'avait jamais pénétré dans l'appartement de la rue du Levant. Pour les affaires courantes, Mazérès servait d'intermédiaire, et lorsqu'un point important devait être évoqué, elle convoquait son comptable le soir, sur la terrasse d'Elnathan qui se prêtait de bonne grâce à cette mise en scène. Après le départ de Mazérès, Thanubra consacrait une bonne partie de la matinée à sa beauté. Elle éprouvait un plaisir nouveau à parfaire sa coiffure et ses fards, à soigner ce corps qu'elle avait encore magnifique mais qui entamerait bientôt son irréversible déclin. Sans recourir à autant d'artifices, elle passait déjà pour l'une des plus belles femmes de Carthage ; alors elle imaginait l'effet qu'elle produirait si elle reparaissait soudain dans les rues et au port. Cette idée lui procura d'abord une franche joie, mais se transforma vite en sentiment de frustration.

Quand elle en avait fini avec sa parure, elle descendait à la cuisine où son esclave Aryana l'initiait, lui détaillant l'art et la manière d'élaborer les plats. L'après-midi elle lui révélait les secrets de la broderie, car Thanubra ne savait rien de ce qui était en principe l'occupation des femmes. Puis, selon son humeur et les caprices du ciel, elle s'installait dans sa chambre ou sur la terrasse et se plongeait dans les livres que Sibboleth lui achetait. Elle s'allongeait sur son lit ou sur les innombrables coussins qui jonchaient le sol, à moins qu'elle n'en fît monter quelques-uns sur la terrasse pour s'y étendre et sentir à travers l'étoffe de sa tunique la douceur chaude du soleil.

Sa dispute avec le maître charpentier perturba aussi la vie

de sa fille Sibboleth. Abdeshmoun était trop intime avec Bodastaroth pour que la rupture violente de Thanubra n'affectât point sa relation déjà difficile avec la jeune fille. Celle-ci avait très mal vécu toute la période où sa mère était la cible des médisances, mais encore à ce moment-là pouvait-elle se réfugier parfois dans les bras d'Abdeshmoun qui la consolait. La situation changea la nuit où elle entendit sa mère lancer son anathème sur les toits de Carthage : elle en fut plus horrifiée que des gifles administrées par Bodastaroth. Au début, quand elle sortait et croisait des gens qui la connaissaient, elle avait l'impression qu'on la fuyait comme si l'on craignait quelque mauvais coup du sort, mais cela dura peu, car on pensait de moins en moins à Thanubra, puisqu'elle s'était retirée de la vie et que la vie continuait. Du côté d'Abdeshmoun, en revanche, rien n'allait plus. Le garçon avait tellement de ressentiment contre Thanubra que cela rejaillit sur la pauvre Sibboleth. Le jour où son père Iddibal avait échoué dans sa tentative de plaider pour lui, Abdeshmoun avait commencé à haïr cette femme dont il ne comprenait pas qu'elle fût à ce point inflexible. Son attitude envers Bodastaroth l'avait scandalisé et il avait applaudi méchamment quand celui-ci lui avait narré la correction infligée à Thanubra. Il n'imaginait aucune issue ni pour lui ni pour son ami. Aussi cessa-t-il tout effort dans l'organisation de ses rencontres avec Sibboleth, malgré la peine profonde qui le gagna. Dès le début de l'été, il se résolut à quitter l'intendance du palais de Megara, où il travaillait depuis son retour de Byzacène, pour s'engager dans la milice municipale.

— Tu es sûr de ton choix ? lui dit Bodastaroth.

— De toute façon, il est trop tard ! J'ai signé mon engagement.

— Comme ça tu auras des nouvelles de Sibboleth par son beau-frère Aris, ricana le colosse.

— Sûrement pas ! D'ailleurs j'ai bien veillé à ne pas dépendre de son secteur. Je serai sur le rempart de la porte du Midi et n'aurai aucune occasion de le rencontrer. Considère que je mets un point final à mes anciens projets avec Sibboleth. Thanubra peut triompher dans sa solitude : sa fille ne sera pas à moi ! Et crois-moi, Bodastaroth. Ton expérience me sert déjà de leçon : je ne courrai pas quinze ans après le cœur d'une femme !

Quelques jours plus tard, alors que des vents violents venant du fond de la Numidie démontaient la mer, des bateaux romains dérivèrent dans la baie de Carthage. La tempête les avait détournés de leur route. Il s'agissait de gros cargos de céréales de Sicile destinés à l'approvisionnement des troupes romaines. Ils auraient dû accoster dans le nord du pays, au-delà d'Utique, mais seules les galères de guerre qui les encadraient purent, grâce à leurs rameurs, conserver leur cap. Les cargos en revanche furent dispersés par la fureur des éléments. C'est ainsi que beaucoup furent irrésistiblement poussés vers la baie de Carthage, comme si celle-ci les aspirait vers son rivage. Akboram et la fraction du peuple qu'il tenait sous influence avaient enfin le prétexte qu'ils recherchaient.

À peine les navires romains furent-ils échoués dans la baie que l'Assemblée haute fut convoquée par les suffètes Zakarbal et Mattanon qui avaient été reconduits dans leurs fonctions. Le peuple embrasé et devenu fou se pressa aussitôt sur la Grande Place, hurlant, vociférant, poussant si fort que l'entrée et le vestibule de l'édifice furent envahis. Akboram en profita pour monter à la tribune sans seulement que la parole lui eût été donnée.

— Depuis que nos ambassadeurs sont revenus de Rome, nous apprenant que désormais la paix était entre les mains du seul Scipion, nous lui avons envoyé, dans son camp du Promontoire près d'Utique, trois délégations. Toutes sont rentrées bredouilles à Carthage, car chaque fois le Romain a emprunté maints détours, repoussant toute négociation sérieuse, prolongeant sans raison valable cette trêve insupportable. La preuve est faite aujourd'hui que Scipion cherche à nous tromper. Remercions les dieux d'avoir déchaîné la mer et les vents sur cette flotte. Scipion a reçu des renforts en hommes, du moins attendra-t-il longtemps les provisions pour les nourrir !

— Du calme, Akboram ! intervint Gereshmoun. Scipion n'a pas rompu la trêve en demandant à recevoir de quoi nourrir ses troupes. Je tiens à souligner que, depuis les pourparlers de paix d'il y a presque un an, aucun acte d'agression n'a été commis par les légions romaines. Quant aux délégués que nous avons par trois fois envoyés au camp romain du Promontoire, ils ne sont pas revenus bredouilles, comme tu le prétends, par la faute de Scipion. Celui-ci leur a répondu à chaque fois que, conformément à la loi romaine, la ratification du traité était entre les mains du peuple romain lui-même ! Je ne puis dire s'il veut vraiment la paix, mais nous n'avons aucune preuve du contraire, et ce qui est sûr, c'est qu'il ne faut donner à Scipion aucun prétexte de déclencher à nouveau les hostilités..., pas avant qu'Hannibal et seulement Hannibal en décide autrement. Que personne n'oublie qu'il est désormais le chef suprême de l'armée ! Que...

— Il suffit, Gereshmoun ! je ne t'ai que trop laissé la parole. Toi qui prétends incarner la voix du peuple dans cette Assemblée haute, comment oses-tu tenir un tel discours ? Le peuple est excédé et il a raison. Le peuple craint la famine et il a raison. Le peuple voit dans l'arrivée de ces navires un signe des dieux et il a raison. Le peuple veut s'emparer de leur cargaison parce qu'il considère qu'il s'agit d'un butin de guerre et il a raison ! Je vous demande à tous de voter sur-le-champ que notre amiral Asdrubal le Chevreau prenne la tête de nos galères pour traîner jusqu'ici les bateaux échoués. Pourquoi les céréales qu'ils contiennent iraient-elles à l'ennemi quand le manque de vivres menace Carthage ?

À ces mots, la clameur populaire venant du vestibule et de la Grande Place couvrit les autres interventions. Tout débat devenait impossible et l'on passa au vote sans autre forme de procès, à la grande fureur des sénateurs du clan Barca, qui constatèrent, déconfits, que les fidèles d'Asdrubal le Chevreau et d'Hannon le Grand se rangeaient à la folle proposition d'Akboram.

— Pauvres fous ! c'en est fait de la trêve ! rugit en vain Gereshmoun.

Dehors, le peuple en délire se bousculait vers le port et ce fut un spectacle d'horreur. De la Grande Place qui offrait un vaste espace, il se précipitait dans les rues étroites qui descendent vers le rempart de Mer avec la même rage ravageuse qu'un torrent déchaîné cherchant à se frayer un chemin vers la vallée à travers le moindre goulet d'étranglement, dévastant tout sur son passage, arrachant la devanture des échoppes, écrasant ce qui entravait sa route tel un déferlement de buffles ou d'éléphants en furie. Il fallait rester debout et avancer sans faiblir, marcher et piétiner ceux qui par malheur perdaient l'équilibre et tombaient, vite noyés par le flot impitoyable de cette marée humaine réduite, ou revenue, à l'état de troupeau de bêtes. Ils avaient beau crier, tenter de se relever avec l'énergie du désespoir, ils sentaient d'abord les os de leurs mains craquer et se briser, puis leurs côtes s'enfoncer, leurs membres se tordre sous les coups répétés qu'ils subissaient, enfin leur tête sanglante sombrer dans un douloureux sommeil dont ils n'émergeraient jamais plus. À cet instant, dans une ultime lueur de lucidité, quelques-uns prenaient conscience que, pendant les heures qui précédaient, ils n'avaient été que le jouet de la masse qu'ils étaient venus former ou grossir et pour laquelle ils avaient perdu la raison.

Asdrubal le Chevreau, protégé par des hommes en armes, arriva au port par des chemins détournés. Il était sorti de l'édifice de l'Assemblée haute par une porte dérobée afin d'éviter la Grande Place, puis avait simplement suivi les remparts intérieurs qui entourent la colline de Byrsa et rejoint les fortifications qui séparent la vieille ville des faubourgs de Megara. De là, il avait gagné le rempart de Mer au nord du cothon et avait ainsi pénétré dans le port militaire par le côté mer, et non par le côté ville où la foule était massée. Comme l'architecture du port militaire avait été conçue pour empêcher le regard des curieux, on ne l'aperçut que lorsque sa pentère d'amiral franchit l'étroit canal qui donne dans le port marchand. Ce fut alors une ovation que les oreilles de Carthage n'étaient plus habituées à entendre et qui rappela à Asdrubal son retour victorieux, quatorze mois auparavant, quand déjà il avait ramené d'Utique quelques bateaux pris aux Romains.

Cinquante galères quittèrent le port à la suite d'Asdrubal. De Carthage secouée d'une exultation effrénée, on distinguait les cargos échoués sur la rive d'en face qui mène au cap Sakkôn. La flotte punique se scinda en deux, une partie mettant le cap sur ces proies faciles, l'autre filant vers l'entrée de la baie, sur l'îlot d'Ægimure contre lequel les autres cargos romains avaient buté. De nombreux matelots avaient fui leur bâtiment à l'approche des galères carthaginoises. Quelques-uns avaient gagné la terre ferme et s'étaient dispersés dans la campagne, la plupart avaient tenté de remettre à flot le cargo le moins avarié, mais à la voile, ils ne pouvaient rien contre les bateaux de guerre auxquels les longues rangées de rameurs assuraient une vitesse bien supérieure. Ils furent pris de panique quand les Carthaginois arrivèrent à leur hauteur, et stupéfaits de voir que ceux-ci les dépassaient sans même s'intéresser à eux. Ils comprirent alors que seul le chargement des cargos importait à Carthage. En ce début du mois de tamouz, l'on vivait les journées les plus longues de l'année. Le soleil n'avait pas achevé sa course vers le couchant lorsque les premières galères pénétrèrent dans le cothon, tirant derrière elles les précieux bateaux dont les voiles baissées semblaient indiquer la soumission. Ce fut pour Carthage une nuit de liesse et de débordements sans contrôle, comme si une grande bataille navale venait d'être remportée. On rendait grâces aux dieux qui avaient permis cette victoire et cette prise vitale pour la cité, on buvait et on ripaillait avec la conviction que Carthage avait reconquis son honneur bafoué par la présence insolente de Scipion.

Tout le monde ne partageait pas l'inconscience et l'euphorie populaires. De sa terrasse, la belle Thanubra avait observé, effarée, ses concitoyens en délire se presser dans la rue du Levant. Ce qui cette nuit faisait leur bonheur la rendait inquiète et nerveuse, car loin de perdre la raison, elle entrevoyait les conséquences terribles de cette agression.

— Cette ville est devenue folle, dit-elle à Elnathan qui avait eu la sagesse de rentrer chez lui dès qu'il avait senti que les rues s'agitaient. Ils s'imaginent que Scipion va rester dans son camp sans répliquer !

— Ils n'ont même pas pensé à Scipion, répondit le gros homme. Ils sont trop excités et trop aveuglés pour cela. Pour eux, le retour d'Hannibal règle d'avance, et en faveur de Carthage, l'éventualité d'un nouveau choc des armes.

Thanubra ne vit dans l'événement qu'un seul aspect agréable. Elle avait tant envie de reparaître dehors qu'elle se dit qu'à la faveur de ces circonstances les passions qu'elle avait aiguisées huit mois auparavant seraient étouffées par l'actuel embrasement des esprits. Elle décida de ne pas perdre de temps. Le lendemain, vers le milieu de la matinée, lorsque l'animation du port marchand est à son sommet, elle franchirait le seuil de sa porte, descendrait la rue du Levant jusqu'au coin de la rue des Hébreux parallèle à la rue des Suffètes au nord et au rempart de Mer au sud, atteindrait la rue des Tanneurs qui mène directement au port militaire dont elle longerait les murailles orbes, puis distinguerait sur le quai Josaphat et Mazérès derrière le comptoir et viendrait prendre avec le plus grand naturel la place qu'elle n'aurait jamais dû quitter.

Au matin, comme si de rien n'était, elle donna ses instructions au jeune esclave. À peine fut-il parti qu'elle se fit monter de l'eau chaude par Aryana et remplir un grand baquet en bois d'olivier. Elle s'y plongea avec plus de délices encore que d'habitude, se frictionnant la peau pour en enlever les crèmes de nuit, se frottant le corps tout entier, lavant avec un onguent à l'œuf ses cheveux qu'Aryana rinçait en déversant un seau d'eau tiède. Puis elle se leva, s'égoutta et l'esclave l'enveloppa dans un grand drap pour la sécher. La belle Thanubra ferma les yeux en inspirant profondément et s'assit devant la table sur laquelle étaient disposés le miroir, les fioles de parfums et les nombreux pots de crèmes, d'onguents et de fards. Elle aimait beaucoup ce miroir sur pied fabriqué par un artisan carthaginois qui copiait à la perfection les modèles grecs. La surface ronde où l'on se mirait, vaste car elle égalait la dimension d'un visage, était en or et le pied représentant une femme vêtue d'une robe plissée et serrée à la taille était encadré de deux petites sirènes.

Thanubra saisit un pot de crème dans laquelle se conjuguaient des odeurs de lis, de fleur de vigne et de cinnamome d'Arabie et s'en enduisit le cou, les aisselles et les épaules, puis la poitrine, le bas-ventre et le haut des cuisses, se massant du bout des doigts avec une lente volupté. Dans ses cheveux qu'elle ne portait plus roussis par le henné mais teints d'un noir aux reflets mauves, elle passa un parfum de rose où se mêlaient des notes d'acore et de safran. La pièce embaumait. Elle rappela Aryana pour la coiffer, en petites tresses, selon une mode égyptienne qui, disait-on, provenait de la nuit des temps. Ce fut ensuite le moment délicat du maquillage. Thanubra y était devenue fort habile. Elle étala d'abord sur tout son visage un fond blanc de céruse, plus épais sur le front, le menton et le cou, plus mince sur les joues et autour des yeux où d'autres couleurs auraient la priorité. Elle utilisa un fard à base d'algue rouge pour colorer ses joues, puis teinta ses paupières en bleu comme on le faisait en Phénicie avant même la fondation de Carthage et redessina le pourtour de ses yeux et ses longs cils au moyen d'une préparation brillante qu'on appelait stimmis noir. À l'aide d'une petite spatule en or, elle recouvrit ses lèvres d'une crème pourpre colorée par de la terre de Sinope. Elle tourna plusieurs fois la tête devant son miroir pour vérifier les plus infimes détails de sa beauté. Elle enfila pour finir une robe évasée d'un bleu intense, brodée de fils d'or et tenue à la taille par une épaisse ceinture en peau d'éléphant incrustée d'ivoire, mit des sandales de cuir fauve nouées au-dessus de la cheville et dit tout haut, admirant le reflet pulpeux de ses lèvres :

— Tu es prête, Thanubra.

En posant le pied dans la rue, elle eut l'impression de se jeter à l'eau, comme si ce monde extérieur qu'elle avait pris l'habitude d'observer de haut allait la submerger et l'étouffer. Elle franchit le seuil du long couloir de l'immeuble en baissant la tête. Des sentiments diffus de liberté retrouvée et de timidité craintive l'envahissaient. La foule avait digéré ses folies de la veille, mais, si chacun avait replongé dans le moule quotidien de son travail, Thanubra sentait qu'à la première occasion Carthage pourrait à nouveau dégorger sa violence. Il lui fallut avancer de quelques pas pour reconquérir un peu de sa superbe, mais à peine avait-elle relevé la tête que les « Salut à toi, belle Thanubra ! » fusèrent de toutes parts, comme autrefois. Avait-on oublié tout ce qu'on lui avait tant reproché ? Elle n'osa pas trop croire, connaissant les Carthaginois, à un revirement aussi miraculeux, contraire aux penchants rancuniers de leur mémoire. Le jour où cela les arrangerait, se disait-elle, ils ne manqueraient pas de lui relancer au visage les mêmes méchancetés. Elle n'avait aucune illusion sur le cœur de l'homme, rendu mauvais par un éternel venin.

Quand elle déboucha sur le quai du port marchand, il lui sembla qu'elle n'avait jamais quitté ses dalles poisseuses et ses éclats de voix, et elle douta un instant que les huit mois passés dans l'isolement ne fussent de l'ordre du rêve.

Mazérès pourtant faillit tomber à la renverse. Il était en train de faire signer le livre de comptes à un riche marchand de tissus orientaux quand il la vit, par-dessus le buste penché de l'homme. Ce dernier, d'abord surpris, se retourna pour suivre le regard du jeune esclave et s'avança vers l'armatrice.

— Thanubra, dit-il avec un sourire étonné, tu nous reviens plus belle encore. Le port tout entier souffrait de ton absence...

Les autres commerçants fêtèrent son retour par de grands gestes et de bruyantes paroles de bienvenue. La nouvelle se propagea sur toute la longueur du quai et jusqu'au soir les curieux se donnèrent rendez-vous devant le comptoir de Thanubra, qui renouait avec ses clients de longue date et apprenait à connaître ceux que le talent de Josaphat lui avait amenés.

— Maintenant que tu es revenue, s'inquiéta-t-il, ma place est-elle encore ici ?

— Je ne serai pas assez stupide, ni assez ingrate, pour me passer de tes services, répondit-elle. Je crois bien que tu me portes chance !

Thanubra reprit en un rien de temps ses habitudes. En quelques heures de présence, elle régnait sur ce petit monde qui avait été toute sa vie. Elle avait toutes les raisons d'être rassurée, mais une angoisse l'étreignait, celle de son inévitable rencontre, dans ce quartier de la ville, avec Bodastaroth. Celui-ci en effet, chaque fois qu'il interrompait son travail à l'arsenal, venait traîner dans cette partie du port où il aimait discuter, boire et manger. Aujourd'hui, en plein après-midi, on ne l'avait pas encore aperçu. Avait-il été averti du retour si imprévu de Thanubra et redoutait-il lui aussi la difficile confrontation ? Elle se doutait bien qu'il serait plus difficile encore de s'ignorer tout en se côtoyant. Elle refusait d'y penser, mais plus elle s'efforçait de l'enfouir au fond d'elle-même, plus l'image du colosse surgissait des innombrables têtes qui circulaient. Et plus son imagination l'abusait, plus elle se surprenait à le guetter. Lorsqu'il apparut pour de bon, elle se raidit sans chercher à dissimuler qu'elle l'avait vu. Abdeshmoun marchait près de lui, et de loin Thanubra remarqua que leurs regards se portaient déjà sur elle, qui se cambra, crispa un peu les mâchoires et attendit. Ils étaient tous les deux vêtus d'une tunique courte qui laissait voir leurs jambes à mi-cuisse et découvrait les bras à partir des épaules. La foule dense et braillarde semblait s'ouvrir devant eux sans effort, leur ménageant comme par enchantement un chemin jusqu'à Thanubra. C'était comme si un invisible aimant obligeait les deux hommes à s'approcher, toujours plus près, de celle contre qui ils avaient proféré ensemble les pires horreurs. Il y eut un bref instant de silence. Elle était si belle, si resplendissante que Bodastaroth, figé, ne trouva rien d'autre à faire que rajuster sur sa grosse tête chevelue son bonnet crasseux. Le sourire éclatant que lui offrit l'armatrice acheva de le désarmer.

— Tu étais la plus belle, murmura-t-il, la plus belle... Comment imaginer que tu pouvais l'être plus encore ?... telle une reine ! Salut à toi, Thanubra, bienvenue au port...

Son regard allait de son ancien amant, dont le manque d'aplomb contrastait avec la masse physique, à Abdeshmoun qui, fasciné, gardait les lèvres serrées, incapable d'articuler une syllabe. Elle souriait toujours, enjôleuse et presque mystérieuse, et répondit à voix basse mais sans baisser les yeux :

— Salut à toi, Bodastaroth, salut à toi, Abdeshmoun. J'ai des choses importantes à vous dire, à l'un et à l'autre, mais le lieu n'est pas choisi. Trop d'oreilles traînent par ici... Certes, après tout ce qui s'est passé, je comprendrais que vous ne vouliez pas m'écouter. Mais je le répète, ce sont des choses importantes...

— Nous t'écouterons, Thanubra ! coupa le colosse sans même réfléchir.

— Dans cinq jours auront lieu les fêtes en l'honneur d'Elissa, grâces soient rendues à notre bien-aimée fondatrice qui se sacrifia dans les flammes du bûcher ! Soyez les bienvenus chez moi au repas de fête que je donne ce jour-là pour ma famille, et seulement pour elle. Nous pourrons alors parler.

Comme les rares esprits lucides de Carthage l'avaient pressenti, la réaction de Scipion à la prise de ses cargos fut immédiate. Trois jours après l'incident, une quinquérème* romaine fut annoncée à l'entrée de la baie de Carthage et deux pentères puniques l'encadrèrent aussitôt pour l'escorter jusqu'au cothon. On ne la fit pas pénétrer à l'intérieur, mais seulement aborder le long de la chôma, le quai extérieur aux remparts. Trois émissaires romains vêtus de leur toge, et non de leur armure, en descendirent, accompagnés d'une escorte de six hommes d'armes plus présents pour le protocole que pour parer à une éventuelle agression contre leurs maîtres. Les suffètes Mattanon et Zakarbal en tenue de parade, longue tunique blanche bordée de pourpre et bonnet blanc immaculé, les accueillirent, un interprète à leurs côtés, bien que l'un des Romains, qui s'appelait Lucius Baebius, connût quelques rudiments de langue punique. Ils se dirent quelques mots, tous montèrent sur des chars et le cortège se dirigea vers la Grande Place où l'Assemblée haute avait été convoquée dès qu'on avait signalé l'approche de la quinquérème. Beaucoup avaient abandonné leur poste de travail pour précéder ou suivre l'arrivée des émissaires de Scipion. Ceux-ci pénétrèrent d'un pas décidé dans l'édifice de l'Assemblée haute, emboîtant le pas aux deux suffètes.

— Nous venons devant vous, sénateurs de Carthage, commença Baebius avec un fort accent latin, exprimer le mécontentement de Publius Scipion. Comment accepter, alors que nous attendions tous la ratification du traité de paix par le peuple romain, une violation aussi manifeste et aussi basse de tous les usages que commande le droit en période de négociations ? Quelle autre conclusion tirer de cet acte inqualifiable qui insulte les dieux et les hommes, sinon qu'il constitue une rupture de la trêve et compromet gravement l'avenir ? Avez-vous si vite oublié vos aveux de l'an passé au camp de Tunês, lorsque vos trente gérontes, se prosternant devant Scipion et lui baisant les pieds avec une obséquieuse humilité, admirent que c'était Carthage, par l'entremise d'Hannibal, qui avait enfreint le précédent traité de paix ? Vous avez alors accepté les conditions imposées par Scipion, qui a daigné conclure la trêve, déléguant à Rome son ami et lieutenant Caius Laelius afin qu'il plaide la cause de cette paix auprès de nos patres. Nous ne voyons aujourd'hui qu'une seule raison à l'agression odieuse dont les bateaux du peuple romain viennent d'être victimes. Vous comptez sur la présence en Afrique de votre Hannibal !

— Qu'il me soit permis de t'interrompre un instant, dit le suffète Zakarbal d'un ton glacé. Jamais nous n'avons avoué la responsabilité de Carthage dans le déclenchement de la guerre, puisque au contraire nous vous avons prouvé qu'il s'agissait d'une manœuvre du seul Hannibal narguant notre autorité depuis son empire d'Espagne. Quant à sa présence aujourd'hui sur notre sol, n'est-elle pas la preuve qu'en lui ordonnant de quitter l'Italie nous avons levé le principal obstacle à la négociation ?

L'un des trois émissaires, qui avait pour nom Lucius Sergius, se pencha vers Baebius et lui souffla quelques mots à l'oreille.

— Il n'empêche, continua Baebius, que cette violation de la trêve arrive à un moment inopportun. Car le jour même où vous vous empariez de nos cargaisons, les galères du préteur Lentulus qui devaient les escorter réussirent à parvenir à bon port malgré la tempête, apportant la nouvelle à laquelle nous aspirions tant. Sachez, Carthaginois, qu'au moment où vous outragiez le droit, nous apprenions que le peuple romain, après des mois de discussions, avait enfin ratifié les termes du traité fixés par Scipion ! Quelques jours de plus et votre quatrième délégation qui se trouve au Promontoire rentrait à Carthage avec le traité signé entre les mains, ce qui signifiait le départ de nos troupes avant l'hiver !

Le cercle des sénateurs avait jusqu'ici consenti à observer le silence, recevant sans sourciller ces paroles qui les couvraient d'opprobre. Beaucoup étaient stupéfaits de l'arrogance de Baebius, et Akboram ne put s'empêcher de se lever et de l'invectiver avec violence.

— Qui donc, cria-t-il de son rang, va croire à une pareille coïncidence ?

— La paix est compromise, poursuivit Baebius sans s'émouvoir, mais Scipion sera clément à condition que Carthage répare l'affront que nous avons subi. Scipion exige que les navires et les cargaisons volés nous soient restitués, et tout alors sera à nouveau possible. Nous espérons de vous un consentement rapide à sa demande.

Le Conseil des Trente, qui comprenait les personnages les plus importants et les plus représentatifs de l'Assemblée haute, sortit du cénacle et se réunit dans une petite salle de l'édifice. La plupart refusaient ces nouvelles conditions, persuadés que Baebius les avait abusés avec cette ratification tellement providentielle du traité. Partagés entre l'indignation et la fureur, certains n'hésitaient pas à dire qu'il fallait au plus vite lancer Hannibal dans la guerre, persuadés qu'ils étaient de sa victoire. Après avoir consulté des représentants de l'Assemblée du peuple, ils décidèrent, malgré leurs divergences, de laisser partir les émissaires sans leur donner de réponse. Ils reprirent donc leur place dans le cénacle, murmurant leur décision qui fit rapidement le tour des rangs. Le vote de l'Assemblée haute eut lieu à l'unanimité.

— Notre Assemblée réserve sa réponse aux propositions de Scipion, déclara le suffète Mattanon avec solennité. Que nos délégués reviennent avec le texte du traité, alors nous prendrons une résolution définitive.

Ainsi s'acheva cette séance où les Carthaginois burent jusqu'à la lie la coupe de l'humiliation. Le peuple ne s'y trompa point qui, massé sur la Grande Place, commença à insulter et à bousculer les émissaires romains, les empêchant de monter sur leur char qu'ils renversèrent.

— Ils ne doivent pas partir, entendait-on, gardons-les en otages tant que nos délégués sont chez Scipion !

Les sénateurs et les suffètes prirent peur, car toute atteinte à l'intégrité physique des Romains serait considérée comme un acte de guerre que rien ne pourrait justifier. Des vigiles municipaux tentèrent de s'interposer sur ordre de Zakarbal, mais l'avancée, à pied, des trois Romains et de leurs hommes d'armes pétrifiés s'annonçait pleine de dangers. Les représentants de l'Assemblée du peuple furent impuissants eux aussi. Asdrubal le Chevreau en personne, sénateur et chef suprême de la flotte, revêtit alors sa cape rouge et fendit la foule en donnant des coups du plat de son épée. Il fut en quelques enjambées vigoureuses auprès des Romains. Mais sa présence prestigieuse — n'était-il pas le vainqueur d'Utique et celui qui avait tiré vers Carthage les cargos abandonnés ? — fut d'un maigre secours. Chacun voulait saisir la toge des Romains, d'autres écartaient les rangs serrés et vociférants pour cracher leur mépris et leur haine. Asdrubal sentit qu'il serait bientôt débordé et que jamais les émissaires romains ne rejoindraient indemnes leur quinquérème.

Pourtant, alors qu'on n'avait pas encore atteint la rue des Suffètes en direction du port, la foule se calma et se tut, comme si un souffle plus puissant encore que son déchaînement s'était abattu sur elle. Pour la deuxième fois en moins d'un an, Hannon le Grand était sorti de sa maison de la rue de Déméter.

Comme au milieu de l'été précédent, lors de ce mémorable treizième jour du mois d'abu où son intervention avait forcé Carthage à s'engager dans la voie de la paix, le vieillard obèse put mesurer la fascination qu'il exerçait sur ses concitoyens. Informé que le gouvernement perdait tout contrôle sur la cité, il ordonna à des crieurs, avant même de quitter sa maison, d'annoncer son arrivée. Sa litière portée par six gaillards était précédée de cette nouvelle qui descendit beaucoup plus vite qu'elle de la courte rue de Déméter à la Grande Place. Cela suffit pour distraire les gens de la cible qu'ils s'étaient tous fixée, et offrir aux envoyés de Scipion un répit qu'ils n'espéraient plus. Hannon le Grand apparut dans la rue de Melqart qui menait tout droit sur la Grande Place. Deux filets de bave perlaient à la commissure de ses lèvres, figées en un sourire inexpressif au milieu d'un visage monstrueux en forme d'œuf et surmonté d'un bonnet rouge et blanc. Ses joues lisses et jaunâtres, comme frottées au bois de thapsus, entraient, sans même l'ébauche d'un relief de la chair, dans le gras du menton et du cou dont les plis coulaient sur le haut de sa tunique. Tandis qu'une de ses mains replètes se noyait dans cette graisse pour maintenir sa cape rouge d'ancien général, l'autre s'agitait, tendue en petits signes donnés de haut en bas à la foule, comme on en dispense pour modérer les élans d'un chien en colère et tenter de l'apaiser par des gestes dont l'animal comprend le mélange de fermeté et de douceur.

— Il était déjà très gros à l'époque de la guerre inexpiable, murmura un vieil homme. Mais pas autant..., il avait la force de monter à cheval. Maintenant, à ce qu'on dit, deux hommes ne sont pas de trop pour le soutenir et l'empêcher de tomber dans les latrines !

Hannon parvint jusqu'à la délégation romaine et prononça enfin quelques mots d'une voix puissante qui paraissait étrange, sortant de ce corps vautré. Ses petits yeux jusque-là demeurés plissés s'entrouvrirent. Sa main cessa de s'agiter et il s'essuya la bouche.

— Ne craignez rien, envoyés de Scipion. Le peuple de Carthage a de bonnes raisons de concentrer sur vous ses rancœurs et ses désillusions, vous le comprenez sans peine. Imaginez le peuple de Rome en de pareilles circonstances ! Croyez-vous qu'il eût aussi gardé son sang-froid et qu'il n'eût point fallu, comme à Carthage aujourd'hui, le secours d'un esprit respecté pour sa grande sagesse, tel votre vénéré Fabius Maximus ? Alors je vous le demande, au nom de tous les dieux, oubliez le pénible moment que vous venez de vivre ici. Je vous garantis la sécurité et vous accompagne jusqu'à votre embarquement, malgré les efforts terribles que cela coûte à mon corps impotent et à mes yeux malades.

Les émissaires romains s'inclinèrent avec déférence, mais ils devinaient que la violence et la haine, loin d'être brisées, n'étaient que suspendues par la présence du maître qui tenait la foule bâillonnée. Ils ne se sentirent tirés d'affaire que lorsqu'ils posèrent le pied sur le pont de leur quinquérème et eurent quitté le bord de la chôma, escortés de deux pentères dont l'une était commandée par Asdrubal le Chevreau lui-même, ce qui acheva de les rassurer.

Le surlendemain fut le jour des fêtes en l'honneur d'Elissa. Partout à travers la ville, les prêtres et les prêtresses avaient disposé depuis le matin de petits brasiers que l'on entretiendrait jusque tard dans la nuit, pour rappeler celui que la princesse tyrienne avait fait allumer avant de s'y jeter et d'y périr. Bodastaroth passa chercher Abdeshmoun au poste de garde de la porte du Midi et quand le soleil approcha du zénith, ils remontèrent la longue rue des Suffètes vers le nord, laissant à leur droite les temples de Ba'al Hammon et de Tanit avec le tophet, puis la ruelle qui menait au port marchand. Sur la Grande Place, la foule commençait à s'éparpiller. C'était l'heure de rentrer chez soi pour le repas rituel en l'honneur de la princesse. Les deux amis couvrirent à grands pas les quelque douze stades qui séparaient la porte du Midi de la rue du Levant. Ils marquèrent une hésitation devant la maison de la belle Thanubra, se regardèrent et comme un seul homme voulurent s'engouffrer dans le couloir du rez-de-chaussée. Ils se coincèrent dans l'entrée trop étroite pour deux, ce qui eut pour effet de défaire le nœud qui les étreignait, libérant leur angoisse dans un bruyant éclat de rire.

— Passe devant ! dit Bodastaroth.

— Non, toi le premier ! Gros comme tu es, si tu passes, nous sommes sûrs d'arriver en haut tous les deux... Sinon j'ai bien peur de te laisser quelque part dans l'escalier !

— Jeune insolent, répliqua le colosse d'un ton faussement fâché. J'ai dit « passe devant », donc, tu t'exécutes !

Et saisissant le garçon aux aisselles, il le souleva sans effort, le plaça devant lui et le poussa en avant. À l'étage de la cuisine et des esclaves, la porte était grande ouverte et ils entendirent Aryana qui s'activait devant le feu, lançant des imprécations contre le temps qui s'écoulait trop vite et ne lui permettrait pas d'être prête à servir lorsque Thanubra l'exigerait. Ils s'arrêtèrent pour que Sarchos leur lavât les pieds et montèrent à l'appartement. L'armatrice avait revêtu les mêmes habits que le jour de son retour au port, et exhibait la même beauté parfaite. Elle avait ajouté une collection impressionnante de bijoux en or : bracelets aux fines ciselures, lourds pendentifs accrochés à une triple rangée de colliers, boucles d'oreilles dont le motif était symbole de vitalité et de force. Elle accueillit ses hôtes avec un large sourire.

— Soyez les bienvenus chez moi. Mes filles et mes petits-enfants sont sur la terrasse, il ne manque que mon gendre Aris, retenu à son poste mais qui nous rejoindra peut-être au cours du repas. Entrez, nous allons nous mettre à table. Va les chercher là-haut, Abdeshmoun.

Batnaamat installa près d'elle ses deux enfants, le petit Naamel qui aurait deux ans au début de l'automne et trottait dans tous les coins, et son aîné Hillesbal qui venait d'avoir quatre ans et dont le bavardage faisait les délices de sa grand-mère. Abdeshmoun et Sibboleth descendirent un instant après, silencieux. Quand ils furent tous allongés sur les lits ordonnés en fer à cheval autour des tables, la belle Thanubra appela Aryana avec autorité, puis elle se releva et invoqua Elissa et tous les dieux.

— En cette fête de notre fondatrice bienveillante, en mémoire du bûcher sacré qui l'éleva au rang des dieux, que le Destin cesse d'accabler notre pauvre cité et la préserve de tomber sous le coup de malheurs plus terribles encore que ceux que nous avons traversés depuis l'arrivée de Scipion !

Tous se levèrent pour la suivre vers le petit autel domestique où elle brûla de l'encens, puis partagea avec Bodastaroth les répliques rituelles reprises ensuite en chœur, et ils retournèrent à table où chacun, dès lors qu'il sentait venir l'heure des confidences, sembla se perdre dans un mutisme qu'aurait pu imposer un invisible silentiaire flottant au-dessus des têtes. Personne n'osait lever les yeux de peur de surprendre un regard interrogateur et incitant à prendre la parole.

— Je vous ai réunis aujourd'hui, avoua enfin Thanubra avec une timidité qui ne lui était pas familière, parce que j'ai conscience de vous devoir quelques explications. Mes longs mois de solitude et de réclusion volontaire m'ont amenée à réfléchir comme jamais auparavant. Pour la première fois, j'avais le temps de penser à moi-même, quitte à ressasser les choses les plus noires. Mais au bout du compte, ce repli et cette réflexion n'ont pas été inutiles. J'ai compris combien je vous avais rendus à la fois malheureux et furieux : toi Bodastaroth, toi Abdeshmoun, et toi Sibboleth, ma fille tant aimée. Vous m'avez crue méchante, alors qu'au fond je souffrais autant que vous des refus que je vous opposais. L'heure est venue de vous livrer le secret qui dirige toutes mes actions depuis la mort de mon époux Hillesbal. À l'époque de cette tragédie, il y eut à Carthage mille mauvaises langues pour faire courir le bruit que j'attirais le malheur. Bodastaroth s'en souvient sans doute. J'étais jeune encore et j'y ai cru, désespérée. Comment n'aurais-je pas eu en mémoire la disparition de ma mère, puis de mon père, puis du père d'Hillesbal qui m'avait recueillie et élevée comme sa propre fille ? Tous des gens que j'aimais et qui sont morts dans d'horribles circonstances. Déjà à la mort de mon père, alors que j'avais huit ans à peine, il y eut des langues assez méchantes pour me harceler, lançant dans mes oreilles de petite fille : « Tu es maudite, ma pauvre enfant ! Tu es maudite et tant que tu vivras, tu répandras le malheur autour de toi. » Ces paroles, quelques années enfouies, resurgirent à la mort d'Hillesbal et n'ont cessé de résonner en moi comme au jour affreux où elles avaient été prononcées. Pendant dix-sept ans, j'ai donc vécu dans la hantise de provoquer malgré moi la mort de ceux que j'aime. Oui, pendant dix-sept ans, je suis restée persuadée qu'une malédiction pesait sur moi, touchant par ma faute ceux auxquels j'étais le plus attachée. Pendant dix-sept ans je n'ai cessé de trembler pour vous, mes filles... Afin de ne pas me remarier, j'ai prétexté que rien ne prouvait qu'Hillesbal fût mort, et voilà donc pourquoi j'ai refusé tous mes prétendants, voilà pourquoi je t'ai repoussé malgré les faiblesses que je t'ai accordées, Bodastaroth ! Voilà pourquoi j'ai joué à ne te manifester aucune amitié et à t'interdire de voir ma fille, Abdeshmoun ! car je craignais qu'un lien avec toi ne soit néfaste non seulement à toi-même, mais à la maison d'Hannibal Barca qui seule peut sauver Carthage du désastre.

— Tu n'as donc pas eu peur pour Aris ? fit Batnaamat d'un ton amer. J'ai toujours su que tu ne l'aimais pas, alors tu te moquais bien de lui porter malheur !

— Non je ne l'aimais pas, donc je ne pouvais pas lui porter malheur...

— Et maintenant ? interrompit Bodastaroth.

— Maintenant j'ai compris que j'ai gâché toutes ces années en me persuadant de ce prétendu pouvoir maléfique que les médisants et les superstitieux m'attribuent. Combien de fois ai-je dû subir l'affront de celles et de ceux qui, sur mon passage, se mettaient à trembler et se crachaient sur la poitrine pour éloigner le malheur que ma vue risquait d'attirer sur eux ? Mais j'ai décidé, si c'est encore possible, de réparer tant d'erreurs commises par pure superstition, même si, comme me le disait Elnathan, il est difficile d'y échapper quand on appartient à un peuple aussi superstitieux que celui de Carthage ! Devant mes filles, Bodastaroth, je te demande, à moins que cela ne t'effraie, si tu veux encore m'épouser.

Quant à toi, Abdeshmoun, si tu veux toujours de ma fille Sibboleth, je t'accorde sa main. Je n'ai plus peur de moi-même, ce serait triste que vous ayez maintenant peur de moi, vous qui n'avez jamais attaché d'importance à ces sornettes !

Thanubra coupa court à toute réponse trop rapide en ordonnant à Aryana et Mazérès d'apporter les plats et les boissons. Un agneau de lait cuit à la broche et farci de morceaux de volaille constituait la pièce maîtresse, entouré de bouillie de céréales, de pois et de petits pains anisés, sans oublier les coupes de sauces au safran et au cumin. La confession de Thanubra semblait avoir levé un poids et éclairci les esprits. Le vin coulait dans le gosier des hommes et, au cours du repas, Bodastaroth donna sa réponse à l'armatrice en s'adressant à Abdeshmoun :

— Pense que tu parles à ton futur beau-père !

Dans les sombres moments que vivait Carthage depuis près de deux ans, on prenait la peine de savourer le bonheur privé. Abdeshmoun et Sibboleth paraissaient avoir tout oublié de ces longs mois où ils s'étaient fuis l'un l'autre et reprenaient d'anciennes conversations comme s'ils s'étaient quittés la veille. Bodastaroth avait chassé de son esprit toute sa rancune et Batnaamat, malgré les propos décevants de sa mère à l'encontre d'Aris, était gagnée par ce regain de joie familiale. C'était comme si la bienveillance d'Elissa avait répandu dans la maison son baume miraculeux. L'après-midi passait dans les plaisanteries et les rires, quand Aris fit irruption au milieu d'un mime joué par Abdeshmoun.

— Ainsi vous vous amusez quand Carthage est en guerre ! dit-il d'un ton sec.

— En guerre ? interrogea son épouse Batnaamat tandis qu'Abdeshmoun, rouge à la fois de honte et d'irritation, interrompait son exhibition.

Aris saisit dans le plat un morceau de viande froide, en déchira une bouchée d'un coup de dents violent et regarda Abdeshmoun.

— Quand la quinquérème des émissaires romains a atteint l'embouchure du Bagradas, nos deux pentères d'escorte l'ont abandonnée, comme cela était prévu, pour revenir sur Carthage. Mais avant qu'elle atteigne la crique dans laquelle accostent les bateaux de Scipion, non loin du camp du Promontoire, trois autres pentères carthaginoises ont surgi et ont fondu sur la quinquérème. Elles avaient l'ordre de la couler.

— De la couler ? s'étonna Bodastaroth. Mais qui a donné un tel ordre ?

— Dès qu'Hannon le Grand eut sauvé la situation avant-hier et fut rentré chez lui, le Conseil des Cent Quatre s'est à nouveau réuni et, sous la pression d'Akboram, a obtenu une majorité pour envoyer trois de nos navires, en mouillage entre Carthage et Utique, intercepter la quinquérème et la couler. Des cavaliers sont partis donner cet ordre dans le plus grand secret. Nos galères ont alors gagné le large, guettant le moment où les pentères d'escorte rebrousseraient chemin. Puis elles ont attaqué la quinquérème par surprise, la poursuivant presque jusqu'à la côte d'où les légions romaines assistaient à l'effarant spectacle.

— Le bateau de leurs ambassadeurs coulé devant leurs yeux ? s'offusqua Thanubra.

— Non, il n'a pas été coulé et les émissaires sont en vie ! Du haut du Promontoire, Scipion a fait mettre en toute hâte des navires à flot... et nos galères ont pris la fuite. Mais il n'y a plus de doute pour personne, c'est à nouveau la guerre.

8.

Zama, le destin du monde

Hannibal avait reconstitué à la porte de son palais fortifié de Marthama le camp militaire d'Italie. Alors qu'il aurait pu dormir dans son lit, chez lui, il préférait l'austérité de sa tente et la proximité de ses soldats, autant par goût que par habileté à entretenir leur crainte et leur vénération. Ils lui étaient tous reconnaissants de son choix, jusqu'aux mercenaires gaulois qui le soupçonnaient parfois de les sacrifier dans les batailles où il leur confiait presque toujours la redoutable mission du premier choc avec l'ennemi.

— Qui parle de sacrifice ? se défendait Hannibal auprès de leurs délégués. Vous n'êtes pas en première ligne pour être sacrifiés, mais parce que vous êtes les meilleurs guerriers de l'univers et que toutes les armées de la terre redoutent de vous affronter.

Par une belle matinée d'un des premiers jours de l'automne, ses soldats le virent parcourir le camp à enjambées rageuses, la main droite serrant le pommeau de son glaive, l'œil hagard comme s'il ne voyait pas le sol. Des sénateurs l'attendaient devant sa tente, qu'il aurait volontiers frappés et mis en croix. Il marcha tant qu'il ne se sentit pas capable de maîtriser cette envie de les rosser et de les insulter. Quand il réapparut, les sénateurs tremblaient malgré l'air prétentieux qu'ils voulaient se donner. Quoi ! n'étaient-ils donc pas envoyés par Carthage pour exiger qu'enfin Hannibal entrât en guerre ?

— Au nom du gouvernement de Carthage, nous te saluons, Faveur de Ba'al* ! Sans doute connais-tu les nouvelles du Nord ? Scipion ravage tout, il pille les villages, dévaste les campagnes, incendie les forêts, réduit partout les populations en esclavage. D'Utique aux Grandes Plaines la vallée du Bagradas n'est plus que désolation. Nous savons aussi qu'il a envoyé des ordres à Cirta, afin que Massinissa lève des troupes et se prépare à la guerre. Carthage court un grand péril, mais la population, loin d'être abattue, est pleine de confiance. Car tu es là, Faveur de Ba'al ! Le peuple tout entier est sûr de ta victoire. Qu'attends-tu pour aller t'opposer à Scipion ?

Hannibal les scrutait. Son œil gauche lançait des éclairs allant de l'un à l'autre. Il pénétra sous sa tente et leur fit signe de le suivre, puis s'assit à côté de sa table sur une chaise en cuir tendu. Il y avait là une lampe en veilleuse, inutile à cette heure où le soleil forçait l'épaisseur de la toile. L'usure de quelques livres enroulés en révélait la fréquentation assidue. Les sénateurs n'osaient pas avancer et restèrent groupés près de l'auvent. Hannibal caressait sur la table une statuette de bronze aux formes lisses.

— Voyez, dit-il soudain. Lysippe a façonné cet Héraclès à l'image de notre Melqart phénicien. Le fameux Alexandre de Macédoine l'a eu en sa possession, il l'a touché, il y a de cela plus de cent ans. Maintenant il est là, entre mes mains.

— Oui, Faveur de Ba'al..., mais...

— Mon père Amilcar aimait cette statue. Un bateau marchand de la flotte Barca l'avait rapportée de Tyr avec une cargaison d'objets d'art qui venaient d'Éphèse, pour la plupart.

— Nous comprenons que tu tiennes beaucoup à cet Héraclès, Faveur de Ba'al, mais le peuple...

— On ne sait pas quel périple la statue a suivi pour échouer dans une échoppe de Tyr, puis être achetée par un commerçant de mon père. Quand il a inspecté la cargaison, la chance a fait tomber son regard sur elle, et quand il a su qu'elle avait appartenu à Alexandre, il n'a plus voulu s'en séparer. Il l'a emportée avec lui en Espagne, et à sa mort, je l'ai gardée avec moi. Jamais elle n'a quitté ma table, elle était là à Sagonte, elle était encore là à Trasimène et à Cannes, elle est toujours là près de moi, comme si elle portait en elle un peu du génie d'Alexandre, mêlé à celui de mon père.

— Pardonne-nous de t'interrompre, Faveur de Ba'al, mais nous sommes venus te voir au nom du gouvernement et du peuple de Carthage...

Il leva alors la tête vers eux, avec une inquiétante lenteur.

— Vous n'êtes pas encore partis? fit-il d'un ton glacial. Par Melqart ! vous osez venir chez moi me donner des ordres, vous qui avez été incapables d'empêcher cette stupide agression contre les émissaires de Scipion. Vous êtes incompétents en politique, domaine pourtant dans lequel vous seriez censés exceller, car il engage tout autant que le militaire le destin de la cité. Et en dépit de cela, vous prétendez me dicter ma conduite, me donner des conseils de stratégie ! Ah ! ah ! Retournez donc à Carthage méditer vos erreurs et tenez-vous-en aux fonctions que vous remplissez si mal. Ne vous préoccupez pas de moi, je ne crois avoir besoin d'aucun d'entre vous pour choisir tout seul le moment de rencontrer Scipion !

— Certainement, Faveur de Ba'al, pourtant...

— Je vous conseille de ne pas insister et de rembarquer tant que je suis bien disposé.

Les sénateurs sortirent à reculons, déconfits et en s'inclinant devant la réponse sans appel d'Hannibal. Ils se dirigeaient la tête basse et en silence vers la porte du camp lorsqu'il les interpella du seuil de sa tente :

— Plutôt que votre inutile délégation, j'aurais préféré que Carthage m'envoie une troupe de volontaires capables de tenir une épée et de monter à cheval. Souvenez-vous-en !

Et il éclata d'un rire sonore, aussitôt imité par les gras ricanements des soldats qui, de leur tente ou de leur hutte, avaient perçu cette dernière invective.

Une décade plus tard — on était à la fin du mois d'elul — des navires de guerre et des cargos arrivèrent de Carthage et abordèrent sur la plage, en bas des jardins du palais. Il y avait des milliers d'hommes et quelques centaines de chevaux, d'ânes et de mulets, des armes et des boucliers, des plastrons de cuir, des jambières et des dizaines de ballots remplis de sandales, du matériel pour équiper les éléphants et des chariots déjà pleins de vivres.

— C'est ce qui s'appelle me forcer la main, murmura Hannibal à l'adresse d'Iddibal. Tout semble prêt pour partir en campagne.

Il réunit aussitôt sous sa tente le corps des officiers supérieurs.

— Il est inutile que ces renforts si rapidement envoyés par Carthage s'installent ici. De toute façon, il est trop tard pour différer notre marche à la rencontre de Scipion. Même si je juge que nous ne sommes pas prêts comme je le souhaitais, même si j'ai horreur de ne pas décider moi-même du moment et du lieu des batailles capitales, je n'ai pas d'autre issue que de faire route vers l'ennemi. Je ne puis évidemment pas laisser les Romains continuer leur œuvre de destruction à travers le pays. Par la faute des Carthaginois, je ne suis pas maître du jeu. Sans doute ne serons-nous pas inférieurs en nombre, contrairement à l'habitude. Mais, pour la première fois, l'ennemi nous opposera une cavalerie aux rangs plus serrés, menée, ne l'oubliez pas, par un Massinissa ivre d'ambition et qui n'a pas assez de régner aujourd'hui sur les terres de Syphax. Nous partirons demain à l'aube. Allez chacun donner vos ordres et porter l'enthousiasme à vos soldats. Retrouvons-nous ensuite chez moi dans mon temple afin de procéder au sacrifice et de prier les dieux de nous apporter leur concours.

Iddibal s'occupa de réunir les renforts et de les instruire des opérations du lendemain. Il parcourait les unités carthaginoises quand il sentit qu'on se hâtait derrière lui.

— Père, père ! alors nous partons demain, dit Abdeshmoun.

— Mon fils ! tu t'es donc porté volontaire. Que les dieux te protègent ! Rejoins au camp le groupe de cavaliers que commande Asdrubal fils de Giscon.

— Asdrubal est ici ? s'étonna Abdeshmoun. Mais à Carthage, il est condamné à mort !

— Oui, je n'ai pas le temps de t'expliquer. Sache seulement que dès qu'il a appris le retour d'Hannibal, au lieu d'errer sans fin à travers le pays avec une troupe de fidèles et d'esclaves, il a proposé ses services, offert ses hommes et ce qu'il avait pu sauver de sa fortune. Il est devenu un lieutenant parmi les autres, et lui qui n'avait aucune affinité avec les Barca est aujourd'hui à la dévotion d'Hannibal. Voilà ! mon fils, profite bien du repos de la nuit.

Abdeshmoun annonça à Bodastaroth son affectation sous les ordres d'Asdrubal fils de Giscon. Le colosse lui aussi avait répondu à l'appel des suffètes. L'agressivité inhabituelle du peuple carthaginois depuis plusieurs mois autant que la curiosité et l'excitation de servir sous les ordres d'Hannibal avaient contribué au succès de la mobilisation des volontaires. Il y en avait même eu tellement que le gouvernement avait dû modérer les ardeurs afin que Carthage elle-même ne fût pas vidée de toutes ses forces vives en cas d'extrémité.

— Je me doutais que tu rejoindrais la cavalerie, dit Bodastaroth. Nous ne combattrons donc pas ensemble, mais nous ne serons pas loin. Je serai dans l'unité de fantassins, entièrement composée de Carthaginois et qui devrait, je présume, demeurer proche d'Hannibal pendant le combat.

— J'ai entendu dire qu'Hannibal serait plutôt entouré de ses vétérans d'Italie, objecta Abdeshmoun.

Ils savourèrent un long moment le plaisir d'être ensemble. Il faisait une de ces bonnes chaleurs d'automne où le soleil devenu doux donne envie de rester dehors. Ils avaient une conversation qui sans doute se répétait partout dans le camp, car elle concernait les préoccupations de la majorité des soldats, et en particulier de ceux qui venaient d'arriver. Ils virent les généraux revenir du temple domestique d'Hannibal et se disperser chacun vers son secteur. Asdrubal fils de Giscon aperçut Abdeshmoun.

— Les dieux soient avec toi, Abdeshmoun ! Je suis heureux de ta présence. Je garde de ton action à la bataille des Grandes Plaines un souvenir de bravoure et de vigueur peu communes.

— Salut à toi, Asdrubal, répondit le garçon en s'inclinant. Je viens d'apprendre par mon père Iddibal que je servirai à nouveau sous ton commandement.

— J'espère que tu n'es pas déçu, fit le triple vaincu de Scipion avec une modestie qu'Abdeshmoun ne lui connaissait pas. Tu as devant toi un général déchu et que ses concitoyens rêvent de voir crucifié.

— Le Gad ne t'a pas amené la bonne fortune, j'en fus témoin aux Grandes Plaines. Mais aujourd'hui, les choses sont différentes, car tu ne porteras pas le poids de la bataille sur tes seules épaules.

— Non..., et tu veux dire par là que celles d'Hannibal ont une autre carrure. Oui, tu as raison. Mais tu es encore très jeune, Abdeshmoun, et tu as je l'espère beaucoup de choses à vivre. Aussi permets-moi de te livrer au moins une leçon de mon expérience, moi à qui tout était donné par ma naissance, comme Hannibal, et qui ai tout perdu, mon rang et mon honneur. Je suis né dans un clan, Hannibal dans un autre. Mes échecs m'ont appris que, toute sa vie, l'on est prisonnier de son clan. Il nous donne le jour, et puis il nous éduque, il nous modèle à son image, il nous dicte nos sympathies et nos haines, à notre insu. Maintenant que je n'existe plus, je mesure toutes les erreurs de jugement et d'action que l'on commet en son nom.

Asdrubal s'éloigna. Les souffrances morales de la défaite et de la condamnation, les épreuves physiques de l'errance l'avaient miné.

— En à peine plus d'un an, dit Abdeshmoun, il a pris les traits et l'allure d'un vieillard.

— Tu ne vas pas le plaindre, rétorqua Bodastaroth. Je te trouve bien bon de n'en faire qu'une victime du Gad. Il joue les philosophes des rues, mais il ne semble pas penser un seul instant qu'il aurait dû s'abstenir de se croire destiné à la stratégie militaire.

— Non, il ne l'a pas dit. Mais je suis sûr que c'est ce qui le ronge au plus profond de son cœur.

— Au fait, on ne sait rien des augures ! Il était au temple pour le sacrifice, on aurait pu le lui demander...

— S'il n'y a pas de contrordre à notre départ demain matin, c'est qu'ils sont bons. J'ai assisté au sacrifice l'an dernier, au retour d'Hannibal, et il avait compris lui-même ce qu'exprimaient les entrailles. Il ne s'était pas trompé. Il avait lu la mort de son frère Magon. On peut suivre aveuglément un homme comme lui, qui parvient à percer les intentions des dieux. Quand elles sont mauvaises, il attend des jours meilleurs.

— Peut-être, mais cette fois, il doit agir même si les intentions divines ne nous sont pas favorables...

Au petit matin, dès que la nuit commença à lever son voile vers l'orient, les premières colonnes de l'armée s'ébranlèrent. On traversa les vastes terres des Barca vers le cœur du pays, empruntant les grandes routes menant aux steppes intérieures, presque désertiques et sans relief, de la Byzacène. Puis on s'éleva dans des paysages éventrés par des ravins asséchés, remplis de lauriers dont les graines et les bourgeons donnent une huile forte, prisée des femmes mais aussi des hommes soucieux de préserver la noirceur et l'opulence de leurs cheveux. Sur les pentes, les pins se dressaient au milieu des broussailles, dégageant une odeur enivrante. La troisième nuit, on campa aux portes d'Aggar, bourgade tranquille au centre d'une région riche en petites forêts.

— C'est la piste qui conduit à Sicca, confia Iddibal à son fils à la faveur de son inspection quotidienne auprès des troupes. Hannibal espère livrer bataille à Scipion avant que la cavalerie de Massinissa opère sa jonction avec les légions.

Il fallut s'élever encore avant d'atteindre la vallée du Siliana, petite rivière qui, disait-on, ne tarissait jamais. On déboucha enfin dans une grande cuvette plate d'une centaine de stades de diamètre, parsemée de prairies à moutons et de terres grises à céréales. Elle était bordée de hauteurs et à l'ouest se trouvait un village du nom, assez courant dans ces régions centrales, de Zama. Il était situé non loin du fossé punique qui marque la frontière avec le pays des Numides, et à la même distance d'Hadrumète que de Carthage, environ huit cents stades, soit cinq jours de marche.

— Hannibal espérait remonter jusqu'à la vallée du Bagradas, vers les Grandes Plaines, dit Iddibal à Abdeshmoun lorsque le camp fut dressé. Il voulait couper aux Romains toute possibilité de retraite vers Utique en se servant de la configuration du fleuve. Il a toujours veillé à mettre la géographie de son côté dans la préparation de ses batailles. Hélas ! Scipion a déjà traversé le fleuve et fait route sur nous. Son camp est proche du village de Narragara. Nous devrions le voir apparaître bientôt au nord de cette plaine. Hélas encore ! nos éclaireurs ont repéré Massinissa. Il est à la tête de six mille fantassins et quatre mille cavaliers, à deux jours de marche des légions romaines.

— On raconte que le fils de Syphax doit nous rejoindre ? s'enquit le garçon.

— Oui, depuis son retour d'Italie, Hannibal a entrepris des négociations avec les chefs numides proches de Syphax et qui ne sont pas encore tombés sous la coupe de Massinissa. Tu as pu constater qu'un des cousins de Syphax est déjà parmi nous, Tychaeios, avec deux mille cavaliers réputés les meilleurs d'Afrique. Mazaetullos est là aussi, avec mille cavaliers. Et tu sais que ce prince, qui est le propre cousin de Massinissa, a épousé la nièce d'Hannibal, veuve d'Œzalcès qui était l'oncle de Massinissa !

— Ces affaires de famille sont bien compliquées, ironisa Abdeshmoun.

— Il est donc exact que nous attendons maintenant le renfort de Vermina, fils du malheureux Syphax et qui a bien compris que pour ne pas devenir un sujet de Massinissa et pour conserver les terres que celui-ci ne lui a pas encore ravies, l'alliance avec Carthage est indispensable.

— Mais alors, pourquoi ne pas se précipiter tout de suite sur les légions de Scipion ?

— Asdrubal fils de Giscon a interrogé Hannibal sur ce point. Sa réponse est que l'arrivée de Massinissa est trop imminente, nous risquerions d'être pris à revers, alors qu'ici, sur cette légère hauteur où le camp est dressé, aucune surprise n'est possible.

L'armée punique souffrait de la rareté de l'eau. C'était la seule faiblesse de sa position. Hannibal visitait tous les endroits du camp où l'on creusait des puits, encourageait les hommes qui s'acharnaient et faisaient grise mine devant l'eau trouble qui clapotait sous les coups répétés des pioches et des piques. Tandis que des soldats affouillaient les trous et retiraient de leurs pelles ce qu'ils pouvaient de terre, d'autres remplissaient des seaux qu'ils portaient vers d'autres encore qui filtraient le liquide glauque à travers des linges, afin d'en obtenir une boisson potable. Certains trous étaient élargis en mares, abreuvoirs de fortune pour le bétail et les éléphants qui en défonçaient les contours et semblaient trouver du plaisir à se vautrer sur ces rebords boueux. Ils ne s'en extirpaient qu'en barrissant de regret, dociles à la baguette de leurs cornacs que les Carthaginois avaient coutume d'appeler

« les Hindous », une manière de ne pas oublier que l'utilisation de l'éléphant comme arme de guerre était un emprunt à l'Asie. Darius en avait lancé quinze sur les troupes d'Alexandre lors de la bataille d'Arbèles et le Macédonien les avait pris vivants. Plus tard Pyrrhus le roi d'Épire avait épouvanté les Romains en leur opposant, en terre italienne qu'il tentait de conquérir, ses monstres asiatiques auxquels il avait dû ses premières victoires. Les Carthaginois eux-mêmes avaient subi les éléphants de Pyrrhus lorsque celui-ci avait voulu les déloger de Sicile. À Carthage, c'est le général grec et mercenaire Xanthippe qui avait introduit l'usage de l'éléphant de guerre pendant le premier conflit avec Rome. Hannon le Grand et Amilcar avaient intégré l'animal, que les Puniques appelaient kaisar, à l'armée carthaginoise lors de la guerre inexpiable contre les mercenaires révoltés. Depuis cette époque, le kaisar faisait partie de l'armée punique : les écuries que recelaient les énormes remparts extérieurs de Carthage pouvaient en contenir trois cents, sans compter ceux que possédaient dans leur domaine de Megara de grandes familles comme celle des Barca. Le kaisar punique provenait des nombreux troupeaux sauvages qui se déplaçaient à travers le pays des Maures et toute la Numidie jusqu'aux abords du territoire carthaginois. Il était plus petit que l'éléphant d'Asie qu'avaient connu Alexandre et Pyrrhus. Lorsque Asdrubal le Beau, gendre d'Amilcar, régnait en Espagne, il y avait là-bas deux cents éléphants, dont Hannibal avait choisi les trente-sept meilleurs pour son expédition en Italie. À son retour, l'un de ses premiers soucis fut de reformer une troupe de ces animaux. Il envoya des hommes rompus à cet exercice difficile et périlleux en capturer au-delà de la Byzacène, en des contrées où il n'y avait aucun danger de rencontrer des Romains ou des cavaliers de Massinissa. Repérer l'itinéraire des éléphants n'était pas le plus malaisé. Lorsqu'ils avaient accoutumé de fréquenter une piste, on était sûr qu'ils y repasseraient. Il suffisait de les attendre en un point où, à cheval, on pourrait les rabattre dans une impasse naturelle aménagée de fossés et bloquée par des pieux pour les empêcher de s'échapper. Déjà affolés par les cavaliers qui les poursuivaient en poussant des cris de guerre, ils se précipitaient dans le piège comme une avalanche dans un ravin des Alpes, puis tournaient en rond en soulevant des nuages de poussière, barrissant d'effroi à moins que ce ne fût de colère. Prisonnier et bientôt affamé, le kaisar acceptait à tout coup, signe de sa soumission, la branche qu'un homme lui présentait. Il fallut ensuite conduire les animaux ainsi capturés chez Hannibal, et les dresser au combat. Cette chasse prit plusieurs mois.

Il y en aurait près de quatre-vingts pour affronter Scipion, deux fois plus qu'au départ de la Nouvelle Carthage seize ans plus tôt. Sauf qu'à Zama leur dressage n'était pas totalement achevé.

Le lendemain, une heure après l'aube, trois soldats déguisés en paysans numides entrèrent dans le camp et s'empressèrent auprès d'Hannibal. Il s'agissait d'espions à qui il avait confié la mission de s'approcher du camp de Scipion, proche du village de Narragara, peut-être même d'y pénétrer en se faisant passer pour des Numides fidèles à Massinissa, afin d'en observer la disposition.

Ils se jetèrent à ses pieds, non dans l'attitude de ceux qui ont réussi, mais de ceux qui implorent l'indulgence pour leur échec.

— Nous savons tout sur le camp de Scipion, Faveur de Ba'al, nous avons tout vu...

— Alors de quoi donc avez-vous peur ?

— Pardonne-nous, Faveur de Ba'al, pardonne-nous, car alors que nous étions à quelques stades des Romains, des cavaliers nous ont arrêtés et bousculés, puis emmenés devant Scipion en prétendant qu'ils avaient vu d'où nous venions.

— Scipion vous aurait donc relâchés ?

— À notre grand étonnement, il a été d'une grande courtoisie avec nous. Il a invité un de ses tribuns militaires à nous faire visiter le camp dans son ensemble, à n'en rien nous cacher, à répondre à toutes les questions que nous aurions à l'esprit. Ce qui fut fait.

— Eh bien ! plaisanta Hannibal, vous avez devant vous un général comblé ! Non seulement mes espions sont capables de me livrer plus de renseignements que je n'espérais, mais l'ennemi les traite comme des ambassadeurs !

— Nous fûmes ramenés à Scipion, Faveur de Ba'al, et avec un sourire poli, il nous dit : « Maintenant que vous savez ce que votre général désire, courez le lui raconter sans plus tarder. » Et il nous accorda une escorte pour sortir du camp romain.

— Voilà la preuve que notre ennemi est un grand homme, soucieux de montrer combien un vrai Romain se doit d'afficher sa générosité, sa loyauté, sa magnanimité.

Après qu'ils eurent raconté ce qu'ils avaient observé, Hannibal les congédia et resta sous sa tente avec ses principaux lieutenants et Iddibal.

— Généreux ? loyal ? interrogea Asdrubal fils de Giscon. C'est ainsi que tu juges ce Romain ?

— Je ne le juge pas ainsi, non. Je dis seulement que c'est la réputation qu'il veut donner de lui. Rappelle-toi les jours qui ont suivi l'agression de la quinquérème des émissaires romains par nos pentères, agression stupide à cause de quoi nous sommes ici aujourd'hui ! Durant ces journées, on craignait des représailles contre nos délégués qui se trouvaient au Promontoire. Scipion les a relâchés, libérés, renvoyés à Carthage afin que l'on parle de sa grandeur d'âme et qu'on l'oppose à la perfidie des Carthaginois qui n'avaient pas respecté la trêve.

— Oublies-tu, s'indigna Asdrubal, l'odieuse manière dont, enfreignant les lois de la guerre, il a fait croire jusqu'au dernier jour que la paix était possible pour mieux incendier mon camp et celui de Syphax, par traîtrise ?

— J'ai moi-même bien souvent utilisé la ruse en Italie, mais jamais en faisant croire à l'ennemi que j'avais des intentions pacifiques. Je ne suis pas dupe, Asdrubal ! Cette générosité ostentatoire ne lui coûte pas beaucoup, et jamais elle ne pourra effacer la bassesse de l'incendie des camps. Mais ce qui m'intéresse, c'est qu'il veut aussi faire étalage de sa force en croyant m'intimider, imitant le grand roi Xerxès alors établi dans la ville de Sardes en Lydie. Scipion a lu Hérodote, à n'en pas douter, qui raconte comment Xerxès, ses gardes ayant intercepté trois espions grecs, ordonna qu'on leur montrât la force de son armée, sans rien leur cacher. « Si ces espions avaient été exécutés, expliqua-t-il, jamais les Grecs n'auraient pu savoir à l'avance que mes forces sont encore plus grandes qu'on ne le prétend. L'exécution de trois de leurs hommes ne les aurait pas beaucoup gênés. En revanche, les espions parleront à leurs concitoyens de l'énorme puissance dont je dispose, moi Xerxès, et les Grecs renonceront même à lutter. »

— Allons-nous renoncer ?

— Pas plus que les Grecs ne renoncèrent, assura Hannibal.

— Que comptes-tu faire ?

— Je suppose qu'il ne va pas rester longtemps en place. Il dressera le camp plus près de nous. Il faut essayer de gagner encore un peu de temps, car il est impossible désormais d'éviter Massinissa. Nous devons retarder le combat en priant les dieux que Vermina nous rejoigne. Je vais donc envoyer un héraut à Scipion pour le rencontrer seul à seul.

— Une entrevue avec le Romain ? s'esclaffa Iddibal.

— Cela me tente depuis quelque temps, dit Hannibal, songeur.

— Et s'il refuse ? reprit Asdrubal.

— Refuser ? tu plaisantes. Il crève d'envie de me parler, de me voir debout en face de lui. J'en mettrais ma main au feu !

— Es-tu si sûr de toi ? s'étonna Iddibal.

— Publius Scipion nourrit une secrète admiration pour moi ! Et voyez-vous, j'éprouve de la curiosité pour ce jeune ambitieux. Son père et son oncle sont morts en combattant contre nos armées d'Espagne, et qu'a fait Publius Scipion ? Il a été le premier général romain intelligent : il a étudié ma manière de faire la guerre, et il m'a imité, au point de créer au sein du sénat romain des haines farouches contre lui.

— Comment cela ? dit Asdrubal.

— Il m'a imité dans la stratégie, oui, comme il imite Xerxès dans sa démonstration de puissance. Convaincu que j'avais fait trembler Rome en portant la guerre en Italie, il a pensé que pour vaincre Carthage, il fallait porter la guerre sous nos murs après nous avoir enlevé notre plus précieux réservoir de ressources, notre empire d'Espagne. Mais il a eu beaucoup de mal à imposer ses idées aux patres de la République romaine, hantés par l'idée que la réussite de cette politique aventureuse placerait Publius en situation de dicter ses volontés au sénat, tant il serait populaire. Les gérontes romains ont au moins en commun avec les nôtres d'avoir en horreur les militaires susceptibles de devenir les idoles du peuple.

Deux jours plus tard, comme il s'y attendait, Hannibal reçut de Scipion une réponse favorable. Mais dans l'intervalle, Massinissa, fier du titre de roi de tous les Numides que lui avait octroyé Scipion après la mort de la sublime Safanbal, avait assuré sa jonction, à la tête de ses dix mille soldats. Et Scipion leva le camp aussitôt, venant s'établir tout au nord de la vaste plaine où les Carthaginois avaient déjà le leur. Quatre-vingts stades les séparaient. C'est de cette nouvelle position, meilleure que celle d'Hannibal parce que bien pourvue en eau, que Publius envoya son messager.

L'entrevue eut lieu le lendemain, à égale distance des deux camps. Chacun des deux généraux était accompagné de quelques cavaliers et d'un interprète. Scipion, à cheval et revêtu de sa cuirasse flamboyante, regardait d'une moue dédaigneuse les soldats carthaginois monter une tente sous laquelle ils installèrent deux sièges et une table couverte d'un tissu phénicien dont les motifs formaient un camaïeu de rouges. Le visage glabre et fin du Romain, son corps élégant et svelte dégageaient à la fois une délicatesse un peu féminine et une inflexible dureté. Il mit pied à terre quand Hannibal, déjà descendu de cheval, l'eut invité à pénétrer sous la tente. Deux coupes et une carafe d'or remplie de vin de Cos étaient disposées à côté d'un plateau, en or lui aussi, de pâtisseries puniques.

— Salut à toi, Hannibal ! dit en grec le Romain qui, comme Hannibal à Carthage, faisait à Rome partie de cette caste d'esprits cultivés qui se nourrissaient de culture grecque, bravant les mentalités bornées de la tradition qu'incarnait le jeune Caton.

— Salut à toi, Publius ! répondit en latin le Punique.

Leurs regards se portèrent presque en même temps sur les deux interprètes, puis se comprirent en se croisant à nouveau, car chacun ordonna à son traducteur de quitter la tente sur-le-champ. Puisque leurs chefs parlaient tous les deux le grec et le latin, tout intermédiaire devenait inutile.

— Nous voici pour la première fois face à face, dit Hannibal, et nous serons ainsi les seuls habilités à témoigner de cette rencontre.

— Nous nous sommes déjà rencontrés par le passé, Hannibal, il y a bien longtemps. Mais tu ne peux t'en souvenir, car je n'avais que dix-sept ans et n'étais qu'un soldat anonyme, au sein d'un escadron d'élite, dans l'armée que commandait mon père. Tu venais de franchir les Alpes et cette incroyable nouvelle avait provoqué dans Rome une émotion plus grande encore que celle répandue dix ans plus tôt par la poussée gauloise. Mon père était consul. En route pour l'Espagne par voie de mer pour t'y aller combattre, il avait rebroussé chemin pour tenter de t'arrêter en Gaule, après avoir appris stupéfait que tu campais déjà près du Rhône. Tu refusas le combat, et tout le monde crut qu'en affrontant les Alpes tu fuyais. Ton incursion soudaine dans la plaine du Pô inquiéta mon père, mais il était convaincu qu'il allait s'attaquer à une armée très affaiblie. J'ai encore en mémoire sa harangue aux soldats. Il engagea la bataille près du Tessin, où nous fûmes enveloppés par ta cavalerie numide et mis en déroute. Tu ne m'es apparu qu'à la fin du combat, quand la cause était entendue et que tu lançais tes cavaliers à la poursuite des vaincus. Mon père, lui, s'était beaucoup exposé aux coups. Il était gravement blessé, se traînant à terre, et les nôtres cédant devant la charge des tiens hésitaient à lui porter secours. Je me jetai alors dans la mêlée et, grâce à un esclave ligure, je ramenai mon père et le sauvai d'une mort certaine. Tu venais de me donner ma première leçon, car j'ai compris en te voyant ce jour-là qu'un chef ne doit jamais mettre sa vie en danger, sous peine, s'il est touché à cause de son imprudence, de compromettre son armée tout entière.

— Excellente résolution en effet, que j'ai prise après avoir assisté en Espagne à la mort de mon père Amilcar dans une escarmouche qui aurait dû n'avoir aucune importance. Je n'ai pu hélas comme toi lui porter secours...

Le Carthaginois emplit les coupes de vin, en tendit une vers Publius qui s'en saisit et se contenta de regarder son interlocuteur en avaler une gorgée.

— Il me semble que nous nous sommes retrouvés plusieurs années après, à Locres ! reprit Scipion, l'œil sournois. Ce n'est pas si vieux, trois ans à peine, tu dois t'en souvenir ! Et cette fois, c'était pour reprendre Locres et te mettre en fuite tandis que tu essayais de venir au secours de cette cité.

— Oui, mais nous ne nous sommes pas vus à cette occasion. Tu m'as mis en fuite, j'en conviens, mais je n'avais tenté là, avec ma seule cavalerie, qu'un simple coup d'audace, sans mettre en péril la vie de mes hommes. Les tiens étaient beaucoup trop nombreux et j'ai préféré sonner la retraite.

Les deux hommes se turent quelques instants en dégustant sans se presser une pâtisserie, ponctuant chaque bouchée d'une courte rasade de vin.

— Tu as sans doute appris la mort de ton vieil ennemi Fabius Maximus ? interrogea le Romain.

— Fabius Maximus « Cunctator » ! « le Temporisateur » !... oui, la nouvelle de sa mort m'a été transmise quelques jours avant mon départ de Byzacène. Il fut mon ennemi malheureux, il est vrai. Pendant que mes soldats dévastaient les récoltes italiennes, je veillais à ce que les immenses domaines agricoles que possédait Fabius fussent épargnés, ce qui le plaçait dans une situation très ambiguë auprès de ses rivaux politiques, comme s'il était de connivence avec moi ! Il espérait que le temps, plus que des combats qui avaient décimé la jeunesse romaine, viendrait à bout de mon occupation de l'Italie. Il dut pourtant m'affronter et tenta de me tendre un piège imité de ma tactique du lac Trasimène, où j'avais détruit votre armée en l'attirant dans une souricière. Je n'eus pas beaucoup de mal à l'éviter !... Mais sa mort aujourd'hui te délivre d'un des plus acharnés de tes adversaires politiques. Je sais, depuis que tu as annexé l'Espagne et abordé en Afrique, qu'on ne parle à Rome que de tes exploits. Cela ne plaisait guère à Fabius, et je crois qu'il jugeait dangereux de laisser cette guerre entre tes mains, parce que, disait-il, « il est rare que la Fortune accorde à un même homme toutes les chances ».

— Fabius était un vieillard peu téméraire, tu l'as constaté par toi-même, répondit Publius avec une affectation contemptrice, presque dégoûtée. Il était en outre envieux et me haïssait, plus encore qu'il haïssait mon père et mon oncle.

— J'ai souvent médité sa maxime. Je la répète : « Il est rare que la Fortune accorde à un même homme toutes les chances. » Je l'ai méditée parce qu'à travers moi elle se vérifiait. Peu m'importe qu'elle fût dictée dans sa bouche par des sentiments intimes peu glorieux, car peu m'importe le chemin qu'emprunte une vérité pourvu qu'elle éclate aux oreilles des hommes. La Fortune, le Gad, comme nous appelons chez nous cette divinité, la Fortune est versatile. J'en ai fait l'expérience cruelle. Moi qui pendant si longtemps n'ai rien su de ce qu'était l'échec, moi à qui les dieux ont ouvert les cols des Alpes et offert tant de prestigieuses victoires, moi qui ai cru un moment soumettre Rome, moi qui ai rêvé d'un vaste empire commercial autour de la Méditerranée, je dois aujourd'hui me battre afin de sauver ma terre natale de la ruine et préserver Carthage de l'esclavage ou de la destruction. Quel changement dans ce destin dont le ciel sans nuage s'est peu à peu couvert et assombri jusqu'à la tempête ! Fabius avait raison pour moi, peut-être ne se trompait-il pas non plus... pour toi, Publius ! Car tu es jeune encore et tout te réussit, mais le temps des revers est sans cesse aux aguets, prêt à bondir sur toi quand tu ne l'attends pas, tel un fauve affamé au détour d'un chemin.

— Je n'ignore pas, dit Scipion avec un sourire glacial, que la Fortune est experte pour nous rappeler à la modestie quand nous croyons, aveuglés, que tout nous est permis. Mais voudrais-tu, Hannibal, me convaincre de ne pas t'affronter parce qu'ici à Zama mon destin changerait ?

— Cette guerre a déjà beaucoup tué, répondit gravement Hannibal. La sagesse conseille d'y mettre fin, et qui d'autre que toi et moi pourrait en régler durablement l'issue ? Cette même sagesse devrait nous pousser à renoncer chacun à une partie du monde. Ce sont nos convoitises inconciliables qui ont provoqué le malheur. Que Rome règne sur la Méditerranée du Nord, et que Carthage règne sur l'Afrique, et tout rentrera dans l'ordre.

En guise de réponse, le Romain évoqua longuement les causes de cette deuxième guerre entre Rome et Carthage. Il en revint, par force, aux responsabilités présumées d'Hannibal, à quoi celui-ci répliqua, mais sans passion, en accumulant les faits qui, depuis soixante ans, prouvaient suffisamment la perfidie de la République romaine et sa mauvaise foi toujours drapée d'arguties. Quand toute possibilité de paix immédiate fut éliminée, Hannibal tenta d'obtenir des garanties réciproques qui sauveraient Carthage et lui-même de l'infamie en cas de désastre. Le Punique promit, s'il l'emportait, de ne retenir aucun prisonnier romain et de renvoyer Scipion à Rome avec un traité honorable. Scipion jura, au nom du sénat et du peuple romains, qu'il ferait tout, en cas de victoire, pour laisser à Carthage sa liberté et empêcher qu'Hannibal fût livré aux vainqueurs. Chacun avait compris avant même cette rencontre qu'ils appartenaient à la même race : n'étaient-ils pas tous les deux, à cause de leur génie militaire, la cible des politiciens oligarques de leur pays ? et Scipion ne prétendait-il pas être le fils de Jupiter tandis qu'Hannibal voyait en Héraclès l'ancêtre des Barca ? Ennemis, parce que la naissance en avait décidé ainsi, ils étaient frères dans l'âme. Hannibal reconnaissait son seul émule, et Scipion son seul maître. Dans le secret de leur entretien, les deux hommes burent d'un trait, le bras de l'un passé dans celui de l'autre, à la romaine, une coupe de vin de Cos. Puis d'un même mouvement plus fort que leur volonté et leur raison, ils s'étreignirent les mains.

— Par ta décision d'engager la bataille, Publius, déclara Hannibal d'un ton qui se voulait grandiose et prophétique, ce n'est pas le partage du monde qui est en jeu désormais, mais son destin tout entier. Car le vainqueur en gagnera la domination, et la victoire entraînera à jamais les peuples sur une route opposée à celle que leur aurait tracée le vaincu.

À l'aube du lendemain, treizième jour du mois de tisri, les deux armées s'avancèrent l'une vers l'autre. Chacune comptait près de cinquante mille hommes, l'armée punique étant un peu plus nombreuse que l'autre. Hannibal se posta sur un léger renflement du relief d'où il dominait la plaine dans tous les sens, plaçant devant lui ses troupes. Son regard ne pouvait s'empêcher de se tourner sans cesse vers l'ouest, animé d'un ultime espoir de voir la route venant de Maktar soulevée d'un nuage de poussière. Mais il n'y avait rien, pas même la fine traînée sableuse qu'aurait provoquée un groupe d'éclaireurs de Vermina. Il fit ranger en première ligne les éléphants. Une clochette autour du cou leur prodiguait un son familier qui les excitait. Leur tête était ornée d'un panache blanc, rouge ou or. Conduits par leurs Hindous, quelques-uns étaient à la manière orientale équipés de tourelles fixées par des sangles comme l'eussent été des selles, portant cinq hommes armés de javelots et d'arcs. Mais la plupart n'avaient que leurs défenses et leur poitrail protégé d'une cuirasse garnie de pointes de fer qui iraient embrocher cavaliers et chevaux ennemis. Derrière cette masse effrayante tant elle ne paraissait pas à la mesure de l'homme venait le gros de l'infanterie, Ligures et Gaulois, Baléares et Maures, tous mercenaires de l'armée de Magon, Puniques et Libyens amenés par Asdrubal, enfin Numides hostiles à Massinissa. À l'aile droite il disposa les cavaliers carthaginois sous le commandement de son neveu Hannon fils de Bomilcar et de ce même Asdrubal fils de Giscon, face à Laelius, et à gauche la cavalerie numide menée par les princes Mazaetullos et Tychaeios, face à Massinissa. Enfin, camouflée par cette faible hauteur où il avait pris position, la vieille garde d'Hannibal attendrait son heure, formant la troisième vague de combattants qui fondraient, le moment venu, sur les Romains. Ces vétérans d'Italie avaient bravé tous les dangers et souvent défié la mort, exaltés par la voix d'Hannibal. Il y avait des Espagnols, avec leurs petits boucliers ronds et leur tunique blanche bordée de bandes de pourpre. Ils possédaient les épées les plus réputées du monde, pointues pour frapper d'estoc, tranchantes des deux bords pour frapper de taille. Les Carthaginois savaient depuis longtemps que la qualité des armes dépendait de celle du fer dont elles étaient forgées, et le minerai de fer de Tarshish était le meilleur. Carthage en avait ainsi importé des cargaisons, et ses artisans étaient capables de fabriquer aussi des épées redoutables. Il y avait avec eux des Gaulois, des Libyens et des Italiens du Sud, qui tous avaient servi contre Rome pendant les années glorieuses. Ils vénéraient Hannibal, avec lequel, quoiqu'il fût leur chef tout-puissant, s'était établie cette complicité infrangible et muette qui unit les vieux guerriers.

Le soleil rasant illuminait les montagnes de l'ouest. Il régnait sur la plaine un calme étrange et inquiétant, comme si des deux côtés les hommes avaient deviné les terribles enjeux suspendus au fil de leurs glaives. De brèves escarmouches rompirent le silence du côté de Tychaeios et de Massinissa, mais ces deux chefs retinrent leurs éléments trop fougueux comme on bride l'excessive fougue d'un attelage au départ d'une course de chars. On vit alors Scipion parcourir à cheval ses lignes, exhortant ses capitaines à l'ardeur et au courage, montrant à ses soldats l'impossibilité d'une retraite en cas de défaite sur ce sol ennemi. Hannibal, lui, ne parut qu'au dernier moment. Ses officiers transmirent ses instructions et la promesse du butin. Sous sa tente de guerre montée sur la colline, il tournait en serrant les poings comme si une soudaine contrariété le tourmentait. Il était seul avec Iddibal.

— Où est ma statuette ? demanda-t-il avec violence. Je m'aperçois aujourd'hui qu'il y a plusieurs jours que je ne l'ai pas touchée.

— Je l'ai remarqué depuis le troisième jour de notre départ en campagne, répondit l'aide de camp sur un ton malheureux, en baissant la tête. J'ai peur qu'elle ne soit restée chez toi, sous ta tente du camp de Marthama. Rappelle-toi, j'ai dû m'occuper de l'arrivée des renforts de Carthage et nous sommes partis si vite que je n'ai pas eu le temps de vérifier dans tes affaires celles dont tu tiens d'habitude à t'occuper toi-même.

— Je n'aime pas cela, murmura Hannibal. D'avoir oublié cette statue qui fait partie de moi, je me persuade un peu plus encore que cette bataille n'est pas la mienne. J'y vois un mauvais présage dont je suis seul responsable. Mais que ces paroles ne sortent pas de cette tente.

Quand le silence fut revenu à l'extérieur, le Carthaginois se montra enfin, casqué, la tunique recouverte de son armure légère, la cape écarlate bordée d'or, son épée à double tranchant au côté. Avant de monter à cheval, derrière sa tente où il était hors de vue des Romains, il descendit dans le creux où étaient massés les vétérans, les seuls auxquels il s'adressa en personne.

— Ayez en mémoire le long fil de nos exploits à travers l'Italie, soldats ! Si les dieux nous offrent leur assistance, si nos éléphants, notre cavalerie et nos lignes de mercenaires et de compatriotes parviennent à contenir assez longtemps l'ennemi, alors votre ardeur viendra mettre un terme à cette bataille et à la guerre.

Puis il remonta sur le mamelon, enfourcha son cheval et apparut à tous, provoquant dans les rangs puniques une clameur et un frisson d'exaltation. Il demeura un court instant impassible, puis abaissa soudain son bras droit en faisant sonner la charge des éléphants, suivis par la première ligne de mercenaires qui devait tailler en pièces celle des vélites romains bousculée par les pachydermes. Mais sur les conseils de Massinissa et se rappelant les descriptions de la tactique utilisée à Arbèles par Alexandre, Scipion ménagea de larges couloirs dans ses légions, où les bêtes emportées s'engouffrèrent, bientôt affolées par mille trompettes leur sonnant aux oreilles, puis assaillies de part et d'autre par mille traits, flèches et lances meurtrissant leur cuir. Les Hindous ne les maîtrisaient plus, et les soldats romains, loin d'être écrasés, profitaient de cet égarement pour couper les sangles qui tenaient les tourelles, jetant ainsi à terre les Puniques qui s'y cachaient et les cueillant dans leur chute d'un coup de glaive meurtrier. Instruits encore par les Numides, les vélites, dès que le kaisar les avait dépassés, s'acharnaient sur le tendon des pattes arrière afin de le trancher. On voyait alors la masse énorme s'affaisser dans un barrissement de douleur, d'impuissance et de rage. Souvent, le kaisar touché changeait de cap, se retournait dans un mouvement de fureur et se précipitait sur les rangs carthaginois eux-mêmes qu'il culbutait et piétinait avec autant de sauvagerie que s'ils eussent été romains. Le cornac, s'il n'était pas déjà au sol et massacré, enfonçait alors dans la nuque de l'animal, à l'aide d'un maillet, une pointe de fer qui le tuait net, expédient simple et radical imaginé en Espagne par Asdrubal Barca.

Pendant que la charge des éléphants échouait tout en créant une immense confusion sur le champ de bataille, les cavaleries s'affrontaient aux ailes. Sans le renfort précieux qu'eût apporté Vermina, Hannibal savait que ses cavaliers ne résisteraient pas longtemps face à Massinissa et Laelius. Il lança à l'assaut des cohortes romaines toutes les troupes visibles par l'ennemi. Les Gaulois torse nu et sans casque, leur long bouclier ovale dans une main, leur épée dans l'autre, fonçaient en masse compacte en poussant des cris rauques. Leurs braies de gros tissu à carreaux, autant que leur haute taille et leurs cheveux longs et blonds épaissis à la chaux en de durs épis ramenés en arrière, avaient encore le don d'étonner les autres groupes issus d'autres nations. Leur intrépidité et leur mépris de la mort étaient légendaires dans les combats. Ils se jetaient avec violence sur la première ligne ennemie et ne craignaient ni la souffrance des coups ni la rudesse du corps à corps. Un peu plus loin, les agiles Baléares faisaient virevolter leurs frondes, armes sournoises qu'on disait venir de l'ancienne Phénicie. Cette première ligne de mercenaires était encore formée des Ligures ramenés d'Italie par les bateaux de Magon et des Maures que ce même Magon avait recrutés quatre ans plus tôt quand il était à Gadir, et qui avaient participé à sa courte campagne en Ligurie. Les citoyens carthaginois de l'infanterie, protégés de cottes de mailles, de casques recouvrant les joues et de jambières, venaient derrière et formaient la deuxième ligne avec les Libyens, Africains nés sur le territoire punique et devant à Carthage le service militaire, tel un tribut de chair et de sang. Le colosse Bodastaroth combattait dans cette ligne.

À l'aile gauche, les Numides de Tychaeios et de Mazaetullos, de moitié moins nombreux que ceux de Massinissa, plièrent dès le premier choc. Sur leurs petits chevaux anguleux montés à cru et qu'ils dirigeaient sans mors ni bride, les Massyles harcelaient leurs congénères ennemis. À l'aile droite, les cavaliers carthaginois, parmi lesquels se trouvaient beaucoup de jeunes aristocrates, souffraient face aux chevaliers de Laelius de cette même infériorité en nombre. Mieux armés cependant que les Numides, ils offraient plus de résistance. Abdeshmoun, plus prudent qu'aux Grandes Plaines, se garda d'être happé au milieu de trop de Romains, tâchant au contraire d'en isoler un ou deux, pour, confiant en sa force, les renverser et les pourfendre. Tandis que les fantassins formaient au centre de la plaine une mêlée de corps noyée dans les cris et le fracas des armes où la stature de Bodastaroth parvenait à enflammer l'ardeur d'un petit groupe, Hannibal ordonna aux chefs de sa cavalerie, à gauche comme à droite, d'amorcer une retraite en direction des hauteurs, en tâchant d'opposer assez de résistance pour entraîner Massinissa et Laelius à leurs trousses, les éloignant ainsi du champ de bataille. Ils disparurent peu à peu vers l'ouest, laissant le cœur du combat à l'infanterie, chaque général ne demeurant entouré que de quelques dizaines de cavaliers.

— Ou bien Tychaeios et Mazaetullos se font écraser le plus loin possible d'ici, maugréa Hannibal d'un ton qui semblait sans illusions, et cela peut m'accorder le temps nécessaire pour vaincre Scipion, ou bien le Gad est avec eux, donc avec moi, et il leur permet de croiser la route de Vermina pour écraser Massinissa et Laelius, rendant ma victoire totale !

Quand il ne vit plus sur le chemin de Maktar qu'un nuage de poussière qui retombait, Hannibal fit sonner les trompettes. De part et d'autre de la colline derrière laquelle ils s'abritaient surgirent alors les vétérans dans une clameur terrible qui d'emblée ébranla la merveilleuse confiance des légions de Scipion. C'étaient des combattants frais et reposés, et ceux en outre que l'expérience de l'Italie et l'âge mûr rendaient coriaces et teigneux. Iddibal à cheval les exhortait, et Hannibal lui-même, soudain reprenant vie, donnait de la voix comme aux meilleurs jours. Les deux premières lignes continuaient à combattre au centre, et les vétérans vinrent les soutenir sur les côtés comme pour envelopper l'ennemi. La lutte fut cruelle, acharnée et sanglante. Personne ne voulait céder, même d'un pas. Indécise d'abord, la bataille bientôt sourit au clan punique et l'on vit les vélites plier, ployer, tomber sous les coups des Gaulois, Libyens et Espagnols. Ils étaient animés d'une fougue implacable, avançant pied par pied, mais avançant toujours sur ce sol rougeoyant, visqueux du sang des morts et des agonisants. Le grand Bodastaroth paraissait intouchable, il saisissait des corps par les pieds, par les bras, s'en servant de massue.

— Encore une heure ou deux..., murmura Hannibal. Melqart, assiste-moi ! Ba'al Shamim, aide-moi ! Puisse Massinissa, l'ennemi de Carthage, me laisser le champ libre encore une heure ou deux ! Et qu'enfin Vermina vienne me soutenir...

Les Romains vacillaient, Hannibal exultait. Encore une heure ou deux, oui, et ces vétérans impétueux et braves referaient éclater ce fier cri de triomphe qui hantait pour toujours les plaines italiennes des Alpes au Bruttium, de Trasimène à Cannes. À l'ouest, à l'horizon, le soleil approchait des premières hauteurs quand Iddibal cria :

— Regarde la poussière, voilà les cavaliers...

Était-ce Vermina venant sauver Carthage, ou bien Massinissa et Laelius vainqueurs ? Sur le champ de bataille le sol meuble tremblait et grondait sourdement sous les pieds des soldats. Les deux camps espéraient que ces sombres colonnes lancées au grand galop allaient les soulager et prendre le relais. Mais lorsqu'on reconnut l'étendard de Laelius et les panaches rouges des cavaliers romains rejoignant la fournaise, un début de panique secoua les Puniques, pris soudain à revers comme dans un étau.

— Vermina n'est pas là, nous sommes condamnés !

— Ô Vermina, ô traître, proféra Hannibal levant les bras au ciel dans un rugissement. Tu as perdu Carthage, tu as trahi Syphax, ton père qui pourrit dans les prisons de Rome et que tu as privé d'une juste vengeance. Puissent les dieux un jour retourner contre toi le malheur qui me frappe aujourd'hui à Zama.

Déjà Massinissa et ses guerriers vainqueurs rejoignaient la mêlée.

— Et mon fils Abdeshmoun, aura-t-il survécu ? s'exclama Iddibal dans un cri de détresse. Hélas ! mon pauvre enfant !... C'est toi Massinissa, c'est toi qui l'as tué, mais mon cœur crie vengeance. Mort à Massinissa !

Sa voix fut emportée dans le vacarme de la débandade, mais il s'extirpa comme un fou de la confusion qui l'entourait pour fondre droit sur Massinissa. Son épée vengeresse perçait de coups mortels tous les corps qui lui faisaient barrage. Le roi numide le vit et poussa un hurlement sauvage en brandissant son glaive, la bouche mauvaise, le regard plein de haine. Surpris par cette attaque, Iddibal chancela, puis se rétablit, résistant à l'impétuosité du Massyle.

— Iddibal ! Iddibal ! derrière toi ! hurla Hannibal en vain.

Un guerrier numide vint se coller derrière Iddibal, pris dans des tenailles comme l'était l'armée carthaginoise tout entière. Massinissa, laissant perler sur ses lèvres un sourire terrible, le désarma alors, lui assena sur la nuque un coup d'épée qui fit craquer le casque, le terrassa enfin avant de le piétiner avec fureur sous les sabots de son cheval. Tandis que partout les forces carthaginoises croulaient, mouraient ou se débandaient comme elles pouvaient, Hannibal, blanc de rage et d'émotion, réunit quelques cavaliers. Ils foncèrent sur

Massinissa dans un assaut désespéré, mais le Numide se faufila comme un poisson dans la masse des combattants. Pendant que ses compagnons luttaient autour de lui, Hannibal mit pied à terre, chargea sur son cheval le corps inanimé de son ami d'enfance et ordonna le repli. Il fallait maintenant que chacun songe à sauver sa vie.

— Tâchons de regagner Marthama, si Melqart nous accorde de survivre à ce désastre ! cria-t-il à tous ceux des siens qui pouvaient l'entendre.

Abandonnant le camp avec ses armes, ses vivres, sa vaisselle d'or et d'argent qu'emportaient les riches Carthaginois même à la guerre, précieux butin pour Scipion, abandonnant aussi les morts et les blessés, une petite troupe profita de la nuit qui tombait pour s'extraire du charnier. Elle avait en hâte rassemblé tous les chevaux qu'elle avait pu récupérer et, à peine éclairée par la pâleur de la lune, elle filait, presque silencieuse, sur la route d'Hadrumète. Ils étaient deux cents, et Hannibal lui-même, conduisant à côté de lui le cheval sur lequel gisait Iddibal, était à leur tête. Bodastaroth fermait la marche. Il ne s'était arraché qu'à regret de la mêlée, comme si, malgré les larges entailles qui barraient ses cuisses de bronze et ses bras monstrueux, il croyait à lui seul forcer le destin.

Ils avaient parcouru deux cents stades lorsqu'ils crurent entendre dans le lointain un bruit de galop. Hannibal ordonna l'arrêt et le silence absolu.

— Ce ne peut être des poursuivants, murmura-t-il. Ces bruits viennent d'une autre direction. Calmez les chevaux et attendons.

Le galop se rapprochait. À l'oreille, Hannibal jugea qu'ils étaient vingt, peut-être trente.

— Ils sont trop peu nombreux pour être des hommes de Scipion, déclara-t-il. Allons les intercepter.

C'était un groupe de cavaliers ayant survécu à la poursuite de Massinissa et Laelius au milieu de la journée de bataille. Asdrubal fils de Giscon le menait, flanqué d'Abdeshmoun et d'Hannon, neveu d'Hannibal.

— Longtemps nous avons espéré que Vermina se montrerait sur la route de Maktar, dit Hannon. Nous avons contenu l'ennemi jusqu'à épuisement de nos dernières forces... À un contre cinq, ce fut un massacre...

— À Zama aussi, ce fut un massacre... Mais je ne te reproche rien... Nous avons fait aujourd'hui tout ce qui était en notre pouvoir... Viens par là, Abdeshmoun, ton père...

— Il est en vie ! Où est-il ?

— Il vit encore, mon garçon, il vit encore...

— Encore ?... mais parle, Faveur de Ba'al, je t'en supplie...

Hannibal le conduisit auprès du corps d'Iddibal, inanimé, mais qui respirait faiblement. Dans la lumière blafarde de la lune, le sang qui le couvrait était noir comme sa cotte de mailles déchirée.

— Oh père ! sanglota Abdeshmoun, réponds-moi, c'est ton fils, je suis sauvé moi aussi...

— Nous avons encore de longues heures avant d'atteindre la Byzacène, dit Hannibal en tenant les épaules du garçon. En avant !

Ils ne dormirent ni ne mangèrent, cherchant simplement des points d'eau près des villages où ils changeaient de chevaux quand ils en trouvaient. Une nuit passa, puis une journée, puis une nuit, une autre journée encore au terme de laquelle Abdeshmoun reconnut le camp déserté devant le palais de Marthama.

— Cours chercher les intendants, dit Hannibal, et demande l'esclave qui connaît les médecines.

Les rescapés de Zama s'installèrent, sales et harassés, sous les tentes autour de celle d'Hannibal. À peine eut-il pénétré dans la sienne et couché Iddibal sur son lit qu'il aperçut sur la table la statuette d'Héraclès façonnée par Lysippe. Un long frisson le parcourut.

Les intendants et des esclaves apportèrent de quoi boire et manger, et l'esclave médecin se pencha sur Iddibal avec une expression d'horreur. Le glaive du Massyle avait fracassé son casque et lui avait ouvert la nuque. Il avait perdu beaucoup de sang et tout mouvement de tête lui était impossible. Il parvint à ouvrir les yeux et avala avec dégoût une potion que lui imposa l'esclave. Puis il vit Abdeshmoun et Hannibal penchés sur lui.

— Je te laisse avec ton fils, il a tant de choses à te dire...

— Père, tu vivras, n'est-ce pas ? Carthage est vaincue, mais nous sommes là, et nous avons tant de choses à faire.

Iddibal essaya d'esquisser un pauvre sourire qui fut une souffrance et lui arracha un gémissement. Puis il reprit son souffle brisé par la douleur.

— Oui, mon fils, Carthage est vaincue mais cela ne doit pas t'empêcher de penser à toi, à ta Sibboleth que tu veux pour femme. La belle Thanubra ne s'y opposera pas...

— Père, tu ne m'as jamais dit quel était ton moyen infaillible pour la faire céder !

— C'était Hannibal ! susurra-til en bougeant ses lèvres le moins possible. Oui, Hannibal la convaincra dès votre retour à Carthage... Il le fera, il me l'a promis...

— Notre retour, père, corrigea Abdeshmoun, les larmes aux yeux. Notre retour sera celui des vaincus, mais tu as raison, père, ce sera aussi celui du bonheur. Tu sais, Hannibal n'aura même pas à intervenir, car Thanubra m'a déjà promis la main de Sibboleth, en même temps qu'elle s'est promise à mon ami Bodastaroth... Alors tu vois bien, père, il faut vivre... je t'en supplie avec la même force que j'implore tous nos dieux !

Dans les yeux d'Iddibal, un calme étrange succéda à la détresse de la souffrance et de la paralysie.

— Faveur de Ba'al, appela Abdeshmoun, il semble tout à coup ne plus souffrir.

Hannibal entra sous la tente, s'agenouilla auprès de son ami et lui prit les mains avec une douceur extrême. Quand il se releva vers Abdeshmoun, des larmes coulaient dans les poils hirsutes de sa barbe noire parsemée de gris. Il le saisit par les épaules et l'attira contre lui.

— Iddibal est mort, mon fils, Iddibal est mort mais tu auras toujours un père, tant que je vivrai.

9.
À Carthage

Aussitôt après Zama et la nouvelle de la défaite, Hannibal décida de répondre aux injonctions de son gouvernement qui le pressait de se montrer enfin à ses concitoyens. Il ne pouvait pas se dérober à cet affrontement auquel il eût préféré se prêter en des circonstances moins humiliantes. Cela se passait dans les derniers jours du mois de tisri. Sur sa pentère avaient pris place trois cents de ses anciens soldats d'Italie rescapés du carnage de Zama. La plupart de ceux qui avaient fui avec lui le champ de bataille jonché de cadavres où Scipion s'était acharné jusqu'à la nuit étaient là, silencieux. Pendant les quatre jours qui avaient suivi leur retour au domaine de Marthama, d'autres les avaient rejoints, fantassins et cavaliers fourbus et loqueteux, la cuirasse éventrée ou à moitié nus. Ils étaient arrivés par poignées, misérables mais saufs, c'est-à-dire libres, bénissant le ciel de n'être point tombés en servitude. Certains, à bout de souffle et de sang, s'écroulaient pour mourir dans un dernier râle, mais ce n'était un râle ni de désespoir ni de défaite, car mourir était plus doux que devenir l'esclave des Romains. On en attendait d'autres encore, on les compterait par dizaines, par centaines, par milliers. Six mille hommes à pied, et cinq cents à cheval, voilà ce qu'il restait de l'armée d'Hannibal.

Ils étaient donc trois cents qui accompagnaient leur général pour l'épreuve de la cité. Il leur avait trouvé des tenues rutilantes qu'ils fussent fiers de porter, après avoir pensé un bref moment les faire débarquer dans le cothon affublés des oripeaux sanglants de Zama. Plusieurs corps embaumés étaient exposés sur le pont, recouverts de draps pourpres. Iddibal était de ceux-là. Au début du voyage, pendant la matinée, Abdeshmoun n'avait pu s'empêcher de rester prostré près du linceul de son père, les mâchoires serrées et les yeux rouges et embués. Même les secousses imprévues d'un roulis plus violent ou d'un tangage plus appuyé ne parvenaient pas à le dévisser de la place qu'il avait choisie. Bodastaroth tentait de le persuader de quitter cette position, mais en vain. Respectueux cependant de la douleur de son ami, il n'osait le toucher, encore moins le bousculer pour le dégager de cette apparente torpeur. Il se résolut à quérir Hannibal, qui donnait des ordres en arpentant le pont, les mains derrière le dos.

Hannibal observa un moment Abdeshmoun en silence.

— Viens avec moi, finit-il par dire en posant une main sur l'épaule du jeune homme. Tu ne vas pas rester là jusqu'à Carthage, immobile et abattu tel un malade privé de forces ?

Comme le garçon faisait mine de ne rien entendre et ne bougeait pas, le général lui saisit un coude et l'entraîna à l'avant du bateau, suivi par le colosse. Abdeshmoun avançait sans résister, comme un somnambule que l'on guiderait pendant son sommeil.

— Ton père est un héros de la patrie, mon fils. Il a vécu en héros auprès de moi, il est mort en héros, vaincu par ses blessures de Zama. Comment un tel homme pourrait-il ne pas rester vivant dans le cœur de tous nos concitoyens ? En toutes circonstances, sois fier d'un géniteur de cette trempe, et sois digne de lui en débarquant à Carthage la tête haute.

— Je sais, répondit alors Abdeshmoun d'une voix monocorde. Je sais, tu m'as déjà expliqué tout cela à Marthama ces derniers jours. Mais je pense à ma mère Batnoam ! elle a tant souffert à cause de lui..., à cause de toi. Elle vous a maudits tous les deux quand mon père est allé te rejoindre en Espagne...

— Elle nous a maudits ? l'interrompit Hannibal d'un ton étrange.

— Pour peu de temps, rassure-toi ! Quelques jours après ce moment de désarroi, elle a offert aux dieux tous les sacrifices pour déjouer ses mauvaises pensées et vous assister pendant tes campagnes. Mais elle l'a attendu si longtemps... Elle croyait enfin que sa patience allait être récompensée. Au retour de mon père, elle a prié comme jamais, plus encore qu'en son absence, afin de remercier les dieux de l'avoir épargné pendant tant d'années de guerre, afin aussi de le garder auprès d'elle. Combien de jours dans leur vie ont-ils passé ensemble ? Guère plus que le nombre d'années que certains ont le bonheur de vivre l'un près de l'autre..., guère plus. Et moi, qui reviens seul, je vais donc lui annoncer : « Iddibal ton époux est tombé comme un brave, tu ne dois pas pleurer puisqu'il est un héros que tout Carthage admire et qu'Hannibal lui-même portera au tombeau. »

Il se mit alors à sangloter comme un enfant, comme si après tous ces jours de larmes retenues il lui fallait soudain déverser ce trop-plein de peine qui le noyait de l'intérieur. Hannibal le laissa pleurer, sans ôter sa main de la nuque du garçon qu'il serrait un peu, pour que celui-ci n'oubliât point qu'en cet instant de détresse il n'était pas seul au monde.

— Je prétends que Gad est le plus puissant de tous les dieux, dit Hannibal à voix basse, la bouche tout près de l'oreille d'Abdeshmoun. Les autres dieux aussi le craignent, car que signifient les plus redoutables de leurs pouvoirs si le Destin est dans les mains d'un autre ? Si cela est vrai pour les dieux, alors pour nous humains, même auteurs des plus grands exploits, notre liberté et notre puissance ne sont qu'illusions. Nous avons un point commun, mon fils. Chacun de nous deux a vu mourir son père à la guerre, le tien des suites de Zama, le mien de celles d'une escarmouche stupide, en Espagne sur les bords du Sucro. Comme toi j'avais dix-huit ans et je croyais d'abord être assez fort pour ne rien montrer de ma peine. J'avais tenté en vain de tirer Amilcar blessé des flots emballés du fleuve, tandis que de la rive les Barbares déchaînés continuaient de lancer flèches et javelots. Je pus le prendre en croupe mais un trait qu'il reçut dans le dos le fit glisser de mon cheval et j'eus la sensation confuse que son corps, trop atteint pour lutter encore, m'échappait à jamais, attiré par une force contre laquelle j'étais impuissant. Je voulus insister, car je n'imaginais pas sortir de ces eaux en furie sans sauver Amilcar, ne doutant pas que son sort et le mien fussent à cet instant enchaînés pour vivre ou pour mourir. Il m'ordonna de fuir, et tandis qu'accroché au cou de mon cheval je lui tendais la main en criant de douleur, pour la dernière fois sa voix puissante et grave retentit, dominant la fureur des eaux qui l'emportaient : « Tu dois fuir, Hannibal ! tu dois sauver ta vie ! Ce n'est pas Amilcar ton père qui l'ordonne, mais Amilcar Barca, le généralissime des armées de Carthage, le maître de Tarshish. Fuis, mon fils, sauve-toi, et que Melqart te guide ! »

Hannibal poussa un long soupir, comme s'il revivait soudain cet épisode tragique de sa jeunesse. Il poursuivit, après un silence que ne rompit pas Abdeshmoun encore secoué par les sanglots :

— Son corps disparut dans les eaux du Sucro. Je ramenai la troupe des soldats consternés jusqu'à Akra Leuké, alors capitale punique du royaume d'Espagne : mon devoir était d'afficher un masque noble et impassible. Mais au fond de moi le désespoir faisait bouillonner une tempête de larmes. Plus je les empêchais de couler, plus elles tourbillonnaient en moi avec violence, plus ma tête battait comme si des cymbales emprisonnées en frappaient les parois. Quand enfin, la veille des funérailles sans cadavre, je ne pus réprimer tant de peine amassée, mon beau-frère Asdrubal le Beau me fut d'un grand secours. Il m'encouragea à chasser de mon corps tous ces pleurs, sans en avoir honte, « car avec eux, me dit-il, tu chasses aussi ton chagrin et tu reprends goût à la vie ».

La pentère cinglait vers Carthage, parallèle à un vent capricieux de nord-ouest qui obligeait les rameurs à s'activer de manière irrégulière. Les bras tendus, Hannibal tenait des deux mains la rambarde, à la proue du navire, et son regard pensif semblait se perdre dans les écumes du large. Il se souvenait maintenant de ce même voyage qui, trente-cinq ans plus tôt, l'avait conduit de Byzacène à la capitale.

— J'allais avoir neuf ans, dit-il sans que l'on sût très bien s'il parlait à lui-même ou formulait quelque confidence à Abdeshmoun qui ne le quittait plus d'un pas. Je n'avais encore jamais vu Carthage. Mon père venait d'achever dans le sang la guerre inexpiable contre les mercenaires révoltés, contre ses propres soldats avec lesquels il avait tenu tête aux légions romaines en Sicile. Cinq ans de guerre sans défaites en Sicile pour en arriver à massacrer une partie de ses propres troupes ! Tout cela par la faute de cette oligarchie à la fois arrogante et rampante... On croit la réduire en portant à ses chefs des coups mortels, on croit la voir s'éteindre quand meurent ses vieillards. Mais non. Elle renaît sans cesse et prolifère dans les générations suivantes comme une vermine malfaisante et infâme... Je reviens à Carthage, vaincu, et c'est encore pour subir le jugement fielleux de toute cette clique...

Ses mots se perdaient dans sa barbe touffue et sa nervosité explosait dans les contractions rapides qui durcissaient les muscles secs et noueux de ses bras. Le navire se rapprochait de la petite ville de Kerkouane qui, du haut de sa falaise dominant la mer, regarde à la fois vers le levant et vers le midi.

— Je me le rappelle comme si c'était hier, murmura-t-il à l'adresse d'Abdeshmoun. J'étais à cette même place et mon bon Sosylos était à ma gauche, comme toi aujourd'hui. Pauvre Sosylos ! Il m'a suivi près de quarante ans, imagines-tu ? Mon père dirigeait les opérations de Sicile le jour où je naquis et dès qu'il eut appris l'événement, il dépêcha à Marthama un philosophe grec qu'il avait rencontré dans une ville du Bruttium, lors de l'incursion foudroyante qu'il avait menée sur le sol de la péninsule. Ce philosophe était Sosylos ! Il avait trente-cinq ans lorsqu'il fut attaché à ma personne. Aussi loin que je remonte dans ma mémoire, aussi profondément que je fouille mes souvenirs d'enfance, Sosylos est là. Sa voix douce et calme est présente à tous les instants de ma vie..., jusqu'à sa mort il y a trois ans, dans ce Bruttium d'où mon père l'avait arraché pour m'éduquer. Il m'a éduqué, oui, mais il m'a conseillé aussi. Il m'a fait connaître tant de choses, tant de livres... Comment n'aurais-je pas gardé près de moi, alors que j'étais devenu Hannibal Barca, un homme plus précieux que tous les trésors ? Il était donc là, le jour de ce voyage. « Regarde Kerkouane, me dit-il. Pillée, occupée et détruite, d'abord par Agathocle de Syracuse, puis par le consul Regulus. Ils ne se risquèrent pas à l'attaquer de la mer, mais prirent pied ailleurs en un lieu plus facile pour déferler sur elle, de l'intérieur des terres... » Et tandis qu'il parlait, nous dépassions la petite cité aux murs blancs, avec son port en bas de la falaise, et contournions bientôt l'extrémité du cap Sakkôn. « Fais bien attention, poursuivit-il. Lorsque le bateau orientera sa course vers le couchant, nous aurons dépassé le cap et nous filerons tout droit sur Carthage... » J'eus beau écarquiller les yeux, je ne vis rien ! Sinon les brumes de l'horizon qui se confondaient avec la terre, tout au fond de la baie.

Kerkouane avait disparu derrière eux, le cap Sakkôn s'éloignait rapidement de la poupe. Sur la gauche, sur cette rive tournée vers Carthage, se trouvaient les grandes carrières de calcaire, creusées sur plus de cinquante stades de longueur. On eût dit le moule géant et inégal d'une interminable mâchoire déroulée le long du rivage où esclaves et ouvriers chargeaient les nombreux chalands qui faisaient la navette avec le port de la capitale. À côté de ces larges bateaux plats trop vulnérables pour la haute mer et inaptes à affronter les longues distances, des cargos attendaient les blocs rugueux de roche blanche qu'ils achemineraient vers les villes du Sud, Hadrumète, Thapsus, et jusqu'à Sabratha d'où partait la mystérieuse piste qui plongeait dans les entrailles de l'Afrique.

— On a encore du mal à distinguer Carthage, poursuivit Hannibal. Il faudrait arriver le matin pour profiter pleinement de ses couleurs, du rose de ses maisons et des plaques d'or de ses temples que l'on voit alors scintiller de très loin. Le soir, il faut atteindre les Eaux-Chaudes pour que les hauteurs de Byrsa se découpent enfin et que la cité tout entière déploie sa magnificence.

En voulant tromper les idées tristes d'Abdeshmoun, Hannibal se prenait au piège de ses propres souvenirs :

— Je me rappelle encore ces Eaux-Chaudes, lorsque Sosylos répondait aux interrogations que suscitait dans ma tête d'enfant ce nom bizarre. « Les sources jaillissent presque bouillantes, m'expliqua-t-il, du moins beaucoup plus chaudes que la peau ne peut supporter. On raconte que les premiers Phéniciens venus ici avec la princesse Elissa en découvrirent les vertus. Depuis cette époque, les Eaux-Chaudes ont la réputation de soulager les douleurs articulaires. Les médecins y prescrivent un séjour à tous ceux, s'ils sont assez riches, qui relèvent d'une fracture osseuse, et le gouvernement y envoie en cure gratuite les soldats en convalescence. Les eaux sont recommandées aussi pour toutes les mauvaises affaires de digestion, et une salle particulière est réservée aux femmes : la déesse Tanit y règne en maîtresse absolue, car les femmes qui viennent aux Eaux-Chaudes sont celles à qui le destin refuse la maternité. Elles implorent Tanit de les rendre fécondes, et la déesse, lorsqu'elle est bienveillante, vient les visiter, cachée dans les remous du bain. Et il y a même des oisifs en bonne santé assez fortunés pour s'offrir ici un séjour une fois par an, le plus souvent pendant la saison froide où la chaleur naturelle des eaux suffit à leur plaisir. »

Carthage maintenant se déployait devant les arrivants. Une foule compacte était massée sur la chôma à l'extérieur du cothon, et semblait posée entre mer et remparts. Eux aussi étaient noirs de monde d'un bout à l'autre de la ville, de l'extrémité du port marchand jusqu'au rempart intérieur qui remonte vers la colline de Byrsa. La pentère d'Hannibal glissa vers le musoir, parut un instant immobile et fit sur place un quart de tour qui dirigea sa proue face au chenal d'entrée. Des gamins poussaient des cris sur le rempart du Midi, d'autres couraient tout au bord du quai au risque de tomber à l'eau, tant l'espace était rare, et poursuivaient le bateau vers le grand bassin où il alla se perdre au milieu d'une forêt de mâts. On avait rangé les longues rames avant d'entrer dans le chenal, et la pentère était traînée lentement par une chaloupe aux rames beaucoup plus courtes et dont le chef obéissait à la voix d'Hannibal. À la surprise générale, elle ne chercha pas à gagner le passage qui mène au port circulaire où les galères militaires sont au secret, mais se faufila entre des cargos, jusqu'à ce que les haleurs prennent le relais pour la faire accoster là où grouillait le plus de monde. Ce fut alors une bousculade féroce, chacun jouant des coudes et des pieds pour se rapprocher de l'emplacement déjà bondé. Des échoppes et des étals ne résistèrent pas à la poussée et furent en un rien de temps balayés, piétinés. La pentère enfin s'immobilisa entre deux gros cargos, heurtant le quai à quelques pas de l'auberge d'Alexandrie, non loin de l'étal de la belle Thanubra qui avait échappé aux ravages de la marée humaine.

Hannibal se tenait debout sur le pont. Seul. Il regardait

cette foule, il regardait ce port, cette ville si lointaine dans l'aurore parfois brumeuse de sa mémoire. Il n'entendait pas tous ces gens inconnus qui hurlaient vers lui les mots blessants que l'on jette aux vaincus comme autant de crachats. Solidement campé sur ses jambes et les mains fixées à la taille, la tête vers Byrsa, le menton volontaire, il semblait défier Carthage tout entière.

— C'est donc toi Hannibal ?

— C'est donc toi l'invincible ?

— As-tu peur de descendre te mêler à tes compatriotes, Barca ?

Tout au pied du bateau, la foule était si dense qu'on aurait pu marcher sur elle, tapis de têtes vociférantes. C'eût été pure folie que d'oser prétendre s'y ménager un couloir. Hannibal pourtant, sans se soucier des insultes et paroles humiliantes, ordonna d'un geste rapide qu'on apportât les rampes de bois bordées de cordages permettant de passer du bateau au quai. Cela augmenta encore la confusion, mais tant bien que mal, repoussant à coups de fouet les malheureux qui se pressaient trop près de la coque, des matelots du port, dont le crâne rasé propitiait la protection des dieux, mirent les rampes en place. En comprenant qu'Hannibal ne la craignait pas, puisqu'il allait descendre parmi elle, la foule fut parcourue par de profonds remous ; un instinctif sentiment d'admiration s'opposa à la vindicte houleuse, comme deux forces contraires et invisibles combattent au sein d'un même corps et d'une même âme qu'elles écartèlent. Hannibal posa le pied en haut de la rampe et, d'un pas lent et assuré, il descendit, il s'approcha. Mais au moment où des mains auraient pu toucher sa cape, ou même lui saisir bras et jambes, les soldats d'Italie dans leurs habits de parade surgirent sur le pont, du ventre du bateau où ils s'étaient cachés à l'approche du port. En rang par trois, ils arboraient chacun des étendards et des oriflammes qui flottaient haut au-dessus des têtes. Ils suivirent Hannibal, devant qui le chemin s'ouvrait sans effort, comme un drap déjà entaillé se laisse déchirer par simple traction sur ses deux pans. Le silence d'abord, dû à l'étonnement, se répandit comme une vaste tache d'huile, jusqu'au moment où une voix de femme s'éleva avec tant de puissance que les milliers de Carthaginois qui étouffaient le port marchand l'entendirent.

— Est-ce là l'arrivée d'un vaincu ? Allons, Carthaginois ! voyez ces oriflammes, voyez ces étendards, la grande armée punique les a gagnés au Tessin, à la Trébie, au lac Trasimène, à Cannes et à travers toute l'Italie. Accueillez comme ils le méritent les héros qui ont fait trembler Rome !

Il n'en fallait pas plus pour rallier tout ce peuple qui depuis le début des épreuves que Scipion lui faisait subir aspirait à se rassembler derrière le héros d'Italie. Hannibal était certes le vaincu de Zama, mais qui d'autre que lui était aujourd'hui capable, dans Carthage à la dérive, de redonner une cohésion, de raviver l'espoir ? Tout ce peuple versatile qui, en vomissant ses injures à l'encontre d'Hannibal, rejetait une classe politique désavouée, était prêt, pour se déprendre de ses angoisses et de sa peur de l'avenir, à suivre celui que lui désignerait quelque providence des dieux. Un rien pouvait transmuer sa haine et sa rancœur en soutien sans condition, tant il avait besoin de porter au plus haut quiconque accepterait d'endosser le destin de Carthage.

Hannibal s'arrêta devant la femme qui avait provoqué cette soudaine adhésion. À la vue du chef borgne dont l'œil encore sain savait sonder les cœurs d'un seul regard perçant, elle se surprit à trembler, elle qui pourtant se savait redoutée de tant de ses concitoyens. Elle, d'habitude si fière, si hautaine, si arrogante aussi, s'inclina sans même réfléchir.

— Qui es-tu, Carthaginoise ? s'enquit Hannibal, tandis que, derrière, la colonne de soldats avait comme lui cessé d'avancer.

— Je suis Thanubra l'armatrice, Faveur de Ba'al, répondit-elle d'une voix claire mais presque confidentielle.

— C'est la belle Thanubra ! cria quelqu'un, ce qui fut aussitôt repris par la foule.

— Ton accueil me touche..., belle Thanubra, dit Hannibal d'un ton amical.

Avec une aisance féline, il sauta d'un bond inattendu sur l'étal de l'armatrice qu'il invita et aida à monter près de lui. Puis il se tourna vers la multitude soudain éberluée et fascinée d'avoir trouvé un maître.

— Thanubra vient de prononcer les mots justes, clama-t-il. Les hommes que vous voyez se sont tous couverts de gloire, la plupart, les plus anciens, tout au long de quinze années de guerre sur le sol ennemi. Les autres, venus me rejoindre pour affronter Scipion, ont vendu chèrement leur peau et méritent aussi tous les honneurs. Ce ne sont pas les vaincus de Zama qui rentrent aujourd'hui, mais tous ceux qui ont risqué leur vie pour la grandeur et la liberté de notre patrie. Par la bouche de Thanubra, je viens d'écouter le cœur de Carthage, celui du peuple qui travaille et qui souffre. Et te voyant aujourd'hui, belle Thanubra, je vois l'incarnation de la Carthage éternelle, celle de la cité fondée par notre divine Elissa pour régner sur les mers. Allons ! peuple de Carthage, allons maintenant rendre des comptes à ceux qui, ici même, nous ont réduits à la défaite !

Il fut sur le sol d'un bond aussi leste que le premier et reprit son chemin vers la Grande Place sous les acclamations. Point n'était besoin de se rappeler quelle rue il fallait emprunter, car l'espace qui s'ouvrait spontanément devant lui et dans lequel s'engouffrait à sa suite la colonne bardée d'étendards conduisait droit à la tribune. Au milieu du cortège, Bodastaroth et Abdeshmoun étaient parmi les soldats qui portaient les corps de quelques morts de Zama, emmenés dans leurs cercueils rouges à poignées de bronze pour représenter la masse des sacrifiés glorieux. Quand elle les aperçut, la belle Thanubra, toujours debout sur son comptoir, poussa un cri de victoire.

— Et eux, Carthaginois ! vous les reconnaissez ? Abdeshmoun, héros des Grandes Plaines ! Bodastaroth, héros d'Olympie ! Deux enfants de Carthage qui ont versé leur sang pour nous et heureusement nous reviennent bien vivants ! Remercions nos dieux de les avoir sauvés.

Son esclave Mazérès l'aida à redescendre et à peine fut-elle au sol qu'elle se précipita vers les deux amis, le haut de son himation défait découvrant en partie son opulente chevelure. Elle saisit un bras de Bodastaroth, le serra et y posa ses lèvres, puis passa la main sur le visage d'Abdeshmoun dont elle ne remarqua pas qu'il était défait. Les gens qui se trouvaient à côté et assistaient à la scène étaient partagés entre l'envie de se scandaliser devant l'impudeur de Thanubra et celle d'exprimer leur contentement face à son bonheur. Derrière l'étal où elle se tenait depuis de longues heures dans l'attente du bateau, Sibboleth serrait les poings sous son menton en fixant Abdeshmoun, soulagée qu'il fût vivant mais affolée par ses traits blêmes et altérés. Moins téméraire que sa mère, elle n'osait attirer son attention, quand le garçon, comme guidé par les dieux qu'elle invoquait de tout son être, posa les yeux sur elle. Dans l'infinie tristesse qui les baignait, elle crut lire un sourire d'émotion. Tandis que Sibboleth regardait s'éloigner Abdeshmoun et Bodastaroth, Thanubra marcha auprès d'eux, leur soufflant des mots auxquels la situation leur interdisait de répondre, et les suivit jusqu'à la courte ruelle qui reliait les quais du port marchand à la rue des Suffètes, et dont l'étroitesse l'obligea à se fondre dans la foule et à les abandonner, emportés qu'ils étaient vers la Grande Place par la colonne des soldats. Elle ne savait, pas plus que Sibboleth, qu'Abdeshmoun et Bodastaroth, aidés de deux autres soldats, portaient dans son cercueil le cadavre embaumé d'Iddibal.

Plutôt que de se noyer dans l'épaisseur de la foule qui se serrait contre les murs des maisons, elle préféra se frayer un passage vers le port militaire et s'enfoncer dans le dédale des petites rues jusque chez elle. En ces lieux un peu moins fréquentés, elle rattrapa un groupe d'hommes parmi lesquels elle reconnut les deux suffètes, le grand kohen Abdelim et quelques-unes des personnalités dirigeantes des principales factions politiques. Le suffète Zakarbal maugréait :

— Quel outrage aux instances suprêmes de la cité ! Il savait fort bien que nous l'attendrions au port militaire et non seulement il choisit de nous ignorer, mais encore il s'offre en pâture à cette populace pour mieux l'abuser.

— Pour mieux la mettre de son côté en la dressant un peu plus contre nous, renchérit l'autre suffète Mattanon. Il est capable de parler à la tribune sans se soucier de notre présence ou de notre absence.

Thanubra ricana dans son for intérieur et cet imprévu lui donna l'idée de se rendre à la Grande Place en empruntant la rue des Orfèvres, au lieu de s'arrêter chez elle et de suivre les événements du haut de sa terrasse. Elle demeura dans le sillage du groupe des suffètes, auquel deux vigiles armés ouvraient la route en menaçant ceux qui avaient le malheur de faire obstruction en ne se rangeant pas avec célérité. Mais ils n'eurent pas le temps de parvenir jusqu'à la tribune que déjà la chaîne des crieurs transmettait le discours d'Hannibal. Il fut très bref.

— Peuple de Carthage...

— Ah ! le chien, pesta Zakarbal. Nous n'existons donc pas pour lui !

— ... un seul mot s'impose aujourd'hui, à moins de mentir ou de s'aveugler de vaines illusions. Peuple de Carthage, cette guerre est perdue !

Une grande clameur de désolation monta dans le ciel de Carthage, mais Hannibal, imperturbable, poursuivit :

— Cette guerre est perdue, oui Carthaginois, et il serait fou de ne point l'admettre. Vous avez tous vu les étendards de nos victoires. À vous de juger pourquoi le vainqueur de Trasimène et de Cannes a subi l'humiliation de Zama. Certes, cette défaite s'est jouée sur un funeste coup de dés du Destin. Sans la trahison de Vermina et la présence de Massinissa au côté de Scipion, Gad l'aurait changée en une nouvelle victoire d'Hannibal ! Mais les raisons sont plus profondes et vous savez comme moi où sont les seuls et vrais responsables du désastre. Ils sont ici, à Carthage, depuis toujours ! Ils ne connaissent des champs de bataille que le nom et des intérêts de Carthage que ceux qui servent leurs intrigues. Ces hommes sont les fossoyeurs de notre cité. Alors qu'en Italie nous avons tenu entre nos mains la chance d'une victoire totale sur les Romains, ces hommes l'ont gâchée. Alors que Rome aurait dû plier depuis longtemps, Carthage doit aujourd'hui, par des années de fautes accumulées, déposer les armes et implorer la paix.

Il quitta aussitôt la tribune et reprit la tête de ses guerriers en direction de Megara. Les suffètes médusés le virent passer devant eux sans qu'il leur prêtât le moindre regard, alors qu'il était facile de les deviner à leur habit d'apparat. Mais apercevant l'armatrice derrière eux, Hannibal s'arrêta, hocha la tête et répéta d'une voix lente ce qu'il lui avait dit au port :

— Belle Thanubra, tu incarnes la Carthage éternelle !

L'armatrice rougit, ramena d'un geste furtif le bord de son himation qu'elle prit dans sa bouche pour le maintenir fixé à la fibule naturelle de ses dents, ne laissant visibles que son nez et ses yeux. Puis elle disparut dans la foule, pressée de prévenir par la fuite l'intérêt que ne manquerait pas de lui porter le groupe des suffètes.

Les gens semblaient déçus, frustrés par le discours d'Hannibal, trop bref, trop catégorique et qui n'offrait aucune possibilité de repartie, du moins dans l'instant. Ils avaient besoin de satisfaire leur inclination à la discussion, au débat, et Hannibal leur imposait un exposé de la situation qui y coupait court. Les hommes en place au gouvernement étaient la cause de tous les maux ? Chacun en était persuadé, alors à quoi bon discuter encore. Par leur faute Carthage était vaincue et n'avait d'autre solution que demander la paix ? On ne pouvait en effet que se résigner. Pourtant, ceux qui espéraient que le retour d'Hannibal entraînerait un sursaut national et une résistance désespérée n'étaient pas quantité négligeable. Tous n'étaient pas du parti démocratique favorable au clan Barca, loin s'en faut. On trouvait au contraire parmi eux la totalité des fanatiques religieux qui haïssaient Hannibal mais avaient pensé jusqu'au bout qu'il prônerait l'action armée. Son intervention péremptoire, parce qu'elle venait justement de lui, qui représentait dans leur esprit toutes les valeurs de la guerre, ne les révolta pas mais les mortifia. Si Hannibal rejoignait le camp de la paix, donc de tous les oligarques qu'il critiquait et haïssait pour mille raisons, le renoncement paraissait l'ultime refuge. Il n'y avait plus personne à Carthage, pensaient-ils, derrière qui se ranger pour organiser la lutte.

Les images et les perceptions de l'enfance avaient beau l'assaillir à mesure que le cortège s'approchait de Megara, — le passage de la porte de la Vieille-Ville marquant l'entrée dans le faubourg, la rue dallée devenant piste de terre sablonneuse, l'accès à la nécropole montant sur la droite vers le cap Punique, les odeurs de fleurs et d'arbres s'exhalant des vastes jardins aristocratiques, l'allée de petits cailloux blancs bordée de cyprès conduisant aux marches de son palais —, Hannibal n'en ressentait aucune émotion. Les circonstances de ce retour auraient pu en fournir l'explication, mais une si longue absence, alliée à tant de griefs contre ceux qui incarnaient le pouvoir politique de la cité, suffisait à le raidir, à le dresser contre tout attendrissement sur le passé. Il se disait que la Carthage qu'il aimait n'était pas de ce monde. Elle appartenait aux rêves que lui avait transmis son père et possédait l'enthousiasme, la beauté et la voix de cette Thanubra qu'il venait de rencontrer par deux fois. Même l'idée de revoir Imilcée après dix-sept ans de séparation ne parvenait pas à toucher son cœur, comme si le tendre sentiment qu'il lui portait autrefois s'était évanoui au fil des années de guerre. Elle était là pourtant, en haut des marches, ses cheveux blonds coiffés d'un diadème espagnol, sa haute taille de femme de Tarshish lui donnant une prestance qui la plaçait d'emblée en évidence. À ses côtés et un peu en retrait se tenaient Batnoam et les intendants, toute la population du palais, hommes libres, femmes, enfants et esclaves formant sur les marches deux haies compactes pour accueillir le maître et s'incliner devant lui. Quand le cortège fut immobilisé dans l'allée derrière lui, Hannibal descendit de cheval, retira son casque qu'il coinça sous un bras et, la regardant droit dans les yeux qu'elle ne baissa pas, monta vers Imilcée. Ce n'est qu'en saisissant sa main tendue qu'il oublia un instant tout ce qui avait contribué à la réduire, à la repousser vers les lointains de l'inexistence.

Tandis que les intendants exprimaient leur déférence, Batnoam scrutait le cortège, étonnée et inquiète que son époux ne fût point à côté d'Hannibal, lorsqu'elle le bouscula soudain, dévalant les marches et courant jusqu'à son fils aux pieds duquel elle se jeta en poussant un cri rauque. Puis elle sanglota en silence, et Abdeshmoun, dans sa douleur immobile qui lui faisait serrer les mâchoires jusqu'à presque se briser les dents, sentit couler le long de sa cuisse les larmes tièdes de sa mère.

— Il est là ! j'en suis sûre, balbutia-t-elle enfin. C'est lui que tu ramènes, Iddibal ton père, Iddibal mon époux.

Elle leva vers lui ses yeux gonflés et dont le fard épais allait strier ses joues d'un noir délavé. Il aurait voulu prier un autre soldat de le remplacer sous le fardeau, il aurait voulu relever Batnoam et l'emmener vers les appartements pour la consoler, mais il resta de marbre, ne montrant rien, comme l'eussent fait, pensait-il, Hannibal et Iddibal en pareil instant. La princesse Imilcée et Hannibal s'approchèrent alors d'elle et attendirent, respectant son chagrin, qu'elle se remît elle-même debout avant de l'accompagner, ensemble, à l'intérieur du palais.

Puis, le soir même, tandis qu'Imilcée assistait sa suivante et son fils dans leur deuil, Hannibal fut à nouveau occupé par les problèmes qui pressaient le destin de la cité. Refusant de recevoir toute délégation officielle, il fit transmettre au Conseil des anciens un avis incitant les hauts dignitaires de l'Assemblée à préparer au plus vite une délégation de paix que l'on enverrait dès le lendemain vers le camp romain du Promontoire. Ils ne se firent pas prier, quelque rancœur et quelque détestation qu'ils pussent alors nourrir à l'encontre du chef de guerre. On s'activa aussitôt dans le port, malgré la nuit qui était tombée. À la lumière des torches, on couvrit une pentère de branches d'olivier et de bandelettes blanches, marques traditionnelles pour signifier l'intention de supplier, d'implorer avec humilité une faveur. Un caducée aussi grand qu'une voile fut dressé sur la proue du navire. Au petit matin, le grand kohen en personne vint pratiquer sur le bateau les gestes rituels. Il arpentait le pont en invoquant les dieux à haute voix, et s'arrêtait par endroits en secouant son encensoir autour de lui, le dernier nuage de fumée toujours dirigé vers l'orient, vers Tyr la ville-mère.

On désigna dix citoyens carthaginois parmi les grandes familles. Ils étaient plus connus pour leur sagesse et leur discrétion que pour leur activité politique. Mais tandis que la pentère officielle croisait puis dépassait le cap Punique pour faire voile vers Utique, on annonça que Scipion avait armé toute sa flotte. Plus de cent vaisseaux de guerre apparurent en effet à l'horizon, dont la vue seule provoqua une panique plus effroyable encore que celles qu'avait vécues Carthage depuis deux ans. Des vieillards disaient que cette fois la terreur atteignait son paroxysme et que ce nouveau danger allait même effacer le souvenir toujours vivace de l'invasion de Regulus.

La belle Thanubra et tous les commerçants et banquiers du port marchand furent priés de ranger leurs affaires sur-le-champ et de rentrer chez eux. Il fallait laisser place nette aux soldats et aux vigiles, ne pas entraver le mouvement des troupes de défense qui allaient se poster sur les remparts, permettre le ravitaillement des combattants en vivres et en armes dans les meilleures conditions. Vers midi, l'on vit cependant la pentère officielle, toujours bardée de bandelettes et de branches d'olivier, regagner le cothon sans encombre. Scipion n'avait pas voulu s'entretenir avec les délégués de Carthage, mais les avait invités à le rejoindre quelques jours plus tard à son camp de Tunês. Peu après le retour de leur pentère, les Carthaginois terrifiés crurent que c'en était fini de leur cité. La flotte romaine envahit toute la baie et il n'y avait pas un seul point du rempart de Mer qui ne fût la cible d'un navire ennemi. L'un d'entre eux se plaça légèrement en avant des autres, parallèle au port, et un homme au plastron de bronze étincelant, la tête coiffée du casque à panache rouge des consuls, se posta sur le pont en balayant tout Carthage d'un regard aiguisé et pensif. Juste en face sur le rempart, Hannibal, qu'une délégation conduite par Asdrubal le Chevreau était aussitôt venue chercher à Megara, était entouré d'une garde serrée, capable de le préserver d'un contact qu'il ne désirait pas avec ses concitoyens.

— C'est Scipion, commenta-t-il. Le voilà pour la première fois sous nos murs. Il mesure, il évalue l'ampleur de la tâche qui l'attend s'il entreprend de nous assiéger. Il savait pourtant que c'était impossible...

— Alors pourquoi est-il venu avec tous ses bateaux ? interrogea Bodastaroth qu'Hannibal avait choisi pour commander son escorte.

— Il voulait en être vraiment sûr. Ne pas avoir de regrets. Et sans doute aussi nous offrir une démonstration de la puissance dont il dispose... Il doit aussi se demander s'il sera encore consul l'an prochain. Tu sais qu'à Rome les deux consuls sont désignés pour un an, comme à Carthage nos deux suffètes. Mais à la différence de nos magistrats, les deux Romains possèdent aussi le pouvoir suprême en matière militaire pendant la durée de leur consulat. Imagine que Scipion entame aujourd'hui un siège long et hasardeux contre nous et qu'il ne soit pas reconduit dans ses fonctions !

— Alors ?

— En cas de victoire romaine, son successeur hériterait tous les honneurs du triomphe ! Scipion ne veut pas prendre ce risque...

Alors que Carthage était la proie des pires craintes, Hannibal semblait sourire dans sa barbe en observant le déploiement des galères ennemies qui se plaçaient comme si elles préparaient l'assaut.

— Tu as l'air bien sûr de toi, osa Asdrubal le Chevreau qui se tenait en retrait avec d'autres officiers et dignitaires.

Hannibal fit mine un instant de ne rien entendre. Depuis la veille, depuis son retour à Carthage, il avait tout fait pour les éviter et les ignorer. Pas une fois il n'avait daigné répondre à leurs questions ou à leurs injonctions. Il se tourna vers eux tout en ordonnant à son escorte, d'un geste ample, de s'écarter. Ce premier regard qu'il leur portait les fit tressaillir d'une manière presque imperceptible, sauf pour Hannibal qui comprit que ces hommes, malgré leurs hautes fonctions, étaient condamnés à le craindre.

— Je vous affirme que Scipion et sa flotte seront hors de notre vue avant que nous ayons couché le soleil. Je veux bien abandonner le commandement suprême des forces puniques s'il n'en est pas ainsi.

Ils baissèrent la tête sans répliquer et s'éloignèrent de quelques pas. Lorsque le soleil d'automne fut au-dessus de Tunês, les bateaux romains commencèrent une vaste manœuvre de repli et s'en retournèrent vers le nord. La cité tout entière retrouva sa respiration aussi vite qu'elle avait entrevu le pire.

Chez Thanubra, la douce Sibboleth pleurait. Depuis qu'elle savait quel deuil cruel frappait Abdeshmoun, rien d'autre ne l'intéressait que le chagrin qu'elle voulait partager avec lui. Sa désolation était d'autant plus profonde que la mort d'Iddibal, trop récente, interdisait que le mariage eût lieu en automne comme cela aurait pu se faire maintenant que Thanubra n'y faisait plus opposition. À dix-sept ans, rares étaient les jeunes femmes qui n'étaient pas mariées et n'avaient pas connu deux ou trois fois déjà les douleurs et les joies de l'enfantement.

— Toi seule es fautive, mère, s'indigna-t-elle tout en sanglotant. Si tu avais accepté plus tôt ce mariage, nous n'aurions pas aujourd'hui à en repousser encore la célébration. Je serais auprès d'Abdeshmoun pour consoler sa peine. Peut-être Tanit et Ba'al Hammon nous auraient-ils accordé le bonheur d'une naissance ?

Thanubra parut moins agacée que blessée par les propos de sa fille cadette. Sous le masque d'inflexibilité et de détermination qu'elle avait accoutumé d'afficher en toutes circonstances, sa sensibilité de femme était piquée au vif beaucoup plus facilement qu'on ne le croyait.

— Qui pouvait prévoir un tel malheur ? balbutia-t-elle. Qui pouvait prévoir que Gad s'acharnerait encore ?... Ne blâme pas ta mère, ma Sibboleth, ne blâme pas ta mère... Tu sais bien pourquoi, par le passé, j'ai commis tant d'erreurs.

Sibboleth regardait Thanubra d'un air maussade et dubitatif. Certes elle avait en mémoire cette histoire de malédiction qui aurait pesé sur sa mère depuis toujours et dont celle-ci avait fait l'aveu lors des dernières fêtes en l'honneur de la princesse Elissa. Mais quel rapport cela avait-il avec le père d'Abdeshmoun, victime du massacre de Zama parmi des dizaines de milliers d'autres ?

— Oui, je crois comprendre, dit-elle soudain en fixant sa mère, les yeux plissés et la voix sifflante, presque venimeuse. Si tu incarnes Carthage, comme le prétend Hannibal lui-même, alors ce n'est pas seulement sur Iddibal que tu as répandu le malheur, mais sur tous les autres. Si tu incarnes Carthage, tu en incarnes aussi le malheur ! Le malheur...

La gifle cinglante qu'elle reçut lui coupa net la respiration, et elle ne retrouva son souffle que dans les longs soubresauts de ses sanglots ponctués de saccades pareilles à des accès de rire nerveux. Thanubra, les cheveux en désordre et le visage décomposé, la regarda, interdite, et la prit alors dans ses bras en lui caressant la tête et les épaules. Sibboleth se laissa faire, trouvant peu à peu le calme dans des pleurs silencieux.

— Ma petite fille, murmura Thanubra, ma petite fille ! Comment peux-tu penser que ta mère soit vraiment l'instrument des forces mauvaises qui règnent dans les ténèbres ? N'ai-je donc pas assez souffert depuis mon enfance qu'il me faille encore supporter ce rôle abominable !

Sibboleth reniflait comme une petite fille, balbutiant à l'oreille de sa mère des mots qui exprimaient sa honte et imploraient le pardon. Elle ne voyait pas que, sur le visage de Thanubra, coulaient deux longues traînées de larmes.

Le lendemain eurent lieu les obsèques solennelles des quelques morts de Zama qu'Hannibal avait tenu à ramener à Carthage. Les honneurs que la cité leur rendit devaient rejaillir sur la mémoire de tous les absents laissés sur le champ de bataille, cadavres mutilés et exsangues à la merci des chacals et des hyènes qui déferlaient dans l'intérieur du pays par meutes entières. Ce fut l'occasion de revoir enfin côte à côte, réunis par la force supérieure du rituel funèbre, les clans rivaux qui se disputaient le pouvoir. Asdrubal le Chevreau et Hannibal Barca, Gereshmoun et le fanatique Akboram, tous les personnages importants marchaient derrière les suffètes Mattanon et Zakarbal, eux-mêmes derrière le grand kohen Abdelim et la cohorte des prêtres. Les corps étaient placés sur des chars remplis d'objets donnés par les familles des morts et qui les accompagneraient dans leur caveau. Suivait la troupe des soldats survivants, vêtus comme pour un triomphe, portant les étendards glanés en Italie. La foule immense enfin martelait le sol au rythme des chants religieux et se massa en arc de cercle dans la nécropole. On attribua à l'exceptionnelle fraîcheur de cette journée d'automne l'absence d'Hannon le Grand.

10.

Les noces

Jamais le peuple de Carthage n'aurait imaginé que les termes du traité dictés par Scipion seraient aussi infamants. Non seulement la ville portait le deuil de sa défaite et de ses morts, mais ses députés envoyés auprès de l'inflexible Romain n'avaient pu que se prosterner, s'humilier, puis écouter son verdict dans un silence sinistre et glacé. Dans le même temps, le chef numide Vermina dont l'appui avait si cruellement manqué à Hannibal et à qui les Carthaginois imputaient la responsabilité du désastre de Zama avait été fait prisonnier par des légions romaines demeurées quelques décades encore sur les lieux de la bataille.

— Il n'avait donc pas trahi, murmura Abdeshmoun, acagnardé près d'un grand brasero de bronze dans lequel crépitait du bois de figuier, dont le préalable traitement à l'amère essence d'olive empêchait que la pièce fût enfumée.

— Les quinze mille cavaliers qu'il nous amenait en renfort ont été massacrés, répondit Bodastaroth, enveloppé dans un ample manteau de laine et se frottant les mains tendues vers le poêle. Quelques centaines seulement ont survécu et ont été emmenés au camp du Promontoire.

— Imagine que Vermina nous ait rejoints à temps ! dit le garçon avec rage. Zama devenait l'éclatante victoire d'Hannibal. Scipion quittait notre sol en vaincu et le traître Massinissa...

— ... maudit soit-il, interrompit le colosse en lançant des éclairs, et maudite soit sa descendance à jamais...

— ... et mon père, poursuivit Abdeshmoun en enfonçant les ongles dans la chair de ses mains, mon père qui avait marché jusque sous les murs de Rome ne connaîtrait pas le silence de la tombe, mais le calme retrouvé d'une Carthage savourant la victoire et la paix.

Comme Abdeshmoun s'apprêtait à se répandre une fois de plus en lamentations et en regrets, Bodastaroth s'approcha de lui et l'invita à se dégager de la mollesse chaude des coussins jetés autour du brasero, sur le sol de brique recouvert de tapis. Il se leva sans hâte, comme s'il redoutait d'affronter le vent, très froid pour un mois de marchesvan, en plein milieu de l'automne. Ils quittèrent la maison de Bodastaroth et prirent par habitude le chemin de la Grande Place où, depuis l'annonce des termes du traité et en dépit du deuil national qui exigeait plus de réserve, il y avait toujours des citoyens réunis en assemblée populaire. En restant là à ressasser leur infortune d'être carthaginois et en apostrophant les sénateurs de passage qu'ils obligeaient à monter à la tribune, tous semblaient croire que l'heure fatidique de signer le traité finirait par se perdre dans les rivages d'un avenir se dérobant sans cesse aux réalités de l'instant.

— Le traité nous impose de renoncer à nous implanter de l'autre côté de la mer, disait quelqu'un. Mais rappelez-vous ! concitoyens. N'est-ce pas la politique de sagesse que préconisait Hannon le Grand du temps même d'Amilcar Barca ? Que ne l'avons-nous écouté ! Pourquoi avons-nous cédé à l'orgueil d'aller défier Rome alors que notre domination sur l'Afrique était si précaire ?

— Oui, tu as raison, répondit Asdrubal le Chevreau qui se prêtait volontiers et des heures durant à toutes ces discussions publiques. Quelles folies avons-nous laissé commettre à Amilcar ! Au lieu de se lancer à corps perdu dans son aventure espagnole, cause de tous nos malheurs, il aurait dû suivre les conseils d'Hannon le Grand : renforcer et étendre notre puissance sur des terres que Rome n'aurait jamais eu l'idée de convoiter, donc affermir notre autorité sur la Numidie et la Libye pour en exploiter mieux les richesses.

Mais c'était bien là le seul point du traité à ne pas scandaliser le peuple.

— On s'en moque, reprit avec fougue un jeune citoyen qui s'appelait Gisgon et était connu pour la virulence de ses propos lors des débats de l'Assemblée populaire. Quelle pauvre consolation quand on dresse la liste de tout ce qui désormais va faire de Carthage une cité soumise. Nous n'avons même plus le droit de faire la guerre en Afrique sans mendier l'autorisation de Rome ! Que ferons-nous si le traître Massinissa, maudit soit-il...

— ... maudit soit-il, répéta en chœur l'assistance dans laquelle on reconnaissait l'énorme voix de Bodastaroth.

— ... que ferons-nous s'il décide, poussé par son ambition effrénée, de menacer le misérable territoire que Rome nous a généreusement laissé à l'intérieur des fossés puniques ?

Tout en continuant à parler, il bondit vers la tribune à côté d'Asdrubal et fit face à la foule.

— Vous savez en outre que le Numide représente un danger plus réel encore maintenant qu'il est l'allié de Rome !

— Le traité dit que Carthage aussi est l'alliée de Rome, remarqua Asdrubal avec calme. Nous devons au vainqueur l'assistance de nos forces armées s'il la requiert, mais, en contrepartie, Rome doit se porter à notre secours en cas d'agression.

— Nos forces armées ! ah ! ah ! elles sont belles nos forces armées... Plus de cavalerie, plus de fantassins, plus d'éléphants puisque nous les livrons tous à Rome et qu'il nous est interdit d'en dresser d'autres pour le combat ! Plus de marine de guerre, puisqu'il est prévu de tout abandonner à Scipion et de ne garder à Carthage que dix malheureuses pentères. Et si le Numide nous attaque, Carthage n'aura pas même le droit d'employer des mercenaires pour se défendre. Avant que Rome daigne nous accorder la faveur de sauver notre sol, nous serons rognés, bafoués, et exposés sans répit aux perfidies numides. Oui, ce Massinissa que nous voulons crucifier depuis qu'il s'est vendu à Scipion ne va cesser de nous narguer, de nous provoquer, soutenu par Rome.

— Tu oublies l'argent, Gisgon ! lança quelqu'un. L'argent et tous les vivres qu'il nous faut fournir aux légions de Scipion tant qu'elles camperont en Afrique, alors que le spectre de la famine plane à l'intérieur de nos propre murs.

— Oui, l'argent et aussi cette nourriture dont Carthage a

besoin ! Le gouvernement entend-il vraiment rendre à Scipion les cargos romains que nous avons pris ? et les rendre pleins de leur cargaison qui s'est disséminée dans la ville ? Si telle est l'intention de ceux qui nous dirigent, il faut nous préparer à des journées terribles...

— Nous ne restituerons pas ces cargaisons, assura Asdrubal le Chevreau. Je puis vous le promettre au nom du gouvernement !

La foule massée sur la Grande Place étouffa de son ovation la nouvelle question que lançait le bouillant Gisgon, et Asdrubal, le sourire aux lèvres, descendit de la tribune et s'éclipsa.

Tandis que passaient tebet, sebat et adar, mois d'un hiver plus rude que de coutume, les conversations et polémiques autour de l'acceptation du traité ne débouchaient sur rien. Le ton montait à l'Assemblée haute comme au sein du peuple qui avait faim. Les sénateurs parvenaient à former une large majorité qui ne pouvait nier la nécessité de renvoyer dès les premiers jours du printemps une réponse à Scipion. Mais la plupart d'entre eux n'admettaient pas l'une des clauses du traité qui les atteignait dans ce qu'ils chérissaient le plus au monde : leur richesse. Pour payer en effet l'indemnité de guerre évaluée par Scipion à dix mille talents, les grandes familles devraient puiser dans leurs coffres. Malgré la répartition de la dette sur cinquante ans, les aristocrates la jugeaient énorme. Quant au peuple, il ne comprenait pas que le gouvernement n'ait pas profité de la présence d'Hannibal pour organiser une lutte sans merci. Il comprenait moins encore l'enfermement de son prestigieux général dans un mutisme complet depuis les derniers jours du mois de tisri, moment où avaient eu lieu les obsèques solennelles de son aide de camp Iddibal et des autres soldats morts à Zama. À peine avait-on inhumé la dépouille mortelle des héros qu'Hannibal s'était terré dans son palais de Megara, ne reparaissant plus en public de tout l'hiver.

À la première réunion du mois de nisan, les suffètes mirent l'acceptation des termes du traité aux voix.

— Le temps de la réflexion s'achève aujourd'hui, dit Mattanon. En tant que magistrats suprêmes de notre cité, nous,

Zakarbal et Mattanon, exigeons de l'Assemblée haute qu'elle accepte dans tous ses termes, ou qu'elle rejette dans tous ses termes, la proposition de paix de Scipion. Vous savez tous que le Romain ne souffrira aucune modification de son texte. Tergiverser encore est non seulement inutile, mais dangereux pour Carthage.

On se heurta pourtant aux mêmes lamentations, aux mêmes atermoiements, et cela mena le stérile débat vers le milieu de l'après-midi sans qu'on pût espérer trouver une solution. On entendit alors à l'entrée du temple d'Eshmoun une sonnerie de trompettes et l'apparition imprévue d'Hannon le Grand rompit tout net ces quérimonies tantôt larmoyantes, tantôt indignées et violentes autour des dix mille talents d'indemnité. Vautré sur son lit à porteurs, l'ancien et prestigieux suffète était recouvert d'une épaisseur de couvertures et de manteaux de pourpre qui le rendait plus monstrueux encore. Sa face molle pendait sous un bonnet enfoncé jusqu'aux oreilles. Il fut bientôt au centre de la salle de réunion.

— Allons ! dit-il d'une voix féroce qui fit trembler les colonnes du temple par le jeu d'une étrange résonance. Allons ! chacun d'entre vous sait bien que Carthage n'a pas les moyens de discuter la volonté de Scipion, et la plupart d'entre vous, fidèles du clan Barca ou fidèles de mon clan qui ensemble possédez la majorité en cette Assemblée haute, vous souhaitez la paix. Alors passons au vote ! Que ceux qui comme moi veulent voir les Romains quitter notre patrie, que ceux qui comme moi veulent panser les plaies de Carthage meurtrie, que ceux-là avec moi acceptent ce traité et lèvent la main droite !

Il vota le premier, arrachant sa main à la chaleur des couvertures avec une étonnante vigueur, et tandis que les porteurs orientaient lentement le lit dans toutes les directions, son regard embrassa l'Assemblée. Il était tellement convaincu que sa seule présence exerçait sur ses collègues une indéfectible fascination que son visage, barré par un sourire béat, respirait une profonde sérénité. Il avait raison car en quelques instants tous imitèrent son vote, sauf les sénateurs du clan religieux qui, constatant que la cause de la guerre suicidaire et purificatrice qu'ils soutenaient était perdue, quittèrent le temple comme un seul homme.

— Ne te berce pas d'illusions, Hannon, lança Akboram en pointant sur le vieil homme un doigt chargé de défi et de haine. Tu viens d'endormir cette Assemblée de lâches, mais tu n'endormiras pas le peuple !

Dès le lendemain en effet, enflammé par les amis d'Akboram, le peuple entreprit de saccager la ville. Des groupes se formèrent aux abords des riches maisons aristocratiques, visant celles des sénateurs du clan d'Hannon le Grand, qu'elles fussent en ville ou dans le faubourg de Megara.

— C'est la guerre civile, dit Thanubra en rentrant chez elle comme une trombe avec son esclave Mazérès. L'exaspération est à son comble. Le port est en effervescence, les taverniers ont fermé leurs portes de crainte qu'on envahisse leur commerce, les banquiers et les marchands ont rangé en hâte leurs comptoirs de peur d'être battus et volés. Partout ce ne sont que violences et cris de colère. La folie du peuple l'été dernier lors de la prise des cargos romains n'était rien à côté de la fureur qui déferle partout depuis la première heure du jour.

La bonne Aryana se précipita vers elle pour lui ôter son manteau et lui poser sur les épaules un grand voile d'intérieur. Puis Thanubra s'assit.

— Lave-moi les pieds, Aryana. Cette course depuis le port m'a exténuée. Sibboleth n'est pas ici ?

— Si, maîtresse, elle est ici. Sa sœur Batnaamat est en haut elle aussi avec le petit Hillesbal et son frère Naamel.

L'aîné approchait maintenant de ses cinq ans et possédait le regard farouche et sombre de sa grand-mère. Le plus jeune avait trois ans et déjà le visage fermé de son père Aris, tempéré par des moments de sourire où l'on reconnaissait la bouche épaisse de Batnaamat. Après qu'Aryana eut essuyé et séché les pieds de sa maîtresse, puis lui eut passé des socques grecs chauds à la peau, Thanubra monta à l'étage supérieur rejoindre ses filles et ses petits-fils.

— Ah mes enfants ! vous allez rester ici, vous ne quittez pas la maison tant que l'horreur est dans nos rues. Les vigiles sont impuissants à maîtriser ces émeutes indignes. Comme si Carthage n'avait pas assez souffert depuis deux ans !

— Mon père aura tôt fait de remettre de l'ordre, assura Hillesbal d'un ton qui en d'autres circonstances eût prêté à rire, tant le petit garçon s'exprimait avec un sérieux péremptoire.

— Ton père fait ce qu'il peut, oui, dit Thanubra en attirant l'enfant contre elle. Mais je crains que ses hommes ne soient débordés par le nombre. Ils ne peuvent être partout à la fois, au port et à Megara, sur la Grande Place et autour des riches maisons de Byrsa. Les émeutiers en ont envahi les cours et jardins intérieurs, cherchant à obtenir des sénateurs qu'ils reviennent sur leur vote d'hier...

— ... donc que Carthage refuse cette paix, poursuivit Sibboleth d'une voix angoissée. Mais que veulent-ils donc ? notre mort à tous ?

Elle éclata en sanglots. Elle en avait tant supporté, elle aussi, depuis qu'Abdeshmoun avait choisi d'aller combattre aux Grandes Plaines, qu'elle s'effondrait soudain, écrasée par une trop longue succession de peurs et de tragédies. Thanubra et Batnaamat l'entourèrent, lui caressant les cheveux.

— Hillesbal, descend demander à Aryana du vin chaud parfumé de miel, dépêche-toi !

Le petit garçon prit ses courtes jambes à son cou et s'engouffra dans l'escalier. Quand il reparut, collé à la rude tunique d'Aryana, il n'y avait plus personne, sinon le tout jeune Naamel occupé à jouer avec des animaux de terre cuite auxquels il prêtait son babillage. Les trois femmes n'étaient dans aucune des pièces de l'étage.

— Elles sont à la terrasse, dit l'esclave d'un ton affolé, comme si dans sa tête cela signifiait la découverte d'un nouveau malheur. Dépêchons-nous !

Sibboleth était appuyée au muret qui dominait la rue du Levant, la tête rejetée en arrière et tout le corps cambré en une profonde inspiration. De part et d'autre, sa mère et sa sœur la soutenaient sous les aisselles et l'on aurait pu croire que, sans leur intervention, Sibboleth serait tombée en arrière, à moins qu'elle ne se fût envolée.

— Que Dame Tanit garde ma petite Sibboleth ! s'exclama Aryana. Il ne faut pas rester comme ça dans le courant d'air.

Avec détermination, l'esclave s'immisça entre Batnaamat stupéfaite et sa sœur et approcha de ses lèvres la coupe de vin chaud. Sibboleth, les yeux rouges et rétrécis, lui rendit un maigre sourire et but, d'un trait.

— Ma bonne Aryana, dit-elle en baissant la tête, ma mère, ma sœur, pardonnez-moi. C'était affreux, j'avais l'impression qu'une force inconnue me dictait cette conduite insensée, comme si elle me possédait. Je ne voyais soudain qu'une montagne de malheurs et de calamités impossible à escalader. Malgré la lumière du jour baignant la pièce, je croyais que les démons malfaisants qui hantent la nuit noire étaient sortis de leurs cachettes pour m'attirer vers eux. « Oui, nous sommes là, me disaient-ils dans un rictus répugnant, oui, nous pouvons désormais nous montrer au grand jour. Tu ne nous crois pas ? Il te suffit pourtant, malheureuse, d'ouvrir les yeux pour constater que Carthage, abandonnée de ses dieux bienfaisants, est la proie des puissances de l'ombre. »

— Il faut te reposer maintenant, ma fille. Carthage ne sera jamais abandonnée, rassure-toi. Notre cité n'a-t-elle pas toujours survécu aux pires épreuves ? Notre bien-aimée Tanit, notre puissant Ba'al Hammon et notre divine Elissa ont-ils jamais permis que leur ville tombe devant l'envahisseur ?

Sibboleth se laissa conduire jusqu'à son lit et s'étendit, le visage gonflé mais rasséréné.

Dans Carthage, la violence semblait atteindre un paroxysme qui effrayait parfois ceux-là mêmes qui la déployaient. Dans la rue de Déméter, en plein cœur de Byrsa, la maison d'Hannon le Grand un moment cernée venait d'être envahie par un groupe qui avait enfoncé l'antique et monumentale porte de chêne sculpté. Les émeutiers étaient prisonniers de l'enchérissement naturel qui commande aux actes de révolte, fussent-ils justifiés par un état de fait intolérable. Excités par les meneurs fanatiques du parti religieux, des hommes, qui d'ordinaire auraient su quel seuil il convient de ne pas franchir sous peine de renouer avec la sauvagerie des origines, perdaient toute raison et, la loi des mouvements de masse encourageant leur folie, se livraient à des choses qu'ils n'auraient pas même osé penser en temps normal. Certains hésitaient à piller la somptueuse demeure du vieux chef, à renverser meubles et objets d'art accumulés par ses ancêtres et par lui-même, à s'emparer de la vaisselle d'or et d'argent, à lacérer à l'aide de poignards et en poussant des cris de bêtes enragées les épais tapis qui recouvraient en partie le sol, à casser avec une hargne exorbitée les fines mosaïques. Ils hésitaient un court instant, comme si le visage monstrueux du vieillard si longtemps respecté leur apparaissait dans une lueur pour leur faire prendre conscience de leurs crimes. Mais à peine leur regard surprenait-il à nouveau l'un de leurs congénères à l'œuvre que ce moment de doute s'effaçait, et ils se replongeaient de plus belle dans leur ivresse de destruction.

— Où te caches-tu Hannon ? montre-toi !

Ils étaient près de mettre le feu à la maison, comme cela s'était produit chez d'autres sénateurs, quand le bruit courut qu'Hannibal venait de sortir de chez lui à cheval, à la tête d'une troupe choisie parmi les rescapés d'Italie et de Zama qui, depuis leur retour, campaient dans ses jardins du palais de Megara. Les cavaliers furent en peu de temps dans l'enceinte de la vieille ville, puis dans celle, ultime, qui entourait la colline de Byrsa. Quand ils atteignirent la maison du vieil Hannon, les derniers émeutiers alertés par la rumeur dévalaient au bout de la rue de Déméter vers l'étroit boyau conduisant à la Grande Place. Hannibal passa devant sa propre maison, fermée et inhabitée. Un coup d'œil lui permit de s'assurer qu'elle n'avait pas été inquiétée. D'ailleurs, la plupart des Carthaginois avaient oublié qu'il s'agissait de la vieille demeure des Barca. Ils n'avaient pas l'idée de l'associer à l'illustre famille, tant celle-ci l'avait désertée depuis l'époque d'Amilcar.

Sur la Grande Place où l'on s'attendait à l'arrivée d'Hannibal, on se pressait pour le voir et l'entendre. Son retour n'avait pas levé toutes les questions qu'on se posait à son sujet. Pour la foule qui ne l'avait guère aperçu que trois fois, il demeurait une énigme, un personnage chargé d'irréalité et de mystère, aux réactions imprévisibles.

— Enfin te voilà, Hannibal Barca, lança de la tribune où il s'était juché le jeune et bouillant Gisgon.

Son arrogance ne désarma pas Hannibal qui en avait vu et entendu d'autres ! Il se contenta de rester assis sur son cheval à quelques pas de la tribune, son escorte bloquée au sein de la multitude formant derrière lui une espèce de croissant.

— Qui es-tu donc, pour t'adresser ainsi à moi ? Nous sommes-nous déjà rencontrés ? Tu as l'âge de te battre pour ta patrie mais il ne me semble pas t'avoir remarqué à Zama, là où Carthage avait besoin de toutes ses forces.

Hannibal, qui était sénateur de droit en raison de sa naissance et de son rang, n'avait pas voté, la veille à l'Assemblée haute, le texte qui mettait la foule en fureur. Et pour cause ! son mépris pour l'oligarchie sénatoriale avait été une des raisons majeures de sa réclusion. Tout le monde savait pourtant qu'il avait inspiré tout autant que son vieux rival Hannon le Grand le mouvement pour la paix. Mais son abstention au vote l'absolvait aux yeux des excités, qui n'avaient pas contre lui la rancœur et la haine qu'ils déversaient sur les autres sénateurs. Aussi son entrée en matière pour moucher l'insolent Gisgon fut-elle à son avantage, car le jeune orateur souffrit alors de railleries auxquelles il n'était pas habitué.

— Ah oui ! j'aurais dû penser que le grand général ne connaît ici personne, sinon ceux qu'il a ramenés d'Italie, ce qui est bien peu dans une cité aussi peuplée que Carthage ! Puis-je donc me présenter ? je suis Gisgon, fils du deuxième intendant de la maison d'Akboram, le sénateur. Le grand général sait de qui je parle ?

Hannibal fronça malgré lui les sourcils. L'annonce de sa seule présence dans les rues ayant calmé les esprits et mis un terme aux débordements, il se sentait fort et sûr de lui.

— Je suis heureux de constater qu'il y a dans cette ville de jeunes bavards capables de relayer les vieux bavards d'autrefois avec la même verve ! Et sans doute la même inefficacité...

La foule, qui riait aux dépens du jeune Gisgon interloqué, semblait se détendre, comme si cet échange pour l'instant favorable à Hannibal effaçait les exactions commises au cours de cette lamentable journée. « Il faut bien peu de chose, pensa-t-il, pour faire oublier à des hommes dans quel tourbillon de folie ils ont été entraînés. »

— Le peuple de Carthage dit non à cette paix ! hurla Gisgon, les yeux exorbités. Il dit non à la veulerie des sénateurs qui, non contents d'avoir rampé aux pieds de Scipion, ont voté en faveur du déshonneur et de l'esclavage. Le peuple tout entier, tu le vois Hannibal, est prêt à la résistance et au combat !

Les milliers de gens massés sur la Grande Place furent

alors ébahis de voir Hannibal descendre de cheval et gravir la tribune dans un accès de rage et avec la promptitude d'un athlète. En un rien de temps, il empoigna Gisgon avec une violence inouïe, lui fit dévaler les escaliers et fit face à la foule. Mais ce soudain comportement d'exaspération réveilla contre lui les démons que sa présence avait réussi à assoupir. Tandis qu'on s'occupait de Gisgon assommé en bas de la tribune, Hannibal comprit, aux grondements de réprobation qui suivaient le silence de la surprise, que la foule prenait pour un affront le traitement qu'il venait d'infliger à l'un de ses meneurs, et qu'elle risquait de retomber dans les pires excès. Il prit aussitôt les devants.

— Peuple de Carthage, mes amis... pardonnez son emportement à un homme qui depuis l'âge de neuf ans ne connaît de la vie que la rigueur des camps militaires et les périls des champs de bataille. Voilà près de trente-six ans que je n'ai rien vu d'autre, et quelle expérience des usages de la vie publique peut avoir un garçon de neuf ans ! Même s'il a pu posséder si jeune cette expérience, quel souvenir peut-il lui en rester après de si longues années !

Il sentit que le fluide qui émanait de lui ne le trahirait pas cette fois encore et allait à nouveau se répandre. Des images du passé lui revinrent comme des éclairs. Combien de fois au cours de ses campagnes avait-il dû convaincre une armée gangrenée par le doute ou la fatigue, combien de fois trancher par la magie de son apparition et la puissance de son verbe les inévitables conflits qui éclatent entre les clans parfois rivaux d'une armée où les mercenaires de toutes origines sont contraints de vivre ensemble et de supporter mutuellement leurs croyances et leurs coutumes ! La foule en effet, malgré son hostilité à ce qu'elle n'appelait plus désormais que le traité scélérat de Scipion, lui accorda son silence attentif, et il poursuivit.

— Oui, peuple de Carthage, si je puis me prévaloir de connaître mieux que personne l'art de la guerre, j'avoue mon actuelle ignorance des droits et devoirs d'un homme politique. À vous de me les enseigner et je vous promets, mes amis d'utiliser à bon escient ce nouveau savoir.

Il fut applaudi à tout rompre, à la fois ému et contristé par cette nouvelle preuve de la versatilité d'un peuple qui passait si facilement des bonnes intentions aux vertiges du pillage, de la lucidité à l'aveuglement, de la lâcheté au courage, de la sagesse à la tempête. Tout dépendait de la manière de lui parler, de le manipuler. « Mais les manipulateurs, les démagogues, pensa-t-il, se servent toujours de cette force sans pareille que représente la multitude pour lui faire perdre la raison, la bercer d'illusions et en tirer un profit personnel. Pourquoi donc ne la manipule-t-on jamais dans son intérêt à elle ? »

— Il est sans doute plus malaisé de vous parler de paix que de vous pousser vers une résistance suicidaire contre Scipion. C'est pourtant avec la voix de la paix que je choisis de m'adresser à vous.

Il y eut quelques murmures, vite étouffés et qu'il ignora.

— Des hommes vous ont menti. Ils ont énoncé des vérités que tout le monde connaît, celles des termes du traité, mais ils les ont déformées, dénaturées, utilisées à des fins nuisibles. Ces hommes peu nombreux mais fanatiques ont les mots qu'il convient pour séduire et tromper. Croyez-moi, Carthaginois ! ayez confiance en un soldat dont la réputation militaire et la vertu sont reconnues sur toutes les rives de la mer et même au-delà, jusqu'en Orient. Ce soldat vous dit la vérité. Oui, ce traité est dur et certaines de ses dispositions peuvent paraître intolérables. Mais il faut l'accepter. Loin de se lamenter, il faut se réjouir que Gad n'ait pas inspiré à des ennemis aussi acharnés à la perte de Carthage des clauses plus terribles encore. Je m'oppose avec force aux arguments de votre jeune Gisgon, émule d'Akboram et instruit pour vous mentir et vous perdre. Les difficultés et l'affaiblissement qu'entraînera le traité ne sont rien à côté d'une guerre que nous n'avons aucun moyen de gagner. Certes, prendre et détruire Carthage coûterait à Rome beaucoup de temps, de vies et d'argent. Je suis persuadé que nous résisterions longtemps... avant de tomber entre ses mains. Avez-vous pensé que cela déboucherait sur une inexorable destruction et sur la mort de nous tous ? Il faudrait pour accepter ce sort ne plus avoir aucune issue. Tant que les conditions de la vie permettent d'espérer, il faut faire confiance aux dieux et savoir attendre. Le sort que nous réserve Rome nous paraît aujourd'hui infamant, tant il rabaisse la puissance de notre cité et la soumet à son bon vouloir. Acceptons cette situation, préférable à la disparition totale, mais ayons la sagesse de patienter et d'attendre des jours meilleurs. Pour l'heure, prions nos dieux que le sénat et le peuple romains acceptent eux aussi ce traité, car, croyez-moi une fois encore, je crains qu'ils ne soient moins cléments que Publius Scipion !

Le peuple se rangea finalement au discours d'Hannibal et, dès le lendemain, l'Assemblée haute envoya des ambassadeurs au camp du Promontoire pour faire savoir au commandement romain que Carthage approuvait le traité tel qu'il était rédigé. Asdrubal le Chevreau était à la tête de la délégation. La seule clause qui risquait de créer discorde était celle qui imposait à Carthage de restituer les vaisseaux pris pendant la trêve, car les Romains exigeaient qu'ils fussent chargés des céréales qu'ils contenaient. Scipion consentit à faire une estimation en argent qui s'ajouterait à l'indemnité de guerre déjà fixée, et l'on s'en tint là.

C'était le début du printemps, encore imprégné de la rigueur de cet hiver qui avait retardé la traditionnelle remise à flot des vaisseaux, qu'ils fussent de guerre ou de commerce. Mais quelques jours après la visite des émissaires carthaginois au Promontoire, les vents et les risques de tempête faiblirent et la délégation d'Asdrubal le Chevreau s'embarqua pour l'Italie sans être revenue à Carthage. Scipion était décidé à défendre son plan de paix devant le sénat et le peuple romains, conscient que les nombreux ennemis de sa famille voulaient lui ravir le privilège de régler ce long conflit qui avait été si meurtrier pour Rome. Aussi adjoignit-il à l'ambassade carthaginoise, sur le même bateau, deux de ses plus proches lieutenants ainsi que son propre frère, Lucius Scipion, trois hommes de confiance qui feraient tout pour que Rome accepte, comme Carthage, les termes de ce que l'on commençait d'appeler la paix de Scipion.

Carthage suivait les conseils d'Hannibal. Elle priait. Elle implorait Tanit et Ba'al Hammon, Elissa et Ba'al Shamim, afin que Rome n'aggravât point les conditions de paix ; afin aussi que les récoltes de l'été fussent abondantes, qu'elles remplissent de blé et d'orge les magasins souterrains vidés de leurs derniers grains dans toutes les fermes du pays, tout comme l'étaient dans les villes les jarres destinées à la consommation courante. C'est dans ce climat de prières et de désolation, dans la dernière décade du mois de sivan qui clôturait le printemps, qu'eurent lieu les épousailles. Abdeshmoun et Sibboleth, Bodastaroth et Thanubra n'eurent pas droit aux fêtes somptueuses qui d'ordinaire marquaient le mariage. Bien que tout se passât au palais de Megara trop bien protégé pour que l'on y criât déjà famine, ils subirent les effets de cette époque de pénurie et de privations qui accablait Carthage et la rendait morose. La famille Barca était de celles qui souffraient le moins de la disette. Elle n'en souffrait même pas du tout. Comme toutes les familles possédant de grands domaines producteurs de céréales, elle avait conservé assez de réserves privées pour tenir jusqu'à la nouvelle récolte. C'était peu de chose comparé à la production totale de ses terres de Byzacène, depuis longtemps vendue sur les marchés. Mais Hannibal avait conscience qu'en pareilles circonstances, si dramatiques pour Carthage et sa population, il eût été indécent d'afficher une abondance et un luxe que lui-même méprisait.

La plus grande discrétion avait entouré la cérémonie des fiançailles trois mois plus tôt, juste à la fin de l'hiver, à quelques jours des événements graves qui avaient agité la cité autour de la signature du traité. Hannibal était aussi engoué de ces deux mariages qu'il était amer et désenchanté de tout ce qui touchait aux affaires politiques. Il avait décidé sans que quiconque osât s'opposer à lui de prendre les choses en main, déployant pour la réussite des noces autant d'énergie que dans la préparation d'une bataille. Ce n'était pas parce que les fastes seraient réduits que les joies profondes de la fête devaient être sacrifiées. Sa position de généralissime l'ayant habitué à trancher à propos de tout dans les conflits entre soldats, tel un père universel dont il se plaisait à jouer le rôle, l'idée lui vint qu'en l'absence de leur père véritable il serait le père des quatre fiancés et remplirait les devoirs prescrits par la religion et les traditions. La princesse Imilcée prit à cœur de s'associer à ce rôle, en lequel elle voulait voir un signe des dieux qui l'aidât à se rapprocher d'Hannibal. Quant aux futurs époux, ils mesuraient l'honneur de ce privilège et avaient conscience que le geste d'Hannibal les liait à lui pour toujours. Mais seule la princesse Imilcée comprit que ce geste généreux recouvrait l'impérieux besoin de reconstruire une famille, et ce n'était pas un hasard mais le bras du Destin si Hannibal avait croisé la route de cette Thanubra isolée avec sa fille, de ce Bodastaroth solitaire et de cet Abdeshmoun sans père.

Comme « parents » de la belle Thanubra et de Sibboleth, Hannibal et Imilcée reçurent du colosse et d'Abdeshmoun les traditionnels petits pains au miel, au nombre de cinq afin de conjurer les mauvais esprits. Ils donnèrent à Bodastaroth et à Abdeshmoun le collier d'or et les voiles fins de Tyr qu'ils offriraient à leurs fiancées. Ils se chargèrent du trousseau et de la dot des deux femmes, qui s'ajoutèrent à ce que Thanubra avait accumulé en secret pendant des années.

— Tu as caché tout cela sans rien laisser soupçonner ? s'étonna Sibboleth. Je ne comprends pas, mère..., tu nous disais tellement que tu attendais le retour de notre père et que jamais...

— N'ai-je pas eu raison ? Au départ, tout cela n'était destiné qu'à ta sœur, qui a obtenu sa part quand elle s'est mariée, et à toi, pour le jour où tu quitterais la maison pour appartenir à celle d'un homme. J'ai agi comme tous les parents qui ont des filles et savent qu'ils devront les marier un jour. Sauf que moi, j'étais seule.

— Mais enfin, mère...

— J'ai refusé de te donner à Abdeshmoun comme je me suis obstinée, pour les mêmes raisons, à refuser tout prétendant. Je t'ai déjà expliqué cela et tu sais que je suis parvenue à changer d'avis il y a quelques mois.

— Mère ! dit Sibboleth en souriant et en serrant dans ses bras la belle Thanubra, tu ne changeras donc jamais ! Je ne suis plus une petite fille comme tu voudrais toujours le croire, et entre femmes, ne pouvons-nous pas parler avec franchise ? Pourquoi ne veux-tu pas dire que tu n'as jamais renoncé vraiment à te remarier et que ce trousseau que tu te confectionnais sans jamais le finir n'était pas ta tapisserie de Pénélope mais la preuve quotidienne qu'au fond de toi-même tu voulais un jour revivre avec un homme ?

Thanubra regarda sa fille avec une étrange émotion, comme si elle se rendait compte que l'image de la petite enfant se brisait soudain et lui dévoilait enfin la jeune femme que ses yeux n'avaient pas vue s'épanouir.

— Ma route n'a jamais été celle de Pénélope..., c'est vrai, murmura-t-elle d'une voix lente et lointaine, mais pendant les premières années, j'ai espéré et cru sincèrement que ton père reviendrait.

Les cérémonies du mariage qui occupaient en principe de longues journées furent écourtées, sauf celles qui touchaient au rituel religieux. Thanubra et Bodastaroth, Sibboleth et Abdeshmoun suivirent en cela la volonté d'Hannibal, qui s'accordait avec les recommandations du gouvernement. L'heure était à l'économie et non au gaspillage, même quand intervenaient des événements propices à la fête. Toutes les visites qui précèdent le jour du mariage et impliquent d'interminables repas chez les familles amies furent supprimées. Hannibal ne conserva que le festin où les mariés et leurs parents rassemblent tous leurs invités, après que l'on a achevé toutes les obligations envers les dieux et les officiants. À la veille des noces, au terme d'une nuit entière de prières dans le temple de Tanit, Bodastaroth et Abdeshmoun prirent le bain rituel sous les yeux des garçons d'honneur. Le prêtre qui les avait menés vers le bassin s'éclipsa pour les laisser tous ensemble, et les deux hommes dénudés plongèrent dans l'eau, suivis de leurs compagnons. Ils se livrèrent tous pendant un moment à des jeux débridés, se poussant en riant, se jetant les uns sur les autres. C'était comme si l'on voulait entraîner Abdeshmoun et Bodastaroth à se complaire dans le simulacre d'actes interdits. Mais peu importait de se laisser aller ici à des gestes dont les bonnes mœurs réprouvaient la nature, puisque l'immersion totale qui suivrait laverait les deux hommes de toutes les souillures. D'ailleurs, quand le prêtre de Tanit revint pour ordonner l'immersion, seuls restèrent dans l'eau Abdeshmoun et Bodastaroth. Les garçons d'honneur se placèrent alors autour du bassin et entamèrent des chants sacrés entrecoupés d'incantations, qu'ils poursuivirent ensuite pendant l'émersion de leurs deux amis purifiés, comme renaissant. Ils chantaient encore lorsqu'ils sortirent de l'eau et se séchèrent, puis lorsqu'ils revêtirent leur tunique d'apparat.

Thanubra et Sibboleth faisaient de même dans le bain des

femmes pour se purifier elles aussi devant la déesse. Mais le rituel féminin était plus sévère. Il excluait toutes ces fantaisies que l'on tolérait aux garçons. Avant d'entrer dans l'eau sacrée il fallait être d'une propreté absolue. Les cheveux devaient être si propres et si bouffants que pas un seul d'entre eux ne devait adhérer au corps. Les ongles devaient avoir été coupés. Une prêtresse vérifiait tout, tandis que les amies des deux femmes chantaient.

Toutes les femmes présentes étaient en extase devant la beauté, mûre mais intacte, de Thanubra. Ce n'était pas que le corps de Sibboleth souffrît de la confrontation avec celui de sa mère, car la jeune fille était plus fine sans être maigre et avait hérité le port de tête maternel, impérieux et fier. Mais la belle Thanubra possédait une grâce unique qu'elle déployait autant par ses rondeurs impeccables que par la douceur et la perfection de sa peau. Et lorsque ses grands yeux sombres tournaient vers vous leur insondable profondeur, sa beauté s'éclairait d'une flamme indomptable. Thanubra et Sibboleth subirent trois fois de suite le rite de l'immersion et de l'émersion. Pendant ce temps, leurs compagnes jetaient dans l'eau du bassin figues sèches et raisins secs. C'était une offrande aux mauvais esprits afin de les distraire, de détourner par cette nourriture dont ils raffolaient l'attention malfaisante qu'ils risquaient de porter aux deux femmes. On récupéra ensuite les raisins et les figues pour les serrer dans un tissu que la prêtresse cousit. La nuit prochaine, après le festin, les deux couples de mariés placeraient ce petit sac sous le lit nuptial pour amadouer les démons invisibles du monde souterrain et les tenir à bonne distance.

Dans la grande salle du temple de Tanit, on avait installé une tenture pourpre, couleur de vie, bordée de franges d'or, couleur de fécondité et de richesse. Chaque couple dut passer dessous, tandis que la grande prêtresse de Tanit prononçait les paroles sacrées au rythme d'une musique aux sonorités poignantes. Puis Abdeshmoun et Bodastaroth firent face à Sibboleth et Thanubra, et l'un après l'autre passèrent à l'index droit de leur épouse l'anneau du mariage.

— Par cet anneau, Sibboleth, tu es désormais sacrée pour

moi, te voilà mon épouse selon la toi de Tanit et de tous les dieux de Carthage.

— Par cet anneau, Thanubra, tu es désormais sacrée pour moi, te voilà mon épouse selon la loi de Tanit et de tous les dieux de Carthage.

Après que les deux hommes se furent passé eux-mêmes leur anneau, Thanubra et Sibboleth, conduites par Hannibal en personne, firent sept fois le tour du brasier sacré qui, tel un soleil au cœur du temple, jamais ne s'éteignait. Puis les prêtres et prêtresses, avec des gestes larges et sûrs qui semblaient commandés par le ciel, emplirent la salle de la fumée des encensoirs et entonnèrent des chants qui s'élevèrent jusqu'à la voûte du temple. On sacrifia enfin deux agneaux tout en récitant les dernières actions de grâces que la grande prêtresse ponctua d'une voix lancinante en invoquant la déesse par sept fois.

Chacun se retira pour se reposer d'une longue nuit et d'une matinée passées à veiller et à jeûner. Jusqu'au festin, époux et épouses furent séparés, chacun chez soi. Ils se retrouveraient dans le palais d'Hannibal. La belle Thanubra et sa fille, à peine rentrées dans l'appartement de la rue du Levant, se regardèrent et éclatèrent d'un rire inextinguible en se jetant dans les bras l'une de l'autre. Elles étaient comme folles, ivres de ce bonheur auquel elles avaient tant aspiré.

— Mère, ô mère ! je suis si heureuse. Je n'osais plus espérer cet instant, ni pour moi ni pour toi.

Elles s'offrirent une petite collation puis chacune gagna sa chambre et s'allongea un moment sur son lit. Il leur était impossible de fermer l'œil dans l'état de félicité extatique qui les possédait, mais chacune sentit son corps immobile sombrer dans la tépidité d'une douce langueur.

Aryana vint ensuite les aider à la toilette, au maquillage et à l'habillage. En bas, devant la porte, un char les attendait pour les conduire à Megara.

Au palais, c'était la première grande fête depuis le retour d'Hannibal.

— Mon père et ma mère occupaient les places où Imilcée et moi sommes maintenant, expliqua-t-il aux deux couples. J'étais assis près d'eux et ma sœur Hanna, lors de son mariage avec le prince numide Naravas que mon père voulait ainsi remercier de lui avoir prêté main-forte pendant la guerre inexpiable. Pauvre Hanna !... elle est morte bien longtemps avant mon retour d'Italie... Autour du bassin central, dans lequel des danseuses à moitié nues s'exhibaient, des lutteurs et des dresseurs de fauves offraient leur spectacle. Les esclaves ne cessaient de passer et de repasser au bord du bassin, chargés de plateaux de victuailles. On s'entendait à peine parler dans la salle surpeuplée. La plupart des sénateurs hostiles à mon père avaient décidé d'observer une trêve politique et avaient apporté à Hanna et Naravas des cadeaux somptueux, dignes d'un couple royal. Dans les jardins, des milliers d'invités se délectaient de la viande qui rôtissait en quantité et du vin qui coulait à flots. C'était comme si tout Carthage avait pu ce soir-là boire et se nourrir à la table d'Amilcar Barca...

Il y avait moins d'invités carthaginois aujourd'hui. La grande salle était pleine, certes, car tout le clan Barca de l'Assemblée haute avait été convié. Mais Hannibal n'avait pas étendu ses invitations à ses rivaux politiques comme l'avait fait son père trente-six ans auparavant. Comme il n'avait pas l'intention de recréer le climat somptueux du mariage d'Hanna, il s'était borné à réunir ses fidèles. Dans les jardins, les soldats rescapés qu'il avait ramenés de Marthama étaient rassemblés mais il ne voulait pas les mélanger à la population. La fête, familiale, serait aussi amicale, car les mariés avaient évidemment invité leurs amis, mais elle ne serait pas une grande démonstration de richesse et de puissance imitée du dernier festin qu'Amilcar avait donné à Megara avant son départ pour l'Espagne.

Autour du bassin vide, les convives mangeaient, buvaient et bavardaient au son discret des lyres et des tambourins. Dehors, dans la chaleur odorante des feux près desquels s'activaient les esclaves, les soldats avaient pour consigne de n'être point trop bruyants.

— Comptes-tu demeurer absent de notre vie politique ? interrogea Gereshmoun.

— Absent ? ironisa Hannibal. Chaque fois que j'apparais, cela ne fait-il pas assez de vacarme ?

— Certes, sourit le sénateur. Mais tu m'as bien compris.

— Oui, je viendrai occuper ma place à l'Assemblée haute et au Conseil des Cent Quatre dès que le traité avec Rome sera officiellement signé.

Cette nouvelle provoqua un vaste remous dans l'assistance et il y eut aussitôt plus de bruit dans la grande salle du palais, comme si jusque-là il avait manqué quelque chose, sans que l'on sût au juste quoi, pour donner à la fête son impulsion. Kiddinos en profita pour s'approcher d'Hannibal. Le vieux devin du port était entré sans avoir été invité et tremblait de tous ses membres, comme un enfant persuadé de s'exposer à la punition. Bodastaroth et Abdeshmoun se lancèrent un coup d'œil inquiet.

— Je te présente Kiddinos, anticipa le colosse. C'est un astrologue qui prétend avoir étudié avec les plus grands maîtres au cours de ses voyages. Je lui ai dit de venir, car il rêvait de te rencontrer, en chair et en os.

— Salut à toi, Faveur de Ba'al, fils du grand Amilcar, dit le vieil homme en se prosternant. Je remercie les dieux de m'avoir offert ce moment avant que la mort m'emporte. Car tu es l'objet de toutes mes recherches, de toutes mes joies et de tous mes tourments depuis que je t'ai vu partir, enfant destiné à la gloire, avec ton père, il y a si longtemps...

— Relève-toi, vieillard, répondit Hannibal. Eh bien, que sont ces larmes dans tes yeux ! Je suis là, devant toi, chasse donc tes tourments, ne garde que les joies, mais... tes recherches sur moi..., oh ! j'y suis..., mon destin dans les astres !

— Puisses-tu me pardonner, Faveur de Ba'al.

— Puisses-tu lire dans la configuration du ciel un avenir plus serein pour notre cité ! Qu'elle panse en paix ses blessures... Reste près de nous, Kiddinos, je m'y connais en hommes, et tu m'as l'air d'un sage.

La soirée avança jusqu'au moment des cadeaux. Hannibal fit un signe et des esclaves apportèrent quatre coffrets en bois précieux incrusté d'or. Le maître de maison se leva, prit celui destiné à Thanubra et le lui offrit.

— Que ce coffret et son contenu te protègent du mauvais sort et te comblent de bonheur, belle Thanubra.

Elle ne put résister et ouvrit le coffre. Il était empli de bijoux anciens parmi lesquels certains venaient de la Phénicie d'autrefois et possédaient la vertu des talismans les plus puissants. Elle se jeta aux pieds d'Hannibal qui ajouta :

— La plupart de ces bijoux, ma mère Arishatbal les a portés.

Il fit de même avec Sibboleth.

— La plupart de ces bijoux, ma sœur Hanna les a portés.

La princesse Imilcée se chargea de remettre aux deux hommes leur coffret. Il y avait quelques bijoux, mais chacun contenait aussi un poignard qui avait appartenu aux ancêtres de la princesse lorsqu'ils régnaient sur une partie de l'Espagne. Puis les invités défilèrent et déposèrent leurs cadeaux devant les mariés. Pour Bodastaroth et Thanubra, parce que celle-ci avait déjà connu la défloration nuptiale, le rituel s'achevait là, mais pour Abdeshmoun et Sibboleth, il ne s'achèverait qu'avec l'exposition du drap taché de sang, au cours de la nuit ou au petit matin. Le jeune couple fut conduit sous les vivats jusqu'au grand escalier qui menait aux appartements du palais et disparut, tandis que continuait la fête et que, à la dérobée, Bodastaroth et Thanubra s'éclipsaient, l'un après l'autre.

— O Faveur de Ba'al ! murmura Kiddinos en approchant ses lèvres des pieds d'Hannibal, je suis heureux qu'après tant de malheurs tu puisses aujourd'hui recréer une famille avec ceux que tu aimes. Que les dieux vous protègent, toi et les proches que tu as choisis, et que les astres deviennent enfin cléments !

— Je te remercie de ta sollicitude, vieillard, répondit Hannibal.

Il semblait intéressé par les propos de Kiddinos et prêt à lui répondre, lorsque de nombreux invités le prièrent de raconter ses exploits, et il y consentit de bonne grâce, non sans avoir joué à celui qui ne voulait pas revenir sur le passé. Il fallut se mettre d'accord sur l'épisode qu'il ferait revivre, et la majorité de l'assistance choisit la traversée des Alpes, ces montagnes qu'on disait les plus escarpées et les plus hautes du monde. Il commença son récit à la traversée du Rhône, s'attarda sur son refus d'affronter le père de Scipion pour franchir plus vite les sommets et mieux surprendre les Romains par sa rapidité à déferler sur la plaine du Pô. Il décrivait la pénible ascension, zébrée de neige et de vent, les éléphants barrissant d'impuissance et de détresse, les chevaux chavirant sous les éboulements, les hommes exténués laissant morts derrière eux des compagnons moins fortunés. Il décrivait ce tragique exploit quand un bruit de galop dans le jardin le ramena trente-six ans en arrière. Il revit en un éclair les messagers de son père venus interrompre les fastes des noces d'Hanna et annoncer que Rome avait violé le traité de Lilybée, profitant de la faiblesse de Carthage pour lui ravir la Sardaigne et la Corse et exiger une plus lourde indemnité de guerre. Il revit Amilcar en fureur humilier Hannon le Grand et sa clique qui avaient tant œuvré pour cette paix infamante. À cette époque, Carthage avait de quoi relancer victorieusement la guerre.

— Chiens de Romains ! hurla-t-il. Quelle nouvelle perfidie vient-on encore m'apprendre ?

Stupéfaite, l'assistance le vit se lever, hagard et comme perdu dans des images que lui seul pouvait saisir, pour aller à la rencontre du cavalier qui mettait pied à terre. Chacun retenait son souffle. Mais en reconnaissant l'homme qui entrait maintenant dans le palais et longeait le bassin, Hannibal retrouva aussitôt tous ses esprits, paraissant alors moins surpris que tous les autres. Le cavalier n'était autre qu'Asdrubal fils de Giscon.

— Tu oses te présenter ici ? lâcha Gereshmoun. Comment peux-tu, toi un général déchu, toi que l'Assemblée haute et le peuple de Carthage ont condamné à mort...

— ... Tais-toi ! coupa Hannibal avec violence. Où étais-tu, Gereshmoun, quand Asdrubal, malgré le glaive suspendu au-dessus de sa tête, s'est présenté à Marthama et a offert de servir sous mes ordres ? Tant que tu es dans l'enceinte de ce palais, Asdrubal, tu es sous ma protection. Et tu es mon hôte, aussi longtemps qu'il le faudra.

— Merci, Hannibal. Nous n'avons pas toujours partagé les mêmes desseins pour notre patrie, mais...

— Faveur de Ba'al ! insista Gereshmoun, cet homme a été condamné à mort par la volonté du peuple de Carthage ! Sa mort a été votée !

— Je ne pouvais plus rester à Marthama, Hannibal, reprit Asdrubal. Je ne suis pas rentré à Carthage pour te mettre dans l'embarras, mais parce que, quelles qu'aient été mes fautes, ma place est ici, dans ma cité. J'ai prouvé en me ralliant à toi que je ne méritais pas cette sentence. J'ai toujours combattu nos ennemis avec courage.

— Tu es un soldat et il n'y en a pas tant dans notre cité ! Je défendrai ta cause à l'Assemblée haute, et je défie quiconque de s'opposer à moi... du moins à l'intérieur du clan Barca !

Sur leur lit, Abdeshmoun et Sibboleth étaient à genoux face à face. Les gestes de tendresse et même de plaisir qu'ils connaissaient déjà prenaient une dimension nouvelle dont ils n'avaient pas imaginé l'intensité, car ils allaient enfin vers un accomplissement que tous deux avaient attendu, lui dans l'ivresse du désir, elle dans le refus obstiné de l'acte interdit. Mais lorsqu'il fut sur elle qui s'offrait avec confiance, Abdeshmoun fut malgré lui envahi du souvenir du corps de la danseuse à l'auberge d'Alexandrie, deux ans plus tôt, et il eut l'impression de posséder Sibboleth pour la deuxième fois. La nuit n'était pas encore finie quand deux prêtres et deux prêtresses descendirent le grand escalier. Ils étaient disposés en carré et tenaient chacun un coin du drap nuptial maculé de sang. Ils entonnèrent des chants sacrés, pendant que les femmes de l'assistance se levaient en poussant des petits cris stridents et que les hommes modulaient des sons graves.

Alertée par les chants, la belle Thanubra, échevelée, apparut alors en haut de l'escalier dans un voile rose, si fin que son corps tout entier semblait le traverser.

— Ma fille ! le sang de ma fille ! dit-elle dans un hurlement sauvage qui déchira le palais.

Et elle perdit conscience.

II.

Rue de Déméter

Lorsque le lendemain Abdeshmoun descendit dans le jardin du palais, les yeux lourds d'un sommeil trop court, Hannibal se préparait déjà à se rendre en ville, pendant que des esclaves s'affairaient à rassembler des affaires dans des chariots.

— Nous déménageons ! dit-il au garçon tout en montant à cheval. Je t'attends avant midi au vieux palais Barca.

— Tu t'installes donc rue de Déméter ? Aurais-tu enfin décidé de paraître à l'Assemblée haute ?

— J'ai promis à Asdrubal de plaider sa réhabilitation et le plus tôt sera le mieux. Beaucoup de monde l'a vu ici hier soir et le bruit ne tardera pas à courir dans les rues de Carthage qu'il est revenu et se cache à Megara. Autant prévenir toute contestation et tout malentendu en portant dès aujourd'hui l'affaire devant les sénateurs. Mais mon intervention ne signifie pas que je fasse ma véritable entrée en politique, elle ne concerne que la levée de la condamnation qui pèse sur Asdrubal.

— Alors pourquoi s'installer à Byrsa ? s'étonna Abdeshmoun.

— Ce n'est pas le moment de m'imposer à l'Assemblée haute, mais ce moment est peut-être très proche... Ah ! j'allais oublier de te dire que j'avais désigné un nouvel aide de camp.

— Bodastaroth ? s'enquit le garçon, intrigué.

— Non. Bodastaroth a l'intention de retrouver son arsenal ! Mon nouvel aide de camp se nomme Abdeshmoun, fils d'Iddibal.

Il ne lui laissa pas le temps de répondre et lança son cheval dont les sabots firent gicler les petits cailloux blancs de l'allée, passa le seuil du domaine où les gardes maintenaient les énormes chiens noirs et disparut à gauche derrière le mur qui longeait la route.

— Tu sembles pensif, mon fils ! dit Batnoam, surgissant en haut des marches. Est-ce l'idée d'habiter Byrsa qui te rend ainsi ?

— Non, mais tout va si vite, mère ! Je sors à peine de ma nuit de noces que je me sens entraîné dans un nouveau tourbillon, comme si rien ne s'était passé.

— Il n'est pas facile de vivre auprès d'Hannibal, expliqua Batnoam. Ton père me racontait dans ses lettres qu'avec lui il fallait être sans cesse prêt à l'action. Hannibal est de ces hommes qui peuvent sembler parfois immobiles, mais leur esprit n'est jamais en repos et ils attendent, tous muscles bandés, l'occasion de bondir.

— Nous allons tous au vieux palais Barca ? interrogea Abdeshmoun en apercevant la princesse Imilcée qui donnait des ordres.

— Je dois suivre ma maîtresse dans sa nouvelle demeure. Quant à toi, mon fils, tu dois emmener Sibboleth avec toi.

Et elle ajouta avec malice :

— Même hors des champs de bataille, tu peux constater qu'Hannibal exige une exécution immédiate de ses décisions ! Il n'y a que Thanubra pour avoir osé demander la permission de rester chez elle rue du Levant avec son nouvel époux.

Un peu avant midi, Abdeshmoun se rendit rue de Déméter, précédant les chariots qui, pour éviter les grands escaliers d'Eshmoun sur lesquels elle butait, empruntèrent un itinéraire plus long, par la Grande Place, transportant des dizaines de coffres en cèdre, la princesse Imilcée, Batnoam, Sibboleth et toutes les suivantes. Quand Abdeshmoun pénétra dans l'antique palais, Hannibal n'était pas encore arrivé. En revanche, il avait déjà dépêché ses gardes, un intendant et des esclaves pour remettre la maison en état de fonctionner.

Le garçon, qui ne la connaissait que de l'extérieur et imaginait un intérieur poussiéreux aux fortes odeurs de renfermé, faillit tomber d'étonnement en découvrant que tout obéissait à un ordre parfait, comme si les lieux n'avaient jamais été désertés. Des esclaves sortaient des appartements s'ouvrant sur la cour carrée et allaient à leur besogne sans précipitation, avec l'air d'appartenir à ces murs depuis toujours. Les bâtiments s'élevaient sur trois étages et étaient meublés dans le même goût exquis que ceux de Megara : lits massifs en bois précieux incrusté de motifs d'or et d'argent, tables basses sculptées, fauteuils grecs à haut dossier, coffres somptueux sans doute remplis de linge luxueux ou de vaisselle rare, objets d'art et bibelots de toutes origines posés sur des tables ou des trépieds de bronze ciselé, lampes et coussins. Mais sa plus grande surprise fut de rencontrer Asdrubal fils de Giscon dans la bibliothèque, un livre de papyrus à moitié déroulé dans les mains. Hannibal avait jugé bon de lui faire quitter Megara au cœur de la nuit, déguisé en esclave, et de le transférer ici dans le plus grand secret.

— Nous saurons dans peu de temps si ma condamnation à mort est levée, expliqua-t-il d'une voix serrée. Hannibal s'est rendu à l'Assemblée haute pour proposer dès l'ouverture de la séance matinale de débattre de mon cas.

— Tu ne crains pas qu'il échoue ? tenta Abdeshmoun pour lequel ce lendemain de fête paraissait irréel.

— J'ai confiance en Hannibal et j'espère avoir encore quelques amis dans mon clan politique.

On entendit alors dans la rue l'arrivée laborieuse des chariots et Abdeshmoun se précipita dans la cour. La princesse Imilcée offrait un visage éclairé d'un sourire impénétrable ; bien malin celui qui aurait pu en traduire le sens, résignation amusée de quitter Megara où elle avait ses habitudes, ou bonheur d'être enfin proche d'Hannibal au sein d'une famille ressuscitée. Sibboleth trépignait d'impatience, curieuse de démasquer le mystère des lieux, tirant Abdeshmoun à travers les appartements et les étages jusqu'à la terrasse d'où le regard embrassait toute la baie de Carthage, du cap Punique aux bassins portuaires baignés par le soleil.

Hannibal pénétra dans la salle à manger au moment précis

de la prière et de la frugale collation de midi, auxquelles fut convié Asdrubal fils de Giscon. On mangea en silence le poisson grillé et les pois en purée, puis Hannibal prit la parole, une parole que tous attendaient avec un empressement à peine dissimulé.

— Nous avons gagné, dit-il en regardant Asdrubal. Le clan d'Hannon le Grand, qui jamais n'aurait osé proposer cette loi d'amnistie, s'est félicité de mon initiative et mon clan Barca, parfois en maugréant, a suivi mes ordres. Le parti des fanatiques se trouvait donc trop isolé pour lutter contre cette coalition. Le jugement de l'an dernier est annulé à une majorité écrasante qui rend inutile le recours à l'avis de l'Assemblée populaire. Tu es libre, tes biens te sont restitués, tu peux à nouveau siéger à l'Assemblée haute. Ton palais de Megara et ta maison de Byrsa que le gouvernement avait réquisitionnés seront à ta disposition dès demain. Tes amis t'attendent en ville pour fêter ton retour.

Mais c'était compter sans la colère de quelques fanatiques attisée par les sycophantes du parti des religieux, toujours prêts à déchaîner les plus bas instincts de la nature humaine pour servir leurs funestes desseins. Deux jours après sa réhabilitation officielle, tandis que venant à cheval de son palais de Megara il franchissait les remparts de la vieille ville, Asdrubal fut agressé par un groupe qui semblait informé de son passage et galopa vers le port

— Ils l'ont poursuivi à travers toute la ville, malgré les vigiles qui tentaient de les repousser, cria Thanubra en rentrant chez elle, s'affalant, livide, parmi les coussins. Plus Asdrubal tentait de fuir, plus le groupe de ses agresseurs grossissait à vue d'œil. Les quelques dizaines arrivés sur le port devinrent des centaines obéissant aux voix des fanatiques. Le fouet, le bâton, l'épée même, rien n'y fit. Certains d'entre eux gisaient dans leur sang, à quelques pas de mon comptoir, mais loin de décourager les autres, cela décuplait leur frénésie. Asdrubal, bien qu'il fût à cheval, ne pouvait trouver son salut que dans la fuite.

— Ils l'ont pris, maîtresse ? demanda Aryana.

— S'ils l'ont pris ! je ne sais pas comment cela s'est passé ensuite, je ne sais pas où ils sont allés. Vite ! accompagne-moi à Byrsa où Bodastaroth, qui à l'heure qu'il est tente avec

Abdeshmoun de s'interposer, m'a fait prévenir par l'un de ses charpentiers de le rejoindre.

Quand les deux femmes entrèrent dans le palais, Hannibal en fureur tenait conseil avec ses gens.

— Le pouvoir est dans la rue, rugit-il, c'est dire qu'il n'y a plus dans cette ville d'autorité capable de maîtriser la folie quand celle-ci se propage comme la peste.

Bodastaroth pénétra à son tour dans la salle. Il était à bout de souffle et la transpiration coulait le long de ses tempes. Auréolé du nouveau prestige que lui conférait l'intimité d'Hannibal, il avait repris ses fonctions à la tête des charpentiers de l'arsenal où Abdeshmoun, dépêché par Hannibal sur les lieux de l'émeute, était venu l'alerter. Le colosse avait aussitôt abandonné son travail pour aller avec son ami soutenir, en vain, l'action des vigiles. Sa tunique, sur laquelle la sciure s'était mêlée de sueur, semblait une étrange carapace. Thanubra se précipita vers lui, prenant le léger voile qui recouvrait ses cheveux pour lui essuyer le visage.

— Je viens t'apporter les dernières nouvelles, Hannibal, dit-il. Ils ont empêché Asdrubal d'atteindre sa maison et il a essayé de se réfugier chez toi, au palais de Megara. Comme il ne pouvait pas franchir la porte de la Vieille-Ville, il n'a eu d'autre solution que celle d'entrer dans la nécropole pour s'enfermer dans le mausolée de ses ancêtres, et il y est encore. Abdeshmoun a voulu rester là-bas.

— Pour quoi faire ? Par Melqart ! Espère-t-il un miracle ? On ne peut plus rien tenter désormais pour sauver Asdrubal, il est trop tard...

— Ils n'oseront pas forcer le mausolée ! s'insurgea Thanubra.

— Ils attendront...

— Tu ne peux pas intervenir ? osa-t-elle. Dans cette ville livrée à la violence et à l'anarchie, il n'y a que toi qui puisses les calmer. Ce ne serait pas la première fois...

— Toi seul peux dompter cette ville plus imprévisible qu'une bête féroce, insista la princesse Imilcée.

— Il y a à Carthage des institutions, rétorqua Hannibal. Je ne puis les remplacer. Je ne puis chaque fois que l'ordre intérieur de la cité est en péril me substituer à l'autorité des magistrats, à moins que ceux-ci ne fassent appel à moi, donc à la force armée dont je dispose à titre privé.

Abdeshmoun ne revint qu'à la nuit tombée.

— Asdrubal est toujours enfermé, expliqua-t-il. La foule cerne le mausolée et entend passer la nuit dans la nécropole. Les vigiles ont regagné leurs quartiers, impuissants contre le nombre.

— Certains d'entre eux sont sans doute favorables au clan d'Akboram, suggéra Bodastaroth.

— Dès lors qu'une partie du peuple n'acceptait pas l'annulation de l'ancien jugement, conclut Hannibal, et descendait dans la rue pour le capturer, Asdrubal était perdu, et il le savait. Il avait prévu cette éventualité...

Toute la nuit, la nécropole fut embrasée de torches et souillée des cris de haine lancés contre Asdrubal. Le lendemain matin, tandis que le temple d'Eshmoun resplendissait de tout l'éclat de ses plaques d'or chauffées par le soleil, on commença à jeter des pierres contre le mausolée. L'impatience gagnait les esprits fatigués par tant d'heures agitées et sans sommeil, ajoutant au déchaînement de leurs désirs meurtriers.

— Allons-y ! hurla quelqu'un, et que la mort fasse enfin son œuvre !

Cet ordre anonyme libéra les énergies. Le mausolée fut aussitôt assailli, ses portes enfoncées et brisées dans un craquement sinistre que couvrit la clameur irrépressible et démente. Mais quand les profanateurs eurent forcé l'accès au tombeau, une stupeur amère étouffa leur exultation.

— Le chien puant ! le lâche ! il s'est empoisonné !

Dans un excès de frénésie, ils soulevèrent le corps sans vie d'Asdrubal et l'exposèrent à la foule en délire.

— Nous le mettrons à mort malgré lui ! cria l'un des hommes qui le soutenaient et qui n'était autre que le jeune Gisgon.

Et joignant le geste à la parole, encouragé par les vociférations sauvages, il fit retomber le corps, empoigna son glaive et trancha la tête livide qui roula à ses pieds. Puis il saisit la pique que tenait quelqu'un dans la foule, l'enfonça d'un mouvement brusque dans la plaie sanglante du cou et exhiba dans un cri rauque le sordide trophée, comme offert en propitiation. Un cortège se forma derrière lui qui portait, telle une oriflamme, la pique le long de laquelle un sang épais et noir coulait, baignant ses mains et ses avant-bras. On promena ainsi plusieurs heures durant la tête d'Asdrubal fils de Giscon, dans Carthage calmée, rassasiée de vengeance. L'effervescence retomba, sans pour cela que la cité retrouvât la maîtrise de soi. Le spectacle d'horreur qu'elle s'était elle-même offert l'avait pétrifiée. Elle vivait dans un dégoût de soi qui participait du remords et dont elle voulait taire la cause, comme si chacun gardait caché au fond de ses entrailles l'acte abominable dont il se sentait complice. Cela assurait aux meneurs, et à Gisgon le profanateur en particulier, l'impunité.

— Qui oserait aujourd'hui poursuivre les coupables ? confia Hannibal à des sénateurs de son clan. Ce serait pure folie d'évoquer ce qui s'est passé, même à l'Assemblée haute. Qui peut prévoir les conséquences que cela aurait sur un peuple à bout de nerfs et capable de s'enflammer à tout propos ? Si nous n'y prenons garde, Akboram et son clan, qui savent si bien exacerber les passions les plus abjectes, entraîneront Carthage vers la tyrannie.

— Tu dois confirmer ton retour à l'Assemblée, Hannibal, dit Gereshmoun.

— Je vais y réfléchir, répondit-il, énigmatique.

Il n'eut pas à réfléchir longtemps car, deux jours plus tard, on annonça l'arrivée imminente d'Asdrubal le Chevreau et des émissaires partis depuis cinq mois pour arracher la paix au peuple romain.

— Peuple de Carthage, dit le Chevreau du haut de la tribune de la Grande Place. Après des discussions difficiles, après des hésitations du sénat dont certains membres hostiles à Scipion voulaient la destruction de notre cité, les représentants du peuple romain ont heureusement voté le traité dans les termes que nous avions acceptés. Carthaginois ! cela signifie que la guerre est finie ! cela signifie que les troupes de Scipion embarqueront pour l'Italie avant l'hiver ! Rendons grâces aux dieux qui ont permis que Carthage ne connût point un sort plus douloureux !

La fin du discours fit sourire Hannibal dans sa barbe. Cette phrase dans la bouche d'un chef du clan d'Hannon le Grand, n'était-ce pas lui, Hannibal, qui l'avait inspirée ? Il décida de reparaître à l'Assemblée haute.

Dès le début du mois de tamouz, l'été s'annonça aussi chaud que l'hiver précédent avait été froid. Du lac de Tunês tout proche montaient des odeurs putrides que les bouffées de vent du sud poussaient partout où un souffle d'air pouvait se glisser. Le vent marin qui d'habitude balayait rapidement ces excès de chaleur nauséabonde semblait retenu prisonnier au fond de la mer. La ville, debout dès la première lueur du jour, n'attendait pas midi pour entrer en léthargie, ne retrouvant quelque respiration qu'à l'heure de la prière du soir. Les premières récoltes de céréales ramenèrent la vie dans la cité, rassurant la population qui célébra la fête des moissons avec une ferveur qu'elle avait oubliée depuis longtemps, comme si la pénurie et les graves risques de famine des mois précédents lui avaient redonné conscience de la valeur quotidienne du blé et de l'orge. On remercia les dieux, et pendant plusieurs jours on se pressa dans le sanctuaire souterrain du petit temple de la déesse Déméter, dont les Carthaginois avaient importé le culte deux cents ans auparavant. C'est à ce moment de l'année, quatre mois après la nuit de noces, qu'on commença à s'inquiéter du ventre de Sibboleth. On voulait savoir si elle était sur le chemin de l'enfantement et cela l'obsédait. Batnaamat et Aris, Hannibal et la princesse Imilcée, Abdeshmoun et Batnoam, les amies, les esclaves et jusqu'à de vagues relations, tous semblaient se liguer contre elle pour la tourmenter. Seule la belle Thanubra observait une discrétion absolue, et Sibboleth ne perdait pas une occasion de fuir la rue de Déméter pour se réfugier, quelques heures par jour, dans la maison de la rue du Levant où elle avait la douce impression de redevenir une enfant. Elle aimait à s'occuper de couture ou de cuisine avec Aryana en attendant que sa mère rentre du port. Mais elle n'osait plus monter à la terrasse de peur qu'Elnathan, d'en face, ne réitère des propos qu'il avait déjà répétés plusieurs fois.

— Maintenant que te voilà enfin mariée, disait-il d'un ton affectueux et docte, il faut enfanter ! Tu as échappé à l'infamie du célibat, il te faut désormais être féconde. Les dieux de Carthage et le dieu d'Israël professent le même enseignement. Malheur et honte à ceux qui n'ont jamais donné la vie, car ils sont déjà comme morts sur cette terre ! Telle est la loi divine, ma petite Sibboleth...

La jeune femme n'eut alors de cesse de guetter les signes annonciateurs de sa maternité. Le médecin Jessé, qui avait soigné Abdeshmoun deux ans plus tôt après la bataille des Grandes Plaines, lui indiqua une recette qu'il jugeait infaillible. Tous les sept jours, Sibboleth introduirait en elle une gousse d'ail le soir avant de se coucher et la conserverait jusqu'au petit matin. Ces nuits-là, Abdeshmoun n'aurait pas le droit de la toucher.

— Au réveil, expliqua Jessé, ton haleine te dira si l'enfant est en route. Si ta bouche et ton nez exhalent l'odeur de l'ail, alors sois certaine que tu enfanteras. Dans le cas contraire...

L'esclave Aryana lui prépara un mélange de petit-lait, de jaune d'œuf et de semences de lin, qu'elle absorba plusieurs soirs de suite après en avoir présenté la coupe au temple de Tanit, dont la grande prêtresse lui imposa un rituel dans le jardin où poussaient des grenadiers sacrés, arbres de fécondité.

— Tu recueilleras sur trois petits morceaux d'étoffe trois taches de ton sang impur, aux trois premiers jours de son écoulement, dit la prêtresse. Quand reviendront les jours sans souillure, recueille un peu de ton urine, trois jours de suite aussi. Et ce troisième jour, reviens me voir avec les étoffes tachées de sang et la coupe remplie d'urine. Va, et prie Tanit d'exaucer ton désir.

Au jour dit, la douce Sibboleth se présenta à la prêtresse, qui l'emmena vers le jardin. Elles s'arrêtèrent devant un grenadier magnifique et chargé de fruits.

— Tu répéteras après moi, dit-elle... Dame Tanit ! écoute la pauvre Sibboleth qui t'implore devant l'arbre sacré que tu as rendu fécond... Dame Tanit ! regarde la pauvre Sibboleth qui tend vers tes fruits son corps stérile... Dame Tanit ! que le fruit que tu as conçu et que je vais manger me donne ta fertilité.

Puis la prêtresse entailla l'arbre par trois fois, ordonna à la jeune femme de déposer dans chaque entaille les trois morceaux d'étoffe tachés de sang, de cueillir une grenade et de verser enfin la coupe d'urine à la base du tronc.

Le soir, Sibboleth acheva le rituel par le bain purificateur, croqua chaque grain de la grenade et s'allongea sur le lit, nue et parfumée, les cheveux défaits, prête à recevoir Abdeshmoun. Une petite flamme brillait dans un coin de la chambre dont la lune blanchissait le sol. Quand le jeune homme entra dans la pièce et s'approcha du lit, les rayons blafards s'étaient déplacés vers le lit et illuminaient le corps offert de Sibboleth. Il s'avança avec lenteur, faisant tomber sa tunique et sauter ses sandales, les yeux rivés sur elle. Elle disparut soudain sous lui, tandis que les lueurs de la lune glissaient et les quittaient, comme pour mieux les laisser s'abandonner à eux-mêmes et aux gestes de l'amour.

Des ambassadeurs de Scipion furent annoncés au cothon, vers le milieu du mois d'elul, alors qu'approchait l'automne. Ils venaient chercher la première annuité d'indemnité, à laquelle devait s'ajouter l'équivalent en argent des cargaisons volées par les Carthaginois l'année précédente. Mais auparavant, ils ordonnèrent de rassembler, à l'exception de dix pentères, toute la flotte punique de guerre, en application des termes du traité. Outre les deux cents bâtiments qui emplissaient le port militaire, il y avait ceux que l'on gardait dans le lac de Tunês derrière le cordon littoral et ceux qui mouillaient dans les criques au nord de Carthage. Au total, ce furent près de trois cents bateaux que les Carthaginois, agglutinés sur les remparts ou sur les hauteurs de la ville, virent emportés vers le large, où étaient déjà rassemblés les navires de guerre jusqu'ici demeurés dans les ports du Sud, à Hadrumète, à Thapsus ou à Leptis, autant de places où les Romains savaient que stationnaient des forces navales puniques. Rien ne leur avait échappé, tant ils avaient veillé avec soin à ce que Carthage retirât ses garnisons de toutes les villes placées sous son influence. Rien cependant ne préparait le peuple au spectacle insoutenable que lui réservait Scipion. Quand les bateaux, au total près de cinq cents, furent à bonne distance du port et regroupés, un silence de consternation envahit la ville comme si une nouvelle calamité envoyée par le ciel s'abattait sur elle. Au loin en effet, un immense brasier enflamma la mer, nourri de ces bateaux que les ouvriers de Carthage avaient construits de leurs mains. Tard dans la nuit, on vit le feu se propager d'une galère à l'autre. Le silence de la ville n'était brisé que par les craquements lointains des coques qui se tordaient, parvenant aux remparts comme les gémissements d'une irrémittente douleur. Sur la terrasse de son palais de Byrsa, entouré de toute la maisonnée, Hannibal tremblait d'une rage impuissante.

Le lendemain matin, tandis qu'il ne restait de la flotte qu'un immense nuage de fumée recouvrant la baie et quelques bâtiments finissant de s'enfoncer dans les flots, les délégués romains vinrent réclamer leur dû. Mais les caisses de l'État étaient vides et comme il fallait bien trouver une solution immédiate, Hannibal proposa de voter dans la hâte un impôt extraordinaire en fonction de la fortune, afin de réunir les deux cents talents de la première année de dette et les vingt-cinq mille livres qui compensaient les cargaisons dérobées.

— En fonction de la fortune ? s'émut Asdrubal le Chevreau. Et pourquoi le peuple tout entier ne supporterait-il pas cette charge ?

— Le petit peuple est à bout ! riposta Hannibal. Sur quelle autorité entends-tu t'appuyer pour aller l'épuiser d'impôts nouveaux ? Non ! il faut que les riches paient cette première annuité si l'on ne veut pas provoquer de nouveaux débordements !

— Mais c'est une somme considérable à partager en si peu de familles ! pleura un autre sénateur.

— Préférez-vous que Carthage s'embrase encore, que Scipion, au lieu de quitter notre sol avec ses légions, entame ses quatrièmes quartiers d'hiver ? Et puis c'est une simple question de commodité ! Comme il y a urgence, il me semble plus facile de réunir cette somme parmi quelques familles riches que de mettre en place un impôt pour tous !

Une sourde confusion de conciliabules interrompit le débat. En émergeaient les mêmes mots, les mêmes bribes de phrases.

— Mon argent !

— Notre argent, notre or !

— C'est notre ruine à tous !

Un grand éclat de rire retentit alors dans toute l'enceinte de l'Assemblée haute, qui ce jour-là tenait sa réunion dans son édifice de la Grande Place. Du haut de la tribune qu'il n'avait pas quittée pendant que ses collègues se lamentaient, Hannibal riait à gorge déployée, un rictus mauvais se découpant dans sa barbe épaisse. Dans ce rire puissant qui sonnait comme une insulte, quelques vieux sénateurs crurent reconnaître en frémissant le rire terrible d'Amilcar Barca.

— Comment peux-tu oser ! Barca, s'indigna le vieil Himilkat. Comment peux-tu oser en ces temps de malheur te réjouir de notre infortune ? Que signifie ce rire ? pourquoi un tel outrage ?

— Détrompe-toi, Himilkat, et détrompez-vous tous ! répondit Hannibal d'une voix ferme et forte, l'œil farouche et le poing arrogant. Mon rire est moins intempestif et incongru que vos sanglots avilissants. Car sur quoi pleurez-vous, sinon sur votre argent, votre or et vos richesses, vous qui représentez les familles les plus riches de Carthage ! Alors oui, je ris, parce que vous n'avez pleuré ni sur l'Italie perdue à cause de votre avarice, ni sur nos soldats massacrés par Scipion, ni sur notre flotte de guerre incendiée, ni sur notre territoire saccagé et amputé, ni sur le peuple affamé et révolté. Je ris parce que vous pleurez aujourd'hui sur le moindre de nos malheurs, l'argent ! De la grandeur et de la sécurité de Carthage entreprises par mon père vous n'avez rien voulu savoir, dès lors que l'indispensable guerre contre Rome exigeait de vous quelque argent. Mais de la défaite et de la honte, vous vous en moquiez tant que subsistait l'espoir de continuer vos affaires et tant que l'on ne touchait pas à vos coffres. Alors ! où est l'outrage ? dans le rire d'Hannibal ou dans l'égoïsme indécent de vos pleurs ?

Depuis son remariage, la belle Thanubra avait parfois l'impression qu'on la considérait comme une représentante autorisée du clan Barca. N'était-elle pas en effet la belle-mère de ce jeune aide de camp qu'Hannibal choyait comme un fils ? Pour la plupart des gens qui la voyaient visiter le palais de la rue de Déméter quand bon lui semblait et comme si elle était chez elle, elle avait accès au saint des saints, car le vainqueur de Cannes, malgré son revers de Zama et son humeur violente, était le seul homme public à Carthage qui inspirât le respect et la crainte, Hannon le Grand ayant attiré sur lui la suspicion au moment du vote en faveur du traité. Ce rôle ne déplaisait pas à Thanubra, elle y voyait au contraire une sorte de revanche sur le mauvais sort qui l'avait si souvent accablée. On la pressait de questions, tant sur le port que dans son quartier, ou même ailleurs dans les rues où elle se transformait en porte-parole passionné et prolixe.

— Le peuple aspire au calme, confiait-elle à qui voulait l'entendre. Dans le désespoir, il s'est laissé convaincre par les discours démagogiques des fanatiques, mais au fond, il n'a pas changé depuis le retour d'Hannibal dans la cité. Son admiration pour lui ne s'est pas envolée ! Quand il a posé le pied sur le quai du cothon il y a presque un an, le peuple s'est aussitôt abandonné à lui. Il aurait pu prendre le pouvoir dès ce premier jour !

— Que ne l'a-t-il pas fait ? répondait-on à tout coup.

— Hannibal n'est pas un tyran ! s'offusquait-elle. Ce n'est pas quelqu'un qui transgresse les lois de la cité.

— On dit qu'il va remettre en place nos institutions ?

— Amilcar, Asdrubal le Beau et Hannibal ont été les instigateurs de la politique du clan Barca sans être présents à Carthage, expliquait Thanubra. Il faut laisser le temps à Hannibal de s'habituer à la vie politique. Après les débordements scandaleux que nous venons de vivre, et qui ont démontré qu'aucune instance du gouvernement n'était capable de faire régner l'ordre ni de lutter contre ceux qui sèment la terreur dans les rues, Hannibal veut redonner à l'Assemblée du peuple son autorité. Non pas une autorité débridée et révoltée comme c'est le cas depuis trois ans, mais une autorité responsable, qui puisse assurer la bonne marche des affaires publiques, comme dans les démocraties de la Grèce.

— Cela ne va pas être du goût des grands aristocrates de l'Assemblée haute !

— Ceux-là aussi craignent Hannibal, ils le détestent même ! mais ils sont forcés de le suivre dans une voie qu'ils n'approuvent pas, car ils savent qu'il est le seul rempart contre de nouveaux accès de folie populaire qui finiraient par les ruiner.

C'est ainsi qu'aux premiers jours de l'automne, quand tout Carthage en liesse apprit que la flotte de Scipion embarquait pour l'Italie, Hannibal entreprit de mettre à exécution les réformes urgentes dont la cité avait tant besoin, si près qu'elle était de sombrer dans le gouffre d'une insurmontable déliquescence. Le départ des Romains faisait presque oublier l'état de faiblesse dans lequel la Reine des Mers était tombée. Beaucoup estimaient enfin que savoir le Promontoire délivré de la présence des légions valait bien tous ces sacrifices. On ne versa aucune larme sur les derniers prisonniers qu'il fallait rendre, ni même sur les transfuges romains qui avaient rejoint le camp de Carthage à l'époque où Hannibal terrifiait l'Italie et parfois avant Zama, convaincus qu'ils étaient que Scipion serait écrasé et qu'il valait mieux passer à l'ennemi pour sauvegarder sa vie. Scipion exigea qu'ils lui fussent livrés et il les fit crucifier avant son départ, laissant leurs corps cassés pourrir au vent, en pâture aux becs des charognards. On regretta à peine les cent otages carthaginois qui s'embarquèrent avec lui, garants du respect de la paix. Hannibal offrit une petite fête dans le palais de Megara, car en pareille occasion il ne voulait pas abandonner ses vieux soldats qui campaient toujours derrière les murs du domaine.

— Tu as réussi à garder tes soldats ! sourit Abdeshmoun.

— Et Scipion a tenu sa promesse, mon fils ! Il ne m'a pas trahi, il n'a pas contraint Carthage à me livrer à Rome.

Mais, tandis que la fête battait son plein dans les jardins où les soldats savouraient l'événement dans le vin des Barca, Hannibal fit taire tout le monde le temps d'un discours dont les derniers mots refroidirent cette belle soirée de tisri.

— Soldats à qui je dois tant et amis carthaginois qui me faites confiance, buvons à la fin d'un grand fléau. Mais gardons toute notre raison. Les temps qui s'annoncent seront difficiles. D'abord pour notre commerce désormais soumis aux taxes romaines partout où nous avions l'habitude de les percevoir, vers Tarshish, vers les Colonnes de Melqart, vers Lixus et la côte du grand Océan. Ensuite pour notre sécurité intérieure, car ne nous y trompons pas : l'ambition dévorante de Massinissa nous expose à d'incessants harcèlements sur nos frontières. Les fossés puniques* ne seront pas pour ses cavaliers un obstacle bien redoutable ! Quant aux Romains, l'expérience passée doit nous inciter à la prudence, à la méfiance. Scipion est sans doute un homme de parole, mais il n'est pas Rome à lui tout seul et nous savons que Rome a toujours violé les traités. Oui, méfions-nous de Rome, mes amis. Les Romains sont partis, et puissé-je me tromper en vous affirmant qu'ils reviendront !

Pour la première fois depuis trente-sept ans, l'homme qui inspirait la politique du clan Barca tenait en personne les rênes de ce clan dans l'enceinte de l'Assemblée haute. Mais Hannibal n'avait guère confiance. Il n'oubliait pas que les sénateurs du clan Barca restaient des aristocrates peu enclins à lâcher une trop grande part de leurs privilèges. Il avait observé que certains d'entre eux se lamentaient de concert avec les sénateurs de l'opposition au moment de payer la première indemnité à Scipion. Jusqu'où ceux-là le suivraient-ils ? Seule l'oligarchie aristocratique pouvait renflouer le Trésor public et Hannibal eut beau donner l'exemple en prenant largement sur sa fortune, la proposition de nouvelle loi fiscale obligeant les grandes familles à un petit effort de civisme fit grincer les dents.

— Quelques talents d'or par personne ! commentait Thanubra sur le port. C'est une fortune pour moi ou pour vous, mais pas pour eux ! À chacun de participer selon ses moyens...

L'Assemblée du peuple, livrée aux bavards et aux excités, ne remplissait plus son rôle. Elle était un repaire de manipulateurs sans scrupules qui la poussaient à une conduite aveugle et incohérente. Son influence sur le gros de la foule avait été un désastre depuis l'intrusion des Romains sur le sol africain, et Hannibal eut fort à faire pour prouver à ses représentants que seul le prestige d'Hannon le Grand puis le sien avaient évité en plusieurs occasions un désastre plus irréparable. L'hiver ne fut pas trop long pour chasser les éléments qui perturbaient la vocation démocratique de cette Assemblée et en dévoyaient les attributions. Il fallut maints débats pour la rétablir dans les fonctions que lui avait définies Amilcar avant son départ pour l'Espagne et qui lui accordaient un énorme pouvoir.

— Vous possédez un grand pouvoir, disait Hannibal aux représentants de l'Assemblée du peuple pour les convaincre. Vous élisez les suffètes et les chefs de guerre parmi les candidats désignés par l'Assemblée haute. Vous intervenez dans toute décision législative et proposez vos amendements. Et lorsque les sénateurs n'ont pas atteint la majorité requise pour voter un texte, vous décidez même en dernier recours. Mais quand on a ce pouvoir-là, on ne l'exerce pas sous le coup de l'impulsion du moment ! On ne l'exerce pas en suivant les directives d'hommes plus acharnés à vous perdre qu'à œuvrer pour le bien de la cité. Non, citoyens de Carthage, vous possédez de hautes prérogatives qui ne souffrent ni légèreté ni influences néfastes. L'illustre philosophe Aristote, qui fut le précepteur du grand Alexandre de Macédoine, ne tarissait pas d'éloges sur nos institutions qu'il jugeait supérieures à bien des constitutions de la Grèce. Il appréciait en particulier la place que le peuple de Carthage, déjà à cette époque, occupait dans l'exercice de la démocratie. Alors, je vous en conjure, efforcez-vous d'être dignes du respect que le gouvernement de notre cité inspirait autrefois au monde entier.

Carthage semblait guérie de l'agitation. Ce n'était certes pas encore le retour à l'abondance d'antan, mais cet hiver, la famine n'avait pas sévi. La cité s'était remise au travail, non seulement à l'intérieur de ses murs mais aussi à l'extérieur, envoyant dans les campagnes saccagées par Scipion des hommes et des femmes pour aider les paysans à reconstruire leurs parcelles arables. La vallée du Bagradas jusqu'aux Grandes Plaines était la région la plus fertile et la plus dévastée, et les premiers efforts du gouvernement portèrent sur elle. D'une nature besogneuse, les Carthaginois ne furent pas effrayés par l'ampleur de la tâche et leur immense désir de se sentir à nouveau prospères dans leur territoire fut le premier ciment de la cohésion après tant de discordes. La mort d'Hannon le Grand au milieu de l'hiver en fut le second. Lors des funérailles nationales organisées en son honneur, le clan Barca avait fait taire ses rancœurs envers celui dont il considérait toujours l'engagement politique comme la principale source de la défaite contre Rome. Dans le long discours solennel qu'il fit à la tribune de la Grande Place, Hannibal n'y fit pas allusion, conscient qu'une polémique serait déplacée à l'heure où le peuple décuplait de bonne volonté et d'ardeur. Il loua la grande autorité d'Hannon et sa constance, ses dons d'orateur et l'immense courage qu'il avait montré jusque dans l'âge le plus avancé. On observa sept jours de deuil durant lesquels les processions se multiplièrent, parenthèse de prières dans un mois de sebat voué au labeur.

Le port reprit son activité plus tôt que l'année précédente. Dès le milieu du mois d'adar, l'amiral du cothon sonna l'ouverture de la saison maritime. La tranquillité du ciel et l'avis favorable des augures l'avaient incité à avancer la date de la cérémonie traditionnelle qui réunissait tous les gens du port et tout ce que Carthage comptait de vénérable et de sacré, les suffètes, le grand kohen et un cortège de prêtres et de prêtresses invoquant les dieux puniques de la Mer et des Eaux. À cette occasion, l'on sortait de son temple une imposante statue en or du dieu Yam chevauchant un hippocampe. Elle était flanquée à gauche de celle, plus petite, d'un cavalier marin nu et la barbe hirsute, Triton aux jambes d'écailles et au sexe tendu. À droite était placée celle, terrifiante, du monstre Scylla dont les jambes étaient deux dragons. De lancinantes incantations l'imploraient d'épargner les bateaux de Carthage jusqu'à l'hiver prochain. Le grand kohen et sa cohorte d'officiants montaient ensuite sur le premier navire qui prendrait la mer et inondaient chaque recoin de la fumée propitiatoire de leurs encensoirs. À la veillée, quand les personnages officiels avaient accompli leur tâche sacrée, la population du cothon se livrait à une grande fête. Tard dans la nuit, les torches illuminaient le quai du port marchand et de la chôma, le vin coulait à flots dans les tavernes et sur le pont des bateaux, les chants montaient vers le ciel, ici en punique, en grec ou en latin, là en égyptien ou en araméen, en libyen ou en celte. On y racontait sans crainte de se répéter des histoires de marins, toujours les mêmes. Bodastaroth, malgré son mariage et la mauvaise réputation nocturne du quartier, ne put s'empêcher d'y entraîner Abdeshmoun, comme autrefois. Ils s'installèrent à une table de l'auberge d'Alexandrie et jouèrent aux dés en buvant du vin de Chio, tandis que le vieux Kiddinos allait et venait en prêchant l'avenir. Abdeshmoun s'aperçut bientôt qu'il quittait la taverne en compagnie d'un jeune marin qui portait au bras droit un tatouage de Chypre.

— Mais je commence à comprendre ! s'écria-t-il en lâchant les dés.

— Tu commences à comprendre quoi ? fit le colosse éberlué. Tu n'as pas fait rouler tes dés.

— Kiddinos ! Je comprends pourquoi il aime le port...

— Ah ! ah ! ah ! quelle découverte tu fais là ! Il y a trente ou quarante ans qu'il y traîne presque tous les soirs, et il a parfois de la chance... Tu ne vas pas t'inquiéter pour Kiddinos ? je peux te rassurer, personne ne lui a jamais fait violence.

La douce Sibboleth fut parcourue de légers picotements autour du nombril et sentit son ventre ballonné, comme si quelque indisposition se préparait. Quand elle s'était réveillée, elle était seule dans le lit, comme presque chaque matin. Abdeshmoun travaillait déjà auprès d'Hannibal. Ce jour-là elle ne se plaignit pas de son absence. Au saut du lit, elle avait en effet constaté que son nez et sa bouche étaient imprégnés d'un goût prononcé et tenace. Aussi, à peine se fut-elle débarrassée de la gousse d'ail qu'elle avait introduite en elle la veille au soir et à peine se fut-elle acquittée de ses ablutions matinales rituelles qu'elle voulut en avoir le cœur net et se soumit à une seconde épreuve que conseillaient médecins et sages-femmes. Elle prépara un mélange de miel et d'eau qu'elle avala sur-le-champ, et un moment plus tard, ces picotements et ces ballonnements apparurent. « Un an ! murmura-t-elle, il aura fallu un an ! » Elle se prosterna devant l'autel domestique, puis sortit de la maison Barca comme une folle et se fraya un passage à travers la foule qui emplissait l'étroite rue de Déméter. Elle s'apprêtait à courir vers le port quand elle se ravisa. « Imbécile ! pensa-t-elle en se claquant les deux joues. Tu ne vas pas t'agiter maintenant pour risquer de perdre ce qui vient peut-être de naître en toi. » Et elle remonta dans ses appartements, une main appuyée sur sa tunique à la hauteur du bas-ventre, craignant de rencontrer quelqu'un qui fût étonné de cette attitude. Elle rentra enfin dans sa chambre, s'allongea sur son lit et reprit son souffle. Elle mourait d'envie pourtant de confier l'espérance qui berçait son cœur et dont elle avait voulu instruire d'abord Thanubra. N'y tenant plus, elle se releva. « Doucement ! se dit-elle en faisant de tout petits pas dans sa chambre. J'ai tout mon temps, je n'ai qu'à descendre au port doucement, tout doucement... »

Sibboleth passa sous le porche du rempart de Byrsa, descendit jusqu'à la Grande Place rejoindre la rue des Suffètes au lieu d'emprunter la rue du Cothon, plus directe mais plus monotone. Elle couvrit sans se presser les sept ou huit stades qui séparaient la rue de Déméter du quai marchand, s'arrêtant dans les nombreuses boutiques d'étoffes qu'elle rencontrait. Elle imaginait déjà les couleurs dont elle envelopperait le bébé et une ivresse inconnue la parcourait, dont elle n'arrivait pas à dire si elle provenait des rêves qu'elle nourrissait à la vue de ces tissus ou si elle était encore un effet du mélicrat qu'elle avait bu auparavant. Elle ne se rendit pas compte que le temps passait et il était midi lorsqu'elle atteignit le port.

Étonnée, Thanubra vit arriver sa fille cadette éclairée d'un sourire radieux. À cette heure, elle mangeait des fritures avec Mazérès et le comptable Josaphat dont elle ne voulait pas se séparer malgré les discussions alarmantes qu'elle entendait à propos de l'avenir du commerce carthaginois.

— Tu n'as pas mangé, je suppose ?... Mazérès, va chercher des beignets !

— Mère, mère ! tu ne devineras jamais, dit Sibboleth en roulant les yeux et en se trémoussant.

Elle fit signe au comptable de s'éloigner, puis s'approcha de Thanubra, la prit par la main et lui chuchota quelques mots à l'oreille.

— Parle donc distinctement, je n'entends pas ce que tu me dis !

Sibboleth regarda autour d'elle avec un air de conspiratrice et murmura en détachant bien les syllabes :

— Ce matin, mère, je sentais l'ail, et le mélicrat m'a provoqué des picotements et des ballonnements. Tu sais ce que cela peut signifier. Je crois que mes prières à Dame Tanit ont été exaucées...

— Que ton cœur ne s'enthousiasme pas aussi vite, ma petite fille, répondit Thanubra.

Et devant la mine déconfite de Sibboleth, elle poursuivit :

— Ces recettes de médecins et de sages-femmes ne disent pas toujours la vérité, ma fille. Mes propos ne visent pas à te faire de la peine, mais j'ai connu moi-même cette expérience, et je ne suis pas la seule à avoir été déçue ! Ne dis rien à personne, ma fille. Garde cet espoir secret au fond de toi et attends de sentir que quelque chose de plus étrange encore s'empare de ton ventre pour n'en parler qu'à ta mère, et à Abdeshmoun ton époux. Pour l'instant, prions Tanit qu'elle réponde à tes espérances !

L'esclave revenait avec quelques beignets et une amphore d'eau vinaigrée. Thanubra serra sa fille dans ses bras avec un hochement de tête qui montrait qu'elle concluait ainsi la conversation.

Quelques semaines plus tard, Sibboleth ne se tenait plus de joie. Cette fois, elle était sûre de porter la vie, car le sang impur n'avait pas coulé depuis plus d'une lune. Mais sa mère, à sa plus grande consternation, resta de marbre.

— Il est encore trop tôt, dit-elle imperturbable.

— Mère, s'offusqua Sibboleth, on dirait que tu n'es pas heureuse du bonheur que j'attends !

— Tu ne comprendras donc jamais ta mère, ma petite fille. Jamais ! J'ai trop été frappée par le mauvais œil au cours de ma vie pour ne pas prendre garde à ce qui courrouce l'esprit malfaisant des démons. Il faut leur cacher le plus possible les événements porteurs de bonne fortune sous peine qu'ils s'acharnent à répandre le malheur. Alors crois-moi, ma douce enfant, ne manifeste ton bonheur que dans l'intimité de ta chambre ou auprès de moi et de ceux qui te veulent du bien. Ne le montre pas aux autres tant que tu peux t'en abstenir.

— Puis-je mettre Abdeshmoun dans la confidence ? ô mère ! c'est son enfant !

Au fond d'elle-même, Thanubra était envahie de terreur. Malgré le cours nouveau qu'avait pris sa vie, son passé qu'elle croyait maudit continuait de la hanter.

— Je t'en supplie, dit-elle, attends encore un peu, tu as tout le temps.

Quand au bout de trois mois Sibboleth sentit palpiter ses entrailles, sa mère lui confia que l'enfant pourrait être un garçon, car on disait que les filles ne commençaient à s'agiter qu'au quatrième mois. « Mais silence ! ne provoquons pas les esprits. Ils nous joueraient un mauvais tour en nous envoyant une fille ! » Les mois qui suivirent furent donc occupés à prier les dieux et à saisir tous les signes capables de confirmer que Sibboleth portait en son sein un petit garçon. Elle ne quitta plus la rue de Déméter où toute la maison

Barca était désormais dans le secret. La jeune femme observait la forme de son ventre qui poussait, espérant le voir peu à peu pointer vers l'avant comme le sexe dressé d'Abdeshmoun. Mais la manière dont il s'arrondit bientôt vers le bas infirma les premières impressions.

— Je crois que ce sera une fille ! se désolait Sibboleth.

— De quoi t'inquiètes-tu ? répondait Abdeshmoun en l'entourant de tendresse. Nous aurons bien le temps d'avoir des garçons.

— Ton époux a raison, dit un jour Hannibal en riant. Mon père et ma mère comme toi se désolaient. Pense que trois filles leur sont nées avant que je vienne au monde. Les intentions de Gad nous seront toujours mystérieuses...

On consulta le bon Kiddinos, assez sage pour ne rien affirmer de définitif. Le vieil astrologue soumit Sibboleth à la consomption de la pierre d'alun, procédé de divination dans lequel il se prétendait savant. La pierre d'alun brûlait dans un feu de charbon de bois — de l'olivier — et à mesure qu'elle se calcinait, elle se modelait sous les attaques des braises comme l'argile sous les doigts du sculpteur. Quand les rougeoiements se furent assombris pour ne plus laisser que du gris et du noir, Kiddinos examina la figure qu'offrait l'alun consumé.

— En l'espèce, la divination n'est d'aucun secours, affirma-t-il en faisant une moue un peu grimaçante. Ici, l'aspect allongé de la pierre incline à se prononcer pour un garçon, mais là, cet aspect plus boursouflé ferait pencher pour une fille.

Puisque la divination elle-même ne pouvait lui apporter aucune réponse, Sibboleth se résigna à attendre la délivrance avec l'espoir que ses prières infléchiraient la volonté des dieux et lui donneraient un fils.

Le gouvernement carthaginois et, de son côté, Hannibal suivaient avec une extrême attention les événements du monde. L'ancien général avait pris à cœur son rôle politique avec la même passion qu'il avait mise dans ses campagnes. La princesse Imilcée, qui observait la vie de la maison avec une discrétion toute royale, faisait toujours bonne figure bien qu'elle nourrît un secret sentiment de déception en constatant que cette famille qu'elle avait rêvée autour d'elle et d'Hannibal était envahie et dominée par la vie politique de la cité. Quand ils n'étaient pas en séance à l'Assemblée, Hannibal et son jeune aide de camp parcouraient la ville pour discuter avec les clients du clan Barca, et quand ils étaient rue de Déméter, ils ne quittaient leur pièce de travail que pour avaler un frugal repas et gagner chacun sa chambre, fourbus. Presque chaque jour ils recevaient des sénateurs, et parfois, mais seulement après la tombée de la nuit, des hommes pénétraient dans le palais par une porte dérobée. Ils appartenaient au vaste réseau de renseignement privé qu'Hannibal avait hérité de son père et d'Asdrubal le Beau, et qu'il n'avait jamais cessé d'entretenir, de renouveler et d'améliorer. Il apprit ainsi qu'à son retour les Romains avaient donné à Scipion le surnom d'Africain pendant les cérémonies du triomphe. Ce ne fut ni des sénateurs ni des magistrats en place, souvent jaloux et inquiets de sa gloire, qu'il reçut les plus belles louanges, mais du peuple lui-même qui s'entassait du Champ de Mars au Capitole sur le passage du cortège monumental. En tête marchaient les patres et les magistrats, flanqués de deux colonnes de musiciens soufflant dans leurs trompettes, puis, seul et les fers aux pieds, l'ancien roi Syphax sorti de sa geôle pour le triomphe de son ennemi. Pour lui, le retour de Scipion signifiait la mort imminente. Il savait le sort que Rome réserve aux prisonniers prestigieux lorsqu'ils ont été donnés en pâture aux yeux et aux quolibets de la foule. Il n'ignorait pas qu'après la cérémonie on le ramènerait dans sa prison pour le livrer au bourreau. Suivaient ensuite sur des chars des monceaux d'armes prises aux Carthaginois, les otages et les prisonniers de guerre et même les éléphants cédés par la cité vaincue. Enfin, derrière les licteurs qui lui ouvraient solennellement la route en repoussant les excès d'enthousiasme de la population, Scipion l'Africain avançait, debout sur son char étincelant, précédant ses troupes qui avaient le droit ce jour-là de railler leur général.

Cependant, la nouvelle qui intéressa le plus Hannibal ne concernait ni les honneurs rendus à Scipion le long de la Voie sacrée ou sur les marches du Capitole, ni la mort de Syphax dans sa prison, mais les craintes nouvelles qui assaillaient la République romaine. À peine en effet Rome sortait-elle de sa seconde guerre contre Carthage, et aussi épuisée qu'elle en ressources humaines, que d'autres inquiétudes occupaient les patres. Le Séleucide Antiochos III de Syrie clamait haut et fort qu'il entendait reconstruire sous sa bannière l'empire du grand Alexandre de Macédoine, tandis que Philippe V tentait de son côté des guerres de conquête dans le Péloponnèse et les îles grecques. À Rome, certains accusaient le Macédonien, malgré le traité qui le liait depuis plus de quatre ans, d'avoir aidé Hannibal en lui envoyant des troupes. Scipion lui-même ayant démenti cette rumeur, une autre s'était aussitôt répandue, selon laquelle un pacte secret avait été conclu entre Philippe et Antiochos pour unir leurs ambitions.

— Rome ne prend même pas le temps de savourer la paix, commenta Hannibal au début de l'été. Comme toujours depuis les balbutiements de son histoire, elle ne sait se nourrir que de la guerre. Pas même un an après le triomphe de Scipion, pas même deux ans après Zama et la fin d'un long conflit contre Carthage qui lui a coûté plus de deux cent mille vies, voilà qu'elle prépare à nouveau la guerre. Philippe et Antiochos ne la menacent pourtant pas, avec leur entente qui ne concerne que la répartition des influences en Orient. Mais Rome ne peut supporter que d'autres puissances s'affirment en d'autres parties du monde. Tous les prétextes lui sont bons pour se mêler de tout, sous couvert de défendre un prétendu bon droit dont elle dicte elle-même les principes. Mais seuls le profit et la puissance nouvelle qu'elle en peut tirer gouvernent son action. Pour la première fois, elle entreprend d'aller mettre de l'ordre, son ordre, en Orient. Mon père ne se trompait pas, et je ne me trompais pas non plus, quand nous prédisions que ce peuple belliqueux avait vocation à dominer l'univers quel qu'en soit le prix et qu'il fallait l'empêcher de nuire avant qu'il ne soit trop tard.

— Pendant ce temps, père, dit Abdeshmoun, les Romains n'ont pas le temps de s'occuper des affaires de Carthage !

C'est bien ce qu'espérait Hannibal. Mais c'était compter sans la prudence du sénat romain, où certains s'étonnaient que le vaincu de Zama, dont le seul nom faisait encore trembler d'effroi les cités et les campagnes romaines, possédât chez lui le soutien de son peuple et, par voie de conséquence, un pouvoir de fait qui pouvait redevenir un danger. Rome prit prétexte de ce qu'un ancien lieutenant de Magon Barca, demeuré en Ligurie avec une poignée d'hommes, tentât de soulever les Gaulois cisalpins pour laisser entendre que la main d'Hannibal dirigeait cette opération. Le gouvernement de Carthage eut beau désavouer l'action de ce lieutenant irréductible et confisquer tous ses biens, la suspicion grandit à Rome. Un grand propriétaire foncier de trente-quatre ans, qui s'appelait Caton et avait servi comme questeur dans l'armée victorieuse de Scipion, se posa en chef de file de ceux que la présence d'Hannibal à la tête du plus populaire parti politique de Carthage obsédait. Malgré le prestige de Scipion l'Africain, qui déclara que Rome n'avait pas à intervenir dans les affaires intérieures de Carthage puisque celle-ci était à la fois vaincue et alliée, les fougueuses harangues de Caton furent entendues et le sénat romain imposa au gouvernement carthaginois la destitution d'Hannibal.

— Puisqu'il en est ainsi, confia-t-il à ses proches, puisque Rome a jugé que j'étais indésirable même à Carthage, je me retire des affaires publiques et je rentre chez moi à Marthama. Ce n'est pas le moment de provoquer Rome. Soyons plutôt heureux que ce Caton et ses amis politiques hostiles à Scipion n'aient pas exigé et obtenu une chose plus grave que ma destitution.

— Tu crois qu'ils voulaient que tu fusses livré à Rome ? s'indigna Gereshmoun, élu suffète à la fin de l'hiver et entré en fonction au premier jour du printemps, en compagnie d'un autre sénateur du clan Barca. C'eût été aller contre les termes du traité !

— Beaucoup de Romains n'ont que faire des termes des traités ! Ils sont passés maîtres depuis longtemps dans l'art de les détourner et de les violer. Mieux vaut ne pas compromettre le relèvement de notre cité. Je le répète, mon départ est aujourd'hui nécessaire. La vie enseigne la patience aux natures les plus impétueuses et je préfère courber l'échine en attendant des jours meilleurs. Que Rome aille donc s'enferrer dans sa guerre d'Orient ! Et prions les dieux qu'Antiochos et Philippe comprennent à quel genre d'ennemi ils auront affaire. Prions les dieux qu'ils réussissent là où Carthage a échoué, car s'il n'en était pas ainsi, le dernier espoir de briser les ambitions intolérables de Rome s'évanouirait à jamais.

Dès le lendemain, le palais Barca de la rue de Déméter, au cœur de Byrsa, retrouva le calme absolu qu'une année et quelques mois avaient rompu, brève parenthèse de vie dans le cours de silence que le destin semblait avoir voué à ses murs.

12.

Émissaire secrète

En s'installant dans son domaine de Marthama, en Byzacène, Hannibal n'avait pas l'intention de se retirer du monde, mais seulement de se placer, pour l'instant, en retrait. Il y disposait de près de six mille hommes qui vivaient depuis Zama dans l'ancien camp militaire où il avait tant bien que mal préparé son armée avant d'entrer en campagne contre Scipion. Quand, suivi des trois cents soldats qui campaient depuis près de deux ans dans ses jardins de Carthage, il apparut à Marthama dans sa cape écarlate à franges d'or des triomphes d'italie, ce fut parmi le gros de la troupe une explosion de joie qui fit palpiter en lui une fibre d'émotion qu'il n'eût pas imaginée si puissante encore, après tant de malheurs et d'illusions perdues. Il était étonné que l'amertume, causée autant par ses déboires militaires que par le comportement de ses concitoyens, pût encore se dissiper devant la dévotion que lui portaient ses vieux soldats. Quelques officiers avaient continué pendant tout ce temps à les encadrer et à les entraîner, les occupant aussi à des tâches agricoles afin de soulager les gens et les esclaves du domaine qui avaient ordre de les nourrir et de les entretenir. Quel que fût leur attachement, Hannibal ne voulait pas prendre le risque qu'une oisiveté forcée les poussât à quelque soulèvement qui mettrait en péril le nouvel équilibre des institutions.

— As-tu lu le traité de Magon l'Agronome, demanda un

jour Hannibal à l'un des intendants, car je viens d'en terminer la lecture.

— Oui, Faveur de Ba'al, je l'ai lu.

— L'as-tu lu avec attention ?

— Oui, Faveur de Ba'al, je le crois.

— N'as-tu pas remarqué ce qu'il écrit sur notre région de Byzacène ? Il prétend que le sol et le climat seraient beaucoup plus propices aux arbres qu'aux céréales. Qu'en penses-tu ?

— Le blé et l'orge viennent très bien sur tes terres, maître. La dernière récolte a donné près de cent grains de blé pour un semé !

— Oui, fit Hannibal en hochant la tête d'un air admiratif. Cette année est trop exceptionnelle pour servir d'exemple probant. Le ciel nous a envoyé beaucoup de chaleur mais aussi plus de pluie que de coutume.

— Le domaine de Marthama est réputé pour son rendement dans toute la Byzacène, maître. Tu ne peux l'ignorer.

— Je ne l'ignore pas... J'ai pourtant examiné les quelques parcelles plantées d'oliviers. Les arbres y sont magnifiques, beaucoup plus vigoureux qu'ailleurs dans le pays. Carthage, depuis la signature du traité avec Rome, doit songer à s'accommoder d'une situation commerciale moins avantageuse et à mettre en valeur son sol avec encore plus de rigueur et de science que par le passé. Nous pouvons améliorer nos cultures, produire en plus grande quantité et faire du territoire qui nous est laissé un immense jardin de prospérité. La divine Déméter soit remerciée des ressources qu'elle nous autorise !

— Je devine que tu as en tête quelque projet, Faveur de Ba'al.

— Magon l'Agronome conseille de planter l'olivier entre l'équinoxe d'automne et le solstice d'hiver. En attendant le mois de tisri, nous allons faire l'inventaire des terrains les plus secs et les plus argileux du domaine. En ces endroits, nous remplacerons les céréales par l'olivier. Ailleurs, rassure-toi, nous n'abandonnerons pas le blé et l'orge !

Les chaleurs de l'été, beaucoup plus fortes en Byzacène qu'à Carthage, indisposèrent Sibboleth. À la fin du mois d'abu, son ventre devenu énorme tendait toujours à la fois vers le haut et vers le bas tout en s'élargissant de part et d'autre, persistant à ne pas privilégier une direction qui pût permettre de laisser deviner si elle portait fille ou garçon. Elle fut prise de contractions violentes et de douleurs qui alarmèrent Abdeshmoun, car elle se tordait sur son lit en gémissant, incapable de trouver une position qui la soulageât.

— Ne sois pas si inquiet, mon fils, dit Hannibal. Je suis né ici, moi aussi, et ma mère Arishatbal n'eut d'autre assistance que celle d'une vieille servante pour me mettre au monde.

Sur ses conseils, Abdeshmoun fit cependant apprêter un char à deux chevaux et se rendit au grand galop à Hadrumète quérir le meilleur médecin de toute la Byzacène, car ceux parmi les soldats rescapés qui étaient instruits en médecine connaissaient mieux les blessures de guerre et les amputations que les soins à prodiguer aux parturientes.

Il changea de chevaux à Hadrumète pour ne pas perdre de temps au retour, ramenant avec lui sur son char un médecin d'origine grecque et une sage-femme qui pénétrèrent couverts de poussière dans le palais.

— Vite ! s'exclama Abdeshmoun. Suivez-moi...

Ils coururent dans le corridor jusqu'à la porte de la chambre. Dans l'embrasure se tenait Hannibal, le visage fermé.

— Je vous attendais, dit-il. Entrez, mes médecins militaires et la vieille sage-femme du domaine ont dû intervenir en hâte... Mais toi, mon fils, reste ici avec moi.

— Il s'est passé quelque chose ? Réponds-moi, père, mais parle donc !

Abdeshmoun essaya de contourner Hannibal mais celui-ci le saisit avec fermeté, l'entraînant dans le jardin. Il se débattait et ses yeux lançaient des éclairs de violence, tandis qu'il répétait en criant :

— Mais pourquoi les médecins de l'armée ? pourquoi ces bouchers autour de ma Sibboleth ?

Hannibal lui passa un bras autour des épaules et l'attira contre sa poitrine.

— Il faut maintenant sauver Sibboleth, dit-il avec une grave lenteur.

Alors que le garçon, dans une grimace de désespoir, allait lui échapper en tentant un brusque mouvement, il le retint avec force.

— Elle a perdu beaucoup de sang, elle est très faible... Tu dois être courageux, mon fils, et accepter le destin. Gad n'a pas été bienveillant, nous n'y pouvons rien.

— Non ! cria Abdeshmoun dans un sanglot rauque. Non ! tes paroles annoncent une chose plus funeste ! Tu n'as pas parlé de l'enfant.

— Prions les dieux de sauver ton épouse, mon fils, afin qu'elle puisse dans l'avenir porter la vie jusqu'à son terme. L'enfant, un garçon, n'a pas survécu. L'un de mes médecins prétend qu'il n'est pas resté assez longtemps dans le ventre de sa mère et que, trop faible, il n'a pas résisté aux efforts de la mise au monde.

Cette explication si froide et brutale sembla assommer Abdeshmoun, qui se laissa glisser contre Hannibal jusqu'à tomber à genoux, le visage tourné vers le sol. Il sortit un instant de cet abattement pour lancer vers le ciel un regard de haine, puis se recroquevilla pour pleurer, appuyé contre une jambe d'Hannibal qu'il entourait de ses deux bras comme le tronc d'un arbre. Entre deux sanglots, il murmurait « c'était un fils ! », et son chagrin ne s'en trouvait que plus profond.

— Je comprends ta peine, elle me rappelle une fois encore ma propre souffrance. En nous arrachant un père puis un fils, les dieux nous ont-ils voués à connaître les mêmes malheurs ? M'ont-ils placé auprès de toi en ces deux instants terribles pour te consoler, ou pour raviver ma douleur ?

Debout et immobile, Abdeshmoun à ses pieds, Hannibal sentait remonter en lui le souvenir cruel de la mort de son fils. Il avait la conviction intime qu'il fallait parler, combler le silence, mais que de simples paroles de consolation seraient vaines. Il ne se rendit pas compte qu'il était incapable d'évoquer ses souvenirs les plus personnels sans les noyer dans le flot des événements qui jalonnaient l'Histoire.

— C'était il y a presque vingt ans, commença-t-il. J'étais le maître de notre royaume d'Espagne et aussi celui, malgré six mille stades qui m'en séparaient, de Carthage où mon beau-frère Bomilcar dirigeait en mon nom le clan Barca.

Sagonte, cité située entre le Sucro et l'Èbre, cherchait querelle à la tribu celtibère des Turbolètes qui avait rejoint l'alliance punique peu avant la mort d'Asdrubal le Beau. En vertu du traité de l'Èbre conclu entre Asdrubal et Rome, elle appartenait à notre zone d'influence. En dépit de ce traité, Rome s'est livrée à de basses intrigues pour devenir l'alliée de Sagonte, mais nous ne répondîmes pas à cette première provocation. Je vis cependant dans l'agression contre les Turbolètes la main occulte de certains patres romains acharnés contre Carthage malgré la paix qui nous liait. C'était une deuxième provocation de Rome, mais cette fois, je ne pouvais abandonner nos amis turbolètes aux attaques d'une cité où des membres du parti procarthaginois avaient été mystérieusement assassinés. À la Nouvelle Carthage, la princesse Imilcée portait notre enfant, et je me sentais plus fort, je me croyais invulnérable. Je fis route vers Sagonte à la tête de mes troupes, avec la ferme intention d'en avoir fini avant la naissance, car j'espérais que notre seule approche suffirait à rétablir l'ordre. Hélas ! escomptant l'appui de son lointain et puissant allié, le gouvernement de cette cité refusa d'entendre raison. Je dus me résoudre à assiéger ses redoutables remparts. Trois mois passèrent. J'appris la naissance de mon fils, que j'appelai Amilcar l'Ibère. Cela me remplit d'une ardeur nouvelle, mais mon armée ne parvenait toujours pas à forcer les murs sagontins. Deux mois passèrent encore, lorsqu'un messager venu de la Nouvelle Carthage m'annonça que mon fils avait été foudroyé par une violente fièvre.

Abdeshmoun se remit alors à bouger. Avec des gestes lents, pénibles, il se releva et prit Hannibal par le poignet.

— Continue à me parler, père, dit-il, crispant les mâchoires pour ravaler son émotion. Tes paroles endorment un peu cette peine immense que nous partageons et je me sens moins seul pour la combattre et la dominer.

— À la mort de mon fis, je tentai d'étourdir mon chagrin par un redoublement de violence contre la résistance de l'ennemi, me lançant à corps perdu dans le siège de Sagonte. Ironie du destin, j'y récoltai une mauvaise blessure à la jambe, qui faillit s'infecter et m'empoisonner. Je plongeai quelques jours dans une fièvre qui consumait ma raison et mes forces, entre la vie et la mort. Quand je perçus à nouveau le monde qui m'entourait, le bon Sosylos me rappela l'enseignement qu'il s'était efforcé de me transmettre depuis mon enfance et qu'il tenait de Cléanthe et de Chrysippe, ses maîtres du Portique d'Athènes. Aujourd'hui encore, et plus que jamais, cet enseignement de la secte du Portique m'aide à accepter les mauvais coups de Gad. « Marche avec le destin, me disait Sosylos, suis-le sans te montrer récalcitrant sur le chemin qu'il t'a tracé, car quand bien même voudrais-tu t'y opposer que tu devrais finalement le suivre. » Sosylos m'a appris à méditer les revers de fortune. Il m'a forcé dès mon plus jeune âge à me rendre familières les possibles attaques du Destin, afin de m'y préparer. « Sinon, m'expliquait-il, lorsque ne manquera pas d'advenir la cause d'un grand chagrin, tu seras désemparé, car aucun remède ne guérira ta douleur. » Aussi ai-je grandi dans la méditation des premiers vers, qu'il ne cessait de me déclamer, de l'*Oreste* d'Euripide. Ces vers que prononce Électre, je les prononce au moins une fois par jour depuis la mort de mon fils : « Il n'est aucune parole si terrible, il n'est aucune cruauté du Destin, aucune calamité envoyée par la colère divine que la nature humaine ne puisse supporter. »

Abdeshmoun comprit que la douleur d'Hannibal était d'autant plus vive que jamais plus, par la suite, la princesse Imilcée n'avait pu lui redonner d'enfant. Le peu de temps passé à la Nouvelle Carthage avant le début de l'expédition d'Italie n'avait pas suffi à lui accorder cette faveur des dieux. Et aujourd'hui, bien qu'Imilcée fût encore en âge de porter la vie, leur union restait inféconde.

Aussitôt prévenus du malheur, Thanubra et Bodastaroth quittèrent Carthage et prirent le premier cargo pour Thapsus qui, à leur demande, fit escale à Marthama. Thanubra, chancelante, livide et vêtue d'une robe vermillon, eut besoin du secours de Bodastaroth tout au long de l'étroit chemin qui montait de la plage au palais, où tout le monde portait aussi des vêtements rouge vif en signe de deuil. Sibboleth n'avait pas recouvré ses forces et reposait dans sa chambre, veillée jour et nuit par Abdeshmoun, la princesse Imilcée et Batnoam qui se relayaient à son chevet. Une pâleur macabre décolorait ses traits et, quand on lui annonça l'arrivée de sa mère, elle ne bougea pas, comme si elle voulait ignorer sa présence. Elle resta inerte et les yeux clos quand elle sentit Thanubra l'entourer de ses bras en scandant une longue succession de soupirs et de gémissements.

— Il faut la laisser, murmura Imilcée. Elle ne veut écouter personne, pas même Abdeshmoun. Contente-toi, comme nous, de lui offrir le soutien muet des larmes de ton cœur, et de prier les dieux qu'ils nous aident à surmonter cette épreuve.

Thanubra relâcha son emprise, s'inclina devant Imilcée en baisant le bas de sa robe, puis s'éloigna en courant. Ses mains enserraient sa tête dans un geste tourmenté qui marquait sa profonde détresse. Jusqu'au jour des obsèques, le repos l'abandonna. Elle errait de la chambre de sa fille à celle où gisait le corps de son petit-fils. Elle hantait comme une ombre infernale ces lieux de tourment, et l'obsession de la malédiction resurgissait, tenace et lancinante, de ses ténèbres intérieures.

Dans le palais accablé par le deuil, Hannibal fit rendre les honneurs militaires à l'enfant défunt. Pendant que les soldats défilaient devant la dépouille en déployant les trophées d'Italie, il se replongea dans sa méditation familière sur l'implacable destin qui poursuivait les Barca depuis trente ans, jusqu'à attaquer sans pitié la nouvelle famille qui se formait sur les cendres de tant de morts. Au septième jour suivant la mortelle naissance, l'on se rendit à Hadrumète dans le temple de Tanit dont Mélika, celle des sœurs d'Hannibal qui avait autrefois épousé Asdrubal le Beau avant qu'il partît pour l'Espagne, était la grande prêtresse. Mélika présida au rituel de la crémation du petit corps. Dans le temple tendu de draps teints du rouge de la mort et qui embaumait de mille senteurs d'herbes fortes, s'élevaient prières et incantations. Elle se saisit du minuscule cadavre et le présenta au feu du brasier, tandis qu'un prêtre lui adjoignait la dépouille d'un agneau que l'on venait de sacrifier. Elle tourna autour de Sibboleth et d'Abdeshmoun dans de grands mouvements de bras, les levant haut vers le ciel puis les abaissant presque jusqu'au sol, jusqu'à ce que le feu eût fait son œuvre. Abdeshmoun et Hannibal s'approchèrent ensuite pour recueillir les restes calcinés de l'enfant et de l'agneau mêlés, et les déposèrent dans une urne qu'ils placèrent sur l'autel, devant Mélika qui prononça des paroles sacrées.

— Ô féconde déesse, accepte le corps de cet enfant et le sacrifice de l'agneau. Prends sous ta toute-puissante protection le destin d'Abdeshmoun et de Sibboleth. Que le malheur qu'ils ont partagé ne soit pas stérile et que ta bienveillance leur accorde pour l'avenir le bonheur de nombreuses naissances.

Deux prêtres saisirent l'urne encore chaude et suivirent Mélika vers le jardin du temple. Là s'étendait le tophet d'Hadrumète, nécropole des enfants morts en bas âge, large espace couvert de ces urnes de pierre posées comme autant de témoignages de douleur et d'espoir. Devant certaines d'entre elles étaient plantées des stèles gravées du nom de l'enfant disparu, du nom de son père, parfois aussi de sa mère, et d'une prière à Dame Tanit.

Les efforts d'Hannibal pour intégrer ce deuil au destin des Barca donnèrent à Abdeshmoun et à Thanubra le courage de lutter contre l'accablement. Subir une fatalité qui atteignait l'homme le plus illustre de la terre semblait les transporter au-dessus de la douleur commune et leur insuffler la force du détachement. Mais Sibboleth demeura de longs mois frappée d'une langueur morbide et d'une intricatissime mélancolie. Elle ne s'animait que pour invectiver le nom de sa mère, revenue à Carthage au lendemain des obsèques. Elle ne pouvait s'empêcher de la rendre responsable de tous ses maux, et Hannibal lui-même devait renoncer à lui faire entendre raison.

Durant tout l'automne qui suivit, Hannibal dirigea lui-même les grands travaux de plantation qu'il avait prévus. Ses soldats retournèrent le sol non seulement des champs de céréales destinés à l'olivier mais aussi de terres sèches jusqu'ici incultes, coteaux encore sauvages ou vastes étendues plates. Bien que leur cité dépendît de Carthage, les suffètes et les assemblées d'Hadrumète possédaient d'importants pouvoirs pour gérer la région à leur guise. Ils se mirent d'accord avec Hannibal pour que sa troupe s'employât, au cours des années à venir et une fois son travail terminé à Marthama, à le poursuivre à travers toute la Byzacène.

— Dans une dizaine d'années, la Byzacène sera la région la plus riche en olives, dit Hannibal avec satisfaction. Le seul domaine de Marthama pourra presque suffire aux besoins du pays tout entier.

— Crois-tu que l'Orient sera un marché accueillant pour l'huile punique ? interrogea Abdeshmoun.

— Même Rome, avec tous les territoires qu'elle contrôle aujourd'hui, aura besoin de cette huile ! (Peu de temps après les obsèques de l'enfant, des émissaires dévoués à Hannibal avaient débarqué sur la plage de Marthama : c'était officiel et proclamé, Rome venait de déclarer la guerre à Philippe de Macédoine et activait ses préparatifs pour ce nouveau conflit. Ce que l'on avait pressenti au moment de la destitution d'Hannibal deux mois plus tôt était donc avéré.) L'Italie ne produit guère, elle ne peut pas à la fois se battre et travailler aux champs ! Si, comme je l'espère, elle s'enlise dans le conflit contre Philippe, elle se tournera vers notre production.

Ce nouvel engagement belliqueux de la République romaine incitait Hannibal à se tenir plus que jamais au courant des nouvelles de Grèce et d'Orient. Loin de la vie politique ou de Carthage, plus loin encore du théâtre où se jouait désormais l'Histoire, il en savait autant que les plus hauts responsables du gouvernement. Quand il n'était pas avec ses soldats, il occupait chaque matinée à étudier l'évolution des choses. Il s'enfermait avec pour seul interlocuteur la statuette d'Héraclès-Melqart, déployait des cartes et écrivait des pages auxquelles personne, pas même Abdeshmoun, n'avait accès. À l'époque de son occupation de l'Italie, il avait parié sur son alliance avec Philippe pour étouffer la puissance romaine en la pressant sur tous les fronts. Mais Philippe s'était montré un allié peu fiable, incapable de menacer l'Italie sur sa côte orientale, et Hannibal en avait conçu quelque rancœur. Depuis qu'il avait conclu la paix avec Rome, le Macédonien avait tourné ses ambitions vers les cités grecques et le royaume d'Attale de Pergame, trouvant en Antiochos de Syrie un complice pour se partager tout ce qui n'était pas sous influence romaine : « À Rome l'Occident, songeait-il, à Antiochos l'Orient jusqu'à l'Indus, à moi la Grèce, les îles et les détroits de la Propontide. » Hannibal était tenté de croire que seul le partage de la riche Égypte aurait pu troubler leur entente, tout en s'étonnant qu'Antiochos n'aidât pas Philippe avec plus d'empressement dans sa lutte contre Rome. Car le sénat craignait par-dessus tout l'affirmation de ces deux empires, préférant l'existence d'une multitude d'États rivaux et garants de la précellence romaine. Par animosité contre Rome, Hannibal argumentait malgré tout en faveur de la politique hasardeuse de Philippe.

— Philippe n'a pas hélas ! l'envergure qu'exigerait sa politique, expliqua-t-il un soir au dîner. Je ne crois pas qu'il veuille soumettre Athènes et les autres cités grecques par seul esprit de conquête, mais parce qu'il a compris qu'en les réunissant sous son autorité il empêchera Rome de s'y installer et de jeter les bases d'une expansion qui deviendrait irréversible.

— En agissant ainsi, demanda Abdeshmoun, n'a-t-il pas plutôt poussé Rome à entrer en guerre ?

— Rome n'avait aucune obligation d'intervenir, car elle n'est l'alliée d'aucune de ces cités et Philippe n'a aucune intention de menacer l'Italie. En déclarant la guerre à Philippe, les patres de la Curia Hostilia apportent ainsi la preuve éclatante que tout, pour Rome, est prétexte à engager un conflit. Au nom du droit, qu'elle invoque quand cela sert ses intérêts, son action n'a d'autre guide que l'ambition insatiable d'asservir les peuples.

Comme à l'accoutumée quand il entrait dans ce genre de discours, Hannibal s'échauffait au fil des phrases, oubliant tous les préceptes de maîtrise de soi enseignés par le sage Sosylos. Le calme qu'il affichait au début de ses commentaires disparaissait à mesure que montait l'inévitable diatribe contre l'oligarchie militaire romaine, source de tous les malheurs du monde. À la fin, sa voix grondait comme un roulement de tonnerre, sans jamais se départir de sa grave tonalité.

La guerre commença donc dans les premiers mois de la cent quarante-cinquième olympiade, ce qui équivalait dans le calendrier punique à l'an 614 depuis la fondation de Carthage par la divine Elissa. La première année de combats, l'armée romaine ne parvint pas à faire la différence, tant sur terre que sur mer. À Marthama, Hannibal jubilait, presque étonné que Philippe opposât une si féroce résistance. Dans le même temps, Antiochos de Syrie consolidait ses conquêtes en Orient, annexant à l'Égypte la Phénicie et la Palestine. Tyr et Jérusalem étaient entre ses mains.

Au printemps suivant, Sibboleth fut prise d'un sentiment de bonheur mêlé d'une terrible inquiétude, car elle se rendit compte que son ventre annonçait, enfin et à nouveau, une naissance. Mais elle ne montra rien de ce qu'elle ressentait, observant les vieux conseils de Thanubra et continuant de présenter un visage mélancolique que l'on attribuait à la pérennité de son chagrin. Elle ne partageait ce doux et angoissant secret qu'avec les masques protecteurs qui ornaient les murs de la chambre et dont les affreuses grimaces, tant elle en connaissait le dessin, lui paraissaient des sourires bienveillants. Elle fut même soulagée que sa mère prît la soudaine décision de se rendre à Alexandrie pour toute la saison maritime, afin d'y rencontrer en personne les marchands d'Égypte avec qui elle traitait. Sibboleth fut cependant fort étonnée quand elle apprit qu'Abdeshmoun serait du voyage. Mais passé quelques jours de tristesse, elle se dit qu'ainsi elle ne serait pas tentée de dévoiler son secret à son époux. Elle calculait que s'ils revenaient à la fin de l'été ou au tout début du mois de tisri, ils auraient la surprise de découvrir l'enfant. « Si par malheur Gad continue de me persécuter, pensait-elle, ils n'en sauront rien, car Hannibal et la princesse Imilcée garderont avec moi le secret de cette fatalité. »

Thanubra et Abdeshmoun embarquèrent sur l'*Hillesbal* par un beau matin de printemps. On venait alors d'apprendre que Rome envoyait contre Philippe des renforts conduits par le nouveau consul Flamininus, qui avait tenté en vain de négocier avec le Macédonien, car Rome exigeait trop pour que celui-ci cédât à la proposition de paix.

La cargaison était composée pêle-mêle de salaisons et de pourpre à destination de Cyrène, de coffres et de multiples objets en bois précieux dont on raffolait à Alexandrie, de parfums et de bijoux aussi, de vaisselle courante en céramique dont le petit peuple appréciait les prix modestes partout autour de la Méditerranée. L'Égypte, dénuée de forêts, n'avait pas seulement besoin de bois, brut ou travaillé, mais de poix et de goudron. Le cargo de Thanubra emportait enfin des chevaux, car maintenant que le traité avec Rome restreignait la puissance de son armée, Carthage allait tirer profit, en les exportant, des chevaux qu'elle élevait en surnombre.

Thanubra espérait que ce voyage serait une libération. Elle priait pour que l'éloignement rompît le sceau de la malédiction et lui rendît au retour l'amour de sa fille. Elle tâchait dans ses longues conversations avec Abdeshmoun, tandis que l'*Hillesbal* cinglait vers l'Orient, de se persuader qu'elle était heureuse de cette fuite vers des cieux inconnus. Alexandrie ! la seule évocation de ce nom exerçait sur les esprits une fascination sans égale. Alexandrie ! fondée cent trente ans plus tôt par Alexandre de Macédoine et construite par la famille Ptolémée, elle était devenue en peu de temps le plus grand port de la Méditerranée avec Carthage. Le long règne de Ptolémée Philadelphe en avait fait le centre d'échanges le plus animé du bassin oriental, et la cité la plus riche en artistes de toutes disciplines. Fille du monde grec, Alexandrie n'était pas l'émanation de l'Égypte séculaire mais la porte somptueuse qui s'ouvrait sur ses trésors. Elle n'était pas la capitale du pays mais la résidence du roi, avec son immense palais couvrant le tiers de son étendue. Son opulence étincelait cependant aux yeux du monde comme le reflet de la prospérité égyptienne. Elle attisait les convoitises de la dynastie séleucide de Syrie et celles du royaume de Macédoine, chacun prétendant agir au nom de la légitimité qu'était censée lui conférer l'héritage d'Alexandre. Son phare gigantesque, dont les feux nocturnes portaient à près de trois cents stades, venait d'être terminé deux ans plus tôt et tous les marins et voyageurs en rapportaient le souvenir émerveillé. Ils vantaient, selon leur milieu et leurs goûts, la monumentale bibliothèque, orgueil de la ville, le musée, l'étrange jardin rempli d'animaux sauvages de toutes espèces, les murs d'albâtre du palais, les parcs aux larges allées bordées d'arbres et aux imposantes fontaines en marbre de Paros, les temples consacrés aux dieux de la terre entière et les synagogues du quartier juif, les mausolées aux luxueuses décorations et parmi lesquels on ne devait pas manquer le plus prestigieux de tous, celui d'Alexandre le Grand. D'autres parlaient plutôt des rues, des places et des marchés grouillant jour et nuit d'une population plus bavarde et plus bigarrée encore qu'à Carthage. Plus nombreuse aussi de cinquante mille habitants, puisqu'on estimait qu'elle approchait les trois cent mille, chiffre que certains Carthaginois contestaient comme s'il s'agissait d'un affront. D'autres n'étaient intéressés que par les gymnases, les palestres et les thermes, les jeux et les tavernes du port, les spectacles, les danseuses nues et les adolescents qui s'offraient avec le sourire pour quelques pièces, sans que personne encourût la moindre réprobation.

C'est vers cette cité si différente de Carthage et si excitante pour l'imagination que voguaient la belle Thanubra et Abdeshmoun.

Quand ils revinrent au déclin de l'été, Sibboleth n'en pouvait plus de les attendre, car elle serrait dans ses bras depuis quinze jours un superbe petit garçon à qui elle avait naturellement donné le nom du père d'Abdeshmoun, Iddibal.

— Nous sommes déjà au mois d'elul, disait-elle, agitée et impatiente, ayant fait enfin passer sa mélancolie sous l'empire de l'oubli. Mais que font-ils ? Ils ne sont pas pressés de venir t'admirer ! Ont-ils beaucoup mieux à faire à Alexandrie, cette ville de perdition et de débauche ?

Elle s'en plaignait à la princesse Imilcée qui la rassurait avec tendresse, tandis qu'Hannibal riait aux éclats.

— Tu connais assez ta mère et ton mari pour être sûre qu'ils ne mangent pas de ce pain-là, affirma-t-il. Alexandrie a mauvaise réputation, mais on trouve tout à Carthage, même si certaines choses sont plus cachées... Alors ce n'est pas la peine d'aller si loin pour se vautrer dans la débauche et dans le stupre ! Non, crois-moi, ils ont eu de quoi occuper leurs journées, non pour leur plaisir mais pour le bien de Carthage.

L'*Hillesbal* était chargé de bière égyptienne, la plus réputée en raison du savoir-faire des brasseurs du royaume, et de papier de papyrus, principale production de l'Égypte où les plantations couvraient des domaines entiers. À peine coupées, les tiges fraîches de la plante étaient aussitôt convoyées vers des fabriques installées dans les villes et les villages alentour, sous contrôle sévère de l'administration royale. De nombreux artisans s'activaient à découper le cœur de la tige en fines bandelettes qu'ils apposaient perpendiculairement les unes aux autres. Il suffisait de les mouiller pour les faire adhérer, et former ainsi des feuilles que l'on séchait puis que l'on triait selon leur qualité, avant de les polir ou de les marteler afin qu'elles offrissent à l'utilisateur la surface la plus plane possible. Les rouleaux de papier prêts à l'usage étaient ensuite expédiés vers les marchands qui en distribuaient la vente auprès des détaillants égyptiens ou vers le port d'Alexandrie, d'où ils partiraient pour toutes les villes de la Méditerranée. À Carthage, une partie des rouleaux fournissaient les échoppes où on les vendait ainsi, vierges, pour la consommation des particuliers. Une autre partie allait vers les bibliothèques de la ville dont les ateliers copiaient et recopiaient sans relâche ouvrages nouveaux et ouvrages abîmés. La dernière partie allait vers les ateliers privés où travaillaient de petits artisans libres et des esclaves copiant sous la dictée des œuvres de toutes sortes destinées aux rayons des libraires.

Thanubra et son équipage rapportaient aussi des plantes aromatiques pour la fabrication des parfums, fleurs séchées de Cyrène, encens et myrrhe d'Arabie, des tissus d'Orient parmi lesquels la fameuse soie d'au-delà de l'Indus, ainsi que des coffres remplis d'objets de luxe, verrerie de Sidon plus appréciée que celle d'Égypte, ou bijoux qui faisaient concurrence à ceux des joailliers puniques mais que l'on revendrait aussi, beaucoup plus cher, aux courtisans de Massinissa, qui en étaient avides. La haine contre le roi numide et la place de celui-ci dans le camp des vainqueurs n'empêchaient pas que Carthage pût encore écouler sa marchandise à Cirta.

— Réjouis-toi, dit Bodastaroth en accueillant son épouse sur le quai du cothon, ta fille Sibboleth t'a donné un petit-fils pendant ton absence.

Les yeux du colosse dévoraient la belle Thanubra, exprimant mille fois plus que tous les mots d'amour empesés et maladroits qui tournoyaient dans sa tête comme des bourdons hésitant autour d'une fleur, et qu'il préférait ne pas prononcer. Il ne voyait pas que l'armatrice avait soudain vieilli, comme si ce long voyage l'avait fait basculer sur cette autre pente de la vie qu'elle avait pourtant si longtemps reculée. Elle allait vers ses quarante-deux ans, et sur son visage amaigri par la fatigue de la traversée, les rides qu'elle redoutait tant marquaient ses yeux et sa bouche. La chair de ses joues semblait s'être affaissée d'un mouvement brutal et sans pitié. La racine grisonnante de ses longs cheveux montrait qu'elle ne les avait pas teints depuis près de deux décades.

— Les vents étaient contraires depuis Cyrène, expliqua-t-elle comme si elle n'avait pas relevé la nouvelle de la naissance. J'ai bien cru que ce voyage n'en finirait jamais ! Je n'ai qu'une hâte : me plonger dans le bain et y rester des heures !

De se sentir poisseuse et moins belle, elle fuyait les effusions et les contacts, seulement pressée de rentrer chez elle, se contentant de donner des directives à son comptable et à Mazérès qui, derrière l'étal, lui faisaient fête. Abdeshmoun sauta à son tour sur le quai, sale et le visage barbu.

— Je ne t'aurais pas reconnu si je n'avais su que c'était toi ! plaisanta le colosse. Salut à toi, heureux père !

— Que me chantes-tu là ?

— La stricte vérité, mon garçon ! Un petit Iddibal t'est né au domaine de Marthama...

— Mais Sibboleth ne m'avait rien dit !

— Elle n'avait rien dit à personne, et elle a même caché son état à Hannibal et à Imilcée aussi longtemps que la nature le lui a permis. C'est ta propre mère Batnoam qui un jour, alors que tu étais parti depuis déjà plus d'un mois, s'est étonnée, mais a gardé elle aussi le secret tant qu'elle a pu.

— Nous partirons demain matin pour Marthama, décida alors Thanubra, qui rejeta sur ses cheveux et la moitié du visage le voile de son himation.

Ils prirent le chemin de la rue du Levant, suivis par deux matelots qui portaient les bagages de l'armatrice. Bodastaroth et Abdeshmoun marchaient devant, et quand ils parvinrent à la maison, ils s'aperçurent que Thanubra avait disparu. Ils n'avaient pas remarqué qu'elle avait profité de leur conversation passionnée pour se laisser distancer et changer de rue. Tandis que Bodastaroth éperdu imaginait le pire et menaçait d'une mort terrible celui qui l'avait enlevée, Thanubra pénétrait sans bruit, sans que personne pût la reconnaître, dans le sanctuaire d'Elissa afin d'y offrir un sacrifice. Prosternée devant la statue de la divine princesse qu'elle vénérait plus qu'aucun autre dieu, elle pleurait son bonheur et sa reconnaissance en l'implorant de protéger Sibboleth et le petit garçon qui lui était né. Quand plus tard elle entra chez elle, Aryana et le vieux Sarchos tombèrent à ses pieds, essuyant leurs larmes de joie avec le bas de sa tunique. Thanubra tourna un moment dans toutes les pièces, saisissant et déplaçant des objets, s'affalant sur les coussins de son lit en poussant des soupirs de satisfaction, pendant que les esclaves apportaient la baignoire en cèdre dans la chambre et la remplissaient d'eau chaude. Ce n'est qu'après son bain, le corps parfumé et les cheveux sauvages, qu'elle entendit la voix effondrée de Bodastaroth et d'Abdeshmoun dans l'escalier.

— Nous avons perdu Thanubra ! se lamentait le colosse.

Comme les esclaves ne comprenaient pas de quoi il s'agissait et provoquaient la colère de son époux, elle apparut, resplendissante dans un voile phénicien, et l'entraîna vers sa chambre en éclatant de rire, laissant Abdeshmoun qui s'éclipsa interloqué au palais de Megara.

— Je ne comprends pas, fit Bodastaroth dans un souffle. La naissance de ton petit-fils ne t'inspire pas même un mot !

— Je t'en supplie, répondit-elle. Accordez-moi tous, sans rien dire et sans me haïr, la faveur de ce silence. Je compte sur ton amour pour savoir expliquer à Abdeshmoun dans quelle peur me tiennent les paroles de joie. Dis-lui qu'il m'est impossible de parler d'un si grand bonheur tant j'ai peur que mes mots le brisent.

En guise de réponse, Bodastaroth la serra contre lui avec la conscience plus aiguë que jamais de n'avoir point été trompé par le Destin en vouant à cette femme un amour sans partage.

Elle passa ensuite tout ce qui restait de l'après-midi à retrouver ses onguents, ses masques de beauté et ses miroirs, ordonnant à Mazérès de quérir Abdeshmoun, Batnaamat, Aris et leurs deux fils pour le dîner, et bousculant Aryana pour qu'elle s'attelât sans tarder à la cuisine.

— Nous attendions votre retour pour aller rendre visite à Sibboleth et à l'enfant, dit Batnaamat. Mon pauvre Abdeshmoun ! comme vous avez dû me détester de n'être pas allée aux obsèques de votre premier-né, mais j'avais tant de peine pour vous deux l'année dernière que je ne savais comment l'exprimer. Alors quand le messager d'Hannibal nous a prévenus de la naissance d'Iddibal, j'ai remercié Tanit comme s'il s'agissait de mon propre enfant. J'étais si heureuse que ce bonheur vous soit enfin accordé.

— C'est bien vrai que nous prenons le bateau demain matin, grand-mère ? interrogea le jeune Naamel, qui avait cinq ans.

— Oui, c'est vrai, sourit Thanubra. Et le soir vous verrez le petit garçon de Sibboleth.

— Je n'ai jamais pris le bateau, murmura Naamel.

— Eh bien il était temps ! s'esclaffa Bodastaroth. Un Carthaginois qui n'a jamais pris le bateau n'est pas encore un vrai Carthaginois !

Sur quoi il avala une large rasade de vin, refusant obstinément de goûter à la bière d'Égypte qu'Abdeshmoun lui tendait en riant.

— Nous verrons aussi Hannibal ? demanda Hillesbal, âgé maintenant de sept ans. Notre père dit que...

— Oui, mon fils, tu verras aussi Hannibal qui se repose dans son domaine, coupa sèchement Aris.

Il se tourna vers sa belle-mère et prit aussitôt un ton enjoué :

— Tu ne nous as pas parlé encore de ton voyage, mère ? ni toi Abdeshmoun ? Alexandrie est-elle si extraordinaire qu'elle vous coupe la parole ?

Les deux voyageurs évoquèrent longuement la grande métropole, répondant avec emphase à toutes les questions, offrant au milieu du repas les cadeaux que l'on rapporte toujours lorsqu'on revient de l'étranger.

— Mais ces coupes de verre sont phéniciennes ? s'étonna Aris.

— Oui, fit Abdeshmoun qui avait rasé sa barbe dans l'après-midi. Nous les avons achetées à des marchands carthaginois qui vivent à Alexandrie. Il y a tout près du quartier juif un îlot de maisons et de boutiques où n'habitent que des compatriotes. Ils font un commerce exclusif entre Alexandrie et les Phéniciens de Tyr et de Sidon.

— J'ai préféré les objets des artisans sidoniens à ceux

fabriqués en Égypte, renchérit Thanubra. Et ils ne coûtaient pas plus cher !

— Sais-tu, mère, dit Aris d'un air mystérieux, que quelqu'un du port prétend t'avoir vue à Tyr au début du mois d'iyar ?

— À Tyr ? s'exclama Thanubra dont l'art du maquillage avait presque réduit à néant les outrages du voyage. À Tyr ? c'est impensable ! Abdeshmoun ne m'a pas quittée d'un pas pendant ces cinq mois. Mais ce qui serait plus grave, c'est que la belle Thanubra ait une rivale en Phénicie !

Toute la tablée se mit à rire, sauf Aris qui parut perplexe et tout déconfit, et qu'Abdeshmoun observa d'un œil méfiant.

Le lendemain matin, après que Thanubra se fut rendue dès l'aube au sanctuaire de la divine Elissa pour lui offir dans le secret un nouveau sacrifice, tous embarquèrent sur un cargo en partance pour Hadrumète, sauf Aris que retenaient ses obligations de lieutenant des vigiles. Du cothon de la capitale de la Byzacène, d'autres bateaux marchands faisaient voile vers les cités du Sud, de Thapsus à Sabratha. Chacun avait toujours quinze ou vingt places pour les voyageurs. Le capitaine de l'un d'entre eux accepta de déposer Thanubra et sa famille sur la plage de Marthama, comme au moment du deuil. Sur la terrasse du palais, Sibboleth bavardait avec la princesse Imilcée et la mère d'Abdeshmoun qui tenait son petit-fils dans ses bras, quand elle repéra en contrebas la masse reconnaissable de Bodastaroth, identifiant du même coup le petit groupe qu'une barque amenait sur le rivage. Elle descendit en hâte de la terrasse en poussant de petits cris, courut à travers le jardin jusqu'au chemin qui conduisait à la plage, et se jeta dans les bras d'Abdeshmoun.

— Te revoilà enfin, mon bien-aimé, souffla-telle dans son oreille. Viens vite voir le cadeau que ta Sibboleth, avec le secours des dieux, a préparé pour ton retour !

Elle embrassa sa mère furtivement, prit Abdeshmoun par la main et l'entraîna vers le palais. La princesse et Batnoam, qui tenait toujours l'enfant dans ses bras, marchaient à leur rencontre. Il s'inclina devant Imilcée et lui baisa la robe, mais elle l'invita aussitôt à se relever. Il semblait fasciné par le petit visage tout rond de son fils et n'osait le prendre des mains de Batnoam, effleurant sa peau du bout des doigts comme s'il craignait de le blesser.

— Mais ne sois donc pas si hésitant, mon fils ! dit Batnoam en souriant. C'est toi il y a tout juste vingt et un ans !

Il se résolut enfin à saisir l'enfant et, le soulevant soudain à bout de bras, il poussa un cri de victoire. Quand ce fut le tour de la belle Thanubra de porter le petit Iddibal, tous furent soulevés d'émotion, car des larmes silencieuses baignaient ses yeux et criaient, plus fort que les mots, son incommensurable bonheur.

Hannibal ne parut qu'à la nuit tombée. Il revenait avec un groupe de cavaliers d'un petit domaine qu'il possédait plus au sud, dans le port de Mahdia où quelques-uns des bateaux de commerce de la famille Barca avaient leur point d'attache. C'étaient surtout des cargos qui assuraient la liaison avec Sabratha. Ils y déchargeaient des poteries, des tissus multicolores et mille objets sans valeur de l'artisanat punique, que les caravanes du désert emportaient vers le cœur fabuleux de l'Afrique. Ils rapportaient de l'or et de l'ivoire, du bois précieux et des escarboucles dont les Carthaginois prisaient la couleur rouge, des peaux meilleur marché que celles des nombreuses bêtes sauvages qui parcouraient le territoire de Carthage : panthères et lions dont on préférait crucifier quelques-uns pour éloigner les autres des troupeaux, antilopes trop difficiles à capturer et éléphants auxquels, malgré la récente interdiction de les dresser, l'on se sentait encore lié comme par un pacte secret entre vieux alliés. Les bateaux transportaient enfin des esclaves que l'on revendrait aussi bien à Carthage que dans toute l'Europe.

Au cours du repas, Thanubra et Abdeshmoun répétèrent pour leurs hôtes ce qu'ils avaient expliqué la veille, mais, dès qu'ils eurent mangé, Hannibal ordonna à Imilcée, Batnoam et Sibboleth de regagner leurs appartements, interdisant aussi aux intendants et aux esclaves de pénétrer dans la salle à manger. L'on s'exécuta sans tarder et sans se poser de questions, Hannibal étant coutumier de ce genre d'ordres péremptoires.

— Seul notre ami Bodastaroth, commença-t-il, ignore pourquoi nous sommes réunis ce soir tous les quatre. J'ai décidé de le mettre, lui seul, dans notre confidence. Il faut donc que tu saches tout de suite, Bodastaroth, que Thanubra et Abdeshmoun n'ont pas fait voile vers Alexandrie seulement dans un but commercial. Pour tout le monde, il s'agissait d'un éloignement dicté par les impératifs du commerce. Rien après tout n'empêchait Thanubra, négociante et armatrice, de partir avec son gendre vers de nouveaux démarchages dans un pays où les affaires puniques peuvent encore prospérer. Mais en réalité, j'ai moi-même instigué ce voyage. Le bateau est resté à Alexandrie avec Abdeshmoun, tandis que Thanubra a prétexté auprès de l'équipage qu'elle allait à l'intérieur du pays comparer les prix des différents produits avec ceux du port. Mais elle se rendit à Péluse, par voie de terre pour ne pas attirer l'attention, car on aurait pu la reconnaître si elle avait directement embarqué à Alexandrie. Elle traversa donc le delta du Nil et prit à Péluse un bateau pour Tyr, n'emmenant avec elle qu'un esclave sourd et muet qu'elle faisait passer pour son mari. Elle était elle-même habillée en marchande du petit peuple, d'un vêtement sans couleur en drap grossier et trop commun pour être remarqué.

— À Tyr ? marmonna Bodastaroth. Mais pourquoi ? pourquoi s'y rendre en secret ?

— Parce que ma route ne s'arrêtait pas là ! dit Thanubra.

L'étonnement du colosse semblait amuser Abdeshmoun qui ne cessait de lui lancer des regards narquois, comme s'il voulait lui suggérer qu'il n'avait pas fini d'être étonné.

— J'avais pour mission de rencontrer le roi Antiochos le Grand, troisième du nom, à Antioche sa capitale, poursuivit Thanubra. Tu as devant toi l'émissaire secrète d'Hannibal Barca auprès de celui dont la nouvelle puissance en Orient fait trembler de crainte les Romains !

— Émissaire secrète ? toi, ma belle Thanubra ? Il fallait y penser, dit le colosse en hochant la tête, admiratif, à l'adresse d'Hannibal qui paraissait impatient.

— Il est temps maintenant de nous révéler les conclusions de ton entretien avec Antiochos. Quelles sont ses intentions ?

— Le roi a écouté le message dont tu m'avais chargée avec la plus extrême attention, paraissant flatté que le fameux Hannibal prenne contact avec lui. S'il n'a pas daigné aider

Philippe contre Rome, c'est qu'il prétend profiter de ses démêlés pour conquérir et annexer les cités et les ports de Cilicie, de Pamphylie et de Lycie. Il espère même que Philippe résistera à Rome le plus longtemps possible afin de menacer Rhodes, monter jusqu'à Éphèse et même jusqu'à Abydos sur le détroit qui sépare l'Asie de la Thrace.

— Ainsi donc, commenta Hannibal en passant une main dans sa barbe, Antiochos se sert de Philippe. Leur traité d'alliance n'était qu'un leurre dans son esprit.

— Oui, continua Thanubra. Il m'a clairement laissé entendre que Philippe serait sacrifié à l'unité de l'empire d'Alexandre rebâti par lui, Antiochos le Séleucide, et seulement par lui, car il s'en estime le seul héritier.

— Mais l'empire comprenait aussi la Macédoine ? Que compte-t-il faire quand Rome s'en sera emparé ?

— Antiochos croit que la force de son empire asiatique suffira à dissuader les Romains et qu'il parviendra à un accord avec eux sur le partage du monde. Sinon, ce sera la guerre...

— À la bonne heure ! fit Hannibal. Tu me donnes là la meilleure nouvelle qui soit ! Si Philippe résiste encore un an ou deux, cela permet en effet au Séleucide d'asseoir sa puissance en Asie, de l'Indus jusqu'à la Propontide, sans être inquiété. Après quoi nous connaissons assez Rome pour savoir qu'elle ne tolérera pas l'ambition d'Antiochos. Elle lui demandera des concessions exorbitantes. Ma seule crainte était qu'il ne négociât et refusât de faire la guerre. Tu viens de me l'ôter, belle Thanubra. Tout cela est bon pour Carthage, car si les légions, loin de se borner à parcourir la Macédoine et la Grèce, s'enfoncent en Asie, elles ne seront pas près d'en sortir, ce qui relâchera la surveillance qui pèse sur nous.

— Je dois encore ajouter qu'Antiochos n'a pas tari d'éloges sur tes victoires d'Italie, qui ont retenti jusqu'au bout du monde. Une alliance avec toi ne serait pas pour lui déplaire, et il m'a confié qu'il serait prêt à aider Carthage à rejouer un rôle digne de son prestigieux passé.

— Qu'aucune indiscrétion ne filtre de nos paroles, conclut Hannibal. Prenons patience et gardons espoir, car l'heure de reprendre en main les opérations approche à grands pas.

13.

L'assassinat

De retour à Carthage, Thanubra se rendit bientôt compte que des soupçons pesaient sur elle. Elle avait l'impression que des bruits et des chuchotements la poursuivaient partout où elle allait, comme si des informations avaient réussi à exsuder du secret de sa mission.

— Tu n'as pourtant parlé à personne ? demanda Bodastaroth.

— À personne, je le jure devant la divine Elissa. Mais à Carthage, les murs ont des oreilles et des bouches. Tu crois ne rien dire, pourtant les secrets les traversent et prennent corps malgré toi.

— Qui sait plutôt si on ne t'a pas vue à Tyr et si des choses n'ont pas été répétées ? J'ai jugé bon de me taire jusqu'à présent, mais je pense beaucoup à la question que t'a posée ton gendre Aris, l'autre jour...

— Aris plaisantait ! s'exclama Thanubra, voulant d'un large geste de la main balayer tous les doutes.

— Étrange plaisanterie de la part d'un homme qui ne plaisante guère ! Je préfère dire : étrange coïncidence...

Thanubra plongea ses grands yeux dans ceux de son colosse d'époux. Elle pourtant si soupçonneuse avait du mal à lier quelqu'un de sa famille, malgré le peu d'affinités qu'elle entretenait avec Aris, à ces bruits qu'elle croyait entendre. Elle n'imaginait pas qu'elle pût courir un quelconque risque d'avoir été aperçue à Tyr. Les commérages circulant dans son dos l'ennuyaient, mais en l'espèce elle n'en mesurait pas la portée ni le danger véritables, même si elle comprenait parfaitement le sens de la mission qu'elle venait d'accomplir. Hannibal lui avait commandé de se taire, elle obéissait.

Ils s'en tinrent là et n'en reparlèrent plus. Cependant, quelque temps plus tard, le jour du marché aux esclaves qui se tenait une fois par mois sur la Grande Place, Bodastaroth crut reconnaître de dos la silhouette d'Aris en conversation animée au milieu d'un groupe d'hommes. Ils discutaient tout en regardant la marchandise humaine qu'un Syrien à la voix criarde mettait aux enchères. Le colosse était trop conscient de son incapacité à se dissimuler dans la foule pour chercher à passer inaperçu. Aussi s'avança-t-il d'un air très naturel, s'arrêtant à chaque marchand et paraissant intéressé ici par de rudes Gaulois très appréciés dans les travaux de force, là par de vaillantes négresses habituées dans leur pays à travailler un sol sec et rebelle aux cultures.

— Regarde-moi ça ! dit un marchand punique qui avait fait fortune avec la vente d'esclaves. Viens donc tâter ces jambes et ces bras ! C'est exactement ce qu'il te faut à l'arsenal, Bodastaroth !

Le maître charpentier entra dans le cercle et palpa d'une main de connaisseur les muscles saillants de quatre jeunes gens, puis leur remonta la lèvre supérieure.

— Les dents ne sont pas encore gâtées ! prévint le marchand. Tu vois que je ne raconte pas d'histoires.

Bodastaroth hocha la tête, tout en surveillant Aris qui lui tournait toujours le dos à une trentaine de pas.

— Dommage que l'arsenal n'ait plus autant d'activité ! fit-il avec un air de sincère dépit. Il y a quelques années, je t'achetais le lot sans hésiter.

Il ne prit pas la peine d'écouter la repartie du marchand car Aris quittait la Grande Place et s'éloignait vers l'une des rues qui montaient à Byrsa. L'un des hommes avec lequel il venait de converser l'accompagnait. Le colosse passa derrière les autres qui n'avaient pas encore bougé, surprenant quelques lambeaux de phrases murmurées et sans apparente importance. Mais avant qu'il les eût dépassés, les noms d'Hannibal et d'Antiochos sonnèrent assez distinctement à ses oreilles pour l'encourager à fendre la foule et se remettre dans les pas d'Aris. Sa haute taille lui donnait au moins l'avantage de voir loin au-dessus des têtes et de garder l'œil sur le gendre de Thanubra. Il le suivit dans l'enceinte de Byrsa jusqu'au temple d'Eshmoun dont il franchit le seuil. Il y avait là des prêtres et des hommes venus prier ou faire des sacrifices, mais Aris ne se dirigeait pas vers les salles consacrées au culte. Il s'en écarta au contraire et emprunta un escalier qui descendait sur la droite et débouchait dans un corridor désert. Bodastaroth attendit un instant avant de s'y engager d'une allure décidée. Les sandales d'Aris et de son compagnon claquaient sur les dalles de marbre et les mots qu'ils échangeaient à voix basse se perdaient dans la pénombre du vestibule, n'atteignant Bodastaroth qu'en un inintelligible chuintement. Le colosse avançait sans un bruit, évitant de s'attarder contre les pans de mur où brûlaient des torches. Une porte se referma au bout du vestibule et plus un son ne lui parvint. Il craignit tout à coup d'être découvert par un gardien du temple faisant sa ronde, par un prêtre ou un barbier sacré se rendant dans quelque salle souterraine. Mais c'était plus fort que lui. L'idée que Thanubra fût en danger à cause de ce voyage chez Antiochos l'obsédait et il était maintenant persuadé qu'Aris lui fournirait des preuves. Ce n'était donc pas le moment d'abandonner. À petits pas, il se rapprocha de cette porte qui protégeait peut-être l'inavouable et la poussa, doucement. Il fut dans un autre corridor qui le mena à une autre porte entrebâillée. Des mots très clairs montèrent jusqu'à lui.

— Il faut s'attendre à ce qu'Hannibal revienne à Carthage un jour ou l'autre, disait Aris. La guerre de Rome contre Philippe fait ses délices et ses contacts avec Antiochos, dont je n'ai pas encore, hélas ! la teneur exacte, laissent supposer qu'il a soif de revanche. Cela passe par son retour dans la vie publique.

— Il faut que tu décèles au plus vite ses intentions, dit une voix en laquelle Bodastaroth crut reconnaître le verbe un peu chevrotant du grand kohen Abdelim.

— Oui, continua une autre voix qui le fit sursauter, car c'était sans aucun doute possible celle d'Asdrubal le Chevreau, chef du parti des oligarques. Il nous faut savoir à tout prix ! Son retour à la politique risquerait de ruiner toutes nos affaires. Imagine un peu qu'il mette le nez dans la gestion du Trésor public ! Ba'al Hammon en soit loué, il n'a pas eu le temps de fouiller tout cela à l'époque du traité avec Rome.

— Tu mesures bien le rôle que tu joues ! reprit Abdelim. Nous savons qu'il est difficile, mais notre parti te le rendra au centuple.

Après avoir jeté vers la porte du corridor la torche murale la plus proche pour éloigner cette source de lumière, Bodastaroth se recula et se colla contre le mur dans un renfoncement devant lequel était érigée une statue d'Eshmoun. Il était ainsi dans la pénombre, protégé par le corps du dieu, et put voir sortir Aris, seul. Avant que celui-ci ait rejoint l'escalier qui remontait vers le parvis du temple, il arriva à sa hauteur et l'empoigna d'une main puissante, le plaquant contre le mur en le bâillonnant de l'autre main.

— Sois bien sage, mon petit Aris, fit-il sans élever la voix. Bien sage ! à moins que tu ne veuilles prendre le risque que ta tête cogne un peu trop fort contre le mur...

Il relâcha la pression sur la bouche d'Aris et le laissa reprendre son souffle tout en maintenant un de ses bras solidement enserré dans sa poigne de fer. Il aurait pu le briser sans effort, tant la violence qu'il retenait était capable de décupler une force déjà hors du commun.

— Que veux-tu, mais que veux-tu donc ? balbutia Aris.

— Figure-toi que j'ai entendu ta conversation avec Abdelim et Asdrubal le Chevreau !

— Mais que faisais-tu ici ? Tu m'as suivi...

— En toute simplicité...

— Tu n'as rien compris ! Quelles conclusions peux-tu tirer de quelques bribes de phrases surprises à travers une porte ! Ne sois pas stupide, Bodastaroth...

— Je ne dirai rien...

— À la bonne heure !...

— Je ne dirai rien à Thanubra, pour ne pas l'inquiéter.

— Tu ne diras rien à personne ! supplia Aris, vite ramené au silence par la main du colosse.

— Il va falloir rendre des comptes à Hannibal. Comment peux-tu espérer que je garderai le silence quand tu trahis ta famille et notre protecteur ?

Il desserra son étreinte et libéra Aris qui retint sa respiration, sans oser le moindre mouvement, se demandant quel sort le colosse lui réservait. Il se demandait aussi par quel moyen Bodastaroth ferait passer le message à Hannibal. Se rendrait-il lui-même à Marthama ou enverrait-il quelqu'un ? À cheval, on pouvait quitter Carthage sur-le-champ. En revanche, l'heure avancée de l'après-midi interdisait que l'on prît le bateau avant le lendemain à l'aube. Il fallait agir vite. Mais le colosse ricana soudain en plissant la bouche, comme s'il avait lu dans le crâne d'Aris toutes ses pensées.

— Tu peux partir et préparer ta défense. À ta place, je me ferais beaucoup de souci ! Je crois cependant que si tu es sincère avec Hannibal, il te pardonnera par bienveillance envers la fille de Thanubra. Rejoins-moi ce soir à l'arsenal, nous partirons ensemble, à cheval, pour Marthama.

Il laissa là le lieutenant des vigiles prostré et frissonnant, remonta sur le parvis du temple et emprunta les soixante marches qui descendaient vers la rue du Levant. Aris savait que Bodastaroth resterait discret et hésita un moment. Devait-il cacher à ses amis la mésaventure de l'après-midi et se rendre à Hannibal en espérant sa clémence ? Il trahirait alors le clan d'Asdrubal le Chevreau pour qui il œuvrait dans l'ombre depuis l'inattendue sympathie qu'Hannibal avait manifestée pour Thanubra dès son retour à Carthage. En trahissant ses puissants maîtres, il s'exposait à de graves représailles. Il évalua en hâte qui du clan d'Hannibal ou du clan oligarchique ménagerait le mieux sa sécurité et sa situation. Asdrubal le Chevreau et ses fidèles avaient repris le contrôle de la cité sitôt Hannibal rentré dans ses terres. Ils tenaient tous les rouages du gouvernement. Le départ d'Hannibal avait affaibli le clan des démocrates. Le risque de se retrouver alliés de fait avec les fanatiques religieux entravait leur action politique. Asdrubal et les siens jouaient habilement de ces scrupules, conscients que Gereshmoun et le clan Barca les préféraient à Akboram et à sa clique, comme on supporte un moindre mal par crainte de l'abjection totale. Quand il fut à son tour sur le parvis du temple d'où Bodastaroth avait disparu, Aris avait fait son choix.

— Je dois aller à Marthama, dit Bodastaroth à Thanubra. Je chevaucherai de nuit, c'est urgent.

— Tu me préviens juste à l'heure de partir ? s'étonna-t-elle.

— Un émissaire d'Hannibal est venu me trouver à l'arsenal. Je ne sais même pas de quoi il s'agit. Mais tu connais Hannibal et ses décisions imprévisibles !

Elle sourit et il la pressa contre elle. Dehors, les crieurs annonçaient l'heure de la prière du soir. Les deux époux desserrèrent leur étreinte, se lavèrent les mains dans la cuvette qu'Aryana veillait à toujours laisser impeccable sur la table de la chambre et récitèrent devant le petit autel domestique les phrases rituelles. Puis ils dînèrent tous les deux d'un canard rôti, d'un plat de pois et de fromage de chèvre fortement aillé, tandis que tombait la nuit.

— Dans trois jours au plus je serai de retour, dit le colosse.

Il embrassa Thanubra, s'enveloppa d'un manteau et prit une sacoche de cuir remplie de quelques objets personnels, dont une tunique propre et le poignard que lui avait offert la princesse Imilcée pour son mariage. Le soir d'automne était doux, malgré l'air humide qui montait de la mer et collait à la peau. On finissait d'allumer les lampes à huile au coin des rues qui se vidaient. La plupart des gens rentraient pour prier, manger et se coucher. Les derniers livreurs d'eau tirant leurs bourricots se hâtaient, tandis que les boutiquiers rangeaient leurs devantures. Bodastaroth suivit la rue du Levant, jusqu'au rempart de Mer qu'il longea d'un pas ample et silencieux. Il passa devant une série d'entrepôts fermés maintenant jusqu'à l'aube et s'arrêta à mi-chemin du port militaire, à la hauteur d'un loueur de chevaux de ses amis. Il emprunta deux montures qu'il tira vers l'arsenal. Un homme sortit de l'ombre, habillé comme un marchand et le visage dissimulé. Personne n'aurait reconnu Aris.

— Me voilà, fit-il à voix basse.

Sans un mot, le colosse l'invita à enfourcher le moins robuste des chevaux. Ils contournèrent le port circulaire, rejoignirent la rue des Suffètes et franchirent bientôt la porte du Midi, où la reconnaissance par les gardes de la silhouette de Bodastaroth leur servit de laissez-passer.

Ils chevauchaient côte à côte sur la langue de sable qui s'étendait vers le sud. À leur gauche, la noirceur profonde de la mer était zébrée de crêtes argentées sous la pleine lune. À droite, le lac laissait deviner ses petits plis de mousse et au loin vacillaient, fragiles dans le vent nocturne, les torches des remparts de Tunês.

— Crois-tu que nous trouverons une barque pour traverser ? demanda Aris.

— Nous réveillerons des pêcheurs s'il le faut, répondit Bodastaroth, mais crois-moi, nous passerons et nous serons demain avant midi à Marthama.

Leur course s'interrompit à l'endroit où la mer et le lac unissent leurs eaux. De nombreux baraquements de pêcheurs recouvrent la faible hauteur des talus sablonneux qui permettent de rester à l'abri des tempêtes. Quand la mer et le vent déchaînent leur colère, on y traîne même les frêles embarcations de pêche pour les soustraire à l'appétence des flots ravageurs. Ce soir, barques et radeaux étaient à peine accrochés au bord de l'eau, tant il faisait calme et doux. On n'aurait entendu que le frémissement des vaguelettes léchant le bois, n'eût été le bruit feutré d'une conversation montant de derrière une petite dune. Ils mirent pied à terre, laissèrent leurs chevaux près du rivage et marchèrent vers les voix. Autour des braises mourantes d'un feu sur lequel grillaient encore quelques belles tranches de thon, cinq hommes les accueillirent avec ce sens de l'hospitalité et du partage propre à l'honneur des gens pauvres.

— Mais n'est-ce pas le célèbre Bodastaroth, l'illustre vainqueur des jeux d'Olympie ? fit l'un d'eux en se levant. Sois le bienvenu, toi qui terrassas les Grecs à la lutte et au pancrace ! Soyez les bienvenus, toi et ton compagnon.

— Je vous salue et remercie les dieux de vous trouver éveillés à cette heure, répondit le colosse en reniflant l'odeur alléchante du poisson. Mon ami et moi devons traverser le plus tôt possible avec nos chevaux. Voilà pour vous cinq !

Il tendit à l'homme cinq pièces valant chacune une mine d'argent, une somme que les pêcheurs ne rapportaient chez eux qu'après plusieurs jours de dur travail. L'inconnu fit tinter le métal blanc dans sa main en sifflant de plaisir et distribua les pièces à ses compagnons.

— À ce prix-là, vainqueur d'Olympie, nous te menons jusqu'à Sabratha si tu le veux ! s'exclama-t-il. Mais tiens ! avant de partir, vous me goûterez tous les deux ce thon grillé. Vous ne partirez pas le ventre creux.

Aris fit signe qu'il n'avait pas faim, mais Bodastaroth était prêt à perdre quelques instants dès lors qu'il s'agissait de manger.

— Tu ne vas pas vexer nos hôtes ! dit-il à Aris.

L'homme leur servit aussitôt les tranches qui restaient dans des écuelles de céramique grossière et leur proposa une sauce à l'ail dont le colosse raffolait trop pour s'en priver. Il en enduisit son poisson au point que celui-ci disparaissait dessous.

— Tu n'en veux pas ?

— Non, répondit Aris entre ses dents. Je préfère le thon sans ail.

Bodastaroth fut seul aussi à boire le vin que le pêcheur lui offrait, à même l'amphore. Puis il se leva et ordonna le départ. Son ombre immense sous le disque de la lune ouvrait la marche vers les chevaux et les bateaux. Les radeaux échoués sur le rivage servaient au passage des marchandises et du bétail, mais il était fort rare que cela eût lieu de nuit. Bodastaroth fit monter lui-même les bêtes sur le radeau et les maintint au centre avec l'aide d'Aris, tandis que quatre pêcheurs munis de rames se plaçaient deux par deux de part et d'autre, le cinquième restant debout à l'arrière en maniant une longue perche qui s'enfonçait dans les eaux sombres. Le radeau s'éloigna lentement au rythme des rames qui heurtaient sans bruit la surface. Tout œil à l'affût sur le rivage aurait rapidement perdu sa trace dans la nuit, car la lune, même ronde et blanche, n'éclaire distinctement que dans un faible rayon autour de soi. La visibilité était ainsi excellente sur le radeau lui-même.

Soudain le colosse, qui se trouvait entre les deux chevaux, vacilla et manqua tomber, comme étourdi.

— Tu ne vas pas bien ? s'enquit aussitôt Aris qui était à l'avant du radeau.

Bodastaroth ne répondit pas et, s'appuyant aux chevaux, se redressa. Il ne comprenait pas pourquoi son corps le lâchait ainsi, pourquoi sa volonté était impuissante à le maîtriser, pourquoi ses jambes se dérobaient sous lui. Jamais cela ne lui était arrivé auparavant. « Ce que j'ai bu ce soir n'est pas le douzième de ce que je suis capable d'avaler avec les amis de la taverne », réfléchit-il. C'est alors que la lumière se fit dans sa grosse tête engourdie. « C'est Aris ! pensa-t-il. Il m'a tendu un piège pour me tuer. Ces pêcheurs ne sont pas plus pêcheurs que moi et ils nous attendaient. Ce vin était empoisonné ! Cette sauce était empoisonnée aussi ! Ce chien n'en a pas mangé et il n'a pas voulu de vin... » En même temps qu'il recomposait les événements tels qu'il en imaginait les dessous, cette idée qu'Aris avait ourdi ce traquenard lui paraissait absurde. Que quelqu'un en voulût à sa vie lui paraissait tellement grotesque, tellement irréel ! L'image de Thanubra lui traversa l'esprit et le ramena à son idée première. Il sortit son poignard du sac qu'il portait en bandoulière et tenta de se ruer sur Aris. Mais à peine avait-il ébauché son mouvement que l'un des pêcheurs s'était déjà glissé entre les deux chevaux pour lui assener un violent coup de rame sur le dos, manquant de peu la tête. La rame se rompit tant était fort le coup mais, loin d'être à genoux, le colosse en hurlant jaillit de sa torpeur, retrouva sa vigueur, repoussa les chevaux qui tombèrent à l'eau en hennissant d'effroi, si brusquement que le radeau tangua, se balança, malgré tous les efforts de l'homme de l'arrière s'arc-boutant sur sa perche. Bodastaroth debout sous la lune avança vers Aris, le poignard menaçant, quand une rame encore se brisa sur ses os dans un craquement sec qui eût tué un bœuf. Le colosse en furie fit un tour sur lui-même et saisit par un bras le rameur stupéfait de cette volte-face. Il l'attira à lui, le repoussa comme s'il se jouait de sa résistance et l'envoya contre l'homme à la perche qui fut entraîné avec lui hors du radeau. À cet instant, le colosse sentit, dans son dos encore, une douleur fulgurante et exhala un cri rauque des tréfonds de sa gorge. Il n'eut pas le temps de se retourner que la douleur se replanta à gauche et à droite, tout près des reins. Voyant qu'il accusait un instant de faiblesse, le premier rameur qui l'avait frappé se rua sur lui tandis qu'un autre se préparait à écraser sa rame sur sa nuque. Bodastaroth leva son bras droit, celui qui était armé, pour amortir le choc de la rame, retint contre lui l'autre homme et le plaça comme un bouclier en se tournant enfin vers Aris dont le poignard trois fois assassin dégoulinait d'un sang que bleuissait la lune.

— Honte à toi, Aris ! rugit Bodastaroth en serrant contre lui la tête de l'homme qui gémit et en faisant osciller lentement le poignard d'Imilcée. Je vais mourir peut-être du poison qui ronge mon corps, mais pas avant de t'avoir étripé de mes mains.

Il serra plus fort la tête qui craqua et poussa l'homme inerte en direction d'Aris comme on ferait d'un mannequin.

— Les jambes ! dit Aris en évitant le cadavre et en s'adressant à un autre de ses complices.

Bodastaroth cette fois reçut le coup de rame derrière les genoux et s'écroula, fauché. Il tombait en lâchant son arme quand Aris se précipita sur lui, son poignard en avant. Le colosse tenta un geste pour l'empoigner mais la lame acérée siffla plus vite qu'il ne pouvait bouger. Dans un souffle à la fois de terreur et de haine, Aris, les yeux exorbités, lui trancha la gorge d'une entaille profonde et mortelle. Le sang chaud gicla, inondant l'assassin et sa victime. Aris resta un moment pétrifié puis se recula en tremblant, comme s'il craignait que ce corps énorme gisant à ses pieds et se vidant comme un animal que l'on a saigné ne fût encore capable de se relever pour une ultime et fatale étreinte.

On n'apprit la nouvelle de l'assassinat que le lendemain dans le milieu de la matinée. Aris avait tout prévu pendant les quelques heures que Bodastaroth lui avait laissées la veille. Il avait envoyé des comparses acquis comme lui à la cause du parti d'Asdrubal le Chevreau et des oligarques et prêts à n'importe quel crime. Déguisés en pêcheurs, ils avaient caché chevaux et tenues de vigiles à l'abri des curieux entre Carthage et Tunês, avant de traverser le lac en barque et d'installer un petit feu amical pour la grillade du soir en attendant leur chef et leur proie. Ils savaient qu'il serait facile d'emprunter sans même le demander un des nombreux radeaux échoués sur la plage jusqu'au matin. Dès qu'ils eurent commis leur forfait, ils regagnèrent leurs chevaux en emmenant le cadavre de leur compagnon tué par la main du colosse. Aris inventerait une histoire d'accident au cours de la mission nocturne qu'ils étaient censés avoir effectuée autour de Tunês. Ils changèrent de vêtements et apparurent à la porte du Couchant avant le lever du jour.

Dans Carthage, ce fut la consternation. Sa gloire sportive autant que sa silhouette unique avaient fait de Bodastaroth une figure aussi connue que les personnages les plus en vue de la cité. Personne ne comprenait ce qui avait pu se passer et la rumeur se répandit d'un crime crapuleux et inexplicable. Thanubra, d'abord abasourdie et effondrée, ne crut à la mort de son deuxième mari que lorsqu'elle vit sa dépouille ensanglantée amenée devant son comptoir sur une charrette. Elle lança alors vers le ciel des cris de lamentation que la foule silencieuse et hébétée entendit soudain se muer en imprécations. Thanubra se tenait la tête des deux mains, et sa bouche tordue, torturée, grimaçante, épanchait des horreurs et des mots sacrilèges. Comme quatre ans plus tôt quand elle était l'objet de tant de médisances, elle jetait publiquement son venin sur la population et les dieux de Carthage qu'elle rendait responsables de tous ses maux. On l'eût dite possédée, touchée par la démence, et même si son malheur plaidait pour ses excès, les paroles qu'elle prononça glacèrent d'effroi ceux qui l'écoutaient. Puis, passé le moment de stupeur, la foule commença à murmurer et à l'insulter, jusqu'à ce qu'elle s'affaissât lentement contre une roue de la charrette, épuisée et baignée de larmes. On était allé quérir sa fille Batnaamat qui la trouva recroquevillée au pied du véhicule, refusant d'écouter les paroles de réconfort et de compassion de quelques-uns de ses amis du port. Aris survint avec ses vigiles pour disperser les gens.

— Mère ! dit-il d'un ton éploré, nous découvrirons le coupable, je te le promets. Il faut que tu rentres et que tu te reposes, je m'occupe de tout.

— Il faut prévenir ma fille Sibboleth ! murmura-t-elle d'une voix accablée. Elle l'avait adopté comme s'il était son père... Et il faut prévenir Hannibal...

— J'envoie quelqu'un à Marthama, mère, ne te soucie pas de cela. Batnaamat et Mazérès ! ramenez-la chez elle à présent. Mes hommes transporteront le corps, le laveront et le changeront avant de le déposer sur son lit de mort...

Hannibal quitta sa retraite pour les funérailles. Il avait

tenu à ce que toute la famille l'accompagnât. Le plus désespéré était Abdeshmoun. La certitude, si ancrée en lui, que Bodastaroth était indestructible s'effondrait, le plongeant dans le désarroi, comme un enfant qui prend conscience avec horreur que rien ne dure en ce monde. La pompe funèbre fut grandiose, digne d'un suffète ou d'un général, du temple de Ba'al Hammon à la nécropole où Hannibal prononça l'éloge du défunt, « héros de la patrie, fameux dans toute la Grèce pour ses exploits d'Olympie, à la fois un fils et un frère ». Thanubra, le visage dur et l'allure impériale, ne joignit pas un son au concert des pleureuses, affichant une discrétion absolue qui contrastait avec la démesure de son désespoir et de sa colère. Elle accepta néanmoins de fuir Carthage pour plusieurs mois de deuil et passa la fin de l'automne et l'hiver tout entier à Marthama auprès de Sibboleth, d'Abdeshmoun et du petit Iddibal. Jamais elle ne se plaignait. Elle attendait la nuit comme un baume mystérieux, car tous les morts de sa vie venaient alors défiler devant ses yeux grands ouverts, avant de visiter ses rêves.

Aris, Batnaamat et leurs deux fils séjournèrent deux fois à Marthama durant cette période.

— L'enquête ne donne toujours rien malgré tous nos efforts, se désolait Aris. Le coupable est sans doute à Carthage, mais nous n'arrivons pas à déterminer le mobile du crime.

— Je ne peux pas admettre qu'un homme seul ait tué Bodastaroth, affirmait Abdeshmoun qui ne cessait de remuer ses souvenirs, revoyant le colosse régnant sur le sable de la palestre ou déployant ses larges épaules dans le quartier du port.

— Nous n'avons que peu d'indices, reprenait Aris. Ce jour-là, il a été aperçu au marché aux esclaves et sur le parvis du temple d'Eshmoun, mais cela n'avait rien d'exceptionnel. Et à la nuit tombée, on sait qu'il est allé chercher deux chevaux chez un loueur du rempart de Mer et qu'il a quitté la ville par la porte du Midi en compagnie d'un homme que personne n'a réussi à identifier. Ensuite, plus rien, sinon que l'on a retrouvé les deux chevaux sur le lieu du crime !

— Depuis le début de l'enquête, dit soudain Thanubra lors de la deuxième visite, j'ai omis volontairement d'indiquer que Bodastaroth m'avait confié quelques mots avant de partir.

Aris eut un mouvement de nervosité que l'on prit pour de l'irritation.

— Parle, dit Hannibal.

— Il m'a indiqué qu'il devait impérativement se rendre à Marthama parce que tu lui en avais envoyé l'ordre...

— ... Est-ce vrai, Hannibal ? demanda Aris.

— Cela est vrai, mentit le général après un silence pesant. Bodastaroth devait m'apporter confirmation de certains renseignements.

— Quels renseignements ? Je dois savoir ! Peut-être pourrai-je enfin faire avancer l'enquête...

— Je lui avais demandé, continua Hannibal en s'enfonçant dans le mensonge, de diriger, sans s'en mêler ouvertement, un réseau qui s'infiltrât au cœur du parti fanatique religieux d'Akboram...

— C'est donc bien là qu'il faut chercher, dit Aris en frappant du poing sur la table. Ils auraient découvert les activités de Bodastaroth et l'auraient supprimé !

Aris ne comprenait pas pourquoi Hannibal mentait. Cela le rassurait et l'inquiétait à la fois. « Peut-être qu'il ne ment pas, pensa-t-il ensuite. Peut-être que Bodastaroth devait réellement remplir cette mission et qu'il m'a espionné par hasard. Mais comment être sûr qu'il nourrissait des soupçons contre moi ? Comment être sûr que ces soupçons venaient de lui et que l'idée n'en avait pas germé dans l'esprit d'Hannibal ? »

Quand il fut seul un moment avec Hannibal, Abdeshmoun ne résista pas à la tentation de lui demander pourquoi il avouait seulement aujourd'hui, quatre mois après sa mort, avoir confié cette mission au colosse.

— Parce que tu es pour moi comme mon propre fils, je m'en vais te livrer un secret. Je n'ai envoyé personne chercher Bodastaroth, et je ne lui ai confié aucune mission !

— Mais alors ?

— Alors quoi ! je n'allais pas aux yeux de Thanubra faire passer son époux pour un menteur ! Nous n'apprendrons sans doute jamais la vérité sur cette affaire et la raison pour laquelle Bodastaroth a voulu venir à Marthama ce soir-là restera pour toujours un mystère, à moins d'une intervention des dieux au moment où nous ne nous y attendrons plus...

Pendant ce temps, la poussée romaine des légions de Flamininus mettait à rude épreuve l'armée macédonienne de Philippe qui dut se replier en Thessalie. La confédération d'Étolie, réputée pour son mépris du droit et son goût du pillage, regroupait les cités de la Grèce centrale et venait de passer du côté romain. Quant aux cités de la confédération achéenne du Péloponnèse, ennemies des Étoliens qui les menaçaient vingt-cinq ans plus tôt, elles rompirent elles aussi avec Philippe, qui conservait cependant dans ces régions des forteresses avec leurs garnisons ainsi que de nombreux partisans au sein de la population. Il tenta donc de négocier avec Flamininus et une trêve fut conclue.

— Pourvu que Philippe ait le temps de rassembler ses forces pour le printemps, commenta Hannibal lorsqu'il apprit la nouvelle. Car Flamininus me semble un fieffé rusé !

— Cette trêve n'est pas bonne pour nous ? interrogea Abdeshmoun.

— Elle est bonne à condition que Philippe se prépare ardemment à la reprise de la guerre. Flamininus ne sera plus consul au printemps, mais il compte sur ses nouveaux alliés étoliens et achéens pour persuader le sénat romain de lui laisser la maîtrise totale de la guerre contre Philippe. Pendant ce temps, les deux nouveaux consuls auront fort à faire sur le sol même de l'Italie avec les Gaulois cisalpins et les Ligures qui se soulèvent une fois de plus contre le joug romain.

— Tu es si sûr que la trêve n'aboutira pas à la paix ?

— Tu ne connais donc pas encore les Romains ? fit Hannibal un peu agacé. Ce n'est pas la peine d'être devin comme notre ami Kiddinos pour prévoir que Flamininus veut en découdre avec Philippe coûte que coûte et qu'aucune concession du Macédonien ne sera suffisante pour qu'il décide de se résoudre à la paix avant de l'avoir réduit à l'impuissance. Il faut prier les dieux que les Gaulois et les Macédoniens se battent comme des lions.

— Tu referas alors ton entrée à Carthage ?

Hannibal forma dans sa barbe un sourire évasif et énigmatique.

— Plus que Rome, dit-il, c'est Massinissa qui m'inquiète. Je ne pensais pas qu'il regarderait aussi vite et avec autant d'insistance en direction des territoires puniques. Il a pourtant de quoi s'occuper avec les immensités de terres numides qui s'étendent vers le couchant, par Melqart ! Or voilà qu'il agresse certains de nos villages frontaliers, comme s'il voulait peser notre faculté de riposte ou de soumission.

Pendant toute l'année qui suivit l'assassinat de Bodastaroth, Hannibal manifesta une humeur exécrable. Il guettait de la terrasse quelque messager à cheval ou un bateau faisant voile vers Marthama pour l'informer des événements du monde. Il ne cessait de tourner en rond, les mains derrière le dos, en ruminant des paroles incompréhensibles. Pour se calmer, il récitait des vers d'une voix forte ou bien partait galoper à travers le domaine, à moins qu'il ne proposât à Abdeshmoun de lutter avec lui dans un corps à corps où, malgré ses cinquante ans, il avait encore presque toujours le dessus. Il fit la grimace quand un de ses indicateurs débarqué à Hadrumète lui apprit qu'Antiochos profitait de la guerre en Grèce pour lancer une armée vers l'Hellespont et une flotte au large de la Carie et de l'Ionie.

— Mais ce sont des territoires auxquels prétend Philippe ! s'indigna Abdeshmoun.

— Antiochos n'a aucun sens politique ! s'esclaffa Hannibal. Il n'a rien compris. Il s'imagine qu'il peut tirer profit des difficultés de Philippe pour s'agrandir à ses dépens, alors qu'il fait ainsi le jeu de Rome. Comment lui faire admettre que Rome n'hésitera pas un instant à l'affronter en Asie dès qu'elle en aura décousu avec ses Gaulois et ses Macédoniens !

— C'est donc mauvais pour Carthage ? s'enquit le garçon.

— Peut-être pas, dit Hannibal en essayant en vain de lisser entre ses doigts les poils de sa barbe bouclée. En envahissant les eaux cariennes et ioniennes, Antiochos provoque Rhodes et Pergame, et je ne serais pas étonné que l'une ou l'autre, ou même les deux, implorent sans tarder l'intervention romaine. Rome n'est maintenant pas loin d'entamer cette guerre d'Asie que je prévoyais. Ce sera sa guerre la plus lointaine, la plus incertaine, celle qui me permet dès aujourd'hui de préparer mon retour à Carthage.

Tout en restant à Marthama, Hannibal commença à mobiliser les forces politiques qui soutenaient ses idées. Les deux suffètes en fonction depuis le début du printemps appartenaient au parti des oligarques d'Asdrubal le Chevreau. Au parti Barca, Gereshmoun était un homme prématurément usé par des années de crise qu'il n'avait guère su dominer, et le neveu d'Hannibal, Hannon fils de Bomilcar, avait déçu l'espoir de ceux qui le considéraient comme un possible chef de file. Il en possédait toutes les qualités potentielles : non seulement le sang des Barca coulait dans ses veines, mais il était auréolé de la gloire infrangible des héros d'Italie. Les jeux politiques cependant ne l'intéressaient pas et il préféra se consacrer aux affaires commerciales de la famille, activité moins en vue, plus anonyme. Plus personne enfin n'espérait dans le retour du plus illustre des Carthaginois, bien que le bruit de sa réapparition courût régulièrement dans les rues de la cité. Le parti favorable aux réformes démocratiques ne voyait donc pas son avenir politique avec sérénité.

Quand de sa dernière visite mensuelle à Marthama Gereshmoun rapporta au petit comité qui dirigeait le parti les intentions d'Hannibal, ce fut une explosion de joie.

— Cette fois il n'y a plus de doute, il se présente au suffétat pour le printemps prochain, mais attention ! prévint Gereshmoun. C'est pour l'instant une décision qu'il ne faut pas dévoiler. Vous savez ce que cela signifie ! Nous devons préparer le terrain dans le plus grand secret jusqu'au milieu de l'automne, moment qu'Hannibal a choisi pour revenir et annoncer lui-même qu'il se présentera comme suffète. Il s'agit pour nous de faire germer à nouveau dans Carthage, petit à petit, l'idée que seul Hannibal peut empêcher les débordements de l'oligarchie qui accable le peuple et lui fait supporter, à lui seul, l'impôt de guerre.

La défaite de Philippe face aux Romains ne modifia pas le plan d'Hannibal. Flamininus et ses légions avaient affronté l'armée macédonienne en Thessalie dans les collines qu'on appelait les Kynos Kephalaï, c'est-à-dire les « Têtes de Chien ». Mal informé par ses éclaireurs, Philippe s'y était engagé avec trop de confiance, certain d'une victoire totale. Le déroulement de la bataille fut pour lui une succession d'illusions. Il était trop tard quand il s'aperçut que son armée était prise à revers et que le général romain l'avait berné. Au cours des mois qui suivirent la déroute de Philippe et la paix qu'il signa avec Flamininus, le nouveau roi de Pergame, Eumène, deuxième du nom et qui succédait à son père Attale, fut effrayé de l'avancée d'Antiochos et envoya des ambassadeurs à Rome pour s'en plaindre.

— Dès que quelque chose n'est plus en ordre, ironisa Hannibal, on va désormais pleurer auprès des patres pour dénoncer son voisin et réclamer justice, comme des enfants battus se réfugient dans la tunique de leurs parents !

— Et comme Carthage devra peut-être aller se lamenter à Rome si le voisin numide nous cherche des ennuis, poursuivit Abdeshmoun.

— Tel est le nouvel ordre qui se met en place dans le monde, mon fils. Il n'a pas fallu plus de deux générations pour qu'il éclose et se répande, malgré tous les efforts de mon père puis les miens. Les dieux ont peut-être voulu qu'il en soit ainsi, mais il n'est pas temps encore de m'abandonner à la résignation. Tout n'est peut-être pas joué, et tant que les dieux me laissent l'espoir que je puis agir, l'issue n'est pas inéluctable. Le Destin est inscrit mais il n'est pas toujours ce que la logique et la raison nous laissent entendre. C'est pour cela que je ne me résigne pas ! Qui sait justement si les dieux ne nous poussent pas à suivre une route et à persévérer jusqu'au bout afin de servir leurs desseins que nous ignorons ? Ma route à moi, Hannibal fils d'Amilcar Barca, depuis toujours a pour nom le Devoir.

Pendant l'été, puis pendant le début de l'automne de cette année-là, qui était la six cent dix-huitième depuis la fondation de la cité et la quatrième de la cent quarante-cinquième Olympiade, les murs se couvrirent d'inscriptions. Leurs auteurs les commettaient à la faveur de la nuit. Ils exigeaient que les oligarques au pouvoir rendissent des comptes et invitaient Hannibal à quitter sa retraite pour offrir à Carthage la bonne politique que les citoyens souhaitaient. Les sénateurs du clan d'Asdrubal le Chevreau avaient beau savoir grâce aux informations d'Aris que leur seul ennemi politique réel reviendrait un jour ou l'autre, l'imminence de ce retour provoqua parmi eux une effervescence inhabituelle. Tandis qu'ils exploraient toutes les stratégies leur permettant de garder le pouvoir, le Destin qu'Hannibal respectait tant lui apporta alors son soutien par le biais d'un événement imprévu.

Chaque été depuis la signature du traité quatre ans auparavant, trois des dix malheureuses pentères de guerre carthaginoises partaient pour l'Italie, encadrant un cargo porteur de l'annuité de deux cents talents d'argent à payer aux Romains. Le printemps suivant, les émissaires carthaginois revinrent tout penauds. Les banquiers romains avaient en effet découvert que l'alliage punique ne possédait pas une teneur suffisante en métal précieux. Les émissaires n'avaient trouvé d'autre solution que d'emprunter la différence à ces mêmes banquiers romains ! Ce scandale dont on ignorait l'origine permit aux partisans d'Hannibal d'enrichir leurs arguments de propagande et de consolider sa position avant les élections. Aussi, lorsqu'il arriva au début de l'hiver, un peu plus tard que prévu, comme s'il voulait se faire désirer par ses fidèles tout en poussant ses adversaires à l'exaspération, il se présenta confiant à la magistrature suprême, en compagnie d'Ahiram, un homme de son clan.

Il se frotta d'abord les mains en constatant que la cité était déjà en plein débat politique et se réjouit de l'accueil populaire le premier jour qu'il prit la parole à la tribune de la Grande Place. La foule, depuis son exil inspiré par Rome, ne l'avait revu que sombre et endeuillé à l'occasion des funérailles de Bodastaroth. Aujourd'hui, elle se souvenait que le vainqueur de Cannes, le temps si bref qu'il avait dirigé la cité à l'époque de la signature du traité, avait fait payer la première annuité à ceux qui possédaient les richesses — en donnant lui-même l'exemple — et avait engagé des réformes afin de rétablir les prérogatives de l'Assemblée du peuple bafouées par l'oligarchie qui tenait les rênes du Conseil des Cent Quatre. Elle acclama Hannibal avec frénésie, aussi intensément qu'elle conspuait ses opposants. Comme aux plus beaux jours de sa gloire, Carthage tout entière était prête à s'offrir à lui.

De retour elle aussi à Carthage, Thanubra ne se montrait guère et laissait son comptable Josaphat mener son affaire. Elle refusa la proposition de la princesse Imilcée de s'installer rue de Déméter où la vieille maison Barca se réveilla de sa torpeur. Bodastaroth était mort depuis tout juste deux ans et le mystère de son assassinat n'avait pas été élucidé. Thanubra désespérait de soulager un jour son esprit torturé par l'ignorance et les soupçons sans fondement qu'elle échafaudait et ruminait, pour les rejeter ensuite avec rage.

— Tu dois reprendre espoir, mère, lui dit Sibboleth. Si Hannibal devient suffète, beaucoup de choses vont changer à Carthage et il relancera l'enquête. Il disposera de beaucoup plus de moyens qu'Aris...

— La mort de Bodastaroth, même si on trouve les coupables, a fait renaître la méfiance que les gens me vouaient et que ce mariage avait effacée. Je sais ce qu'on dit de moi, ma fille ! Je sais que les superstitions sont plus fortes que la raison, et que je traînerai désormais jusqu'après ma mort la malédiction dont le Destin m'a gratifiée de mon vivant.

14.
Le suffète du peuple

Élus dans l'enthousiasme de la foule par l'Assemblée du peuple, Hannibal et Ahiram prirent leurs fonctions dès le premier jour de nisan. Les rues de Carthage étaient plus animées que de coutume, comme si l'arrivée d'Hannibal au pouvoir par les moyens les plus légaux et les plus officiels avait par miracle chassé l'humeur morose de la cité et éclairci son avenir.

— Cette fois, les choses vont enfin changer ! entendait-on un peu partout.

— Avec Hannibal, tous ces profiteurs qui s'empiffrent sur notre dos vont trouver à qui parler ! Vous allez voir comme ils vont filer doux.

— Il va se heurter au Conseil des Cent Quatre et à son pouvoir de justice et de contrôle, disaient les rabat-joie. Quelle réforme durable peut-on entreprendre contre ces représentants des grandes familles, inamovibles de leur charge ? Le temps travaille pour eux et tout Hannibal qu'il est, il s'y cassera les dents.

— Mais sa naissance lui accorde de siéger parmi les Cent Quatre, dont il est membre de plein droit depuis la mort de son père ! répondait-on. Et en leur sein, il fera entendre la voix du suffète du peuple !

Lors de la séance d'ouverture de l'Assemblée haute, Hannibal ne s'embarrassa pas d'inutiles détours de langage et après un bref discours par lequel il signifiait solennellement, selon l'usage, le début de sa magistrature, il entra aussitôt dans le vif du sujet.

— Le soldat que je suis n'a pas l'habitude de faire des promesses pour ensuite ne pas les tenir. Le soldat que je suis a aussi l'habitude d'affronter les problèmes pour les résoudre, et non de les réduire à un simple sujet de conversation ! J'ai décidé cette année de m'attaquer à la calamité qui pourrit et dévore notre cité : l'argent ! Pas l'argent gagné par le travail des Carthaginois et le commerce de notre cité, car cet argent-là est du bon argent. Non ! c'est l'argent qui devrait remplir les caisses du Trésor public qui m'intéresse ; or ces caisses sont vides, alors que des richesses éhontées s'affichent à travers la ville. Je promets donc trois choses : à la fin de mon mandat, les caisses du Trésor seront pleines ; je ne créerai pas de nouveaux impôts comme mes prédécesseurs entendaient le faire mais puiserai l'argent là où il se trouve ; enfin les responsables du scandale de l'annuité que nous devons à Rome seront découverts et châtiés.

Des murmures montèrent dans l'enceinte du temple d'Eshmoun où avait lieu traditionnellement la première séance de la nouvelle magistrature.

— Je l'ai toujours dit et je le répète ! souffla le vieux sénateur Himilkat, qui avait dépassé les quatre-vingts ans, à l'oreille de son voisin, l'ancien suffète Mattanon. Quarante-deux ans après, l'intransigeance et la rudesse d'Amilcar Barca reviennent hanter cette Assemblée ! Tu ne l'as pas connu, toi, mais il était pareillement orgueilleux et abrupt, avec cette voix qui ne souffre pas la contradiction et ce regard qui fait trembler celui qui en reçoit les foudres.

— Vous aviez quand même réussi à lui faire quitter Carthage quelques mois après qu'il eut maté la révolte des mercenaires ! dit Mattanon.

— Certes, approuva le vieillard, mais il ne demandait pas mieux que de partir. Son idée de conquérir l'Espagne nous paraissait folle mais l'essentiel était qu'il ne se mêlât plus des affaires politiques à l'intérieur de la cité. Il s'est beaucoup enrichi là-bas tout en permettant à Carthage d'accumuler d'immenses réserves de métal précieux et de recevoir pour rien l'étain, le cuivre, le fer et le plomb ! Hélas ! le revers de la pièce est là devant nous. Son fils avait été élevé dans une telle haine de Rome que dès qu'il a régné sur l'empire de Tarshish, il a saisi la première occasion que lui offrait le Destin pour entreprendre la guerre à laquelle nous devons notre actuelle situation ! Amilcar avait la possibilité d'exprimer son ambition et son désir de gloire en Espagne, en même temps qu'on se débarrassait de lui. Mais Hannibal ! vers quels rivages peut-on l'inciter à s'éloigner, sinon vers ceux de l'exil ?

Outre le Trésor public, il était un autre domaine, la diplomatie, auquel le nouveau suffète tenait par-dessus tout et qu'il n'évoqua pas devant les sénateurs tant il désirait en conserver l'exclusive prérogative. À l'heure que vivait Carthage depuis la signature du traité, toute diplomatie indépendante et digne de ce nom ne pouvait que rester secrète, sous peine que Rome en prît ombrage et l'interprétât comme un signe évident de violation du traité. Hannibal rongeait de plus en plus son frein à l'idée que Carthage demeurât à l'écart des grandes décisions qui, face à la puissance romaine, se prenaient désormais en Orient. C'est pourquoi il persuada Thanubra de reprendre la mer vers Tyr, lui confiant, trois ans après la première, une nouvelle mission auprès d'Antiochos. L'armatrice était dans une telle détestation de ses compatriotes et la vie, de la rue du Levant au port et du port à la rue du Levant, lui était devenue si pesante qu'elle ne résista pas à cette occasion de s'échapper. Dès le début de l'investiture d'Hannibal, elle embarqua pour Alexandrie sur l'*Hillesbal*, prétextant qu'elle voulait renégocier des contrats avec de gros marchands égyptiens. Cette fois-ci, elle partit seule, sans emmener Abdeshmoun et, pour prévenir les commentaires que ne manquerait pas de susciter une telle absence, Hannibal lui conseilla d'annoncer qu'elle pousserait son bateau jusqu'à Tyr, comme tant d'autres commerçants carthaginois qui profitaient de leur voyage d'affaires pour aller prier dans les temples de la ville-mère et retrouver les mânes de leurs lointains ancêtres.

Ainsi elle n'eut pas à se dissimuler pour passer d'Alexandrie en Phénicie. Se rendant compte que l'on se posait parfois beaucoup moins de questions quand les choses étaient étalées au grand jour, elle avertit les chefs d'équipage qu'elle serait absente de Tyr pendant un mois afin d'examiner par elle-même comment Carthage pouvait espérer améliorer avec Antioche ses échanges commerciaux. Cela parut plausible et lui évita les difficultés de sa première expédition. Comme à leur première rencontre, le roi Antiochos reçut avec intérêt l'émissaire secrète du grand Hannibal. Thanubra eut la chance qu'il partît un mois plus tard pour Lysimachéia, sur l'Hellespont, où devait se tenir une conférence réunissant des délégués romains et des représentants de cités grecques de la région qui se plaignaient des pressions qu'il exerçait sur elles. Le moment était donc favorable pour faire entendre à Antiochos le message d'Hannibal qui l'invitait non seulement à ne rien céder aux Romains mais plutôt à répliquer par des arguments diplomatiques dignes de sa puissance. Cette année-là, Thanubra ne s'attarda pas, et à peine eut-elle d'Antiochos les assurances qu'elle était venue chercher qu'elle regagna Tyr où, constatant que l'*Hillesbal* était suffisamment chargé, elle ordonna d'appareiller au plus vite pour Carthage en empruntant la voie directe de la haute mer, sans mouiller ni à Alexandrie ni à Cyrène.

Elle trouva sa cité dans un état d'excitation inouï, plus encore qu'au moment des élections. Partout l'on ne parlait que d'épurer les rouages de la gestion publique et de suivre Hannibal dans cette ambitieuse entreprise de salubrité. Le grand trésorier en personne venait d'être arrêté et l'on racontait qu'il était mêlé au scandale de la dette de guerre.

— En s'attaquant à lui, Hannibal engage contre le parti du Chevreau des hostilités aux conséquences implacables, murmura Thanubra. Cela promet encore de rudes empoignes...

Le grand trésorier, qui s'appelait Elibal, appartenait à l'une des plus vieilles familles de l'aristocratie marchande et siégeait au Conseil des Cent Quatre. Il dirigeait la commission chargée des finances et occupait cette fonction depuis près de trente ans. Il avait succédé à son père qui avait été l'un des plus intimes amis d'Hannon le Grand, et cet héritage politique faisait qu'il régnait en maître sur les caisses de Carthage. Son arrestation eût été impensable pour tout autre qu'Hannibal, tant il représentait une institution intouchable dans la vie administrative de la cité. Même les éléments populaires les plus virulents et les plus révoltés contre l'oligarchie n'auraient jamais songé à s'en prendre à lui.

Le soir, l'on fêta le retour de Thanubra au palais de Megara. Hannibal ne s'y rendait que rarement depuis qu'il était suffète, préférant toujours le vieux palais Barca de la rue de Déméter qui le plaçait tout près des Assemblées politiques. Avec la chaleur de l'été, il disait que ses murs épais et l'étroitesse de la rue rendaient la vie plus agréable qu'à Megara. Mais il ne tenait pas à en faire un lieu de réception privée, le réservant à son travail personnel ou aux entretiens afférents à sa charge de suffète. Abdeshmoun, dans son rôle d'aide de camp omniprésent, partageait son existence austère, tandis que la princesse Imilcée, Sibboleth et Batnoam semblaient de plus en plus exclues. Carthage était l'exigeante maîtresse qui leur ravissait les deux hommes de la famille.

Le festin de Megara permit à Thanubra de se repaître du spectacle de ses petits-enfants dont elle avait manqué pendant quatre mois. Ce voyage qui lui avait paru une aubaine pour fuir son image de Carthaginoise malheureuse et maudite lui avait révélé une nature plus celée au fond d'elle-même et qui la portait aujourd'hui à s'attendrir sur eux. Elle découvrait que le rideau de dureté et d'indifférence qu'avaient tissé son enfance épouvantable et sa vie jalonnée de drames se déchirait enfin pour de bon. Elle s'était toujours efforcée de condamner au silence la femme éprise de tendresse et de douceur, de l'enfouir au plus profond de soi comme une inacceptable faiblesse qui attirait les mauvais coups du Destin. Cette femme-là, elle consentait soudain à la laisser revenir en surface, à l'exprimer comme l'unique remède à ses malheurs. Elle se rappelait avec nostalgie les moments rares où elle avait abandonné sa rigidité à cette femme aimante, et même si, depuis la mort affreuse de Bodastaroth, elle était à nouveau certaine que ces moments étaient empreints de malédiction, elle se dit qu'en donnant désormais libre cours à cette nature qu'elle refrénait, les feux du ciel s'abattraient enfin sur elle au lieu de frapper ceux qu'elle aimait.

Au milieu du repas, pendant que des jongleurs et des acrobates s'activaient autour du bassin de la grande salle et provoquaient le rire des enfants d'Aris et Batnaamat, Hannibal l'entraîna dans ses appartements afin qu'elle l'instruisît de son entretien avec le roi Antiochos. Elle était maquillée comme une reine, le teint blanc rehaussé de rose et le pourtour des yeux dessiné avec délicatesse. Elle portait une robe qu'elle avait achetée à Tyr, d'un bleu ardent et parcourue de fils d'or qui s'entrelaçaient en frises et motifs finement tracés. Elle avait paré son cou, ses oreilles, ses poignets et ses doigts des bijoux qu'elle chérissait le plus. Chacun d'entre eux lui rappelait quelqu'un qui l'aimait ou l'avait aimée.

— Antiochos m'a d'abord chargée de te transmettre sa fidèle amitié. Il te félicite de ton élection au suffétat et s'en réjouit. « C'est une bonne nouvelle pour Carthage et pour tous les amis que vous comptez de par le monde », tels ont été ses mots.

— Voilà qui fait toujours plaisir, même si les formules sont convenues !

— Il m'a ensuite assuré qu'il n'avait pas l'intention de céder aux injonctions que les Romains n'omettraient pas de lui adresser lors de la conférence de Lysimachéia. Il a approuvé la fermeté de ta position juridique. « Hannibal a raison, car c'est ce que je pense moi-même, a-t-il déclaré. Est-ce que je me mêle de ce que Rome fait en Occident ? Non ! alors Rome n'a pas à se mêler des affaires d'Orient ! À quel titre les Romains s'arrogent-ils le droit de contester la nouvelle réalité de l'ancien empire d'Alexandre que je tente de rassembler ? Ces terres et ces cités que je place sous mon aile n'ont jamais appartenu à Rome, alors qu'elles faisaient autrefois partie du royaume de Lysimaque sur lequel mon ancêtre Séleucos, juste avant d'être assassiné, possédait l'autorité que confère la victoire guerrière. »

— Et comment a-t-il accueilli mon idée d'alliance avec l'Égypte par le mariage d'une de ses filles avec le jeune Ptolémée ?

— Il m'a regardée en suspendant d'abord sa réponse, mais ses yeux ont trahi sa curiosité puis la conscience qu'il avait, par anticipation, des conséquences d'une telle alliance. « Pour tenter de mettre fin aux intrigues qui divisent la cour d'Égypte, m'a-t-il expliqué, les officiers de la Couronne ont organisé il y a quelques mois la cérémonie des *anaclètéria* du roi, c'est-à-dire du couronnement, par laquelle le jeune Ptolémée Épiphane est devenu majeur à l'âge de treize ans et a acquis officiellement tous les attributs de la puissance royale.

Le jeune roi, bien que les régents qui l'ont précédé aient voulu placer le royaume sous la protection lointaine de Rome, est libre aujourd'hui de prendre les engagements qu'il désire. La protection de Rome, demandée par des régents qui ont vidé le Trésor égyptien... »

— ... Dois-je me consoler que telle mésaventure ne soit pas un privilège du Trésor carthaginois ? ironisa Hannibal. Mais excuse mon interruption...

— « Ainsi, a poursuivi Antiochos, cette protection ne signifie pas que l'Égypte soit sous tutelle romaine ! Si je parviens à convaincre Ptolémée des avantages qu'il tirera d'une alliance familiale avec moi, ce sera un échec diplomatique retentissant pour Rome. Ce sera aussi un avertissement, car le rapprochement de mon empire et de l'Égypte marquera avec force et clarté que la répartition des zones d'influence passe par un équilibre entre l'Orient et l'Occident sans volonté d'ingérence de l'un chez l'autre ». Voilà les paroles que ta proposition a inspirées à Antiochos.

— Ce sont des paroles qui me laissent de l'espoir. Mais il faudra qu'Antiochos abandonne cette idée d'équilibre, qui est bonne mais impossible à mettre en pratique quand une cité barbare et insatiable comme Rome dirige l'un des deux camps. Je ne donne pas longtemps avant que la résistance diplomatique d'Antiochos aux avertissements romains débouche sur un conflit armé. Ces consuls avides de gloire militaire ont besoin d'un nouveau terrain où déchaîner leurs ravages. Antiochos comprendra alors la vraie nature de la République romaine...

Il arpentait la grande pièce où il avait l'habitude de travailler quand il venait à Megara. Des centaines de livres de papyrus en rouleaux couvraient les murs. C'étaient les mêmes qu'il pouvait indifféremment retrouver au palais de Byrsa ou au domaine de Marthama. Les œuvres des philosophes et dramaturges grecs occupaient tout un côté, un autre était réservé aux traités d'histoire et aux études stratégiques, un autre aux vies des grands hommes et aux récits de voyages, le plus petit enfin aux ouvrages scientifiques et pratiques, souvent écrits en langue punique. Il y avait dans d'autres pièces des bibliothèques de dimension plus réduite, où étaient rangés des romans égyptiens et des livres de légendes dont la princesse Imilcée raffolait. Il s'arrêta devant le rayon des récits de voyages, chercha parmi les étiquettes en parchemin fixées à la base des rouleaux les titres qu'il avait en tête et tira deux livres poussiéreux qu'il secoua en plissant le nez.

— Par deux fois je t'ai envoyée en Égypte et en Orient et je ne t'ai guère laissé le loisir de profiter du plaisir des yeux dans ces contrées riches en Histoire et en splendeurs, ma pauvre Thanubra, fit-il d'une voix de reproche envers lui-même. Heureusement, les périégètes ne manquent pas, qui les décrivent en abondance et par le menu détail. Voici un livre qui t'explique tout ce qu'il faut voir dans la vallée du Nil où je rêve moi-même d'aller contempler les monumentales pyramides des anciens pharaons. Certaines, dit-on, remontent à près de deux mille ans avant la fondation de Carthage et elles sont là, debout pour l'éternité. L'autre livre trace un itinéraire à travers la Palestine, la Phénicie et la Syrie, le long de cette côte orientale de la Méditerranée d'où la civilisation a écumé vers le couchant.

Il lui tendit les deux ouvrages et leurs doigts se frôlèrent. Il sentit que Thanubra avait réprimé un léger frisson et la regarda soudain avec une expression différente. Elle fit mine de n'en rien remarquer et déroula avec attention les pages de papyrus.

— Je lis ici que « le spectacle de l'Égypte est le plus inoubliable pendant la crue du Nil », dit-elle après une profonde inspiration, « le pays devient une mer et les villes émergent des flots comme des îles de la mer Égée »...

— ... Hérodote aussi dit cela, si ma mémoire est fidèle, l'interrompit Hannibal.

— ... « Les bateaux ne sont alors plus contraints de suivre les chenaux du fleuve et voguent en toute liberté. Aussi, lorsqu'on remonte de Naucratis à Memphis, a-t-on le bonheur unique de longer les pyramides qui semblent flotter, posées là par la seule volonté des dieux. »

— Le temps ne semble pas avoir de prise sur toi, belle Thanubra, dit brusquement Hannibal, qui n'était guère prodigue de ce genre de compliment.

— Est-ce pour cela que ma vie n'est qu'une suite d'horreurs auxquelles me soumettent les dieux ? répondit-elle en levant les yeux de sa page, ses joues se colorant autour du rose de son fard.

Une fascination réciproque les tenait immobiles, tout près l'un de l'autre, et ils restèrent ainsi face à face pendant un instant dont ils n'auraient pu apprécier ensuite la durée tant ils étaient perdus dans ce regard aussi intense qu'imprévu. Leurs souffles rapides se rejoignaient mais leurs bouches ne parvenaient pas à s'unir, comme s'il était impossible à leurs corps tendus d'achever le mouvement qui les avait rapprochés.

Quand ils redescendirent dans la grande salle, la nuit estivale du mois d'abu envahissait le palais. Les esclaves avaient déjà embrasé les vasques tout autour du péristyle, à côté des lits et des tables et autour du bassin, tandis que dans les jardins chargés de mille senteurs le jour déclinant se frayait encore quelques brèches entre les arbres. Le petit Iddibal qui aurait trois ans le mois prochain s'était endormi dans son couffin, auprès de sa grand-mère Batnoam qui le surveillait tout en écoutant Abdeshmoun commenter les lignes de la révolution qui allait bouleverser les institutions politiques de Carthage. Hannibal s'allongea, posa une main sur le bras de la princesse Imilcée et saisit de l'autre une coupe de vin. Puis il ordonna aux esclaves d'apporter les plats suivants. Une troupe d'acteurs interprétait dans son texte grec agrémenté d'expressions puniques une pièce comique de Ménandre écrite plus d'un siècle auparavant. Elle s'appelait *Le Carthaginois* et racontait les péripéties d'un riche marchand de Carthage découvrant en Étolie ses deux filles qui avaient été enlevées en bas âge et vendues comme esclaves. Le héros avait beau être traité par un esclave grec de *gugga*, terme péjoratif qui désignait les commerçants puniques, personne ne s'en offusquait dans l'assistance. Les oreilles carthaginoises considéraient en effet cela comme la marque, de la part des Grecs, d'une jalousie profonde et teintée d'admiration pour l'opulence de Carthage, d'autant qu'à la fin de la comédie le marchand avait le beau rôle et ramenait chez lui les fillettes, devenues jeunes filles à marier. D'autres poètes depuis Ménandre avaient exploité le sujet en le transformant, en lui infligeant des ajouts et en compliquant une intrigue déjà embrouillée, mais c'est ce texte-là qu'Hannibal préférait entendre. Il aimait d'ailleurs la plupart des pièces de Ménandre, non pour la qualité de l'écriture, qu'il jugeait médiocre, mais parce qu'après plusieurs jours de travail acharné, elles lui assuraient un total délassement de l'esprit et lui offraient de précieux moments de rire.

Attentif aux conversations et en particulier aux indiscrétions d'Abdeshmoun, Aris n'avait pas ouvert la bouche de tout le repas. Il sentait peser sur lui le regard, lourd d'interrogations, de Thanubra. Il profita de l'agitation qui suivit la fin de la pièce, avec le départ des acteurs à qui un intendant du palais remettait une bourse de la part d'Hannibal, pour s'approcher d'elle et lui annoncer d'une voix désolée qu'aucun indice nouveau ne permettait encore que justice fût rendue.

— Cela fera bientôt trois ans ! dit-elle en hochant la tête et assez distinctement pour que sa remarque ne restât pas confidentielle.

— J'ai moi-même fait mener l'enquête de mon côté, intervint Hannibal. Non que je ne fasse pas confiance à Aris et que je mette en doute sa perspicacité, mais j'avais pensé que certains de mes informateurs parviendraient à déceler des pistes en des lieux et auprès d'individus qu'il ne fréquente pas forcément. Il n'en a rien été, Thanubra, et le mystère demeure entier. J'en ai longuement parlé avec Kiddinos. Il a travaillé des mois à étudier la conjonction des astres la nuit du drame et m'a soumis quelques hypothèses. Mais j'ai dû très vite les abandonner, lui-même m'ayant demandé de les apprécier avec d'infinies précautions.

À ces mots, Thanubra embrassa ses petits-enfants, s'inclina devant la princesse Imilcée et Hannibal, et se retira dans les appartements qui lui étaient réservés lorsqu'elle voulait résider à Megara. Quand ils furent dans leur chambre et que les esclaves qui assistaient leur toilette du soir les eurent quittés, Imilcée avança lentement vers son époux et lui prit les mains. La flamme d'une des vasques qui brûlaient dans la pièce donnait à la blondeur de ses cheveux des reflets cuivrés. La robe de voile fin qu'elle mettait pour dormir semblait effleurer à peine sa peau et frémissait sous la brise marine de la nuit d'été qui entrait par la terrasse. Hannibal n'avait sur lui que son pagne nocturne et la lumière fauve accentuait le relief des nombreuses cicatrices qui coupaient ses cuisses et la toison grise de sa poitrine comme de minces lames brillantes. Il se dégagea des mains d'Imilcée et éteignit les vasques, ne laissant dans un coin de la chambre qu'une faible flamme destinée à tenir les démons de la nuit en respect. Puis ils s'allongèrent côte à côte. On n'entendit plus que les bruits montant des jardins, les craquements d'une branche ou le cri d'un singe effrayé par quelque mauvais rêve.

— Tu as beaucoup d'admiration pour elle, n'est-ce pas ? murmura Imilcée au bout d'un moment.

Hannibal soupira comme s'il avait préféré garder nichée dans le silence la place que Thanubra occupait dans son cœur.

— Je ne te reproche rien, précisa Imilcée d'une voix douce. C'est une femme hors du commun...

Elle n'attendit pas de réponse et continua :

— Moi aussi j'éprouve pour elle un grand sentiment d'admiration. Sa vie entière est une succession d'épreuves qu'elle a surmontées avec un courage dont je ne possède sans doute pas la plus infime parcelle. Tous ces deuils qu'elle a dû supporter depuis son enfance, toutes ces médisances dont elle a été la cible, toute cette crainte et cette haine qu'elle a parfois suscitées ! À croire que cette malédiction qu'on dit peser sur elle est bien une réalité... Est-ce pour cela que je la sens si proche de toi ? toi à qui les dieux reprennent d'une main ce qu'ils ont donné de l'autre, notre enfant, tes victoires, ton empire..., comme si pesait aussi sur toi un poids terrible, trop lourd pour un homme fût-il le plus glorieux d'entre tous.

En guise de réponse à ces questions qui le hantaient depuis si longtemps, Hannibal attira la douce Imilcée contre lui et la fit taire d'un baiser plein de tendresse plus que de fougue. Il respectait plus que quiconque cette femme qu'il avait épousée par devoir, afin de renforcer l'union des peuples espagnols avec Carthage. Leurs trop rares moments passés ensemble à cette époque ne leur avaient pas permis de se connaître vraiment. Il n'avait découvert la vie auprès d'Imilcée qu'après la défaite de Zama, et leur couple était resté désespérément stérile. Aujourd'hui, il n'y avait plus d'espoir, et il songeait au destin du grand Alexandre de Macédoine, lui aussi privé d'héritier de son sang. « Mais Alexandre, se disait-il, a eu le bonheur de mourir avant de voir de ses yeux l'œuvre de sa vie déchiquetée par ses successeurs. Tandis que moi, j'assiste depuis huit ans à la destruction de tout ce que j'ai entrepris... »

Il se sépara doucement d'Imilcée et se leva, sortit de la chambre et se dirigea sans bruit dans la salle de travail où il avait reçu Thanubra. Un faible rayon de lune barrait sa table à laquelle il s'assit en plongeant la tête dans ses mains et en inspirant profondément, plusieurs fois de suite. Quand Imilcée le rejoignit quelques instants plus tard, il caressait le buste poli de la statuette d'Héraclès en murmurant :

— Il ne faut pas m'abandonner maintenant. Ma tâche, si nécessaire au bien de la cité, est si écrasante... Trop d'ennemis de la justice et des réformes complotent dans mon dos, peut-être sont-ils jusque dans ma maison ! Aide-moi non pas à les traquer, car je n'en ai pas le temps, mais à passer au travers de leurs manœuvres comme jadis tu m'aidas à me jouer des Romains. Intercède auprès des dieux pour me soutenir dans mon courage et me garder dans ma volonté...

Il aperçut alors la silhouette d'Imilcée et la suivit sans un mot.

Tandis qu'il rétablissait les taxes sur les grandes fortunes pour réunir les deux cents talents de la prochaine annuité due à Rome, Hannibal porta l'affaire des monnaies écharses devant le peuple lui-même. Il avait fait arrêter Elibal le grand trésorier pour un motif que la loi ne prévoyait pas mais qui s'appuyait sur la logique des principes naturels du droit et de l'équité.

— Est-ce parce que la loi est déficiente que la cour des Cent Quatre peut oublier d'enquêter sur un scandale ? que les citoyens honnêtes doivent se contenter de ces funérailles de la justice ? s'exclama-t-il devant l'Assemblée du peuple. Quand le citoyen est en faute, les juges ne le condamnent-ils pas ? Croyez-vous que si le scandale de la dette avait été le fait de quelque citoyen ordinaire, petit artisan ou petit propriétaire, on n'eût pas déjà débusqué le coupable ? Ne pensez-vous pas que lorsque ceux qui sont garants de la justice enterrent une telle affaire, c'est que l'on peut suspecter que certains d'entre eux y ont trempé et qu'ils cherchent à protéger leur caste ?

La foule qui emplissait la Grande Place approuvait en jubilant.

— Les hommes qui gouvernent, poursuivit-il, quelque fonction qu'ils occupent dans la hiérarchie, doivent mettre un point d'honneur à être meilleurs que les autres. Gouverner ne donne pas des droits ni des privilèges, mais implique des devoirs impérieux à ceux qui sont investis de cette haute mission au service de la cité et des citoyens. Honte à quiconque gouverne et qui ne serait pas irréprochable ! En ne menant pas une enquête qui sans doute la dérange, la cour des Cent Quatre a failli, et moi, Hannibal, suffète du peuple tout entier, je la déclare coupable de négligence envers la justice qu'elle est censée représenter. Quand on n'a plus l'espoir de sauver un arbre malade, il n'est plus temps de l'ébrancher, il faut l'arracher. Il en est de même d'une institution qui n'offre aux citoyens que le spectacle de sa lamentable carence. Derrière cette carence se trouvent, hélas ! des intérêts personnels qui sont étrangers au bien commun. C'est pourquoi j'ai décidé que la voix du peuple trancherait ! Je propose que l'Assemblée du peuple débatte de l'opportunité de modifier la composition des Cent Quatre dans le sens que voici : désormais, la cour ne sera plus formée d'aristocrates inamovibles que l'on ne remplace qu'à leur mort, mais de citoyens élus chaque année, avec interdiction d'être réélu l'année suivante. Il en sera de même dans toutes les commissions et même pour le suffétat. La démocratie dans une grande cité comme Carthage est à ce prix, car n'est démocratique qu'une cité où le plus grand nombre de citoyens est amené à participer, au moins une fois dans la vie de chacun, à la marche des affaires publiques.

L'effet de surprise fut si brutal que ceux qui étaient visés par cette mesure expéditive et radicale en restèrent pantois. Aucune réaction n'eût été cependant possible au milieu de cette foule hurlant et applaudissant à tout rompre celui qui déjà il y a cinq ans avait tenté de lui redonner sa dignité. Cette situation plaçait les fidèles du parti fanatique religieux en dehors du débat politique. Akboram et ses amis n'avaient aucun moyen de ramener la population à eux tant l'action d'Hannibal la portait derrière lui. Secrètement, les mesures édictées par l'ancien chef de guerre leur convenaient, bien qu'elles ne fussent pas inspirées par les mêmes desseins. Malgré leur haine pour Hannibal, ils se réjouissaient que le parti oligarchique fût affaibli et conspué.

L'Assemblée du peuple vota ce qu'on pouvait regarder comme une révolution constitutionnelle.

— Si le vieil Aristote revenait, commenta Hannibal satisfait, il aurait encore plus de raisons d'affirmer que les institutions de Carthage sont bonnes !

Entre-temps, il avait fait libérer le grand trésorier. Il était tellement convaincu de la lâcheté individuelle de ces oligarques corrompus qu'il avait espéré en l'arrêtant qu'il parlerait, livrerait des informations et donnerait peut-être des noms pour se disculper, ou du moins pour atténuer sa responsabilité. Elibal n'hésita pas en effet à dénoncer Eshmounshillem, un fonctionnaire de moindre importance et qui aurait tout manigancé. Homme ambitieux et sans scrupules, Eshmounshillem intriguait pour entrer à la cour des Cent Quatre dès qu'un haut magistrat, rappelé vers les ténèbres et sans descendance, laisserait une place vacante. Se sentant trahi par Elibal et toute la classe à laquelle il désirait tant appartenir, il ne mit guère de temps à épancher son ressentiment.

— Il a tout avoué, déclara Abdeshmoun — qui participait à l'interrogatoire —, en se précipitant auprès d'Hannibal. C'est sur les conseils d'Elibal qu'il a pris sur lui de falsifier l'argent de la dette, afin de s'attirer les bonnes grâces de plusieurs magistrats qui, lui aurait dit encore Elibal, le soutiendraient au moment de désigner un nouveau venu parmi les Cent Quatre.

— Nous allons peut-être en savoir plus ! dit Hannibal en se levant d'un bond.

L'enquête révéla en effet que le scandale de la dette n'était qu'une goutte d'eau dans un marécage de prévarications, de péculats et de concussions dont l'origine remontait à plus de quarante ans. Se doutant que dans une ville bavarde comme Carthage l'affaire transpirerait malgré toutes les précautions, Hannibal entendait la mener avec célérité.

— Tu n'as pas même consulté la voix des oracles, s'étonna Abdeshmoun. Es-tu certain que le moment de soulever cette tempête soit bien choisi ?

— Eh quoi, mon fils ! serais-tu devenu frileux devant des bouleversements que le peuple attend et que je me suis engagé à provoquer ?

— Hier chez Thanubra, m'a dit Sibboleth, Aris prétendait qu'il faudrait que tu te méfies de ceux que tu vas briser. « Ils sont capables de courber l'échine sous le bâton, expliquait-il, de faire croire qu'ils sont vaincus et soumis, mais leurs manœuvres leur permettent toujours de réapparaître et de se venger. »

— J'avais l'intention d'en entretenir Kiddinos, coupa Hannibal, sombre et songeur.

— Le bon vieux Kiddinos ? sourit Abdeshmoun. Partout où il passe il ne jure que par toi ? Mais me diras-tu un jour si tu crois en ses prédictions ?

— J'ai pleine confiance en cet homme, en sa loyauté envers moi. Jamais il ne se permet la moindre indiscrétion sur les conversations que j'ai avec lui sur les secrets du ciel.

Le vieil astrologue, comme à l'accoutumée, fit montre de prudence. Ses affirmations étaient toujours nuancées car, disait-il, « il faut tenir compte aussi de la manière imprévisible dont les hommes peuvent conduire les situations que leur envoient les dieux ». Il examina en sa présence le ciel d'Hannibal, ainsi que celui de Carthage et ceux des principaux protagonistes du scandale.

— Les nuages noirs sont en nombre mais le soleil est fort. Les vents sont encore trop versatiles pour que l'on puisse pencher vers l'orage ou vers l'éclaircie. Des courants souterrains s'apprêtent à compliquer cette opposition, ou plutôt à la rendre inégale. S'allieront-ils aux nuages ou au soleil ? cela dépend aussi de l'action des hommes...

— En somme, tu me conseilles d'agir vite !... avant de prendre le risque que vents et courants ne se retournent contre moi !

— Tu es en position de force, Hannibal, mais tu t'attaques à des hommes qui possèdent d'autres armes que les tiennes. Tu es resté un soldat et ta stratégie politique est inspirée de ton art militaire, tu n'imagines pas à quel genre d'ennemi tu t'es heurté. Ce sont des serpents visqueux habitués au langage retors du pouvoir politique, ils sont capables des choses les plus immondes, des bassesses morales les plus abjectes... Ces hommes seront prêts à tout pour t'éliminer...

— Il suffit, Kiddinos. Si les dieux veulent le bien de Carthage, ils m'assisteront. Dans le cas contraire, je n'y puis rien, et seul mon devoir m'importe... Commander au Destin, bon ou mauvais, n'est pas de ma compétence.

Dès le lendemain, le procès fut donc instruit en place publique, conduit par le suffète en personne assisté de son collègue Ahiram. On était alors au milieu de l'hiver, à un mois et demi de la fin de son mandat, et le peuple venait d'élire les deux nouveaux suffètes qui prendraient leurs fonctions au début du mois de nisan. Il avait voté pour les candidats de ce parti Barca qui semblait si bien comprendre ses désirs. Mais il regrettait qu'au nom de la démocratie Hannibal ait inspiré une loi qui lui avait interdit de se représenter au suffétat.

— En ce quatorzième jour du mois de sebat, s'exclama Hannibal, j'ai le plaisir et la fierté de vous annoncer, citoyens de Carthage, que j'ai tenu toutes mes promesses, et que je puis quitter ma fonction avec fierté. Les réformes démocratiques sont réalisées. Les auteurs du scandale financier sont démasqués. Apprenez aujourd'hui que certains de vos concitoyens les plus illustres et les plus riches volent notre cité depuis le départ de mon père pour l'Espagne ! L'or de la Galice et l'argent de la Bétique que mon père, mon beau-frère et moi envoyions du royaume de Tarshish, Carthaginois, ne remplissait pas que les caisses du Trésor public mais les coffres privés de nos grandes familles !

Une rumeur de réprobation monta comme un grondement sourd. Hannibal poursuivit sans attendre et les murmures retombèrent.

— Au début, seules quelques familles du parti oligarchique furent dans le secret de ces détournements. Grâce à leurs hommes en place et à leurs complices subalternes qu'ils avaient subornés dans les rouages de l'administration du Trésor, ces familles ont peu à peu prélevé sur la cité des sommes de plus en plus considérables. Et j'ai constaté, hélas ! qu'au fil des ans ce clan de prévaricateurs et de concussionnaires s'est gonflé de nouveaux adeptes venus non seulement du parti oligarchique, mais aussi de mon propre parti. Plus le nombre de ces privilégiés prenait de l'importance, plus les sommes détournées grandissaient. En même temps, ces familles créaient une nouvelle habitude pour elles-mêmes : comme elles ne s'enrichissaient sans doute pas assez, elles ont profité de leur mainmise sur les finances pour échapper à l'impôt. Et c'est vous, citoyens qui travaillez tous les jours dans les entrepôts ou dans les ateliers, dans les jardins ou dans les boutiques, oui c'est vous forgerons et tanneurs, charpentiers et ébénistes, tisserands et teinturiers, orfèvres et parfumeurs, c'est vous à la sueur de votre front qui avez payé à leur place pendant des années ! Je comprends mieux aujourd'hui pourquoi Carthage ne m'a concédé qu'avec parcimonie sa contribution à l'effort de guerre lorsque j'étais en Italie et que j'avais besoin d'argent pour achever ce que j'avais commencé. Dès lors qu'il fallait puiser dans des richesses privées que pourtant ils me devaient, cette clique d'oligarques a commencé à critiquer mon action et à priver l'armée carthaginoise d'une victoire totale en lui ôtant les moyens d'en découdre avec Rome. Le plus grand scandale éclate enfin au grand jour, Carthaginois ! Enfin avons-nous la preuve irréfutable qu'une poignée d'hommes, trahissant la cause de la cité et faisant le jeu de l'ennemi, est responsable de mon enlisement en Italie et de ses funestes conséquences.

Elibal, Eshmounshillem et les représentants de nombreuses grandes familles durent comparaître à la tribune de la Grande Place. Bien que tous fussent fort capables de soutenir leur cause devant l'Assemblée du peuple érigée en cour de justice par Hannibal, ils désignèrent le vieux sénateur Himilkat pour parler en leur nom. Himilkat s'était lui aussi compromis au cours des décennies passées, mais le grand âge incitait souvent les Carthaginois à l'indulgence, comme si les fautes d'autrefois avaient été commises par un homme différent du vieillard qui se lamentait aujourd'hui en invoquant la fatalité et la faiblesse des hommes.

— Vous pouvez constater que le vieillard que je suis, plaida-t-il, est devenu un exemple d'honnêteté. Mes fautes appartiennent à un temps où j'étais encore aveuglé par l'attrait des richesses. La facilité que nous avions pour les acquérir, Carthaginois, n'était-elle pas une tentation que les démons mettaient devant nous afin de nous détourner de la voie de l'intégrité et de la vertu ? De même que demeurent abstèmes ceux qui n'ont jamais l'occasion de goûter au vin, de même restent honnêtes ceux à qui le destin permet de marcher loin des richesses et d'en ignorer la tentation. Mes amis qui sont plus jeunes que moi étaient encore hier soumis à l'influence mauvaise des démons du lucre qui les poussaient malgré eux à voler la patrie. Comment pourriez-vous douter qu'ils étaient près de me rejoindre dans l'honnêteté et le sens du devoir ? Nous plaidons coupables, Carthaginois ! mais nous comptons sur votre sagesse et votre jugement pour ne pas accabler des hommes qui ont agi comme dépossédés de leur raison. Nous implorons votre clémence, car quel bénéfice Carthage trouverait-elle dans un verdict dicté par la haine et la vengeance ?

Le peuple était partagé entre les huées sans concession et des propos plus conciliants qui n'allaient cependant pas jusqu'à se condouloir du malheur des oligarques ni jusqu'à pencher vers une sentence d'absolution. Hannibal apprécia la réalité de ces éléments avant de prononcer la fin de son réquisitoire.

— Citoyens de Carthage, voici venu le moment de trancher et de faire justice. J'ai écouté avec attention les arguments d'Himilkat. Ils ne m'ont pas convaincu tant ils respirent l'hypocrisie. Je me rangerai pourtant à son invocation de ne point juger au nom de la vengeance. Nous jugerons simplement au nom de la justice, qui exige que les fautes soient réparées. J'invite donc l'Assemblée du peuple à examiner mes propositions pour une sentence dénuée de haine mais qui satisfasse la justice. Je propose que seul Eshmounshillem, qui a déshonoré notre cité aux yeux des Romains en dirigeant la falsification de la monnaie à des fins d'ambitions personnelles, soit puni d'une peine d'emprisonnement que je fixe à dix années. Il sera déchu de ses droits civiques et vendu comme esclave à sa libération. Tous ses biens seront confisqués. C'est par souci de ne pas faire emprisonner des citoyens coupables de trop anciennes malversations que tous les autres prévenus échappent à la prison...

Il y eut des exclamations diverses dans la foule, de l'étonnement à l'indignation. À la tribune des accusés, on respirait et on lisait presque des sourires qui semblaient signifier : « Il n'a tout de même pas osé nous affronter jusqu'au bout. »

— ... J'ai réservé à Elibal, Himilkat et leurs complices un autre sort. J'ai travaillé cette nuit avec la commission d'enquête afin de déterminer de quelles sommes ils avaient spolié le Trésor public. Je propose aujourd'hui comme seule peine que cet argent soit restitué. Cette mesure n'accable pas les concussionnaires puisqu'il leur est demandé de rendre ce qu'ils ont pris, et rien de plus. Cet argent, Carthaginois, remplira les coffres de la cité au-delà de toute espérance ! Il me permet de tenir ma troisième promesse, qui était de ne pas imposer plus encore le peuple, mais de prendre l'argent là où il se trouvait par abus. Je peux ainsi vous révéler que lorsque vous aurez rendu votre verdict et que les coupables en auront exécuté les obligations, les coffres du Trésor seront assez pleins pour payer la dette de guerre dans sa totalité !

La foule poussa des cris de joie en louant Hannibal tandis que l'Assemblée du peuple passait aux délibérations. On trépignait sur la Grande Place où personne ne doutait de l'issue que les élus du peuple donneraient à l'affaire. La sentence proposée par Hannibal fut en effet acceptée à l'unanimité.

Elibal et les autres oligarques quittèrent la tribune en baissant la tête et sous les quolibets. Il y avait là le frère cadet d'Asdrubal le Chevreau qui écumait de rage et le fils aîné d'Hannon le Grand qui, à près de soixante ans, promenait, comme autrefois son père, sa masse obèse, ses gros doigts boursouflés chargés de lourdes bagues et son sourire répugnant. Tous savaient qu'ils n'échapperaient pas à la sanction et qu'il leur faudrait se séparer d'une part de ces fortunes qui dormaient sous les dalles de leurs palais. Le soir même, ils se réunirent chez Asdrubal le Chevreau en assemblée secrète et établirent un plan de bataille.

— Hannibal a trop bien joué ! pesta le vieil Himilkat. J'avoue qu'en suivant les idées politiques de son père il l'a surpassé au-delà de tout ce qu'on pouvait imaginer. Non seulement il a tenu parole sur tous les points qu'il avait annoncés en réformant les institutions et en remplissant les caisses du Trésor, mais il fait figure de héros magnanime auprès du peuple en nous laissant libres de nos personnes et de nos biens...

— Qu'est-ce que j'entends ? tonna Asdrubal le Chevreau. Serais-tu, comme la plus vile populace, sous le charme de ce militaire qui impose seul sa loi? Que passent les mois de sebat et d'adar et que revienne le printemps, par Tanit ! Hannibal alors ne sera plus suffète et nous aurons bien trouvé un moyen de nous en débarrasser. Les griefs que nous pouvons invoquer contre lui, au nom de la sécurité de Carthage, ne manquent pas et c'est à nous de démontrer leur gravité. Il nous faut prouver que la politique d'Hannibal engage Carthage sur une pente dangereuse et qu'il a profité de sa magistrature pour tenter de nous faire violer le traité de paix avec Rome. Il se repentira alors de nous avoir humiliés devant le peuple.

15.
Le complot

Le lendemain de l'expiration de son mandat, Hannibal prit la route de la Byzacène en compagnie d'Abdeshmoun, afin d'y contrôler la poursuite des grands travaux agricoles qu'il avait inspirés. Ses ennemis au sein de la cité crurent un instant qu'il allait s'installer à nouveau à Marthama, maintenant qu'il avait réalisé ses projets politiques.

— S'il ne vit plus à Carthage, dit le vieil Himilkat, ce sera plus difficile de mettre notre plan à exécution.

Mais Aris rassura ceux qui avaient décidé irrémissiblement la perte de leur bourreau :

— La princesse Imilcée ne l'a pas suivi, et le jeune Abdeshmoun n'a pas emmené avec lui son épouse Sibboleth et leur enfant. Il ne s'agit que d'un voyage à travers ses domaines où il n'a pu se rendre depuis un an puisque sa charge de suffète lui interdisait de quitter Carthage.

— Il va donc revenir ?

— C'est l'affaire d'un mois ou deux, tout au plus.

— Tu conçois, Aris, qu'il serait maladroit et même dangereux de lancer notre opération si Hannibal ne revenait pas à Carthage. Mais tu es le mieux renseigné de nous tous sur ses intentions et tu sembles très sûr de toi. Nous te faisons confiance et engageons dès à présent notre offensive pour nous débarrasser de la bête fauve !

Hannibal et Abdeshmoun réapparurent à Carthage au milieu du mois de sivan, à moins de deux décades du solstice d'été. La cité vaincue avait bien changé depuis les années terribles d'occupation romaine, quand Scipion tenait en expectation du pire le peuple qui criait famine et implorait les dieux de mettre un terme à sa désolation. Quel Romain en visite aurait pu imaginer que la ville prospère qui s'offrait aux yeux était celle que Rome avait cru écraser et ruiner six ans plus tôt en lui imposant une dette réputée exorbitante ? Partout l'activité se déployait du matin au soir, la vie semblait surgir de terre et transmettre l'excitation de son souffle. L'on n'était plus habitué à une telle circulation de l'argent, jamais depuis dix ans les artisans n'avaient autant fabriqué et les Carthaginois autant acheté. Une euphorie collective régnait à l'intérieur des murs et même des fossés puniques, et l'on enfouissait dans des brumes lointaines la menace toujours possible d'une incursion numide dans les territoires frontaliers.

— Cette année, le commerce a repris comme aux plus beaux jours, commentait Thanubra. Je transporte vers l'Égypte deux fois plus de bois et de chevaux qu'il y a trois ans, sans compter les nouvelles demandes vers les côtes syriennes et même vers l'Italie. J'ai non seulement remis à flot tous mes bateaux pour la première fois depuis six ans, mais j'ai dû cet hiver acheter deux autres cargos afin de satisfaire les marchands qui me sont fidèles.

De sa terrasse d'en face, Elnathan hochait la tête en signe d'approbation. Les ans l'avaient tassé et amaigri, mais il gardait ce mélange de vivacité et de tempérance que Thanubra appréciait quand ils devisaient dans la douceur des soirs d'été.

— En mettant son génie au service du bien commun, dit-il, Hannibal a permis d'ouvrir la voie à un avenir moins sombre que celui que nous promettait le traité avec Rome. Carthage a beau ne plus posséder d'empire, ses ressources et son ardeur au travail lui réservent encore de beaux jours.

— Méfions-nous quand même de ne pas trop attirer de convoitises...

Si, en vertu des dispositions qu'il avait lui-même fait voter et qui interdisaient d'être élu deux années consécutives, Hannibal n'occupait plus la magistrature suprême, il n'avait pas pour autant perdu de son influence dans la marche des affaires publiques. À la tête du parti démocratique au sein de l'Assemblée haute, il dictait aux deux nouveaux suffètes l'esprit et la lettre des lois qu'ils proposaient ensuite aux sénateurs. Personne n'était dupe et, selon qu'on fût ou non favorable, on se réjouissait ou l'on se scandalisait, le traitant d'un côté de sauveur de la démocratie, de l'autre de tyran. Mais depuis qu'il n'était plus suffète, il avait réélu domicile au palais des faubourgs de Megara. Il fallait qu'il y eût des séances interminables à l'Assemblée pour qu'il renonçât à rentrer à Megara et passât encore la nuit dans la vieille maison de la rue de Déméter. Il aimait à régler ses journées avec précision et entraînait Abdeshmoun, à la fois fils, aide de camp et confident, dans son emploi du temps. Ils se levaient avec le soleil, se rinçaient le visage à l'eau froide et se purifiaient les mains. Puis ils se rendaient devant l'autel domestique pour y prononcer la prière du matin et revenaient manger le pain encore chaud qu'un esclave apportait de la boulangerie du palais. Ils le trempaient dans du vin selon l'usage grec, mais Hannibal conseillait d'y ajouter du miel et de l'allonger d'eau, et d'accompagner le pain d'olives ou de figues sèches.

— Il faut bien manger le matin, se plaisait-il à dire. Pour ne plus avoir faim jusqu'à midi. Le pain te remplit l'estomac, mais les olives et les figues t'apportent l'énergie.

Il expliquait souvent l'importance qu'il accordait à la nourriture.

— Trop boire et manger, comme le font hélas tant de nos compatriotes, nuit au corps et au raisonnement. Regarde ces hommes encore jeunes, enveloppés de graisse et qui sont incapables de se tenir à cheval ou bien s'endorment avant la fin du repas tant ils sont repus ! À l'inverse, trop de privations a des conséquences néfastes. Je me rappelle la bataille de la Trébie, à la fin du mois de kislev, à quelques jours du solstice, en une fin d'automne qui ressemblait à l'hiver le plus rude. Mon armée venait de franchir les Alpes et d'écraser sur les bords du Tessin les Romains qui avançaient à notre rencontre, conduits par Scipion, le père, qui manqua périr. Les eaux de la Trébie étaient froides et hautes. Il neigeait. Je savais que le consul Sempronius Longus croyait que nous étions trop épuisés pour un affrontement et désirait en découdre au plus vite, quitte à négliger la préparation de ses soldats. La veille de la bataille, je fis donner à mes troupes un copieux dîner et ordonnai à chacun de s'enduire d'huile pour résister au froid, alors que, dans sa précipitation, Sempronius envoya à notre rencontre des hommes affamés et transis. Son armée fut décimée en une journée et le massacre retentit jusqu'au Capitole, semant la terreur dans Rome qui ne savait plus comment arrêter ni même ralentir ma percée vers ses murs !

Le souvenir de ces épisodes glorieux le saisissait souvent et il parlait alors en se murant dans une sorte d'absence, comme si ce passé qui à l'époque laissait augurer un avenir sans nuages l'envahissait soudain pour le plonger dans d'éternels regrets. Il emmenait ensuite Abdeshmoun dans la petite palestre qu'Amilcar avait fait ériger près des écuries et ils se livraient pendant une heure à toutes sortes d'exercices physiques. Ils s'échauffaient les muscles avec des haltères de plomb puis s'amusaient à s'affronter au saut ou au lancer du disque. Dans leurs moments de récupération, tandis qu'ils reprenaient leur souffle, Abdeshmoun ne pouvait s'empêcher d'évoquer la force de Bodastaroth et l'admiration qu'il suscitait autrefois quand il fréquentait la grande palestre de Carthage, mais le chagrin n'avait pas le temps de l'envahir, aussitôt dissipé par l'abandon de soi qu'exige l'effort sportif. Malgré les réelles qualités athlétiques qui l'avaient si bien servi en temps de guerre, Abdeshmoun enrageait de ne pas affirmer une nette domination sur Hannibal. C'était pour celui-ci l'un des rares motifs de rire à gorge déployée, surtout à l'issue des exercices de lutte où il immobilisait le garçon au sol neuf fois sur dix. À cinquante-deux ans et un peu plus de deux fois l'âge de son partenaire, il en éprouvait une fierté qu'il ne cherchait pas à dissimuler. Mais Abdeshmoun prenait sa revanche au grimper de corde où il se ménageait une invariable avance d'une coudée. Ils passaient ensuite dans la salle des baignoires et rentraient se mettre au travail, à moins qu'ils n'aillent en ville se mêler à la foule dans les rues et dans les marchés, afin de prendre l'avis des gens du peuple sur les problèmes quotidiens tout en soignant la popularité d'Hannibal. À midi, ils se contentaient d'un repas frugal pris à Megara ou en commun avec les membres du parti Barca dans les dépendances de l'Assemblée haute ou du temple d'Eshmoun. Puis on se remettait au travail jusqu'au milieu de l'après-midi. En ces soirs d'été, quand ils n'assistaient pas à quelque banquet, ils avaient l'habitude de galoper sur la route de Tunês face au disque flamboyant du soleil couchant, pour ne revenir, leurs chevaux fourbus et écumants, qu'après la chute de l'astre dans les ténèbres, lorsqu'une simple ligne rougeoyante barrait l'horizon et projetait devant eux leur ombre immense.

Au cœur de l'été, alors que tout paraissait calme et que le peuple de Carthage continuait de s'installer dans la prospérité retrouvée, un homme pénétra au palais de Megara à la faveur de la nuit tombante. On dînait sous les cèdres et à peine Hannibal l'eut-il aperçu qu'il fit un signe à Abdeshmoun et se leva, les entraînant tous les deux dans l'obscurité des jardins. Abdmalikat faisait partie de ce réseau serré d'espions qu'avait institué Amilcar. C'était un marchand dévoué à Hannibal comme son père l'avait été à Amilcar et il arrivait tout juste d'Italie.

— Je précède de deux petites journées une escadre romaine, expliqua Abdmalikat. Sur l'une des quinquérèmes, trois sénateurs romains sont officiellement chargés de venir discuter du contentieux de Carthage avec Massinissa.

— Mais personne n'a demandé officiellement, du moins depuis que j'ai pris la tête des affaires publiques, une intervention de Rome !

— De riches sénateurs de l'oligarchie romaine ont reçu plusieurs lettres de ceux que tu as obligés à des restitutions d'argent. Cela a provoqué de longs débats chez les patres. Comme Rome est censée nous protéger en cas d'agression et jouer les arbitres, ils ont imaginé d'envoyer une mission comme le traité l'autorise, avec pour seule intention de venir voir ce qui se passe réellement ici.

— Mais ces chiens d'Asdrubal, d'Himilkat ou d'Elibal ont bien dû invoquer un autre motif que celui de l'argent restitué ? Cela ne suffit pas, même si Rome est prête à saisir le moindre prétexte pour me chercher querelle ! Non, avec son engagement difficile en Orient, les patres avaient besoin d'arguments plus solides !

— On murmurait à Rome que tu avais noué des relations secrètes avec le grand ennemi d'aujourd'hui, j'ai nommé Antiochos de Syrie.

— Voilà qui paraît plus sérieux, marmonna Hannibal en serrant les dents.

— On dit aussi que Scipion, suivi par ses amis qui sont de moins en moins nombreux au sénat, s'est opposé jusqu'au bout à l'envoi de ces émissaires, parmi lesquels se trouve le vieux Servilius, qui était consul quand tu commençais de déferler sur l'Italie.

— Cher Scipion ! s'il connaissait la vérité...

— Il a soutenu que tes relations avec Antiochos n'étaient pas prouvées et que l'affaire du Trésor public ne relevait que de la compétence du gouvernement de Carthage.

— Que vas-tu faire ? s'inquiéta Abdeshmoun à l'adresse d'Hannibal qui à chaque pas ratissait le sol en projetant devant lui des nuées de cailloux. Les Romains constateront que la cité est calme et bien gouvernée et qu'ils ne risquent rien de nous...

— À Rome, reprit Abdmalikat, ces rumeurs ont pris d'énormes proportions. Sous l'impulsion du sénateur fanatique Caton, dont tu as déjà entendu parler, un vaste mouvement s'est aussitôt formé contre toi. Caton nourrit contre Carthage une haine féroce et démesurée. Il ne cesse de clamer qu'il est scandaleux que l'homme qui a fait trembler Rome et mis impunément à sac pendant quinze ans tout le sol italien dirige aujourd'hui la cité vaincue.

— Oui, je sais, on m'a déjà rapporté cela...

— Pour lui, tu constitues toujours une menace qu'il faut briser !

Ils marchèrent en silence dans les profondeurs du jardin. Hannibal inspirait profondément les senteurs qu'il aimait et qui changeaient d'un bosquet à l'autre.

— Les chiens ! rugit-il soudain. Les chiens immondes, par Melqart ! En me trahissant, c'est la patrie qu'ils trahissent et qu'ils livrent à l'ennemi.

— Que veux-tu dire ? interrompit Abdeshmoun.

— Les chiens ! plutôt que d'accepter la sentence de leur cité qu'ils avaient volée en temps de guerre quand tout exigeait la cohésion, l'abnégation et la probité, ils récidivent dans le crime de haute trahison. Ils conspirent dans mon dos en invitant ceux qui parmi les ennemis leur ressemblent à me réduire à néant !

— Crois-tu..., commença Abdeshmoun, indigné en entrevoyant la nature de cette trahison, crois-tu que... ?

— Oui, Servilius et ses deux complices ne viennent ici que pour moi, car peu importe à Rome que Massinissa viole nos frontières ! C'est un complot destiné à me destituer, à m'arrêter pour me conduire dans ces geôles romaines où bien d'autres opposants au joug de Rome ont pourri avant d'être exécutés.

Il congédia Abdmalikat en lui recommandant la discrétion la plus absolue et s'assit sur un banc à l'intersection de deux allées, face à une statue de style grec dont les formes féminines de marbre blanc se devinaient dans la nuit. Il invita Abdeshmoun à s'asseoir à son côté et passa un bras sur son épaule.

— Que le Destin s'accomplisse, mon fils ! puisque tel est le désir des dieux. Le monde est grand pour lutter contre Rome, encore et toujours, car c'est pour remplir cette tâche ingrate que j'ai vu le jour. Et comme je ne permettrai jamais que les Romains s'emparent de ma personne, ce n'est plus à Carthage que je puis poursuivre la mission à laquelle ma vie est liée depuis toujours, mais sous des cieux plus propices à la lutte.

— Tu vas donc partir ?

— Demain aura pour tous l'apparence des jours ordinaires.

— Sauf que c'est le jour du marché aux esclaves !

— Tant mieux, il y aura ainsi beaucoup plus d'allées et venues. La princesse Imilcée, ta mère Batnoam, Sibboleth et ton fils Iddibal prendront le premier bateau pour Hadrumète sans que personne fasse attention à eux et se réfugieront à Marthama. Pendant ce temps, nous vaquerons toi et moi à toutes nos occupations, comme si de rien n'était. Nous nous montrerons toute la journée dans les rues de la ville et à l'Assemblée, nous visiterons sur la Grande Place le marché aux esclaves où j'ai l'habitude de me rendre car c'est un lieu favorable aux discussions. Personne ne se doutera que cette journée à Carthage sera pour nous la dernière !

— Cela signifie que je pars avec toi ?

— Tu resteras à Marthama, mon fils. On aura besoin de toi là-bas.

Abdeshmoun fut à ces mots suffoqué, comme s'il venait d'être frappé en pleine poitrine d'un coup mortel. Ses lèvres frémissaient, incapables d'articuler les sons indistincts qui montaient de sa gorge. Hannibal resserra son étreinte, plein d'une paternelle tendresse, et frissonna soudain au souvenir enfoui des enlacements furtifs que lui avait imposés parfois son beau-frère Asdrubal le Beau, en Espagne dans les jardins du palais de la Nouvelle Carthage. Il n'avait éprouvé ni dégoût ni plaisir, mais une espèce d'indifférence à ces manifestations des sens dont il connaissait pourtant la nature depuis sa plus tendre enfance, tant son père Amilcar les affichait avec une ostentation animée de bravade farouche. Mais il n'imagina ni ne souhaita qu'Abdeshmoun pût s'offrir à lui dans un geste ultime d'attachement et de désespoir, et il le tint sur son cœur, longtemps, son œil unique et embué fixant dans les arbres enténébrés une image surgie de son passé.

Seule la princesse Imilcée, dans l'intimité de la chambre, fut mise dans le secret de la fuite d'Hannibal, et tout se passa le lendemain selon les prévisions. C'était un jour de grande chaleur et Hannibal se promenait en tenue de ville, donnant des rendez-vous pour les jours suivants. Abdeshmoun se montrait partout avec lui, comme de coutume. Le départ d'Imilcée passa inaperçu. Vint l'heure de l'habituelle chevauchée des soirs d'été. Hannibal fit préparer les deux chevaux réputés les plus rapides et les plus endurants.

— Ce soir, nous allons voir ce qu'ils ont vraiment dans le ventre ! raconta-t-il aux gens des écuries sur le ton de la plaisanterie.

Puis il pénétra dans le palais plongé dans un début de pénombre et où les esclaves commençaient d'enflammer les vasques d'albâtre. Sans rien regarder autour de lui comme s'il refusait de s'attendrir sur ce décor qu'il quittait une fois de plus, il courut jusqu'à sa table de travail et cacha sous le bouffant de sa tunique la statuette d'Héraclès que Lysippe avait façonnée pour Alexandre de Macédoine. Puis il rejoignit Abdeshmoun et ils sortirent par la porte du Couchant un peu plus tôt que d'habitude, avant l'heure du changement de vigiles, afin que ceux qui les voyaient passer n'eussent point à s'étonner de ne pas les voir revenir.

Ils contournèrent Tunês et s'engagèrent, côte à côte, sur la piste du Sud désertée à cette heure et dont ils devinaient le tracé grâce à son sol qui contrastait, plus clair, avec l'insondable noirceur des terres alentour. Ils ne s'arrêtèrent qu'au reflet de rares filets d'eau trop maigres pour atteindre la mer et y laissèrent boire à satiété leurs montures moites et essoufflées. Ils galopaient sans hâte afin de les ménager, car Hannibal voulait éviter les relais où l'on n'aurait pas manqué de le reconnaître, mais ils avançaient avec une inflexible régularité, si bien que lorsque le soleil encore enfoui derrière les eaux d'orient commença d'éclaircir l'horizon, ils passaient déjà à distance d'Hadrumète. Ils n'avaient pas échangé une parole depuis qu'ils avaient franchi les murs de Carthage. Ils parvinrent à Marthama au petit matin. Imilcée, arrivée la veille au soir en bateau, dormait encore. Hannibal pénétra doucement dans la chambre et s'approcha du lit où la princesse reposait. S'il n'y avait eu le lent mouvement, à peine perceptible, de sa poitrine sous le drap de voile bleu, on eût dit une morte. Elle était si bouleversée par ces événements brutaux qu'elle avait bu pour s'endormir une forte coupe de vin de Maronia aromatisé de moly, de népenthès et de lotus, plantes réputées pour leur capacité à faire oublier les malheurs et à favoriser un profond sommeil. Hannibal en sentit l'odeur intense et enivrante, avant de déposer sur les lèvres blanches un dernier baiser. Puis il ôta en quelques gestes rapides ses vêtements durcis par la poussière. La statuette d'Héraclès attachée sous sa tunique lui avait irrité la sangle abdominale et il grimaça en se lavant sommairement à la table de toilette d'Imilcée. Il passa une tunique neuve, mangea des fruits amoncelés dans une vaste coupe d'or, mit la statue dans un sac et sortit sans se retourner. Abdeshmoun lui avait préparé un cheval frais aux écuries.

— Il faut maintenant nous séparer, mon fils !

— O père ! pourquoi Gad s'acharne-t-il ainsi ?

— Les lamentations ne sont pas de mise chez les Barca, mon fils, et tu es désormais un Barca, ne l'oublie jamais. Reste à Marthama le temps qu'il faudra, car ma fuite va susciter à Carthage des remous et des représailles. Le peuple lui-même, qui me soutient encore aujourd'hui, sera divisé car beaucoup verront dans mon départ un acte de lâcheté ou d'abandon. Je n'ai pourtant pas d'autre choix. De quelle utilité pour Carthage serait un Hannibal prisonnier des Romains et sans doute passé par le fer au fond d'une prison de Rome, comme le fut Syphax ? En s'acharnant sur Carthage et sur moi, les dieux me dictent la voie à suivre, car en fuyant au lieu de me livrer, je demeure au cœur du combat contre Rome, ce bourreau des peuples. En rejoignant Antiochos, ne suis-je pas plus utile qu'en acceptant de tomber, au nom d'un honneur déplacé, dans le piège tendu par le Chevreau, Elibal et les autres scélérats qui ont sacrifié le bien de Carthage à leurs intérêts ?

— Père..., et Thanubra ?

— Elle ne risque rien ! Mais si elle devait être inquiétée pour je ne sais quelle raison, tu devrais la protéger et l'accueillir ici à Marthama. Un conseil enfin, mon fils ! tiens en permanence l'un de nos bateaux prêts à appareiller, comme je le fais moi-même depuis six ans à Mahdia où un bâtiment attend, chargé d'une partie de mon vieux trésor de guerre.

— Depuis six ans ?

— Oui, depuis la signature du traité. Je n'ai jamais eu confiance dans la parole des Romains et j'ai toujours pensé que certains n'avaient pas accepté que Scipion n'exigeât pas ma livraison. Méfie-toi du genre humain, mon fils, et tu échapperas à bien des désillusions et des malheurs !... Il me faut partir maintenant. Prions pour que les dieux nous permettent de nous revoir un jour !

Abdeshmoun ne pouvait pas croire à ce qui se passait devant ses yeux. Il se refusait à imaginer que cela fût autre chose qu'un mauvais rêve et regarda sans le voir Hannibal enfourcher son cheval, s'éloigner puis disparaître au grand galop vers le sud, vers ce petit port de Mahdia où il embarquerait aussitôt, avant même que le soleil fût au zénith. Il resta longtemps à fixer le lointain dans une attitude d'absence, jusqu'à ce qu'il sentît sur son bras nu une main qui le frôlait.

— Hannibal ! père ! s'exclama-t-il comme s'il émergeait du sommeil.

— Il est parti parce qu'il le devait, murmura à son oreille la voix brisée de Sibboleth.

— Peut-être devrons-nous un jour partir, nous aussi ! Peut-être le rejoindrons-nous ?

Le même jour, les bateaux romains pénétrèrent dans le cothon vers midi. Les ambassadeurs furent accueillis par les suffètes du clan Barca persuadés que Rome voulait rassurer Carthage contre la menace numide. Une opulente délégation du parti oligarchique se tenait en retrait, au sein de laquelle on ne dissimulait ni la suffisance ni le contentement. On ne s'étonna guère qu'Hannibal ne se fût point déplacé pour assister à la réception. Tout le monde savait la haine qu'il nourrissait pour Rome. Le peuple lui-même avait déserté le port pour marquer le déplaisir que lui procurait la simple vue des Romains foulant le sol punique. Servilius, Claudius Marcellus et Terentius Culleo furent conduits sur un char d'apparat jusqu'à la Grande Place et suivirent les suffètes dans l'enceinte de l'Assemblée haute.

— Rome n'a décelé aucun signe d'agression chez notre ami Massinissa, déclara Marcellus à la stupéfaction des suffètes et des sénateurs du clan Barca. C'est Carthage qui nous inquiète, Carthage que votre général vaincu, Hannibal, tente d'entraîner dans son avidité de revanche en compromettant la paix généreuse de Scipion. À la demande de quelques-uns de vos bons citoyens, nous sommes ici pour écouter ses explications et sa défense face aux graves accusations qui pèsent sur lui. Notre sénat, comme le lui autorise son pouvoir de contrôle prévu par le traité, désire qu'Hannibal, après que vous en aurez voté l'accord, nous suive en Italie afin de comparaître devant lui et de répondre de ses actes hostiles à la République romaine.

— Et si notre Assemblée ne vote pas dans le sens que vous indiquez ? vociféra Gereshmoun. Et si Carthage refuse de livrer à Rome celui auquel Scipion lui-même voue admiration et respect ?

— Ce serait courir un grand risque, répondit froidement le vieux Servilius. Un risque insensé et inutile...

— Mais d'ailleurs, où est donc Hannibal ? interrogea Culleo en parcourant d'un ample regard les rangs des sénateurs puniques.

On le cherchait partout depuis l'arrivée des Romains. Des

vigiles avaient fouillé la maison de la rue de Déméter et le palais de Megara en bousculant les intendants et les esclaves. Mais personne ne savait rien. Les émissaires romains s'impatientaient, soupçonnant une conspiration du silence, et les sénateurs du clan oligarchique échangeaient des regards qui exprimaient la trémeur d'être pris en flagrant délit de mauvaise foi. Le bruit se répandit qu'Hannibal avait disparu. Le peuple applaudit d'abord à la nouvelle ruse de celui qui encore aujourd'hui était capable de déjouer les plans des Romains, puis, à l'instigation d'hommes de main des oligarques, il y en eut, de plus en plus nombreux, pour s'indigner de sa lâcheté.

— Voilà donc l'homme auquel nous voulions confier notre destinée ? entendait-on. Il n'ose pas se montrer et fait encourir à Carthage les foudres de Rome !

— Pourquoi irait-il se donner en pâture aux Romains ? rétorquaient d'autres. Pour plaire aux traîtres qu'il a obligés à rembourser le fruit de leurs rapines, sans doute ? Qui vous dit que les Romains ne l'ont pas fait assassiner ?

Les sénateurs romains quittèrent l'Assemblée haute et gagnèrent une riche demeure de Byrsa réservée aux visiteurs de qualité, non sans avoir brandi le spectre d'un châtiment terrible.

— Vous avez jusqu'à demain ! tonna Marcellus.

Un homme pourtant crut dénouer l'affaire. Il s'approcha d'Asdrubal le Chevreau et du petit groupe d'amis qui le suivaient partout et, après s'être incliné avec déférence, lui souffla quelques mots à l'oreille.

— L'idée est excellente, mon brave Aris, répondit le Chevreau. Comment ne pas y avoir pensé plus tôt ! Dépêche-toi ! et si tu réussis, tu sais tout ce que notre parti fera pour toi.

Le lieutenant des vigiles fut bientôt dans la rue du Levant. Quand il parvint devant la maison de la belle Thanubra, il s'immobilisa un instant et prit une large inspiration, comme pour se donner du courage, puis entra dans le couloir comme on se jette à l'eau et monta l'escalier d'un pas décidé. Sarchos le vieil esclave l'accueillit et le salua, préparant aussitôt de quoi lui laver les pieds avant qu'il pénétrât plus avant dans la maison. Aris hésita mais se laissa faire.

— Thanubra est revenue du port ?

— La maîtresse est dans sa chambre avec Aryana pour se rafraîchir et se changer.

Il envoya Mazérès à l'étage supérieur prévenir de l'arrivée d'Aris. L'esclave revint presque aussitôt.

— Tu es attendu, Aris, se contenta-t-il de dire.

Celui-ci demanda une coupe de vin et l'avala d'un trait comme pour se donner du courage. Dans l'escalier, il croisa Aryana qui redescendait. Il hésita encore avant de se planter au milieu de la grande pièce. Il entendait les pas de sa belle-mère tout à côté. La nuit tombait et dans l'appartement régnait une pénombre pesante. Mazérès entra pour enflammer l'huile des lampes et s'éclipsa au moment où Thanubra, dans une robe couleur châtaigne serrée par une large ceinture, franchit le seuil de sa chambre, la laissant seule face à Aris.

— Salut à toi, mon gendre ! fit-elle en souriant. C'est bien la première fois que tu me fais l'honneur d'une visite, seul et à l'improviste.

— Tu n'as pas l'air de t'inquiéter beaucoup de ce qui se passe aujourd'hui à Carthage, répondit-il entre ses dents. Tu ne sais donc pas qu'Hannibal a disparu ?

— C'est le bruit qui courait en effet par les rues, dit-elle d'un ton dégagé. Et c'est pour me parler de cela que tu viens me déranger chez moi ?

Aris luttait pour ne pas trop laisser percevoir à quel point il se trouvait intimidé et refroidi par l'assurance hautaine de sa belle-mère. Il s'approcha et se campa juste devant elle, ses yeux plongeant dans les siens.

— Il ne sert à rien de mentir, Thanubra, lança-t-il soudain d'une voix âpre dont il sembla lui-même étonné. Je sais tout depuis longtemps sur les liens secrets qu'Hannibal entretient avec Antiochos. Je sais tout aussi sur toi, sur tes prétendus voyages commerciaux qui masquaient des visites à la cour de Syrie pour le compte d'Hannibal et de ses manœuvres sournoises !

Thanubra ne baissa pas les yeux.

— Que veux-tu dire exactement?

— Tu vas me dire où se trouve Hannibal ! Peut-être alors pourrai-je t'éviter la colère d'Asdrubal le Chevreau qui pardonnera tes erreurs !

— Mes erreurs ! siffla Thanubra en jetant des éclairs. Que les dieux maudissent le traître que tu es, toi qui es venu m'espionner dans ma propre maison, toi l'infâme imposteur au service de ces canailles...

— Tais-toi ! cria-t-il, adoptant enfin le ton de son emploi. Je t'ai laissé entendre que je pouvais te sauver si tu disais où se cache Hannibal ! Mais puisque tu ne veux pas profiter de cette chance, alors tant pis pour toi, Thanubra. Je t'arrête !

— Ignoble serpent ! Je ne savais pas pourquoi, mais jamais je ne t'ai aimé !

— C'est sans doute ce qui m'a sauvé la vie, femme maudite qui ne cesses de porter malheur à ceux que tu chéris !

Elle se mit à tourner dans la pièce comme une panthère prête à bondir et à mordre, ses pieds frôlant le sol, les mains retournées comme pour griffer.

— Puisque je suis perdue, dis-tu, explique-moi donc comment tu as appris tout cela sur moi ? Que je sache au moins quelle erreur j'ai commise !

— Ton vieil esclave Sarchos ! ma pauvre Thanubra. Il me répétait toutes les indiscrétions qu'il percevait.

— Sarchos ? fit-elle en relâchant soudain sa tension, comme assommée.

— Il ne m'a guère été difficile de l'effrayer et de le persuader qu'il agissait pour le bien de Carthage.

Thanubra se reprit, le regard traversé d'un éclair d'horreur.

— Mais alors !... la piste de l'assassin de Bodastaroth !...

Elle recula dans sa chambre avec souplesse et lenteur, sans perdre son gendre des yeux.

— Où vas-tu ? crois-tu m'échapper en te réfugiant dans ton lit ? s'exclama Aris d'un ton méprisant et supérieur.

Il entra à son tour dans la chambre, railleur et méchant.

— Ton cher époux était devenu un danger pour moi ! Mais que peux-tu prouver, ah !

Il s'approcha d'elle. Elle était pelotonnée dans le fond de la chambre et la lampe embrasait le côté gauche de son corps et de son visage. Elle se raidissait au fur et à mesure qu'Aris, à pas lents et réguliers, venait à elle. Il fut tout près, menaçant, presque à pouvoir poser la main sur elle, dont le bras droit surgi de l'obscurité se déplia d'un geste brutal. Dans un souffle sourd, Thanubra lui enfonça en pleine poitrine le poignard de Bodastaroth qu'elle avait saisi derrière elle. Aris s'écroula en la dévisageant, relevant un instant les mains comme pour signifier l'impuissance et la surprise, teintées de désarroi et de terreur, qu'excitait la douleur qui le transperçait. Il était à genoux, devant elle, la bouche béante appelant l'air, le sang imprégnant sa tunique et gouttant sur le tapis en une flaque visqueuse qui brillait, noirâtre, sous la lampe. Alors, avec un sourire vengeur, Thanubra ajusta son bras, le suspendit au-dessus de lui et dit :

— Que justice soit faite, Aris ! Sois enfin puni de tes crimes innommables ! Que par ma main retombe enfin sur toi le sang de Bodastaroth !

Et d'un mouvement froid et déterminé, d'un trait implacable et définitif, sans le moindre frisson, elle lui trancha la gorge. Les yeux d'Aris eurent une convulsion rapide et le sang déborda sur le devant de sa tunique en plusieurs jets mortels. Elle le regarda s'effondrer, la face écrasée dans la mare noire qui s'étendait comme une coulée de lave. Puis elle jeta le poignard sur le lit et descendit en toute hâte, sans même s'arrêter à l'étage de la cuisine et des esclaves, sans même penser à châtier le vieux Sarchos de sa couardise et sa trahison. Dehors il faisait nuit et personne n'était en vue dans la rue du Levant. En quelques enjambées, elle traversa et s'engouffra dans l'immeuble où habitait Elnathan, montant jusqu'au dernier étage en priant les dieux de ne rencontrer personne dans l'escalier. Elle frappa quelques coups discrets et un esclave vint ouvrir.

— Va chercher ton maître, murmura-t-elle. Fais vite !

Elnathan, déjà couché, rechigna d'abord, mais quand l'esclave lui annonça que la personne qui le dérangeait était Thanubra, il se précipita, comprenant d'emblée qu'une telle visite présentait un caractère de gravité.

— Entre, belle Thanubra ! tu as été inquiétée à cause de la venue des Romains, n'est-ce pas ?

— J'ai tué Aris ! déclara-t-elle en défaillant presque et en poursuivant dans un seul souffle : Il venait pour m'arrêter ! Et j'ai découvert qu'il était l'assassin de Bodastaroth ! Aide-moi, Elnathan...

Le vieil homme leva les yeux vers le ciel en joignant les mains et récita en langue araméenne :

— Iahvé s'adressa à Moïse en ces termes : « Parle aux fils d'Israël et tu leur diras : Le vengeur du sang, c'est lui qui mettra à mort le meurtrier, dès qu'il le rencontrera, il le mettra à mort. »

Il se tourna vers Thanubra, reprenant en langue punique :

— Le dieu d'Israël enseigne que tu n'as pas péché, belle Thanubra, car tu as puni le meurtrier pour le péché qu'il avait commis.

Il courut dans sa chambre, revint couvert d'un manteau sombre et en jeta un identique sur les épaules de Thanubra. Ils enveloppèrent leur tête d'un pan du manteau et il eût été impossible à quiconque de les identifier. Ils descendirent comme des voleurs et suivirent la rue du Levant jusqu'au coin de la rue des Hébreux qu'ils empruntèrent en rasant les murs. Elnathan poussait Thanubra devant lui et la fit entrer dans un couloir.

— Tu as confiance en ton esclave ? Ne crains-tu pas qu'il soit indiscret ? s'inquiéta-t-elle.

— C'était un esclave né dans la maison, murmura-t-il. C'est maintenant un homme libre qui a préféré rester à mon service. Il connaît tout de ma maison, nous ne risquons rien de lui.

Il réveilla son cousin Jessé, le médecin et rabbin. Sans demander d'explication, Jessé entraîna Thanubra dans un sous-sol dissimulé de la synagogue.

— Tu es ici en sécurité, dit Elnathan. Jessé s'occupera de toi jusqu'à ce que nous trouvions un moyen de te faire fuir vers Marthama.

Jessé lui apporta une coupe pour calmer sa fébrilité et elle s'endormit sur l'étroite couche qu'il lui avait sommairement préparée.

Le soir même, la mort d'Aris et le crime vengeur de Thanubra furent publiés de par la ville. L'ordre fut donné de retrouver l'armatrice et dès le lendemain, sous la pression des émissaires romains à qui l'on avait expliqué quels secrets la liaient à Hannibal, il fut décrété que ses bateaux seraient confisqués. Les oligarques promirent une récompense à quiconque leur donnerait des indices conduisant à mettre la main sur elle et sur Hannibal. Toute la journée fut semée de suspicion et de méfiance tandis que les trois Romains menaçaient Carthage de la colère des patres avec une virulence accrue contre laquelle nul n'osait protester. Les sénateurs du clan Barca offraient une piètre figure, vexés de n'avoir été informés de rien par leur chef. À la fin de la journée, un cargo accosta le long de la chôma et les marchands qu'il amenait n'avaient pas encore posé un pied sur le sol qu'ils mirent tout le cothon en émoi.

— Nous avons vu Hannibal hier soir, crièrent-ils.

Ils furent aussitôt conduits devant les émissaires romains, les suffètes et quelques-uns des sénateurs les plus éminents.

— C'était hier soir sur l'île de Cercina, dit l'un, rendu timide par la qualité de ceux à qui il s'adressait. Un bateau est arrivé quelques heures avant le coucher du soleil et nous avons reconnu Hannibal en personne.

— Es-tu bien certain qu'il s'agissait de lui ? interrogea Marcellus.

— Cela ne fait aucun doute ! Hannibal s'est suffisamment montré à Carthage depuis plus d'un an pour que tout le monde le reconnaisse ! La dignité de son maintien, sa voix, son visage borgne, le doute n'est pas permis... Il est descendu tel un prince, sans chercher à se dissimuler, une cape rouge sur les épaules. « Amis, a-t-il dit, je pars pour Tyr, la ville-mère. En mission. Je suis heureux de pouvoir dîner une dernière fois en terre punique ! » Comme le soleil était encore chaud, il nous demanda, ainsi qu'à tous les chefs d'équipage des autres bateaux, de démonter les voiles et les vergues qui les soutiennent afin d'en faire en hâte sur la plage une sorte de grande tente où dresser des tables. « Je vous convie à un sacrifice en l'honneur de Melqart, expliqua-t-il, et ensuite j'offre un festin à tous ceux ici présents. » Il fit acheter sur-le-champ de la viande et du vin à profusion, tandis qu'il présidait lui-même au sacrifice avec un prêtre descendu de son bateau. Puis tous se vautrèrent dans ce fastueux dîner qui dura une bonne partie de la nuit. Peu à peu, marchands et matelots ivres et gavés s'endormirent à même le sol, les musiques et les chants cédèrent leur entrain à un concert de ronflements..., auquel, je l'avoue, je participai. Quand les premiers d'entre nous s'éveillèrent en titubant au petit matin, le bateau d'Hannibal avait déjà levé l'ancre.

— Il s'est bien joué de vous tous, ricana Elibal.

— C'est ce que j'ai compris ce matin ! dit le marchand. J'ai aussitôt pensé que ce repas somptueux était un artifice qui cachait quelque chose que j'ignorais. C'est pourquoi j'ai ordonné à mes matelots de hisser vergues et voiles en place au plus vite et j'ai mis le cap sur Carthage.

— Que deux galères prennent la direction de Tyr et tentent de le rejoindre ! suggéra Asdrubal le Chevreau en quémandant du regard une approbation romaine.

— Essayons, en effet, autorisa le vieux Servilius, d'un ton sans illusion. Mais je crains qu'il n'ait pris beaucoup d'avance et que nos efforts restent vains...

Dès le lendemain, à l'Assemblée haute, les oligarques retrouvèrent l'arrogance du bon vieux temps. Il ne leur avait fallu que quelques heures pour s'habituer à nouveau au pouvoir qui, avec la complicité des Romains, leur souriait. Déjà Elibal parlait de faire annuler les lois votées sous le suffétat d'un traître à la patrie. Les émissaires romains virent le parti qu'ils pouvaient tirer de la situation.

— Des Carthaginois de cette Assemblée nous ont avertis des menées inquiétantes d'Hannibal auprès de nos ennemis syriens et même étoliens, dit Marcellus. Aujourd'hui, voilà que nous apprenons qu'il est allé rejoindre, au mépris du traité de paix et d'alliance qui unit nos deux cités, une région du monde hostile à Rome. Sachant de quel homme il s'agit, comment ne pas en déduire que, depuis sa défaite de Zama, son action n'était guidée que par la volonté tenace de reprendre les armes et d'entraîner Carthage et Rome dans une nouvelle aventure guerrière ? Aussi exigeons-nous que le gouvernement de Carthage, s'il veut démontrer sa bonne foi et son désir profond de paix et de bonne entente, prononce la sentence qui s'impose. Qu'Hannibal soit déclaré à jamais indésirable dans sa patrie ! Qu'il soit condamné à l'exil perpétuel et déchu de la citoyenneté punique ! Que tous ses biens soient confisqués par la cité et son palais de Megara détruit et rasé !

Des murmures scandalisés s'élevèrent dans les rangs du clan Barca, mais même ceux qui gardaient confiance en Hannibal furent contraints de le trahir. Oser braver l'ordre de Rome eût été une folie. En face, le clan oligarchique triomphait et arborait des visages réjouis. C'en était fait de l'œuvre réformatrice de celui qui, malgré son prestigieux passé et son ascendant sur les hommes, avait cru pouvoir s'opposer à l'avidité de quelques-uns et faire de Carthage un modèle de démocratie et de justice.

Thanubra apprit en même temps, de la bouche de Jessé, la confiscation de sa flotte et les peines qui frappaient Hannibal.

— Ô dieux, se lamenta-t-elle en levant vers le ciel ses mains tourmentées. Ô dieux ! m'avez-vous donc conduite vers Hannibal pour le perdre ? m'avez-vous fait naître carthaginoise pour perdre Carthage ? Ma vie, ma simple présence sont-elles les messagers de la malédiction et de la mort ? Alors s'il en est ainsi, qu'advienne enfin le sacrifice qui seul m'apportera la délivrance et le repos !

Elle se couvrit du manteau sombre que lui avait donné Elnathan, remercia Jessé de son aide et, malgré ses supplications, pénétra dans la nuit chaude du mois d'abu. Elle prit la rue des Hébreux jusqu'au bout, puis la rue des Tanneurs, contourna les colonnes extérieures du port militaire et, le cœur battant, s'approcha du port marchand. Il y avait encore sur le quai beaucoup de monde qui chantait et discutait, on allait et venait dans les tavernes d'où parvenaient de grands éclats de voix. Le vieux Kiddinos, privé du public privilégié que lui avait offert Hannibal pendant six ans, avait déjà repris ses anciennes manies et suivait un jeune marin vers les entrepôts. Elle remarqua de loin parmi les bateaux amarrés l'*Hillesbal* entre deux autres de ses bâtiments. Tous les trois étaient les seuls qui n'offraient pas la moindre lueur de lampe. Thanubra pensa que dès qu'ils avaient appris la confiscation, les matelots avaient déserté, craignant qu'on ne les soupçonnât de complicité et préférant attendre la suite des événements. Elle se cala dans un coin sombre jusqu'à ce que le vin, la bière et le sommeil eussent raison de tous et que les taverniers eussent fermé leurs devantures. Elle se glissa comme une chatte jusqu'à l'*Hillesbal*, son manteau se confondant avec la coque noirâtre des bateaux, enjambant des corps affalés qui suintaient une sueur forte et exhalaient le vin. Elle grimpa dans son bateau sans être vue. Seuls quelques singes y demeuraient encore, qui s'agitèrent quand elle s'avança sur le pont. Soudain, elle se mit à trembler, comme si quelque chose manquait pour qu'elle achevât de réaliser son plan. Elle courut à travers le bateau comme une folle, descendit dans le noir profond de ses entrailles mais ne trouva rien, pas un brin de lueur, pas une lampe même vacillante qui eût pu lui donner la flamme dont elle avait besoin. Elle remonta sur le pont, portant d'une main une lampe morte qu'elle remplit de l'huile d'une des nombreuses amphores encore chargées sur le navire. Retenant sa respiration, elle regagna le quai, se recroquevillant, et atteignit un groupe d'hommes ronflant auprès d'une lampe moribonde. Avec mille précautions, elle en vola la flamme et s'en retourna.

Avec acharnement et méthode, elle déversa alors toutes les amphores d'huile qu'elle pouvait trouver sur le pont et en imprégna les voiles enroulées et serrées autour de leurs vergues. Et, dans un geste irrévocable empreint d'une solennelle fatalité, elle offrit au feu apprivoisé de la lampe les voiles carguées qui s'enflammèrent comme d'immenses torches dans le ciel noir de Carthage. Le sec crépitement réveilla aussitôt le quartier du cothon et l'on cria « au feu ! », mais il était trop tard. De la proue du bateau la belle Thanubra défiait la cité pour la dernière fois. Derrière elle le feu gagnait l'huile du pont, attaquant le plancher et le corps du navire avec un bruit d'enfer. Pour sauver le cothon d'un désastre effroyable, on isola les trois bateaux de Thanubra en remorquant loin d'eux ceux qui les voisinaient. Une vergue tomba, déployant ses flammèches et tous se reculèrent. L'incendie maintenant illuminait le port et curieux, en émoi, tout Carthage accourait. Le feu sur les côtés grignotait vers la proue où, toujours immobile, attendait Thanubra. La foule se pressait comme en plein jour, gluante, muette et fascinée. Et lorsque Thanubra s'éloigna dans les flammes, une clameur monta jusqu'en haut de Byrsa :

— Elissa !

Épilogue

En fuyant sa patrie, Hannibal se doutait-il que jamais plus il n'en foulerait le sol ? Pendant douze années il erra à travers l'Orient, de Syrie en Crète, d'Arménie en Bithynie. Lui seul était conscient que, si les puissances orientales encore indépendantes du joug romain ne s'unissaient pas, c'en serait fini du combat de sa vie. Inlassable, il poursuivit sa lucide obsession, s'acharnant à former, en vain, l'introuvable coalition capable de briser l'extension romaine. Malgré les échecs, qui chaque fois grignotaient un peu plus ce qu'il restait d'espoir, il ne se résignait pas, semblant espérer encore. Mais, au fond de lui-même, avait-il vraiment des illusions sur le destin du monde, lui qui avait tant œuvré pour en infléchir le cours ?

La République romaine étendait son influence et les terres d'accueil se raréfiaient pour celui qu'elle rêvait de conduire dans ses prisons. Hannibal dut se réfugier chez le roi Prusias de Bithynie qui lui avait offert une maison fortifiée. Rome exigea de ce roi qu'il lui livrât le vainqueur de Cannes. Cette fois Hannibal ne fut pas prévenu et ne put s'échapper comme il l'avait fait douze ans plus tôt à Carthage. S'apercevant que sa maison était cernée, il comprit que c'était la fin.

Alors, n'ayant d'autre issue que la mort pour ne pas tomber aux mains des Romains, il avala le poison qu'il cachait dans le chaton de sa bague. À soixante-quatre ans, il pouvait maintenant mourir, plein sans doute de l'amertume de ses revers de fortune, mais fier de son intransigeante fidélité à lacause qu'il croyait juste, fier d'avoir fait trembler jusque sous leurs murs les futurs maîtres du monde, et satisfait, face à l'adversité du Destin, de disposer du choix ultime d'un dernier acte de liberté.

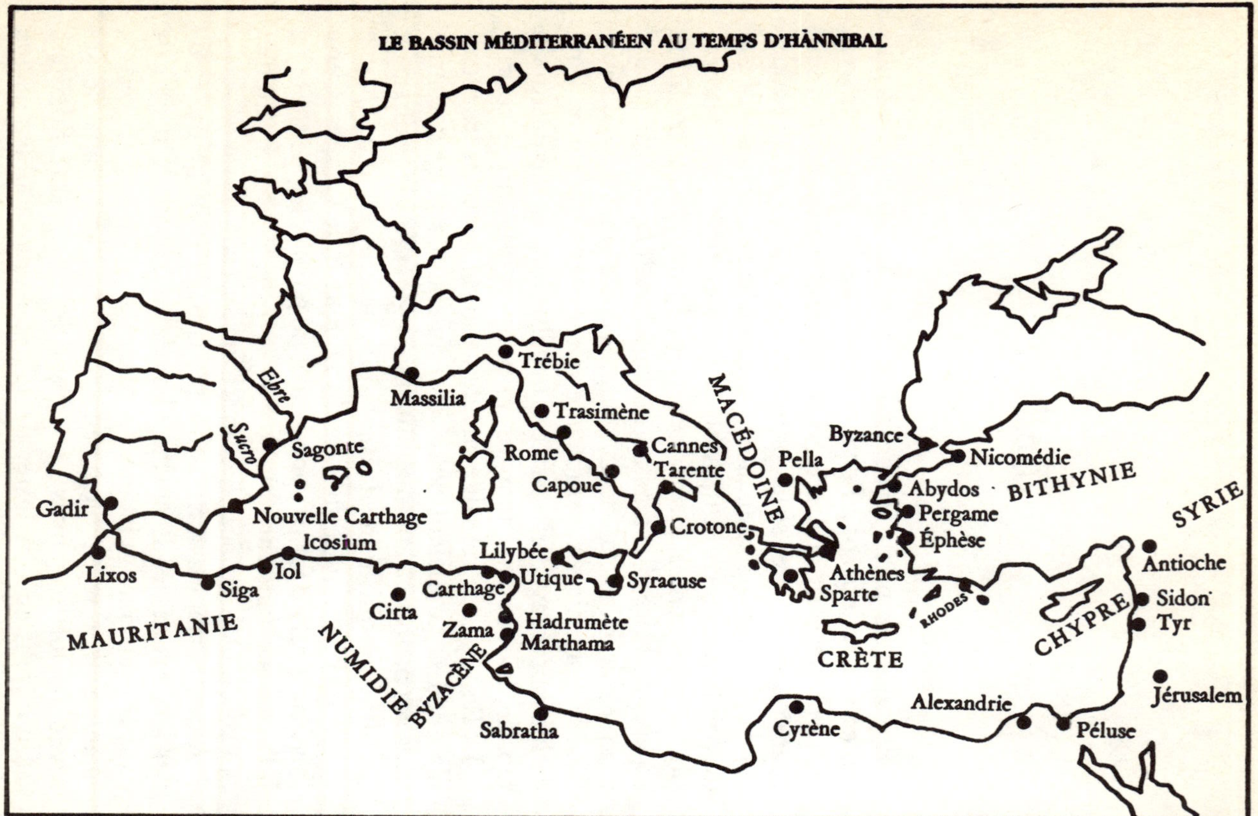
LE BASSIN MÉDITERRANÉEN AU TEMPS D'HANNIBAL
Ebre
Sucro
Gadir
Lixos
Sagonte
Nouvelle Carthage
Icosium
Iol
Siga
MAURITANIE
Massilia
Trébie
Trasimène
Rome
Capoue
Cannes
Tarente
Crotone
Lilybée
Utique
Syracuse
Carthage
Cirta
Zama
Hadrumète
Marthama
NUMIDIE
BYZACÈNE
Sabratha
MACÉDOINE
Pella
Byzance
Nicomédie
Abydos
BITHYNIE
Pergame
Éphèse
Athènes
Sparte
RHODES
CRÈTE
Cyrène
Alexandrie
Péluse
CHYPRE
SYRIE
Antioche
Sidon
Tyr
Jérusalem

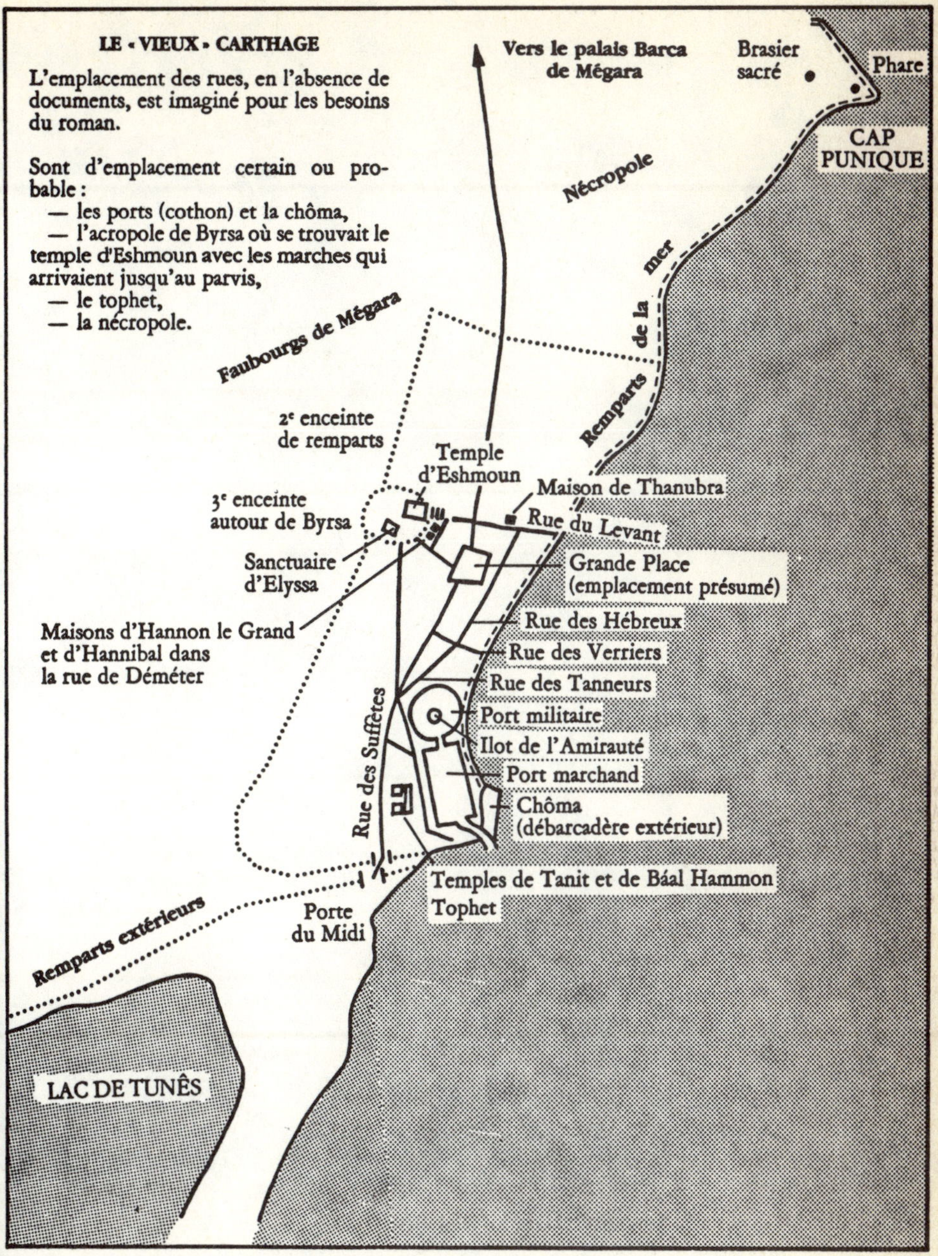

LE « VIEUX » CARTHAGE
L'emplacement des rues, en l'absence de documents, est imaginé pour les besoins du roman.
Sont d'emplacement certain ou probable :
— les ports (cothon) et la chôma,
— l'acropole de Byrsa où se trouvait le temple d'Eshmoun avec les marches qui arrivaient jusqu'au parvis,
— le tophet,
— la nécropole.
Vers le palais Barca de Mégara
Brasier sacré
Phare
CAP PUNIQUE
Nécropole
Remparts de la mer
Faubourgs de Mégara
2e enceinte de remparts
Temple d'Eshmoun
3e enceinte autour de Byrsa
Maison de Thanubra
Rue du Levant
Sanctuaire d'Elyssa
Grande Place (emplacement présumé)
Maisons d'Hannon le Grand et d'Hannibal dans la rue de Déméter
Rue des Hébreux
Rue des Verriers
Rue des Tanneurs
Port militaire
Ilot de l'Amirauté
Port marchand
Rue des Suffètes
Chôma (débarcadère extérieur)
Temples de Tanit et de Báal Hammon
Tophet
Porte du Midi
Remparts extérieurs
LAC DE TUNÊS

INDEX DES PRINCIPAUX PERSONNAGES, HISTORIQUES ET FICTIFS

Les noms des personnages historiques sont en caractères romains, tandis que ceux des personnages fictifs sont en italique. Ceux, fictifs ou historiques, qui sont morts avant le début du récit et n'apparaissent qu'en allusions ou dans des retours en arrière sont marqués d'un astérisque.

Abdelim. Grand kohen (prêtre) de Carthage.

Abdeshmoun. Jeune Carthaginois du clan d'Hannibal Barca. Né en 220 av. J.-C.

Abdmalikat. Marchand carthaginois et espion au service d'Hannibal.

Achinopoulos*. Astrologue du IIIe siècle av. J.-C. qui, selon Vitruve, fut disciple du célèbre Bérose.

Agathocle*. Né vers 360 av. J.-C. Tyran de Syracuse à partir de 317, il assiège Carthage en 310. Il meurt vers 289 av. J.-C.

Ahiram. Suffète du parti Barca en même temps qu'Hannibal.

Akboram. Sénateur fanatique du clan des religieux. Né en 252 av. J.-C.

Alexandre le Grand*. Roi de Macédoine dont l'empire s'étendit jusqu'à l'Indus (356-323 av. J.-C.).

Amilcar Barca*. Né vers 280 av. J.-C., grand stratège carthaginois, il malmène les Romains pendant la première guerre punique, puis mate la révolte des mercenaires (guerre

nicienne qui fonda l'école stoïcienne) et de Cléanthe* (331-232 av. J.-C.).

Claudius Marcellus (Marcus)*. Proconsul et consul. Né vers 260 av. J.-C., il prend Syracuse en 212 et tombe en 208 sous les coups des cavaliers d'Hannibal. Son fils fut envoyé à Carthage en 195 pour arrêter Hannibal.

Elibal. Grand trésorier, sénateur du clan d'Hannon le Grand.

Elissa (ou Didon)*. Princesse tyrienne, qui fonda Carthage en 814 av. J.-C. Elle fut divinisée plus tard par les Carthaginois qui lui consacrèrent un sanctuaire.

Elnathan. Marchand, membre de la colonie juive de Carthage. Né en 254 av. J.-C.

Eshmounshillem. Fonctionnaire du Trésor public.

Flamininus. Patricien romain né en 235 av. J.-C. Consul en 198, il écrase Philippe à la bataille de Cynoscéphales (Kynos Kephalaï) en 197 av. J.-C.

Gereshmoun. Sénateur du clan Barca, favorable aux idées démocratiques. Né en 231 av. J.-C.

Giscon*. Homme politique et ancien général, du clan d'Hannon le Grand. Né vers 280 av. J.-C., mort vers 205.

Gisgon. Orateur de l'Assemblée du peuple, favorable au parti fanatique religieux.

Hannibal. L'un des plus grands stratèges de l'Histoire. Fils aîné d'Amilcar ; il participe à la conquête de l'Espagne, envahit l'Italie en 218 av. J.-C. Rappelé à Carthage en 203, il est vaincu à Zama en 202. Il meurt en exil en Bythinie (247-183 av. J.-C.).

Hannon le Grand. Né vers 280 av. J.-C. Chef du parti conservateur. Opposant farouche à Amilcar Barca puis à Hannibal. Meurt sans doute vers 201 av. J.-C.

Hannon, fils de Bomilcar. Neveu d'Hannibal, né vers 240 av. J.-C. Il rejoint son oncle en Espagne et participe à la campagne d'Italie.

Hannon le Navigateur*. Amiral carthaginois qui, vers le milieu du ve siècle av. J.-C., poussa sa flotte jusque dans le golfe de Guinée. À la même époque, Himilcon le Navigateur* explorait le nord de l'Europe. Tous deux ouvrirent des lignes commerciales régulières avec ces lointaines contrées.

*Hillesbal**. Mari de *Thanubra*, mort en 219 av. J.-C.
Hillesbal. Fils aîné de *Batnaamat*, né en 206 av. J.-C.
Himilkat. Vieux sénateur né en 278 av. J.-C.
Iddibal. Né en 246 av. J.-C. Ami d'enfance d'Hannibal, dont il devient aide de camp.
Iddibal. Petit-fils du précédent, fils d'*Abdeshmoun* et *Sibboleth*, né en 199 av. J.-C.
Imilcée. Princesse espagnole, femme d'Hannibal. Née vers 240 av. J.-C.
Jessé. Rabbin et médecin de la synagogue de Carthage. Né vers 255 av. J.-C.
Josaphat. Comptable de la belle *Thanubra*.
Kiddinos. Astrologue, mage et devin. Né en 280 av. J.-C.
Laelius (Caius). Né vers 235 av. J.-C. Ami d'enfance de Scipion l'Africain qu'il suit dans la plupart de ses batailles avant de devenir consul en 196. Il meurt vers 160 av. J.-C.
Lutatius Catulus (Caius)*. Consul romain lors de la première guerre punique. Né vers 280 av. J.-C. Vainqueur aux îles Égates en 241.
Magon l'Agronome*. Général carthaginois du début du IIIe siècle av. J.-C. qui, une fois à la retraite, se consacra à l'agronomie et écrivit un traité en vingt-huit volumes auquel toute l'Antiquité fit référence. Caton et Columelle y ont puisé sans vergogne, mais il ne nous est parvenu qu'une quarantaine de citations traduites de l'original.
Magon Barca. Troisième fils d'Amilcar Barca, né vers 239 av. J.-C. Il participe à l'expédition italienne de son frère Hannibal et rentre à Carthage annoncer la victoire de Cannes (216 av. J.-C.). Puis il se bat en Espagne, débarque en Italie en 204, est blessé, et meurt en 203 av. J.-C. sur le bateau qui le ramène à Carthage.
Massinissa. Prince des tribus numides massyles à l'est de l'Algérie, né en 236 av. J.-C. Allié de Scipion l'Africain dès 206 av. J.-C., il prend une part active à la victoire romaine de Zama (202 av. J.-C.), et regroupe sous son autorité tout le territoire numide. Il meurt en 148 av. J.-C. pendant la troisième guerre punique.
Mattanon. Suffète de Carthage en 203 av. J.-C. Membre du parti conservateur.
Mazérès. Jeune esclave de *Thanubra*.

Naamel. Deuxième fils de *Batnaamat*, né en 204 av. J.-C.

Naravas*. Chef numide né vers 265 av. J.-C. Il épouse la plus jeune des sœurs aînées d'Hannibal (la Salammbô de Flaubert). Il meurt avant le retour d'Hannibal à Carthage.

Philippe V. Roi de Macédoine (238-179 av. J.-C.).

Ptolémée Épiphane. Cinquième souverain de la dynastie lagide régnant sur l'Égypte (210-181 av. J.-C.).

Regulus*. Général romain. Il porte la guerre en Afrique en 256 av. J.-C. lors de la première guerre punique, mais il est vaincu et fait prisonnier par les Carthaginois. Il meurt supplicié en 250 av. J.-C.

Safanbal. Nom punique de Sophonisbe (vers 225-203 av. J.-C.), dont la mort tragique inspira Corneille et Voltaire.

Sarchos. Vieil esclave de *Thanubra*.

Scipion (dit) l'Africain. Né en 235 av. J.-C. Proconsul de 204 à 201 av. J.-C., il dirige l'expédition d'Afrique contre Carthage, bat Hannibal à Zama, devient censeur en 199. Accusé de détournement de fonds par le sénat romain, il meurt en 183 av. J.-C.

Sibboleth. Fille cadette de *Thanubra*, née en 219 av. J.-C.

Sosylos*. Précepteur grec d'Hannibal. Né vers 280 av. J.-C., mort à une date inconnue, peut-être vers 210-205. Il suivit Hannibal en Espagne et en Italie, et aurait entrepris d'écrire son épopée.

Syphax. Roi des tribus numides masaesyles, au centre de l'Algérie, né vers 250 av. J.-C. Il conquiert les terres de Massinissa avant d'être vaincu et fait prisonnier par les Romains. Il meurt en captivité après 201 av. J.-C.

Terentius Culleo. Envoyé à Carthage en 195 pour arrêter Hannibal.

Thanubra. Armatrice carthaginoise, veuve d'*Hillesbal*. Elle naît en 240 av. J.-C.

Vermina. Fil de Syphax. Mentionné par les historiens antiques comme ayant fait défaut à Hannival lors de la bataille de Zama.

Zakarbal. Suffète de Carthage en 203 av. J.-C. Membre du parti conservateur.

REPÈRES CHRONOLOGIQUES

–2750 av. J.-C. Fondation de la ville de Tyr en Phénicie.

–814. Date, admise par les historiens, de la fondation de Carthage par une princesse tyrienne nommée Élissa (ou Didon).

–776. Premiers jeux olympiques et début de la deuxième olympiade (cycle de quatre années).

–753. Fondation de Rome.

–509. Rome devient une république.

–450. Périples carthaginois dans l'Atlantique : Hannon le Navigateur atteint le golfe de Guinée, et Himilcon visite les mers nordiques.

–323. Mort d'Alexandre le Grand et partage de son empire entre ses généraux : à Ptolémée l'Égypte, à Séleucos la Babylonie, à Antigone la Lycie et la Phrygie, à Lysimaque la Thrace, Antipater conservant la Grèce et la Macédoine.

–335. Naissance de Zénon de Citium, fondateur du stoïcisme.

–286-246. En Égypte, règne de Ptolémée II Philadelphe qui développe Alexandrie.

–264-241. Première guerre punique entre Rome et Carthage.

–247. Naissance d'Hannibal (à Carthage ou dans la région d'Hadrumète ?).

–241-238. « Guerre inexpiable » de Carthage contre ses mercenaires de la première guerre punique, vaincus par Amilcar Barca.

–237. Amilcar à la conquête de l'Espagne.

–229. Mort d'Amilcar. Son gendre Asdrubal (dit le Beau) lui succède à la tête de l'empire espagnol.

–227 (?). Fondation de la Nouvelle Carthage (Carthagène) par Asdrubal le Beau qui en fait sa capitale.

–226. Traité de l'Èbre entre Rome et Asdrubal le Beau. L'influence carthaginoise en Espagne ne devra pas s'étendre au nord de ce fleuve.

–221. Asdrubal le Beau assassiné, Hannibal lui succède.

–219. Prise de Sagonte par Hannibal.

–218. Début de la deuxième guerre punique. Hannibal quitte la Nouvelle Carthage en mai, franchit le Rhône fin août, les Alpes fin septembre. Il bat les Romains sur les bords du Tessin fin novembre et les écrase à la Trébie en décembre.

–217. Hannibal écrase l'armée romaine au lac Trasimène en juin.

–216. Hannibal défait une nouvelle fois les Romains à Cannes, sur l'Adriatique, en août. Il renonce à marcher sur Rome.

–215-212. Capoue et Tarente se rallient à Hannibal.

–212-211. Les frères Scipion (père et oncle du futur Scipion l'Africain) sont tués en Espagne en combattant Asdrubal Barca. L'armée romaine d'Espagne est anéantie.

–212-202. Hannibal s'enlise en Italie, mal soutenu par Carthage.

–209-208. Le jeune Scipion prend la Nouvelle Carthage et défait l'armée d'Asdrubal Barca.

–207. Asdrubal Barca franchit les Pyrénées et les Alpes pour rejoindre son frère Hannibal en Italie, mais est tué à la bataille du Métaure.

–206. Scipion met fin à la domination punique en Espagne.

–205. Magon Barca débarque en Italie et soulève les Ligures.

–204. Scipion débarque près d'Utique au début de l'automne afin de venir attaquer Carthage sur son terrain.

*

–203. Au printemps, Scipion et son allié Massinissa incendient par surprise le camp de l'armée punique menée par Asdrubal fils de Giscon et son allié Syphax. Au début de l'été, Scipion écrase à nouveau Asdrubal et Syphax aux Grandes Plaines, prend Cirta et Tunês (Tunis). Trêve. Au début de l'automne, Hannibal quitte l'Italie et s'installe avec ses soldats dans la province punique de Byzacène où sa famille possède un vaste domaine.

–202. En juin, le gouvernement de Carthage poussé par le peuple rompt la trêve, obligeant ainsi Hannibal à affronter Scipion. En octobre, c'est la bataille de Zama et la défaite d'Hannibal.

–201. Signature du traité de paix entre Rome et Carthage. L'armée romaine regagne l'Italie. Hannibal, qui est à la tête du parti démocratique, doit quitter ses fonctions politiques à la demande du sénat romain. Il s'exile dans ses terres de Byzacène.

–200. Inquiète des ambitions conjointes de Philippe V de Macédoine et d'Antiochos de Syrie, Rome entre en guerre.

–197. Philippe V battu par Flamininus à Cynoscéphales

–196. Hannibal revient à Carthage où il est élu suffète. Il prend ses fonctions au début du printemps, et ceci pour un an. Il réforme les institutions et découvre un scandale politico-financier mettant en cause l'oligarchie carthaginoise.

–195. Au milieu de l'été, Hannibal doit s'exiler en Syrie pour échapper à un complot ourdi par ses ennemis politiques et probablement destiné à le livrer aux Romains, qui le soupçonnaient d'entretenir des contacts secrets avec Antiochos de Syrie.

*

–183. Mort d'Hannibal qui s'empoisonne pour ne pas être livré aux Romains par le roi Prusias de Bithynie. La même année, mort de Scipion l'Africain.

–149-146. Troisième guerre punique qui s'achève par la prise et la destruction de Carthage par Scipion Émilien.

GLOSSAIRE

Baccar (ou bakkaris). Il s'agit de la sauge sclarée ou muscatée.

Cataphracte. Signifie en grec (puis en latin) *bardé de fer, cuirassé, couvert comme d'une armure*. Les navires cataphractes possédaient des bordages assez hauts pour préserver les rameurs des traits ennemis.

Chôma. Mot grec qui signifie *plate-forme* et *digue* et par lequel les auteurs anciens désignaient le débarcadère qui se trouvait devant le mur de la ville, à la hauteur du port marchand.

Cothon. Mot d'origine sémitique (donc sans doute phénicienne) et qui indique l'idée de *tailler* et de *couper*. C'est ainsi que l'on désigne les ports que la main de l'homme avait creusés. À Carthage, les habitants avaient en effet creusé et aménagé deux bassins naturels pour les transformer en deux ports militaire et marchand.

Ergastule. Prison souterraine pour les esclaves pris en faute et devant purger une peine.

Faveur de Ba'al. C'est la traduction littérale d'Hannibal. Les Carthaginois usaient ainsi de noms dits *théophores*, c'est-à-dire dans lesquels entrait celui d'une divinité afin de se placer sous sa protection. Abdeshmoun (Abd-Eshmoun) signifie « Serviteur d'Eshmoun », Amilcar (Abd-Melqart) signifie « Serviteur de Melqart », Salammbô (Çalam-Ba'al) signifie « Image de Ba'al ». Remarquons qu'en arabe Abd Allah signifie « Serviteur d'Allah ».

Fossé punique. À l'apogée de Carthage, le territoire correspondant au nord-est de l'actuelle Tunisie aurait été divisé en districts et la frontière extérieure marquée par un fossé.

Garum. Sauce à base de saumure et fortement épicée.

Gingras. Sorte de fifre d'origine phénicienne au son plaintif et nasillard.

Himation. Vêtement de dessus d'origine grecque.

Kohen. Terme phénicien et punique pour désigner le prêtre (comme en hébreu).

Molek. Rite selon lequel les Carthaginois auraient sacrifié des enfants à Ba'al Hammon. La réalité de cette pratique est de plus en plus contestée par les historiens modernes. Certains ont d'abord admis que sous l'influence de la culture grecque ce *molok* aurait été remplacé par un sacrifice de substitution appelé *molkomor*, et par lequel on immolait non plus un enfant mais un agneau. Une thèse récente et convaincante (cf. *L'Univers phénicien* de MM. Gras, Rouillard et Teixidor) va plus loin : à une époque où la mortalité infantile était forte, on offrait le corps des enfants morts en bas âge à Ba'al Hammon et à Tanit, afin que ceux-ci favorisent une nouvelle naissance.

Nisan. Premier mois du printemps dans le calendrier chaldéen et hébreu. En l'absence de tout document, j'ai choisi pour Carthage ce calendrier que les Phéniciens avaient peut-être, eux aussi, adopté. On peut donner les correspondances approximatives suivantes : nisan (21 mars-20 avril), iyar (21 avril-20 mai), sivan (21 mai-20 juin), tamouz (21 juin-20 juillet), ab ou abu (21 juillet-20 août), elul (21 août-20 septembre), tisri (21 septembre-20 octobre), marchesvan (21 octobre-20 novembre), kislev (21 novembre-20 décembre), tebet (21 décembre-20 janvier), sebat (21 janvier-20 février), adar (21 février-20 mars).

Patres. Ainsi désignait-on les sénateurs romains.

Pentère. Nom grec d'un navire de guerre dont chaque rame était maniée par cinq rameurs. Les pentères étaient les navires les plus utilisés à l'époque d'Hannibal.

Quinquérème. Nom romain de la pentère.

Stade. Longueur de 177,60 mètres.

Suffète. Magistrat suprême de Carthage (ainsi que d'autres villes puniques). On élisait deux suffètes chaque année (comme les consuls à Rome).

Tophet. Cimetière d'enfants qui jouxtait les temples de Ba'al Hammon et de Tanit.

BIBLIOGRAPHIE

Ancien Testament, Gallimard, « Bibliothèque de la Pléiade »

AUDISIO Gabriel, *Hannibal*, Berger-Levrault, 1961.

BAKER G. P., *Annibal*, Payot, 1935.

BARBAUT Jacques. *Histoires de la naissance à travers le monde*, Éditions Plume, 1990.

BENICHOU-SAFAR Hélène, *Les Tombes puniques de Carthage*, Éditions du CNRS, 1982.

BÉRARD Victor, *Les Phéniciens et l'Odyssée*, Armand Colin, 1927.

BRISSON Jean-Paul, *Carthage ou Rome ?* Fayard, 1973.

CAMPS Gabriel, *Les Berbères, mémoire et identité*, Éditions Errance, 1987.

CARCOPINO Jérôme, *Le Maroc antique*, Gallimard, 1943.

CARCOPINO Jérôme, *Profils de conquérants*, Flammarion, 1961.

CARTON L., *Carthage*, préface de Louis Bertrand, Compagnie alsacienne des arts photomécaniques A & F Kahn, Strasbourg, 1926.

CHAPOT Victor, *Le Monde romain*, Albin Michel, coll. « L'évolution de l'humanité », 1938.

CHEVALLIER Raymond, *Voyages et déplacements dans l'Empire romain*, Armand Colin, 1988.

COMBET-FARNOUX B., *Les Guerres puniques*, PUF, coll. « Que sais-je ? », nº 888.

CORNELIUS NEPOS, *Œuvres*, Belles lettres, 1961.

CORNEVIN R. et M., *Histoire de l'Afrique*, Payot, 1964.
COUDERC Paul, *Le calendrier*, PUF, coll. «Que sais-je ? », n° 203.
CYPRIEN Michel, *Moi, Hannibal,* Casterman, 1990.
DECRET François, *Carthage ou l'Empire de la mer,* Seuil, coll. « Points », 1977.
DEMERLIAC J. G. et MEIRAT J., *Hannon et l'empire punique*, Belles Lettres, 1983.
FANTAR Mhamed Hassine, *Kerkouane, une cité punique au cap Bon*, Maison tunisienne de l'édition/INAA, Tunis, 1987.
FAURE Paul, *Parfums et aromates de l'Antiquité*, Fayard, 1987.
FESTUGIÈRE A. J., *La Vie spirituelle en Grèce à l'époque hellénistique*, A. et J. Picard, 1977.
FINLEY Moses I., *L'Économie antique*, Éditions de Minuit, 1975.
FINLEY Moses I., *La Sicile antique*, Macula, 1986.
FLAUBERT Gustave, *Salammbô*, Gallimard, coll. « Folio ».
GAUTIER E. F., *Le Passé de l'Afrique du Nord*, Payot, 1952.
GRAS, ROUILLARD, TEIXIDOR, *L'Univers phénicien*, Arthaud, 1989.
GRILLET Bernard, *Les Femmes et les fards dans l'Ontiquité grecque*, CNRS Lyon, 1975.
GSELL Stéphane, *Histoire ancienne de l'Afrique du Nord*, vol. 1 à 4, Hachette, 1913-1928.
HIPPOCRATE, *Œuvres complètes*, Union littéraire et artistique, Paris, 1955.
HOMO Léon, *L'Italie primitive et les débuts de l'impérialisme romain*, Albin Michel, coll. « L'évolution de l'humanité », 1938.
HOURS-MIEDAN Madeleine, *Carthage*, PUF, coll. « Que sais-je ? », n° 340.
HUBAC Pierre, *Carthage*, Éditions Marcel Daubin, 1946.
JOUGUET P., *L'Impérialisme macédonien et l'hellénisation de l'Orient*, Renaissance du Livre, coll. « L'évolution de l'humanité », 1926.
JULIEN Ch.-André, *Histoire de l'Afrique du Nord*, tome 1 revu par Christian Courtois, Payot, 1964.
KNAPPICH Wilhelm, *Histoire de l'astrologie*, Vernal/Philippe Lebaud, 1986.

LALLEMAND Ferdinand, *Journal de bord de Maarkos Sestios*, Éditions de Paris, 1955.

LALLEMAND Ferdinand, *Journal de bord de Hannon le Navigateur*, France-Empire, 1973.

LANCEL Serge, *La Colline de Byrsa à l'époque punique*, Éd. Recherche sur les civilisations, 1983.

LAVEDAN Pierre, *Dictionnaire illustré de la mythologie et des Antiquités grecques et romaines*, Hachette, 1931.

LIDDELL HART B. H., *Scipion l'Africain*, Payot, 1934.

MARFOUNINE A. S., *L'Or*, G. Lachurié éditeur, 1988.

MARROU Henri Irénée, *Histoire de l'éducation dans l'Antiquité* (t. 1 : *Le Monde grec*), Seuil, 1948 (rééd. coll. « Points »).

MEIRAT Jean, *Marines antiques de la Méditerranée*, Fayard, 1964.

MÉNARD René, *La Vie privée des Anciens*, 4 vol., Vve A. Morel et Cie éditeurs, 1883.

MOSSE Claude, *Le Travail en Grèce et à Rome*, PUF, coll. « Que sais-je ? », n° 1240.

PICARD C., *Carthage*, Belles Lettres, 1951.

PICARD G. Ch., *« La Tunisie antique »,* in *Initiation à la Tunisie* (ouvrage collectif), Maisonneuve, 1950.

PICARD G. C., *Hannibal*, Hachette, 1967.

PICARD G. Ch et C., *Vie et mort de Carthage*, Hachette, 1970.

PICARD G. C. et C., *La Vie quotidienne à Carthage au temps d'Hannibal*, Hachette, 1982.

POLYBE, *Histoire,* Gallimard coll. « la Pléiade ».

RACHET G. et M.-F., *Dictionnaire de la civilisation grecque*, Larousse, 1988.

ROSTOVTSEFF Michel Ivanovic, *Histoire économique et sociale du monde hellénistique*, Robert Laffont, collection « Bouquins », 1989.

ROUACH David, *Les Talismans, magie et tradition juives*, Albin Michel, 1989.

ROUACH David, *Imma ou rites, coutumes et croyances chez la femme juive d'Afrique du Nord*, Maisonneuve & Larose, 1990.

SCHMIDT Waclaw, *L'Empire carthaginois*, Société nouvelle d'imprimerie et d'édition, 1939.

SILIUS ITALICUS, *Guerres puniques*, coll. « Auteurs latins », Paris, 1837.

TILLOT Monique, *Mille Ans d'art à Carthage*, Cérès Productions, Tunis, 1978.

TITE-LIVE, *Histoire romaine*, Gallimard, coll. « la Pléiade ».

TLATLI Salah-Eddine, *La Carthage punique*, Maisonneuve, Paris et Cérès Productions Tunis, 1978.

TLATLI Salah-Eddine, *Multiple Tunisie*, Maison tunisienne de l'édition, Tunis, 1985.

TOUTAIN J., *L'Économie antique*, Renaissance du livre, coll. « L'évolution de l'humanité », Paris, 1926.

WALTER Gérard, *La Destruction de Carthage*, Albin Michel, 1947.

WISE Terence, *Armies of the Carthaginian Wars 265-146 BC*, Osprey Publishing, Londres, 1982.

TABLE

Aubin Imprimeur
LIGUGÉ, POITIERS

IMPRESSION – FINITION

Reproduit et achevé d'imprimer en mai 1993
N° d'édition 094/93 / N° d'impression L 42846
Dépôt légal juin 1993
Imprimé en France

ISBN 2-87628-632-7